SOPHIE KINSELLA

Shopaholic. Die Schnäppchenjägerin

GOLDMANN
Lesen erleben

Buch

Eigentlich sollte Rebecca Bloomwood keinen Grund zur Klage haben. Sie ist selbstbewusst, Single und hat einen ordentlichen Job als Finanzexpertin bei einem Wirtschaftsmagazin. Doch der schöne Schein trügt. In Beckys Leben geht es drunter und drüber, denn sie ist eine Frau mit einer gefährlichen Leidenschaft: Sie kann einfach keinem Schnäppchen widerstehen. Beim Anblick eines »Reduziert!«-Schildes beginnt ihr Herz wie wild zu schlagen, und Shoppen ist für sie das reinste Kreislauftraining. Die Beträge auf ihren Kreditkartenabrechnungen kann Rebecca allerdings nur durch ein Missverständnis oder einen Fehler im System erklären – nie im Leben hätte sie so viel Geld ausgegeben. Trotzdem wächst ihr Schuldenberg täglich und damit auch der Druck, einen Ausweg aus der Misere zu finden. Rebecca versucht es zunächst mit Sparen, dann mit Nebenjobs, aber der erhoffte Erfolg will sich nicht einstellen. Doch endlich zeigt sich ein Licht am Ende des Tunnels. Rebecca kommt einem hinterhältigen Betrug auf die Spur und entdeckt plötzlich ihren journalistischen Ehrgeiz. Dass sie sich dabei mit dem millionenschweren und obendrein höchst attraktiven Luke Brandon anlegen muss, verleiht der Geschichte noch zusätzlichen Reiz – und ist ein Grund mehr, sich zur Entspannung eine Kleinigkeit zu gönnen …

Weitere Informationen zu Sophie Kinsella
sowie zu lieferbaren Titeln der Autorin
finden Sie am Ende des Buches.

Sophie Kinsella

Shopaholic. Die Schnäppchenjägerin

Roman

Aus dem Englischen
von Marieke Heimburger

GOLDMANN

Die englische Originalausgabe erschien 2001 unter dem Titel
»The Secret Dreamworld of a Shopaholic« bei Black Swan, London

FSC www.fsc.org MIX Papier aus verantwortungsvollen Quellen FSC® C014496

Penguin Random House Verlagsgruppe FSC® N001967

1. Auflage
Taschenbuchausgabe September 2021
Deutsche Erstveröffentlichung Januar 2001

Umschlaggestaltung: FAVORITBÜRO, München
Umschlagmotiv: Frau: © Maryia Naidzionysheva/Shutterstock
London Silhouette: © Its design/ Shutterstock
MR · Herstellung: kw
Satz: Uhl + Massopust, Aalen
Druck und Bindung: GGP Media GmbH, Pößneck
Printed in Germany
ISBN: 978-3-442-49040-0
www.goldmann-verlag.de

Besuchen Sie den Goldmann Verlag im Netz

Meiner Freundin
und Agentin
Araminta Whitley
gewidmet

Endwich Bank
1 Stallion Square
London W 1 3 HW

Miss Rebecca Bloomwood
Flat 4
63 Jarvis Road
Bristol BS1 0DN

06. Juli 1997

Sehr geehrte Miss Bloomwood,

wir gratulieren Ihnen zu Ihrem kürzlich an der Universität Bristol erworbenen Hochschulabschluss. Sicherlich sind Sie sehr stolz auf Ihre Leistung.

Auch wir, die Endwich Bank, sind stolz auf unsere Leistungen als flexibles Geldinstitut mit exzellentem Service und individuellen, auf Sie zugeschnittenen Finanzdienstleistungsangeboten. Ganz besonders können wir unsere weitblickenden Vermögenspläne für anspruchsvolle Kundinnen wie Sie hervorheben.

Aus diesem Grund bieten wir Ihnen, sehr geehrte Miss Bloomwood, hiermit völlig gebührenfrei einen erweiterten Dispositionskredit in Höhe von £ 2000 für die ersten beiden Jahre Ihrer Erwerbstätigkeit an. Wenn Sie sich für ein Konto bei der Endwich Bank entscheiden, steht Ihnen dieser Überziehungskredit mit sofortiger Wirkung zur Verfügung.* Wir hoffen, Sie werden sich dieses einmalige Angebot nicht entgehen lassen, und sehen der Rücksendung des beiliegenden und von Ihnen ausgefüllten Formulars gerne entgegen.

Nochmals unsere Glückwünsche aussprechend verbleiben wir mit freundlichen Grüßen

Endwich Bank
Nigel Fairs
Marketingreferent Hochschulabsolventen

* Vorbehaltlich einer Bonitätsprüfung

Endwich – Wir sind für Sie da!

Endwich Bank
Zweigstelle Fulham
3 Fulham Road
London SW6 9JH

Miss Rebecca Bloomwood
Flat 2
4 Burney Rd.
London SW6 8FD

10. September 1999

Sehr geehrte Miss Bloomwood,

ich nehme Bezug auf unsere Schreiben vom 03. Mai, 29. Juli und 14. August 1999, in denen wir Sie darauf hinweisen, dass Ihr gebührenfreier Dispositionskredit für Hochschulabsolventen am 19. September 1999 ausläuft. Darüber hinaus machten wir Sie darauf aufmerksam, dass Sie den vereinbarten Kreditrahmen von £ 2000 deutlich überschritten haben.

Gegenwärtig verzeichnen wir auf Ihrem Konto einen Schuldsaldo von £ 3.794,56.

Wir möchten Sie daher bitten, sich mit meiner Assistentin Erica Parnell unter oben aufgeführter Telefonnummer in Verbindung zu setzen, um einen persönlichen Gesprächstermin zu vereinbaren.

Mit freundlichen Grüßen
Endwich Bank
Zweigstelle Fulham

Derek Smeath
Zweigstellenleiter

Endwich – Wir sind für Sie da!

Endwich Bank
Zweigstelle Fulham
3 Fulham Road
London SW6 9JH

Miss Rebecca Bloomwood
Flat 2
4 Burney Rd.
London SW6 8FD

22. September 1999

Sehr geehrte Miss Bloomwood,

wir bedauern den Umstand, dass Sie sich ein Bein gebrochen haben.

Dennoch möchten wir Sie bitten, sich nach Ihrer Genesung telefonisch mit meiner Assistentin Erica Parnell in Verbindung zu setzen, um einen Gesprächstermin zu vereinbaren, bei dem wir Ihren fortdauernden, erhöhten Überziehungskreditbedarf erörtern können.

Mit freundlichen Grüßen
Endwich Bank
Zweigstelle Fulham

Derek Smeath
Zweigstellenleiter

Endwich – Wir sind für Sie da!

Endwich Bank
Zweigstelle Fulham
3 Fulham Road
London SW6 9JH

Miss Rebecca Bloomwood
Flat 2
4 Burney Rd.
London SW6 8FD

17. November 1999

Sehr geehrte Miss Bloomwood,

wir bedauern sehr, dass Sie an Pfeifferschem Drüsenfieber erkrankt sind.

Dennoch möchten wir Sie bitten, sich nach Ihrer Genesung telefonisch mit meiner Assistentin Erica Parnell in Verbindung zu setzen, um einen Gesprächstermin zu vereinbaren, bei dem wir Ihre derzeitige finanzielle Situation besprechen können.

Mit freundlichen Grüßen
Endwich Bank
Zweigstelle Fulham

Derek Smeath
Zweigstellenleiter

Endwich – Wir sind für Sie da!

EINS

Okay. Keine Panik. *Keine* Panik. Das ist bloß eine VISA-Rechnung. Ein Stück Papier; ein paar Zahlen. Ich meine – ein paar lächerliche Zahlen. Nichts, wovor man Angst haben müsste.

Ich blicke starr aus dem Bürofenster, beobachte einen Bus, der die Oxford Street hinunterfährt, und zwinge mich, den weißen Umschlag zu öffnen, der auf meinem chaotischen Schreibtisch liegt. Nichts weiter als ein Stück Papier, sage ich mir schon zum tausendsten Mal. Und ich bin schließlich nicht blöd, oder? Ich weiß genau, wie hoch diese VISA-Rechnung ausfällt.

Ziemlich genau. Also, so ungefähr.

Ungefähr … zweihundert Pfund. Dreihundert vielleicht. Ja, vielleicht dreihundert. Allerhöchstens dreihundertfünfzig.

Ich schließe die Augen und fange an zu rechnen. Das Kostüm von Jigsaw. Abendessen mit Suze bei *Quaglino's*. Und dann dieser geniale rot-gelbe Teppich. Der hat allerdings zweihundert Pfund gekostet, jetzt, wo ich drüber nachdenke. Aber die war er auch wert. Ist von allen bewundert worden. Na ja, zumindest von Suze.

Und das Jigsaw-Kostüm war im Angebot – 30 % reduziert. Da habe ich also im Grunde Geld *gespart*.

Ich mache die Augen auf und greife nach der Rechnung. In dem Moment, in dem ich das Papier berühre, fallen mir die neuen Kontaktlinsen ein. Fünfundneunzig Pfund. Stolzes Sümmchen. Aber die musste ich nun wirklich kaufen. Oder sollte ich blind wie ein Maulwurf durch die Gegend laufen?

Natürlich musste ich dafür aber auch neue Reinigungslösungen kaufen und ein hübsches Döschen und einen antiallergischen Eye-Liner. Alles in allem war ich damit bei … vierhundert?

Am Nachbarschreibtisch sieht Clare Edwards von ihrer Post auf. Jeden Morgen sortiert sie alle ihre Briefe auf ordentliche Stapel, hält diese mit Gummibändern zusammen und steckt Zettelchen dran, auf denen steht »Sofort beantworten« oder »Nicht dringend, aber beantworten« oder Ähnliches. Ich kann Clare Edwards nicht ausstehen.

»Alles in Ordnung, Becky?«, fragt sie.

»Ja, ja«, sage ich fröhlich. »Ich lese nur gerade einen Brief.«

Beschwingt fasse ich in den Umschlag, doch ich ziehe die Rechnung nicht ganz heraus. Meine Finger erstarren förmlich, während ich mir – wie jeden Monat – nur noch eins sehnlichst wünsche.

Soll ich Ihnen verraten, wovon ich heimlich träume? Das hat mit einer Verwechslungsgeschichte zu tun, die ich mal in der Zeitung gelesen habe. Ich fand die Geschichte so toll, dass ich den Bericht ausgeschnitten und mir an die Kleiderschranktür gehängt habe. Zwei Kreditkartenabrechnungen wurden jeweils dem falschen Empfänger zugeschickt, und – man stelle sich das mal vor! – beide haben die verkehrte Rechnung bezahlt, ohne die Verwechslung überhaupt zu bemerken! Sie haben die Rechnung des jeweils anderen bezahlt, *ohne sie zu überprüfen*.

Seit ich diese Geschichte gelesen habe, habe ich diesen geheimen Traum, dass mir genau das Gleiche passiert. Irgendeine klapprige alte Dame in Cornwall bekommt meine enorme Rechnung zugeschickt und bezahlt sie, ohne sie sich genauer anzusehen. Und ich bekomme ihre Rechnung für drei Dosen Katzenfutter à £1,99 zugeschickt. Die ich selbstverständlich sofort bezahle. Da muss man schon fair bleiben.

Mit einem breiten Grinsen auf dem Gesicht sehe ich aus dem Fenster. Ich bin davon überzeugt, dass es diesen Monat so weit ist – mein Traum wird wahr. Aber als ich dann endlich unter Clares neugierigem Blick die Rechnung aus dem Umschlag ziehe, reduziert sich das Grinsen zu einem Lächeln und verschwindet schließlich ganz. Irgendetwas schnürt mir die Kehle zu. Könnte Panik sein.

Das Blatt Papier ist von oben bis unten schwarz bedruckt. Diverse bekannte Namen tanzen vor meinen Augen wie in einer Shopping Mall. Ich versuche sie zu lesen, aber sie bewegen sich zu schnell. Thorntons, erhascht mein Blick. Thorntons Chocolates? Was zum Teufel hatte ich denn bei Thorntons Chocolates verloren? Ich war doch auf Diät. Diese Rechnung *konnte* einfach nicht stimmen. Das konnte nicht meine sein. Ich konnte nie und nimmer so viel Geld ausgegeben haben.

Keine Panik!, ermahne ich mich innerlich. Panik bringt überhaupt nichts. Jetzt lies ganz langsam jeden einzelnen Posten durch, einen nach dem anderen. Ich atme tief ein und zwinge mich, die Rechnung ganz ruhig von oben nach unten durchzulesen.

WH Smith (Genehmigt. Schreibwaren braucht schließlich jeder mal.)

Boots (dito)

Specsavers (lebensnotwendig)

Oddbins (eine Flasche Wein – lebensnotwendig)

Our Price (*Our Price*? Ach, ja. Das neue Album von den Charlatans. Na, das musste ich nun wirklich haben.)

Bella Pasta (Abendessen mit Caitlin)

Oddbins (Flasche Wein – lebensnotwendig)

Esso (Benzin zählt nicht)

Quaglino's (teuer, aber eine Ausnahme)

Prêt à Manger (da war mir das Bargeld ausgegangen)

Oddbins (Flasche Wein – lebensnotwendig)

Rugs to Riches (was? Ach, ja, der Teppich. Blöder Teppich)

La Senza (sexy Unterwäsche für Verabredung mit James)

Agent Provocateur (noch sexiere Unterwäsche für Verabredung mit James. Hm. Hat auch nichts genützt.)

Body Shop (dieses Hautrubbelteil, das ich unbedingt brauche)

Next (eher langweiliges weißes Hemd – war aber im Angebot)

Millets …

Halt, Stopp, Moment! Millets? Ich setze niemals auch nur einen Fuß in den Millets-Laden. Was zum Teufel sollte ich denn bei Millets wollen? Ratlos starre ich auf die Rechnung, runzle die Stirn und versuche nachzudenken – und da dämmert es mir. Ganz klar. Irgendjemand anders hatte meine Karte benutzt.

Oh, Gott. Ich, Rebecca Bloomwood, bin das Opfer eines Verbrechens geworden.

Jetzt bekam das alles einen Sinn. Irgendeiner hatte meine Kreditkarte geklaut und meine Unterschrift gefälscht. Wer weiß, wo er die Karte sonst noch benutzt hat? Kein Wunder, dass so viele Posten auf meiner Abrechnung sind! Irgendjemand war mit meiner Karte in London auf Einkaufstour gewesen – und dachte, er würde ungeschoren davon kommen.

Aber wie hatte derjenige das angestellt? Ich krame mein Portemonnaie aus der Handtasche, klappe es auf – und sehe meine VISA-Karte. Ich nehme sie heraus und betrachte sie. Irgendjemand musste sie mir aus dem Portemonnaie geklaut, sie benutzt und *dann wieder zurück ins Portemonnaie gesteckt haben*. Es muss jemand gewesen sein, den ich kenne. Oh, Gott. Wer?

Misstrauisch sehe ich mich im Büro um. Wer auch immer das war, konnte nicht besonders helle sein.

Meine Karte bei Millets zu benutzen! Das war ja lachhaft. Wo ich doch *nie* bei Millets einkaufte!

»Bin doch noch nie bei Millets gewesen!«, sage ich laut.

»Natürlich«, sagt Clare.

»Was?« Wenig erfreut über diese Unterbrechung drehe ich mich zu ihr um. »Wann?«

»Du hast doch Michaels Abschiedsgeschenk bei Millets gekauft, oder nicht?«

Ich starrte sie an und merke, wie mein Lächeln erstirbt. Mist. Klar. Der blaue Anorak für Michael. Der blöde blaue Anorak von Millets.

Als Michael, unser stellvertretender Chefredakteur, vor drei Wochen bei uns aufhörte, habe ich mich freiwillig bereit erklärt, das Geschenk für ihn zu besorgen. Ich nahm den braunen Umschlag mit den Münzen und den Scheinen mit in den Laden und suchte einen Anorak aus. Und im letzten Moment – jetzt fiel es mir wieder ein – beschloss ich, mit Kreditkarte zu zahlen und das überaus praktische Bargeld für mich zu behalten.

Ich kann mich lebhaft daran erinnern, wie ich die Fünf-Pfund-Scheine aus dem Umschlag gefischt und sorgfältig in mein Portemonnaie gesteckt habe, wie ich die Pfundstücke in das Münzfach und das restliche Kleingeld lose in meine Handtasche habe fallen lassen. Oh, gut, dachte ich. Dann muss ich ja gar nicht zum Geldautomaten. Ich dachte, das würde *Wochen* reichen.

Aber wo war das Geld bloß abgeblieben? Ich konnte

doch nicht einfach so sechzig Pfund ausgegeben haben, ohne es zu merken, oder?

»Wie kommst du überhaupt darauf?«, fragt Clare und beugt sich nach vorne. Hinter den Gläsern ihrer Brille funkeln zwei kleine, runde Röntgenaugen. Sie weiß genau, dass ich mit meiner VISA-Rechnung beschäftigt bin. »Nur so«, sage ich und wende mich ohne ein weiteres Wort der zweiten Seite meiner Rechnung zu.

Aber ich bin irgendwie aus dem Konzept. Statt das zu tun, was ich sonst immer tue – nämlich mich auf den erforderlichen Mindestbetrag zu konzentrieren und den Gesamtbetrag zu ignorieren –, starre ich ungläubig auf die allerletzte Zahl.

Neunhundertneunundvierzig Pfund und dreiundsechzig Pence. Schwarz auf Weiß.

Schweigend glotze ich die Zahl etwa eine halbe Minute an, dann stopfe ich die Rechnung wieder in den Umschlag. In diesem Moment habe ich das Gefühl, dass dieses Stück Papier überhaupt nichts mit mir zu tun hat. Ehrlich. Wenn ich es einfach unachtsamerweise hinter meinem Computer auf den Boden fallen lassen würde, würde es vielleicht verschwinden. Die Putzkolonne würde es aufsammeln und entsorgen, und ich könnte behaupten, die Rechnung nie bekommen zu haben. Schließlich kann man mich nicht für eine Rechnung verantwortlich machen, die ich nie erhalten habe, oder?

Ich reime mir schon einen entsprechenden Brief an die Geschäftsleitung von VISA zusammen. »Sehr geehrte Damen und Herren! Ihr Schreiben befremdet mich. Von welcher Rechnung reden Sie eigentlich? Ich habe nie eine Rechnung von Ihrem Unternehmen erhalten. Ihr Ton gefällt mir gar nicht, und ich hätte gute Lust, den Fall publik zu machen und mich an die Sendung *Watchdog* zu wenden.«

Notfalls könnte ich auch auswandern.

»Becky?« Ich reiße den Kopf hoch und sehe, dass Clare mit mir spricht. »Hast du den Bericht über Lloyds fertig?«

»So gut wie«, lüge ich. Da sie mich beobachtet, fühle ich mich genötigt, guten Willen zu zeigen und die entsprechende Datei auf meinem Computer zu öffnen. Aber sie beobachtet mich immer noch.

»Die Sparer können, als weiteren Vorteil, jederzeit über ihr Geld verfügen«, tippe ich und schreibe damit nur die vor mir liegende Pressemitteilung ab. »Außerdem bietet das Konto denen, die mehr als £ 5000 einlegen, einen stufenweise gekoppelten Zinssatz.«

Nach dem Punkt trinke ich einen Schluck Kaffee und befasse mich mit der zweiten Seite der Pressemitteilung.

Das ist übrigens mein Job. Ich bin Journalistin bei einer Finanzzeitschrift. Ich werde dafür bezahlt, dass ich anderen Leuten sage, wie sie mit ihrem Geld umgehen sollen.

Natürlich ist das nicht der Job, von dem ich immer geträumt habe. Niemand, der über private Vermögensanlage schreibt, tut das aus freien Stücken. Die

Leute sagen dann immer, sie sind da »so reingerutscht«. Alles Lüge. Was sie eigentlich damit sagen wollen, ist, dass sie für interessantere Themen einfach niemand haben wollte. Dass sie sich bei der *Times* und beim *Express* und bei *Marie Claire* und *Vogue* und *GQ* beworben und immer nur ein »Nein danke« zur Antwort bekommen haben.

Also haben sie angefangen, sich bei *Metalwork Monthly*, *Cheesemakers Gazette* und *What Investment Plan?* zu bewerben. Und da haben sie dann eine Stelle als besserer Volontär bekommen, bei der sie so gut wie nichts verdienten – und waren dankbar dafür. Und von da an haben sie eben immer weiter über Metall, Käse oder Sparpläne geschrieben, weil das das Einzige ist, von dem sie überhaupt etwas verstehen. Ich für meinen Teil habe bei einer Zeitschrift mit dem eingängigen Titel *Personal Investment Periodical* angefangen. Ich habe gelernt, wie man an eine Pressemitteilung herankommt, wie man bei Pressekonferenzen nickt und Fragen stellt, die den Eindruck vermitteln, dass man genau weiß, wovon man redet. Nach eineinhalb Jahren – ob Sie's mir glauben oder nicht – wurde ich durch einen Headhunter für *Successful Saving* abgeworben.

Natürlich habe ich immer noch keine Ahnung von Finanzen. Die Leute an der Bushaltestelle wissen besser über Finanzen Bescheid als ich. Selbst Schulkinder wissen mehr als ich. Ich mache diesen Job jetzt schon seit drei Jahren, und ich warte immer noch darauf, dass mich jemand ertappt.

An jenem Nachmittag höre ich, wie Philip, der Chefredakteur, mich ruft, und fahre vor Schreck zusammen.

»Rebecca?«, sagt er. »Auf ein Wort.« Und damit winkt er mich zu seinem Schreibtisch herüber. Auf einmal senkt er die Stimme und klingt fast schon verschwörerisch, und sein Lächeln deutet darauf hin, dass er gute Neuigkeiten für mich hat.

Oh, Gott, denke ich. Ich werde befördert. Ganz bestimmt. Er weiß, wie ungerecht es ist, dass ich weniger verdiene als Clare, und darum wird er jetzt für Gerechtigkeit sorgen. Vielleicht will er mir sogar mehr zahlen als ihr. Und das möchte er mir möglichst diskret mitteilen, damit Clare nicht neidisch wird.

Ein breites Lächeln überzieht mein Gesicht, als ich aufstehe und die drei Meter zu seinem Schreibtisch hinübergehe. Ich bemühe mich, ruhig zu bleiben, plane aber insgeheim schon, was ich mir von dem Geldsegen alles kaufen werde. Den Swinger bei Whistles. Und ein Paar hochhackige schwarze Stiefel von Pied à Terre. Vielleicht fahre ich in Urlaub. Und ich werde endlich die bescheuerte VISA-Rechnung bezahlen. Ich lebe auf vor Erleichterung. Ich *wusste* doch, dass sich alles einrenken würde …

»Rebecca?« Er schiebt mir eine Karte zu. »Ich schaffe es nicht zu dieser Pressekonferenz«, sagt er. »Könnte aber ganz interessant werden. Gehen Sie hin? Ist bei Brandon Communications.«

Ich merke, wie meine freudig erregten Gesichtszüge entgleisen. Keine Beförderung. Keine Gehaltserhöhung. Verrat! *Warum* hat er mich denn dann so angelächelt??? Er muss doch gewusst haben, dass er mir damit Hoffnungen gemacht hat! So ein Mistkerl.

»Stimmt was nicht?«, erkundigt Philip sich.

»Nein«, brumme ich. Aber ich kriege einfach kein Lächeln mehr hin. Vor meinem inneren Auge lösen sich der neue Swinger und die hochhackigen Stiefel in Luft auf. Keine Beförderung. Nur eine Pressekonferenz über … Ich werfe einen Blick auf die Karte. Über einen neuen Investmentfonds. Wie konnte man *das* nur als interessant bezeichnen?

»Sie können dann einen positiven Bericht darüber schreiben«, sagt Philip.

»Okay«, sage ich schulterzuckend und ziehe mich zurück.

ZWEI

Auf dem Weg zur Pressekonferenz muss ich nur eine lebensnotwendige Besorgung machen: nämlich die *Financial Times* kaufen. Die *FT* ist mit Abstand das beste Accessoire für Frauen wie mich. Die drei wichtigsten Vorteile lauten:

1. Hübsche Farbe.
2. Kostet nur 85 Pence.
3. Wenn man mit einer *FT* unter dem Arm einen Raum betritt, nehmen die Leute einen ernst. Wenn man eine *FT* unter dem Arm hat, kann man über die dämlichsten Themen reden, ohne dass die Leute einen für beschränkt halten. Sie glauben dann vielmehr, man sei unglaublich intellektuell und vielseitig interessiert.

Zu meinem Vorstellungsgespräch bei *Successful Saving* nahm ich gut sichtbar je ein Exemplar der *Financial Times* und des *Investor's Chronicle* mit. Man hat mir keine einzige Finanzfrage gestellt. Wenn ich mich recht entsinne, haben wir die ganze Zeit nur über Ferienhäuser geredet und über andere Redakteure gelästert.

Ich mache also an einem Zeitungskiosk Halt, kaufe mir eine *FT*, klemme sie mir professionell unter den

Arm und bewundere mein Spiegelbild im Schaufenster von Denny and George.

Ich sehe nicht schlecht aus, denke ich. Ich habe meinen schwarzen Rock von French Connection an, ein schlichtes weißes T-Shirt von Knickerbox und eine kurze Angorastrickjacke von Marks & Spencer, von der man aber glatt glauben könnte, sie sei von Agnès B. Und meine neuen Schuhe mit den eckigen Vorderkappen von Hobbs. Und was noch viel besser ist – auch, wenn das niemand sehen kann: darunter trage ich meine heiß geliebte neue BH-Garnitur mit den aufgestickten gelben Rosenknospen. Die ist eigentlich das Beste an meinem ganzen Outfit. Ich wünschte fast, ich würde überfahren, damit alle Welt sie sehen kann.

Das ist so eine Angewohnheit von mir, jedes einzelne Kleidungsstück, das ich am Leib trage, ganz genau benennen zu können, wie in einer Modezeitschrift. Das mache ich nun schon seit Jahren – nämlich seit ich regelmäßige *Just Seventeen*-Leserin war. In jeder Ausgabe wurde ein Mädchen vorgestellt, dass auf der Straße angehalten worden war, mit Foto und einer detaillierten Auflistung ihrer Klamotten. »T-Shirt: Chelsea Girl. Jeans: Top Shop. Schuhe: von einer Freundin geliehen.« Ich habe diese Auflistungen leidenschaftlich gern gelesen – und noch heute trenne ich aus den Kleidungsstücken, die ich in etwas uncoolen Läden gekauft habe, grundsätzlich das Etikett heraus. Auf diese Weise kann ich – sollte ich einmal auf der Straße angehalten werden – so tun, als wüsste ich nicht, wo ich das Teil herhabe.

Wie dem auch sei. Da stehe ich nun also und betrachte mich im Schaufenster, finde, dass ich eigentlich ganz gut aussehe und wünsche mir förmlich, dass jemand von *Just Seventeen* mit einer Kamera auftaucht – als meine Augen neu fokussieren, sich erstaunt weiten, und mir fast das Herz stehen bleibt. In Denny and Georges Schaufenster hängt ganz diskret ein Schild. Dunkelgrün mit cremefarbenen Lettern: reduziert.

Hämmernden Herzens starre ich darauf. Das kann nicht sein. Denny and George haben doch nicht reduziert. Nie. Denny und Georges Tücher und Pashminaschals sind so begehrt, dass sie sie wahrscheinlich sogar für den doppelten Preis verkaufen könnten. Jeder, den ich kenne, ist scharf auf ein Tuch von Denny and George. (Na gut, außer meiner Mum und meinem Dad. Meine Mum meint nämlich, was man nicht bei Bentalls of Kingston bekommt, braucht man auch nicht.)

Ich schlucke, gehe zwei Schritte vorwärts und drücke die Tür von diesem winzigen Laden auf. Die Türglocke macht »Ping«, und die nette blonde Frau hinter dem Tresen sieht auf. Ich weiß zwar nicht, wie sie heißt, aber ich habe sie schon immer gemocht. Ganz im Gegensatz zu all den anderen arroganten Verkäuferinnen in Klamottengeschäften hat sie nämlich überhaupt nichts dagegen, dass man stundenlang im Laden herumsteht und sich Sachen ansieht, die man sich eigentlich gar nicht leisten kann. Normalerweise halte ich mich etwa eine halbe Stunde bei Denny and

George auf und lechze nach den Tüchern, dann gehe ich zu Accessorize und kaufe mir etwas, um mich aufzuheitern. Ich habe eine ganze Schublade voll von Denny-and-George-Ersatzbefriedigungen.

»Hi«, sage ich und versuche, ruhig zu bleiben. »Sie haben … Sie haben ja reduziert.«

»Ja.« Die blonde Frau lächelt. »Ziemlich ungewöhnlich für uns.«

Ich lasse meinen Blick durch den Laden schweifen. Ich sehe stapelweise ordentlich gefaltete Tücher, über denen dunkelgrüne »-50 %«-Schilder hängen. Bedruckter Samt, perlenverzierte Seide, bestickter Kaschmir – und alle ziert dezent der Denny-and-George-Schriftzug. Der ganze Laden ist voll davon. Ich weiß gar nicht, wo ich anfangen soll. Oh, Gott, ich glaube, ich bekomme eine Panikattacke.

»Ich glaube, Ihnen hat das hier immer besonders gut gefallen«, sagt die nette blonde Frau und zieht ein grau-blau schimmerndes Tuch aus dem Stapel vor sich.

Oh, Gott, ja. Ich erinnere mich. Seidenähnlicher Samt, in zartem Blau bedruckt und mit irisierenden Perlen bestickt. Ich starre das Tuch an und spüre, wie ich an unsichtbaren Fäden fast unmerklich zu ihm hingezogen werde. Ich muss es berühren. Ich muss es umlegen. Ich habe noch nie so etwas Schönes gesehen. Die Verkäuferin wirft einen Blick auf das Preisschild. »Von £340 auf £120 reduziert.« Sie kommt auf mich zu und drapiert das Tuch um meinen Hals. Ich starre auf mein Spiegelbild.

Gar keine Frage. Ich muss dieses Tuch haben. Ich *muss* es haben. Mit diesem Tuch wirken meine Augen größer, meine Frisur teurer – ich sehe aus wie ein neuer Mensch. Und es passt einfach zu allem. Man wird mich »Die Frau mit dem Denny-and-George-Tuch« nennen.

»An Ihrer Stelle würde ich nicht lange überlegen.« Die Verkäuferin lächelt mich an. »Das ist das Letzte.«

Unwillkürlich kralle ich mich an ihm fest.

»Ich nehme es«, keuche ich. »Ich nehme es.«

Während sie das Tuch auf Seidenpapier ausbreitet, hole ich mein Portemonnaie heraus, klappe es auf und greife automatisch nach meiner VISA-Karte – aber ich fasse ins Leere. Überrascht und verwirrt durchwühle ich sämtliche Fächer in meinem Portemonnaie und überlege, ob ich die Karte vielleicht zusammen mit einem Kassenbon irgendwo hingesteckt hatte oder ob sie sich hinter einer Visitenkarte versteckt… Und dann fällt es mir siedend heiß ein. Sie liegt auf meinem Schreibtisch. Mir wird schlecht.

Wie konnte ich nur so blöd sein? Wie konnte ich nur meine VISA-Karte auf meinem Schreibtisch liegen lassen? Wo hatte ich denn meine *Gedanken*?

Die nette blonde Frau legt das eingewickelte Tuch in eine dunkelgrüne Denny-and-George-Schachtel. Mein Herz rast wie wild. Was soll ich bloß tun?

»Wie möchten Sie bezahlen?«, erkundigt sie sich zuvorkommend.

Ich laufe feuerrot an.

»Ich habe gerade gemerkt, dass ich meine Kreditkarte im Büro vergessen habe«, stottere ich.

»Oh«, sagt sie und hält inne.

»Können Sie es mir zurücklegen?«

Die Frau sieht mich unschlüssig an.

»Bis wann?«

»Bis morgen?«, frage ich verzweifelt. Oh, Gott. Sie verzieht das Gesicht. Versteht sie denn nicht??

»Tut mir Leid, das geht nicht«, sagt sie. »Wir dürfen reduzierte Ware nicht zurücklegen.«

»Und wenn es nur für ein paar Stunden ist?«, frage ich schnell. »Wann schließen Sie denn?«

»Um sechs.«

Um sechs! Ein kurioses Gemisch aus Erleichterung und Adrenalin durchströmt mich. Du bist gefordert, Rebecca! Ich werde zu der Pressekonferenz gehen, mich dort so früh wie möglich aus dem Staub machen und mit einem Taxi zurück ins Büro fahren. Ich werde meine VISA-Karte an mich reißen, Philip erzählen, dass ich meinen Notizblock vergessen habe, wieder hierherkommen und das Tuch kaufen.

»Können Sie es bis dahin zurücklegen?«, flehe ich. »Bitte? *Bitte*?« Sie lässt sich erweichen.

»Okay. Ich lege es an die Kasse.«

»Danke«, keuche ich. Ich eile aus dem Laden und die Straße hinunter zu Brandon Communications. Bitte, mach, dass die Pressekonferenz nicht zu lange dauert. Bitte, mach, dass nicht zu viele Fragen gestellt werden. Bitte, lieber Gott, *bitte*, mach, dass ich dieses Tuch kriege!

Als ich Brandon Communications erreiche, entspanne ich mich langsam wieder. Ich habe immerhin drei volle Stunden Zeit. Und mein Tuch liegt sicher an der Kasse hinter dem Tresen. Niemand wird es mir wegnehmen.

Im Foyer steht ein Schild mit dem Hinweis, dass die Pressekonferenz der Foreland Exotic Opportunities in der Artemis Suite stattfindet, und ein uniformierter Herr lotst uns alle in den entsprechenden Flur. Das heißt, dass es sich um eine größere Angelegenheit handeln muss. Natürlich nicht so groß, dass Fernsehkameras und CNN da wären und die gesamte Weltpresse mit angehaltenem Atem warten würde. Aber doch so groß, dass ziemlich viel Leute herbeiströmen. Ein relativ wichtiges Ereignis in unserer langweiligen kleinen Welt.

Als ich den Konferenzraum betrete, ist dieser bereits von unzähligen Menschen bevölkert, denen von umhergehenden Serviererinnen Kanapees gereicht werden. Die Journalisten kippen den Sekt weg, als wenn sie noch nie welchen getrunken hätten. Die PR-Mädels sehen alle ziemlich hochnäsig aus und nippen an Mineralwasser. Ein Kellner bietet mir ein Glas Sekt an. Ich nehme mir zwei. Das eine trinke ich jetzt, das andere stelle ich mir für später, wenn es langweilig wird, unter den Stuhl.

Am anderen Ende des Raumes erspähe ich Elly Granger von der *Investor's Weekly News*. Sie wird von zwei ernsten Herren in Anzügen bedrängt, denen sie mit glasigem Blick hin und wieder zunickt. Elly ist klasse. Sie ist erst seit einem halben Jahr bei *Investor's Weekly* und hat sich schon auf dreiundvierzig andere Stellen beworben. Sie wäre ja am allerliebsten Beauty-Redakteurin bei einer Frauenzeitschrift. Manchmal, wenn wir betrunken sind, schließen wir einen Pakt: Dass wir, wenn wir in drei Monaten nicht einen aufregenderen Job haben, beide kündigen. Aber der Gedanke daran, kein Geld zu haben – und sei es nur für einen Monat –, ist fast noch abschreckender als der Gedanke daran, den Rest des Lebens über Rentenpläne zu schreiben.

»Rebecca. Wie schön, dass Sie kommen konnten.«

Ich sehe auf und verschlucke mich um ein Haar an meinem Sekt. Luke Brandon, der Obermimer von Brandon Communications, steht vor mir und sieht mich so durchdringend an, als wüsste er ganz genau, was ich gerade denke.

Ich bin ihm erst ein paar Mal begegnet, und jedes Mal fühle ich mich irgendwie unwohl in seiner Gegenwart. Erstens hat er einen furchtbaren Ruf. Alle Welt redet ständig davon, was er für ein Genie ist, sogar Philip, mein Boss. Er hat Brandon Communications aus dem Nichts aufgebaut und zum heute größten PR-Unternehmen in der Londoner Finanzwelt gemacht. Vor ein paar Monaten hat eine Zeitung ihn zu einem der cleversten Unternehmer seiner (und damit meiner) Generation gekürt. Es hieß, er habe einen überdurchschnittlich hohen IQ und ein fotografisches Gedächtnis. (Leute mit fotografischem Gedächtnis habe ich noch nie leiden können.)

Aber das ist noch nicht alles. Ich finde, er macht immer so ein finsteres Gesicht, wenn er mit mir redet. Als wüsste er ganz genau, was ich für eine Hochstaplerin bin. Da fällt mir ein: Wahrscheinlich weiß er das tatsächlich. Bestimmt kommt eines Tages heraus, dass der berühmte Luke Brandon nicht nur ein unschlagbares Genie ist, sondern auch Gedanken lesen kann. Er weiß, dass ich, wenn ich zu irgendeinem langweiligen Diagramm aufblicke, in Wirklichkeit an ein traumhaftes schwarzes Oberteil denke, das ich bei Joseph gesehen habe, und mir überlege, ob ich mir die dazu passende Hose wohl auch leisten kann.

»Sie kennen Alicia, oder?«, sagt Luke Brandon und deutet auf das makellose blonde Mädchen neben ihm.

Ich kenne sie nicht. Aber das macht auch nichts weiter. Die Mädchen bei Brandon C, wie sie die Firma nennen, sind nämlich ohnehin alle gleich. Sie sind adrett gekleidet, redegewandt, mit Bankern verheiratet und absolut humorlos.

»Rebecca«, sagt Alicia kühl und reicht mir die Hand. »Von *Successful Saving*, richtig?«

»Richtig«, sage ich ebenso kühl.

»Wie schön, dass Sie kommen konnten«, sagt Alicia. »Ich weiß ja, wie viel die Journalisten immer zu tun haben.«

»Kein Problem«, sage ich. »Wir möchten ja im Grunde an so vielen Pressekonferenzen wie nur möglich teilnehmen. Damit wir wissen, was in der Industrie los ist.« Ich bin ganz stolz auf meine Antwort. Ich nehme mir den Quatsch ja fast selbst ab.

Alicia nickt ernst, als wäre ihr jedes Wort, das ich sage, unglaublich wichtig.

»Sagen Sie, Rebecca, was halten Sie eigentlich von der heutigen Neuigkeit?« Sie deutet auf die *FT* unter meinem Arm. »Das war ja eine ganz schöne Überraschung, finden Sie nicht?«

Oh, Gott. Wovon redet sie?

»Eine interessante Entwicklung«, sage ich noch immer lächelnd, um Zeit zu gewinnen. Ich sehe mich auf der Suche nach irgendeinem Hinweis im Konferenzraum um – vergeblich. Worum geht es? Sind die Zinsen erhöht worden, oder was?

»Also, ich muss schon sagen, ich fürchte, dass das für die Wirtschaft nicht gut sein wird«, fährt Alicia ernst fort. »Aber Sie haben dazu sicher Ihre eigenen Ansichten.«

Sie sieht mich an und wartet auf eine Antwort. Ich spüre, wie meine Wangen rot werden. Wie komme ich da jetzt bloß raus? In diesem Moment schwöre ich mir, dass ich von morgen an jeden Tag die Zeitung lesen werde. Ich will nie wieder so kalt erwischt werden.

»Ich bin da ganz Ihrer Meinung«, sage ich schließlich. »Ich fürchte auch, dass das für die Wirtschaft gar nicht gut sein wird«, würge ich hervor. Ich nippe schnell an meinem Sekt und bete für ein Erdbeben.

»Haben Sie denn damit gerechnet?«, fragt Alicia. »Ich weiß ja, dass die Journalisten uns anderen immer um eine Nasenlänge voraus sind.«

»Ich … Ja, doch, ich habe es kommen sehen«, sage ich, und ich glaube, ich klinge ziemlich überzeugend.

»Und jetzt auch noch dieses Gerücht darüber, dass Scottish Prime und Flagstaff Life an einem Strang ziehen wollen!« Durchdringend sieht sie mich an. »Glauben Sie, da ist was dran?«

»Das ist … Das ist schwer zu sagen«, entgegne ich und trinke einen ordentlichen Schluck Sekt. Was für ein Gerücht? Oh, Gott, kann sie mich denn nicht einfach in Ruhe lassen?

Dann sehe ich dummerweise zu Luke Brandon auf. Er starrt mich mit einem merkwürdigen Gesichtsausdruck an. Mist. Er *weiß*, dass ich keine Ahnung habe, oder?

»Alicia«, sagt er unvermittelt. »Maggie Stevens ist gerade hereingekommen. Würden Sie bitte …«

»Aber selbstverständlich«, sagt sie und macht sich wie ein dressiertes Hündchen auf den Weg zur Tür.

»Ach, Alicia?«, ruft Luke ihr noch hinterher, und sie kehrt prompt um. »Ich möchte wissen, wer genau in den Zahlen herumgepfuscht hat.«

»Ja«, schluckt Alicia und trollt sich.

Mann, ist der Furcht einflößend. Und jetzt bin ich ganz allein mit ihm. Ich mache mich lieber schnell davon.

»Ja, dann«, sage ich fröhlich. »Ich muss weiter und –«

Aber Luke Brandon beugt sich zu mir.

»SBG hat heute Morgen bekannt gegeben, dass sie die Rutland Bank übernommen haben«, sagt er leise.

Natürlich, jetzt, wo er es sagt, fällt es mir wieder

ein! Das habe ich doch heute Morgen in den Nachrichten gehört.

»Ich weiß«, entgegne ich hochmütig. »Das habe ich in der *FT* gelesen.« Und bevor er noch etwas sagen kann, lasse ich ihn stehen und flüchte mich zu Elly.

Als es Zeit ist, Platz zu nehmen, ziehen Elly und ich uns in eine der hintersten Reihen zurück und setzen uns nebeneinander. Ich schlage meinen Notizblock auf, schreibe »Brandon Communications« ganz oben auf das erste Blatt und fange an, Blümchen darunter zu malen. Elly ist damit beschäftigt, die Nummer für das Wochenhoroskop in ihr Handy einzutippen.

Ich trinke einen Schluck Sekt, lehne mich zurück und entspanne mich. Bei Pressekonferenzen braucht man grundsätzlich nicht zuzuhören. Die wichtigsten Informationen sind ohnehin in der Pressemappe, und worüber bei der Konferenz geredet wurde, kann man sich hinterher zusammenreimen. Ich überlege mir sogar gerade ernsthaft, ob es irgendjemandem auffallen würde, wenn ich ein Fläschchen Nagellack herausholen und mir die Nägel lackieren würde, als die blöde Alicia sich von hinten zu mir herunterbeugt.

»Rebecca?«

»Ja?«, sage ich faul.

»Ein Anruf für Sie. Ihr Chefredakteur.«

»Philip?«, frage ich blöderweise nach. Als hätte ich eine ganze Reihe von Chefredakteuren.

»Ja.« Sie sieht mich an, als hätte ich sie nicht alle, und deutet auf ein Telefon am hinteren Ende des Raumes. Elly sieht mich fragend an, ich antworte mit einem Achselzucken. Philip hat mich noch nie bei einer Pressekonferenz angerufen.

Ich bin ziemlich aufgeregt und komme mir extrem wichtig vor, als ich auf das Telefon zusteuere. Vielleicht hat sich im Büro ein Notfall ereignet. Vielleicht hat er eine unglaubliche Geschichte aufgetan und will, dass ich nach New York fliege, um die Spur weiter zu verfolgen.

»Hallo, Philip?«, sage ich in die Muschel – um mir sofort im Anschluss daran zu wünschen, etwas Energischeres, Beeindruckendes gesagt zu haben, wie zum Beispiel ein schlichtes »Jep.«

»Hören Sie, Rebecca, es tut mir Leid, dass ich Sie belästige«, sagt Philip, »aber bei mir kündigt sich eine Migräne an. Ich gehe nach Hause.«

»Oh«, sage ich etwas verwirrt.

»Ich dachte, Sie könnten vielleicht einen kleinen Botengang für mich erledigen.«

Einen Botengang? Was glaubt er denn, wer ich bin? Wenn er will, dass ihm jemand Kopfschmerztabletten besorgt, soll er eine Sekretärin einstellen.

»Ich weiß nicht recht«, versuche ich, mich herauszureden. »Ich kann hier schlecht weg.«

»Wenn Sie da fertig sind. Das Social Security Select Committee legt um fünf Uhr seinen Bericht vor. Könnten Sie wohl dort vorbeigehen und ihn abholen? Sie können von der Pressekonferenz direkt nach Westminster fahren.«

Was? Entsetzt starre ich auf das Telefon. *Nein,* ich

kann den bescheuerten Bericht *nicht* holen! Ich muss meine VISA holen! Ich muss mein Tuch kaufen.

»Kann Clare das nicht machen?«, frage ich. »Ich wollte eigentlich ins Büro zurückkommen und meinen Artikel über …« – Worüber sollte ich diesen Monat schreiben? – »… über Hypotheken fertig schreiben.«

»Clare ist bei einem Briefing in der City. Und Westminster liegt doch auf Ihrem Heimweg nach Trendy Fulham, oder?«

Philip macht *ständig* Witze darüber, dass ich in Fulham wohne. Nur, weil er im spießigen Harpenden wohnt.

»Sie können doch einfach eben aus der Bahn springen, den Bericht holen und wieder weiterfahren«, hat er sich gedacht.

Oh, Gott. Mir fällt aber auch gar nichts ein, wie ich mich herausreden könnte. Ich schließe die Augen und denke blitzschnell nach. Eine Stunde hier. Dann im Eiltempo ins Büro, die VISA-Karte holen, zu Denny and George, Tuch holen, nach Westminster düsen, den Bericht holen. Ich könnte es gerade so schaffen.

»Gut«, sage ich. »Überlassen Sie das mir.«

Ich setze mich in dem Moment wieder hin, in dem die Lichter ausgehen und die Worte »Chancen und Möglichkeiten in Fernost« auf der Leinwand vor uns erscheinen. Eine ganze Serie von Bildern von Hongkong, Thailand und anderen exotischen Orten erscheint. Normalerweise hätte mich das zu sehnsuchtsvollen Gedanken an meinen nächsten Urlaub animiert. Aber heute kann ich mich nicht entspannen, ich kann nicht mal über die Neue von *Portfolio Week* lachen, die sich wie eine Wilde Notizen macht und später wahrscheinlich mindestens fünf Fragen stellen wird, weil sie glaubt, dass sie damit Eindruck macht. Ich mache mir viel zu viele Sorgen um meinen Schal. Was, wenn ich es nicht rechtzeitig zum Laden schaffe? Was, wenn jemand mehr dafür bietet? Der bloße Gedanke lässt Panik in mir aufsteigen. Ist es möglich, den Kaufpreis für ein Denny-and-George-Tuch in der Zeit zwischen der unverbindlichen Einigung über den Preis und dem Abschluss des Kaufvertrages zu erhöhen?

Und dann, gerade, als die letzten Thailandbilder verblassen und die ersten langweiligen Diagramme aufleuchten, habe ich einen genialen Einfall. Natürlich! Ich bezahle das Tuch in bar. Ein bisschen Bargeld in Ehren kann niemand verwehren! Ich kann hundert Pfund aus dem Geldautomaten ziehen, fehlen mir also nur noch zwanzig, und das Tuch gehört mir.

Ich reiße ein Stück Papier aus meinem Notizbuch, schreibe »Kannst du mir £ 20 leihen?« darauf und reiche es Elly, die immer noch verstohlen ihr Handy am Ohr hat. Ich frage mich, was sie sich jetzt wohl anhört. Kann doch wohl nicht mehr das Horoskop sein, oder? Sie liest den Zettel, schüttelt den Kopf und schreibt zurück: »Leider nicht. Die Scheißmaschine hat meine Karte geschluckt. Ernähre mich zurzeit von Essensmarken.«

Mist. Ich zögere kurz, dann schreibe ich: »Und Kreditkarte? Kriegst es auch wieder, versprochen. Was hörst du da eigentlich?«

Ich reiche ihr den Zettel, als das Licht wieder angeht. Die Präsentation ist vorbei, ohne dass ich ein Wort davon mitbekommen hätte. Die Leute rutschen auf ihren Stühlen herum, und eine PR-Trulla fängt an, Hochglanzbroschüren zu verteilen. Elly legt auf und grinst mich an.

»Liebeshoroskop«, sagt sie und tippt schon die nächste Nummer ein. »Wahnsinnig zuverlässig.«

»Ach, das ist doch alles Blödsinn.« Missbilligend schüttele ich den Kopf. »Ich fasse es nicht, dass du dir so einen Quatsch reinziehst. Und du willst Finanzjournalistin sein?«

»Nein«, sagt Elly. »Du?« Wir fangen an zu kichern, bis irgendeine alte Schachtel von einer überregionalen Zeitung sich zu uns umdreht und uns wütend anfunkelt.

»Meine Damen und Herren.« Eine durchdringende Stimme unterbricht uns und lässt mich aufblicken. Es ist Alicia, die sich ganz vorne aufgebaut hat. Sie hat richtig schöne Beine, stelle ich gallig fest. »Wie Sie sehen, bietet der Foreland ›Exotic Opportunities‹ Investmentfonds einen völlig neuen Zugang zum Kapitalanlagegeschäft.« Sie lässt den Blick durch den Raum schweifen, begegnet dem meinen und lächelt kalt.

»*Exotic Opportunities*«, flüstere ich Elly gehässig zu und zeige auf das Faltblatt. »Das Einzige, was daran exotisch ist, sind die *Preise*. Hast du gesehen, was die an Gebühren nehmen?«

(Ich gucke mir immer zuerst die Gebühren an. Genauso, wie ich immer als Erstes aufs Preisschild schaue.)

Elly verdreht zustimmend die Augen und konzentriert sich weiter auf ihr Handy.

»Foreland Investmentpläne machen mehr aus Ihrem Geld«, verkündet Alicias blasiertes Stimmchen. »Foreland Investmentpläne bieten mehr.«

»Mehr Gebühren und mehr Verluste«, sage ich ohne nachzudenken laut vor mich hin und löse damit allgemeines Gelächter aus. Gott, wie peinlich. Jetzt starrt Luke Brandon mich auch noch an. Ich senke blitzschnell den Blick und tue so, als würde ich mir etwas notieren.

Obwohl, um ehrlich zu sein, weiß ich gar nicht, warum ich überhaupt so tue, als würde ich mir etwas notieren. Das Gesülze aus den Pressemitteilungen ist sowieso das Einzige, was wir hinterher abdrucken. Foreland Investments schalten jeden Monat eine ziemlich aufwendige, doppelseitige Anzeige bei uns, und außerdem haben sie Philip letztes Jahr eine ganz tolle Reise zu Recherchezwecken (haha) nach Thailand spendiert – wir dürfen uns also gar nicht anders als ausgesprochen positiv über sie äußern.

Alicia fährt fort, und ich beuge mich zu Elly.

»Also, was ist?«, flüstere ich. »Kann ich deine Kreditkarte ausleihen?«

»Gesperrt«, flüstert Elly entschuldigend zurück.

»Habe mein Limit voll ausgeschöpft. Was meinst du, warum ich auf Essensmarken angewiesen bin?«

»Aber ich brauche Geld!«, flüstere ich. »Unbedingt! Ich brauche zwanzig Pfund!«

Das geriet wohl etwas lauter, da Alicia nämlich ihren Vortrag unterbricht.

»Vielleicht hätten Sie Ihr Geld Foreland Investments anvertrauen sollen, Rebecca«, sagt Alicia und erheitert damit das Publikum. Einige Köpfe drehen sich nach mir um, und ich funkele sie böse an. Schließlich sind das doch Kollegen! Die sollten auf meiner Seite sein! Wo bleibt denn da die brüderliche/schwesterliche Solidarität unter Journalisten?

»Wofür brauchen Sie denn zwanzig Pfund?«, fragt Luke Brandon von ganz vorne.

»Ich ... meine Tante«, lüge ich. »Sie liegt im Krankenhaus, und ich wollte ihr ein Geschenk kaufen.«

Schweigen. Dann – ich kann es kaum glauben – greift Luke Brandon in seine Tasche, holt einen Zwanzig-Pfund-Schein heraus und reicht ihn einem der Journalisten in der ersten Reihe. Dieser zögert und gibt den Schein dann weiter an die Reihe hinter sich. Und so wandert ein Zwanzig-Pfund-Schein von Hand zu Hand und nähert sich mir wie ein Fan, der bei einem Konzert über die Menge hinweg zur Bühne transportiert wird. Als ich den Schein in die Hand nehme, klatschen die Leute Beifall, und ich laufe rot an.

»Danke«, sage ich peinlich berührt. »Sie kriegen es selbstverständlich wieder.«

»Und gute Besserung für Ihre Tante«, sagt Luke Brandon.

»Danke«, sage ich noch einmal. Dann sehe ich zu Alicia und empfinde einen gewissen Triumph. Sie sieht ganz klein und grau aus.

Gegen Ende der Veranstaltung, während der Frage- und-Antwort-Session, verlassen die Zuhörer einer nach dem anderen den Raum, um in ihre Büros zurückzukehren. Dies ist normalerweise der Zeitpunkt, an dem auch ich den Saal verlasse, mir irgendwo einen Cappuccino hole und ein bisschen durch die Geschäfte stöbere. Nicht so heute. Heute werde ich bis zur allerletzten lästigen Frage über Steuerstrukturen ausharren. Dann werde ich nach vorne gehen und Luke Brandon noch einmal persönlich für seine freundliche, wenn auch beschämende Geste danken. Und dann verschwinde ich und hole mein Tuch. Jippiiiie!

Doch zu meiner Überraschung erhebt sich Luke Brandon bereits nach wenigen Fragen von seinem Stuhl, flüstert Alicia etwas zu und geht in Richtung Ausgang.

»Danke«, raune ich ihm zu, als er an mir vorbeikommt, aber ich bin mir nicht sicher, ob er mich überhaupt gehört hat.

Auch egal. Ich habe die zwanzig Pfund, das ist alles, was zählt.

Auf dem Rückweg bleibt die Bahn ohne ersichtlichen Grund mitten in einem Tunnel stehen. Fünf Minuten vergehen, zehn. Ich kann mein Pech nicht fassen. Normalerweise sehne ich einen solchen Zwischenfall selbstverständlich herbei, nur, um eine Entschuldigung dafür zu haben, dass ich zu spät ins Büro komme. Aber heute führe ich mich auf wie ein gestresster Geschäftsmann mit einem Magengeschwür. Ich trommele mit den Fingern, seufze und blicke durch das Fenster hinaus ins Schwarze.

Ein Teil meines Gehirns weiß, dass ich Zeit genug habe und dass ich vor Ladenschluss bei Denny and George sein kann. Und ein anderer Teil weiß, dass, selbst wenn ich es nicht rechtzeitig schaffen sollte, die blonde Frau mein Tuch kaum an jemand anderen verkaufen wird. Die Möglichkeit besteht aber trotzdem. Das heißt, solange ich dieses Tuch nicht in meinen Händen halte, werde ich mich nicht entspannen können.

Als der Zug sich endlich wieder in Bewegung setzt, sinke ich mit einem dramatischen Seufzer in meinen Sitz zurück und sehe den blassen, stillen Mann zu meiner Linken an.

»Gott sei Dank!«, sage ich. »Ich bin ja schon fast verzweifelt.«

»Ja, ganz schön frustrierend«, pflichtet er mir leise bei.

»Nachdenken tun die ja wohl gar nicht, oder?«, sage ich. »Ich meine, es gibt schließlich Leute, die wirklich wichtige Dinge zu tun haben. Ich bin ganz schrecklich in Eile!«

»Ich bin auch ein bisschen in Eile«, sagt der Mann.

»Wenn der Zug sich jetzt nicht langsam bewegt hätte – ich weiß nicht, was ich getan hätte.« Ich schüttele den Kopf. »Man fühlt sich so … so ohnmächtig!«

»Ich weiß genau, was Sie meinen«, erwidert der Mann sehr ernst. »Die machen sich überhaupt nicht klar, dass manche von uns …« Er deutet auf mich. »… Also, dass manche von uns nicht nur aus Spaß hin- und herfahren. Dass es wirklich wichtig ist, ob wir rechtzeitig ankommen oder nicht.«

»Wie recht Sie haben!«, sage ich. »Wo müssen Sie hin?«

»Meine Frau liegt in den Wehen«, antwortet er. »Unser viertes.«

»Oh«, sage ich überrascht. »Also … Wow. Herzlichen Glückwunsch. Na, hoffentlich kommen Sie –«

»Letztes Mal hat es eineinhalb Stunden gedauert«, berichtet der Mann und wischt sich den Schweiß von der Stirn. »Und jetzt sitze ich schon vierzig Minuten in diesem Zug fest. Aber gut. Jetzt geht's ja weiter.«

Er zuckt kaum merklich mit den Schultern und lächelt mich dann an.

»Und Sie? Was haben Sie Wichtiges zu erledigen?«

Oh, Gott.

»Ich … äh … Ich wollte …«

Ich verstumme und räuspere mich, während ich merke, dass ich rot anlaufe. Ich kann diesem Mann unmöglich erzählen, dass meine unglaublich wichtige Mission darin besteht, bei Denny and George ein Tuch abzuholen.

Ich meine, ein *Tuch*. Wenn es wenigstens ein Kostüm wäre oder ein Mantel oder irgendetwas anderes Gewichtigeres.

»So wichtig ist es gar nicht«, höre ich mich murmeln.

»Doch bestimmt«, widerspricht er freundlich.

O nein, jetzt fühle ich mich noch schlechter. Ich sehe auf – Gott sei Dank, ich muss aussteigen!

»Viel Glück«, sage ich und springe auf. »Ich drücke Ihnen die Daumen, dass Sie rechtzeitig da sind!«

Verschämt marschiere ich von der Haltestelle in Richtung Denny and George. Vielleicht hätte ich die hundertzwanzig Pfund dem Mann geben sollen, für sein Baby, anstatt einen sinnlosen Schal zu kaufen. Mal im Ernst, was ist wichtiger? Klamotten – oder das Wunder neu geborenen Lebens?

Ich denke über diese Frage nach und komme mir wahnsinnig tiefsinnig und philosophisch vor. Ich bin so beeindruckt von mir selbst, dass ich beinahe vergesse abzubiegen. Aber ich sehe gerade noch rechtzeitig auf, gehe um die Ecke – und erstarre fast vor Schreck. Ein Mädchen kommt auf mich zu. Mit einer Denny-and-George-Tüte in der Hand! Von einer Sekunde zur anderen bin ich wieder glockenwach.

Oh, Gott.

Wenn sie nun mein Tuch gekauft hat?

Wenn sie nun explizit nach diesem Tuch gefragt und die Verkäuferin es ihr verkauft hat, weil sie dachte, ich würde nicht wiederkommen?

Mein Herz fängt panisch an zu klopfen. Ich beschleunige meinen Schritt. Als ich die Ladentür erreiche und öffne, kriege ich kaum noch Luft vor Angst. Wenn es nun weg ist? Was soll ich dann bloß tun?

Doch die blonde Verkäuferin lächelt, als ich hereinkomme.

»Hi!«, begrüßt sie mich. »Es liegt noch hier.«

»Ach, danke«, sage ich erleichtert und stütze mich deutlich geschwächt am Tresen ab.

Mir ist, als hätte ich gerade einen Marathonlauf absolviert. Ich finde ja, dass Einkaufen auf die lange Liste der Herz-Kreislauf-fördernden Maßnahmen gehört. Mein Herz schlägt mit Abstand am schnellsten, wenn ich ein »50% reduziert«-Schild sehe.

Ich blättere die Zehn- und Zwanzig-Pfund-Scheine auf den Tresen, dann beobachte ich mit einem leisen Schaudern, wie sie sich bückt und mit der grünen Schachtel in der Hand wieder aufrichtet. Sie schiebt die Schachtel in eine dicke, edle Tragetasche mit dunkelgrünen Kordelgriffen und reicht sie mir. Ich würde am liebsten die Augen schließen vor Glück.

Dieser Augenblick. Dieser Moment, in dem die Finger die Griffe einer glänzenden, knitterfreien Einkaufstüte umschließen und all die wunderbaren Dinge, die sich darin befinden, mir gehören. Wie lässt er sich beschreiben? Das ist wie ... mehrere Tage gehungert haben und sich dann den Mund mit gebuttertem Toast voll stopfen. Wie aufwachen und sich darüber klar werden, dass Wochenende ist. Wie guter Sex. Nichts anderes hat mehr Platz im Kopf. Es ist das pure, selbstsüchtige Vergnügen.

Ganz langsam schlendere ich – noch immer benebelt vor Freude – aus dem Laden. Ich habe ein Tuch von Denny and George. Ich habe ein Tuch von Denny and George! Ich habe –

»Rebecca!« Eine Männerstimme unterbricht mich in meinen Gedanken. Ich sehe auf, und mein Magen krampft sich vor Entsetzen zusammen. Luke Brandon.

Luke Brandon steht direkt vor mir auf der Straße und betrachtet interessiert meine Denny-and-George-Tüte. Ich werde nervös. Was macht er denn hier zu Fuß auf dem Bürgersteig? Haben Leute wie er denn keinen Chauffeur? Muss er nicht bei irgendeinem unglaublich wichtigen Empfang sein?

»Hat alles geklappt?«, fragt er mit leicht gerunzelter Stirn.

»Was?«

»Das mit dem Geschenk für Ihre Tante.«

»Ach, ja«, sage ich und schlucke. »Ja, das … das hat geklappt.«

»Ist es das?« Er deutet auf die Tüte, und ich kann spüren, dass meine Wangen feuerrot glühen.

»Ja«, sage ich schließlich. »Ich dachte, ein … ein Tuch wäre nett.«

»Ganz schön großzügig von Ihnen. Denny and George.« Er zieht die Augenbrauen hoch. »Ihre Tante muss eine sehr modebewusste Lady sein.«

»Ist sie auch«, sage ich und räuspere mich. »Sie ist wahnsinnig kreativ und originell.«

»Das glaube ich gern«, sagt Luke und hält inne. »Wie heißt sie denn?«

Oh, Gott. Ich hätte mich auf der Stelle aus dem

Staub machen sollen. Jetzt bin ich wie gelähmt. Mir fällt kein einziger Frauenname ein.

»Ähm … Ährmintrude«, höre ich mich sagen.

»Tante Ermintrude«, sagt Luke nachdenklich. »Na ja, wünschen Sie ihr gute Besserung von mir.«

Er nickt mir zu und geht davon, und ich sehe ihm erstarrt nach und überlege fieberhaft, ob er mich durchschaut hat oder nicht.

DREI

Kaum bin ich zur Wohnungstür herein, sieht Suze zu mir auf – und das Erste, das sie sagt, ist: »Denny and George! Becky, das ist nicht dein Ernst!«

»Doch«, sage ich und grinse von einem Ohr zum anderen. »Ich habe mir ein Tuch gekauft.«

»Zeigen!«, ruft Suze und pellt sich aus dem Sofa. »Zei-gen, zei-gen, zei-gen!« Sie kommt auf mich zu und zupft an den Kordelgriffen der Tragetasche. »Ich will dein neues Tuch sehen! Nun zeig schon!«

Genau darum hätte ich mir keine bessere Mitbewohnerin denken können als Suze. Julia, mit der ich früher zusammen gewohnt hatte, hätte jetzt nur die Stirn gerunzelt und gefragt: »Denny und wer?« Oder sie hätte gar gesagt: »Das ist aber eine Menge Geld für ein Tuch.« Suze dagegen versteht mich. Voll und ganz. Sie ist im Grunde noch schlimmer als ich.

Aber sie kann es sich auch leisten. Obwohl sie schon fünfundzwanzig ist – wie ich –, bekommt sie immer noch Taschengeld von ihren Eltern. Sie nennen es »Zuschuss«, und so weit ich weiß, stammt das Geld aus so einer Art Treuhandgesellschaft – aber in meinen Augen ist und bleibt es Taschengeld. Außerdem haben ihre Eltern ihr zum einundzwanzigsten

Geburtstag diese Wohnung in Fulham geschenkt, und seitdem wohnt sie hier, arbeitet hier und da ein bisschen und lässt es sich ansonsten gut gehen.

Sie war eine (sehr kurze) Weile im PR-Geschäft, und just zu der Zeit habe ich sie kennengelernt, auf einer Pressereise nach Guernsey. Sie hat übrigens für Brandon Communications gearbeitet. Ich will nicht unhöflich sein – und sie hat es ja auch selbst zugegeben – aber: Sie war die schlimmste PR-Frau, der ich je begegnet bin. Sie hatte völlig vergessen, welche Bank sie da eigentlich promoten sollte und fing an, in den höchsten Tönen von einem der Konkurrenzunternehmen zu schwärmen. Der Typ von der Bank hat immer finsterer geguckt, während die Journalisten sich alle fast in die Hose gemacht haben vor Lachen. Suze hat ganz schönen Ärger bekommen deswegen. Das war dann auch der Zeitpunkt, zu dem sie beschloss, dass PR doch nicht der richtige Beruf für sie war. (Man könnte natürlich auch sagen, dass Luke Brandon sie gefeuert hat, sobald sie wieder in London waren. Was ein weiterer Grund wäre, ihn nicht zu mögen.)

Wie dem auch sei, Suze und ich haben bis spät in die Nacht Wein getrunken, einen Riesenspaß zusammen gehabt und uns seitdem nicht mehr aus den Augen verloren. Und als Julia dann plötzlich mit ihrem Doktorvater durchgebrannt ist (stille Wasser sind ja bekanntlich tief), schlug Suze vor, dass ich bei ihr einziehen sollte. Ich bin mir ziemlich sicher, dass sie mir zu wenig Miete abnimmt, habe aber nie darauf bestanden, den vollen Marktpreis zu zahlen, weil ich mir das nicht leisten könnte. Wie können normale Menschen sich das bloß leisten, in einer so exorbitant teuren Gegend zu wohnen? Ich kann mir das beim besten Willen nicht erklären.

»Bex, nun mach schon auf!«, bettelt Suze. »Ich will es sehen!« Sie will ganz aufgeregt mit ihren langen Fingern in die Tüte greifen, doch ich schnappe sie ihr vor der Nase weg, damit sie sie nicht kaputt reißt. Diese Tragetasche wird einen Platz an der Rückseite meiner Zimmertür finden, zwischen all den anderen prestigeträchtigen Tragetaschen, die zu einem möglichst lässigen Einsatz kommen, wenn ich Eindruck schinden muss. (Gott sei Dank haben sie nicht extra »Reduziert«-Tüten drucken lassen. Ich *hasse* es, wenn die Läden so etwas machen. Ich meine, was nützt einem eine elegante Tüte, wenn dick und fett »Reduziert« draufsteht? Dann kann auch genauso gut »Geizkragen« draufstehen.)

Ganz langsam und mit Bedacht ziehe ich die dunkelgrüne Schachtel aus der Tüte, nehme den Deckel ab und falte das Seidenpapier auseinander. Dann hebe ich fast schon ehrfürchtig das Tuch hoch. Es ist wunderschön. Hier finde ich es sogar noch schöner als im Laden. Ich schlinge es mir um den Hals und grinse Suze blöde an.

»Oh, Bex«, flüstert sie. »Das ist ja hinreißend!«

Einen Moment lang schweigen wir beide. Wir treten mit einem höheren Wesen in Verbindung: dem heiligen Einkaufsgeist.

Und dann verdirbt Suze alles.

»Das könntest du doch am Wochenende anziehen, wenn du dich mit James triffst«, schlägt sie vor.

»Geht nicht«, sage ich leicht säuerlich und lege das Tuch wieder in die Schachtel. »Weil ich mich nämlich nicht mit ihm treffe.«

»Wieso das denn?«

»Weil wir uns gar nicht mehr treffen.« Ich bemühe mich, unbekümmert mit den Schultern zu zucken.

»Im Ernst?« Suze macht ganz große Augen. »Warum das denn? Das hast du mir ja gar nicht erzählt!«

»Ich weiß.« Ich weiche ihrem neugierigen Blick aus. »Es ist ein bisschen … peinlich.«

»Hast du Schluss gemacht? Du warst doch noch nicht mal mit ihm im Bett!« Suze spricht vor Aufregung immer lauter. Sie will *unbedingt* wissen, was los ist. Aber will ich unbedingt *erzählen*, was los ist? Einen Moment lang ziehe ich ernsthaft in Betracht, Diskretion zu wahren. Dann denke ich mir – ach, was soll's?

»Ich weiß«, sage ich. »Genau das war ja das Problem.«

»Was willst du denn damit sagen?« Suze kommt näher. »Bex, wovon redest du?«

Ich atme tief ein und sehe ihr direkt ins Gesicht.

»Er wollte nicht.«

»Er war nicht in dich verliebt?«

»Nein. Er …« Ich schließe die Augen. Ich kann es selbst kaum glauben. »Er ist gegen Sex vor der Ehe.«

»Das ist nicht dein Ernst.« Ich mache die Augen auf. Suze starrt mich so entsetzt an, als habe sie gerade von der schlimmsten Ruchlosigkeit der Menschheitsgeschichte erfahren. »Du willst mich doch veräppeln, Becky.« Sie will es einfach nicht glauben.

»Nein, will ich nicht.« Ich ringe mir ein gequältes Lächeln ab. »Das Ganze war ... ziemlich peinlich eigentlich. Ich habe ... na ja, ich habe mich so quasi auf ihn gestürzt, und er hat sich mit Händen und Füßen gewehrt.«

Mein Gedächtnis gab die so erfolgreich verdrängten Bilder von jenem unsäglichen Zwischenfall wieder frei. Ich hatte James vor einigen Wochen auf einer Party kennengelernt, und wir trafen uns zur entscheidenden dritten Verabredung. Wir waren richtig nett essen gewesen, er hatte darauf bestanden, zu bezahlen, dann waren wir zu ihm gegangen und waren knutschenderweise auf dem Sofa gelandet.

Ja, was soll ich denn da denken??? Er und ich zusammen auf dem Sofa – und selbst wenn sein Kopf vielleicht Nein sagte, der Rest seines Körpers schrie Ja! Ja! Ja! Und da ich ja eine moderne Frau des 21. Jahrhunderts bin, griff ich nach dem Reißverschluss an seiner Hose und wollte ihn aufziehen. Als James nach meiner Hand fasste und sie beiseiteschob, dachte ich, das wäre nur Spielerei, und habe noch eifriger als vorher weitergemacht.

Wenn ich jetzt so drüber nachdenke, habe ich vielleicht doch etwas länger gebraucht, um zu kapieren, dass es sich keinesfalls um Spielerei handelte. Er musste mir nämlich erst eine scheuern, um sich von mir befreien zu können. Dafür hat er sich hinterher allerdings auch mehrfach entschuldigt.

Suze starrt mich ungläubig an. Dann bricht sie in schallendes Gelächter aus.

»Er hat dich schlagen müssen? Bex, du männermordendes Ungeheuer!«

»Hör auf!«, protestiere ich. »Er war eigentlich richtig süß. Er hat mich gefragt, ob ich auf ihn warten würde.«

»Und du hast gesagt, vergiss es, Alter!«

»So ähnlich.« Ich senke den Blick.

Ich war in dem Moment so außer Kontrolle, dass ich mich zu einer Art Kampfansage hinreißen ließ. »Jetzt kannst du mir vielleicht widerstehen, James«, sagte ich mit rauer Stimme und – wie ich fand – eindeutig verführerischem Blick. »Aber du wirst schon sehen – es vergeht keine Woche, und du stehst bei mir vor der Tür.«

Inzwischen war mehr als eine Woche vergangen, und ich habe nichts von ihm gesehen oder gehört. Nicht besonders schmeichelhaft, wenn ich es mir recht überlege.

»Aber das gibt's doch gar nicht!«, regt Suze sich auf. »Hat der denn noch nie etwas von sexueller Kompatibilität gehört?«

»Weiß nicht.« Ich zucke mit den Schultern. »Ich schätze, das Risiko nimmt er in Kauf.« Da fängt Suze auf einmal an zu kichern.

»Hast du ihn denn wenigstens gesehen? Du weißt schon, seinen …«

»Nein! Er hat mich ja nicht mal in seine Nähe gelassen!«

»Aber hast du ihn denn nicht spüren können? Ist er denn *so* klein?« Suzes Augen funkeln gemein. »Ich wette, er ist *winzig*. Und James hofft, dass er irgendein naives Mädchen dazu bringen kann, ihn zu heiraten, und dann sitzt die Arme den Rest ihres Lebens da mit seinem Mini-Schniepel. Noch mal davongekommen, Bex!« Sie greift nach ihrer Schachtel Silk Cut und zündet sich eine Zigarette an.

»Komm mir bloß nicht zu nah!«, pampe ich sie an. »Mein schönes Tuch soll nicht nach Rauch stinken!«

»Und was machst du *dann* dieses Wochenende?«, fragt sie und zieht an der Zigarette. »Kommst du klar? Oder möchtest du mit aufs Land fahren?«

Damit meint Suze den zweiten Wohnsitz ihrer Familie in Hampshire. Das Land. Als besäßen ihre Eltern einen eigenen kleinen Staat, von dem niemand was weiß.

»Nein, ist schon okay«, sage ich und nehme missgelaunt die Fernsehzeitung zur Hand. »Ich fahre zu meinen Eltern.«

»Oh, okay«, sagt Suze. »Grüß deine Mum ganz lieb von mir.«

»Mache ich«, sage ich. »Und du grüßt Pepper ganz lieb von mir.«

Pepper ist Suzes Pferd. Sie reitet ihn etwa drei Mal im Jahr – wenn überhaupt –, aber jedes Mal, wenn ihre Eltern davon sprechen, ihn zu verkaufen, wird Suze völlig hysterisch. So weit ich mitbekommen habe, kostet er fünfzehntausend Pfund im Jahr an Unterhalt. Fünfzehntausend Pfund. Und was tut der

Gaul für sein Geld? Steht im Stall und frisst Äpfel. Ich hätte nichts dagegen, ein Pferd zu sein.

»Ach, da fällt mir ein, die Rechnung für die Gemeindesteuer ist heute gekommen«, sagt Suze. »Dreihundert pro Nase.«

»Dreihundert Pfund?« Ich sehe sie bestürzt an. »Wie, jetzt, sofort?«

»Ja. Genau genommen sind wir eh schon zu spät dran. Schreib mir doch einfach einen Scheck oder so.«

»Klasse«, sage ich unbekümmert. »Dreihundert Pfund, mal eben so.«

Ich hole meine Tasche und stelle sofort einen Scheck aus. Da Suze mit der Miete so großzügig ist, bezahle ich immer meinen Anteil an den Rechnungen, und manchmal lege ich noch ein bisschen was drauf. Und doch ist mir ganz kalt, als ich ihr den Scheck reiche. Dreihundert Pfund. Weg. Einfach so. Und diese blöde VISA-Rechnung sitzt mir auch noch im Nacken. Nicht gerade der beste Monat.

»Ach, und da hat jemand für dich angerufen«, fällt Suze noch ein. Sie schielt auf einen Zettel. »Erica Pastinak. Kann das sein?«

»Erica *Pastinak*?« Manchmal glaube ich ja, dass Suze ihr Bewusstsein ein bisschen zu oft erweitert hat.

»Parnell. Erica Parnell von der Endwich Bank. Du möchtest sie anrufen.«

Starr vor Entsetzen blicke ich Suze an.

»Sie hat hier angerufen? Hier, unter dieser Nummer?«

»Ja. Heute Nachmittag.«

»Ach, du Scheiße.« Mein Herz fängt heftig an zu klopfen. »Was hast du ihr gesagt? Hast du gesagt, dass ich Pfeiffersches Drüsenfieber habe?«

»Was?« Jetzt ist es an Suze, mich anzuglotzen. »Natürlich habe ich nicht gesagt, dass du Pfeiffersches Drüsenfieber hast!«

»Hat sie sich nach meinem Bein erkundigt? Oder überhaupt nach meiner Gesundheit?«

»Nein! Sie hat nur gefragt, wo du bist. Und ich habe ihr gesagt, du bist arbeiten.«

»Suze!«, jammere ich entsetzt.

»Ja, was hätte ich denn *sonst* sagen sollen?«

»Du hättest sagen sollen, dass ich mit Pfeifferschem Drüsenfieber und einem gebrochenen Bein im Bett liege!«

»Na, vielen Dank für die Vorwarnung!« Suze sieht mich aus zusammengekniffenen Augen an und knotet ihre Beine zum Lotussitz zusammen. Suze hat die längsten, dünnsten, drahtigsten Beine, die ich je gesehen habe. Wenn sie schwarze Leggings anhat, sieht sie aus wie eine Spinne. »Was ist denn überhaupt das Problem?«, erkundigt sie sich. »Hast du dein Konto überzogen?«

Habe ich mein Konto überzogen?

»Nur ein bisschen.« Ich zucke mit den Schultern. »Wird sich schon wieder einrenken.«

Suze antwortet nicht, und als ich aufblicke, sehe ich, wie sie meinen Scheck zerreißt.

»Suze! Was machst du?«

»Gib mir das Geld, wenn du wieder im Plus bist«, sagt sie mit fester Stimme.

»Danke, Suze«, sage ich und nehme sie fest in den Arm. Suze ist einfach die beste Freundin, die ich jemals hatte.

Und trotzdem habe ich so ein flaues Gefühl im Magen, den ganzen Abend lang, und auch am nächsten Morgen, als ich aufwache, ist es immer noch da. Es nagt so hartnäckig an mir, dass ich mich nicht mal mit dem Gedanken an mein Denny-and-George-Tuch davon ablenken kann. Ich liege im Bett, starre an die Decke und rechne zum ersten Mal seit Monaten zusammen, wo ich eigentlich überall mit wie viel in der Kreide stehe. Also: bei der Bank, bei VISA, bei Harvey Nichols (Kundenkarte), bei Debenhams (Kundenkarte), bei Fenwicks (Kundenkarte)… und jetzt auch noch bei Suze.

Das müssten ungefähr … mal nachdenken … ungefähr sechstausend Pfund sein.

Mir wird heiß und kalt, während ich über diese Summe nachdenke. Wo zum Teufel soll ich denn sechstausend Pfund hernehmen? Ich könnte tausend Wochen lang jede Woche sechs Pfund sparen. Oder fünfhundert Wochen lang jede Woche zwölf Pfund. Oder … oder hundert Wochen lang jede Woche sechzig Pfund. Das klingt schon besser. Aber wie soll ich denn bloß sechzig Pfund pro Woche sparen, verdammt?

Ich könnte natürlich auch einen Haufen Allgemeinwissen pauken und mich bei einer Gameshow bewerben. Oder irgendetwas richtig Geniales erfinden. Oder ich könnte … im Lotto gewinnen. Bei dem Gedanken wird mir angenehm warm. Ich schließe die Augen und kuschele mich wieder unter die Decke. Lotto ist mit Abstand die beste Alternative.

Es muss ja nicht der Jackpot sein. Viel zu unwahrscheinlich. Aber einer der kleineren Preise wäre nett. Von denen gibt es doch angeblich so viele. Sagen wir, hunderttausend Pfund. Das würde mir schon reichen. Damit könnte ich alle meine Schulden begleichen, mir ein Auto kaufen und eine Wohnung …

Obwohl – vielleicht doch besser zweihunderttausend. Oder eine Viertelmillion.

Oder noch besser, einen von diesen aufgeteilten Jackpots. »Die fünf Gewinner erhalten jeweils eins Komma drei Millionen Pfund.« (Ich liebe es, wie sie immer »Eins Komma drei« sagen. Als wenn die zusätzlichen dreihunderttausend Pfund nur eine winzige, unbedeutende Summe wären. Als wenn man es gar nicht weiter bemerken würde, ob sie nun dabei ist oder nicht.)

Eins Komma drei Millionen dürften reichen. Und es ist doch nicht irgendwie habsüchtig, sich einen Jackpot teilen zu wollen, oder? Bitte, lieber Gott, denke ich, lass mich im Lotto gewinnen. Ich verspreche auch, brav zu teilen!

Auf dem Weg zu meinen Eltern mache ich also an einer Tankstelle Halt, um zwei Lottoscheine zu kaufen. Ich brauche eine halbe Stunde, bis ich mir überlegt habe, welche Zahlen ich ankreuzen soll. Ich weiß, dass die 44 oft kommt, und die 42 auch. Aber sonst? Ich kritzele ein paar Zahlenserien auf einen Zettel und betrachte sie mit zusammengekniffenen Augen. Wie würden die sich auf dem Bildschirm machen?

1 6 9 16 23 44

Nein! Fürchterlich! Wo bin ich denn mit meinen Gedanken? Erstens kommt die 1 nie. Und 6 und 9 sehen auch irgendwie komisch aus.

3 14 21 25 36 44

Schon besser. Ich kreuze die Zahlen auf dem Schein an.

5 11 18 27 28 42

Beeindruckend. Sieht doch eindeutig wie eine Glücksserie aus. Ich höre schon die Nachrichtensprecherin sagen: »Ein Spieler aus Südwestlondon hat den Jackpot von etwa zehn Millionen Pfund gewonnen.«

Mir wird ganz schwindelig. Was mache ich mit zehn Millionen Pfund? Womit soll ich anfangen?

Ach, am besten mit einer riesigen Party. Irgendwo in einem angesagten, coolen Lokal, mit massenweise Champagner und Tanz und einem Taxiservice, damit niemand selbst fahren muss. Und mit kleinen Geschenken für die Gäste, wenn sie nach Hause gehen – ein richtig tolles Schaumbad oder so. (Gibt es eigentlich Schaumbad von Calvin Klein? Muss ich unbedingt drauf achten, wenn ich das nächste Mal bei Boots bin.)

Dann kaufe ich natürlich Häuser für alle Verwandten und Freunde. Ich lehne mich an das Lottopult und schließe die Augen, um mich besser konzentrieren zu können. Wenn ich nun zwanzig Häuser à 250000 Pfund kaufen würde. Dann hätte ich noch … fünf Millionen übrig. Dazu kämen zirka fünfzigtausend Pfund für die Party. Und dann würde ich mit allen so richtig fett in Urlaub fahren, nach Barbados oder so. Das kostet auch noch mal … na, hunderttausend Pfund, wenn wir alle Erste-Klasse fliegen.

Bleiben 4850000 Pfund. Ach, und dann brauche ich ja noch sechstausend, um meine Kreditkartenschulden zu bezahlen und mein Konto auszugleichen. Plus dreihundert für Suze. Also sagen wir siebentausend. Bleiben … 4843000 Pfund.

Selbstverständlich werde ich auch für irgendeinen wohltätigen Zweck spenden. Möglicherweise werde ich sogar selbst eine wohltätige Stiftung einrichten. Mit der werde ich dann all die weniger populären Stiftungen unterstützen, die von der Öffentlichkeit ignoriert werden, wie zum Beispiel die zur Förderung der Erforschung von Hautkrankheiten oder die, die älteren Menschen Haushaltshilfen finanzieren. Und ich werde meiner ehemaligen Englischlehrerin, Mrs James, einen mehr als großzügigen Scheck zukommen lassen, damit sie die Schulbücherei ordentlich aufstocken kann. Vielleicht wird sie dann sogar nach mir benannt. Die Bloomwood Bücherei.

Ach, und dreihundert für den Swinger bei Whistles. Den *muss* ich kaufen, bevor sie alle weg sind. Also, wie viel bleibt dann übrig? Vier Millionen, achthundertdreiundvierzigtausend, minus –

»Entschuldigen Sie«, unterbricht mich eine Stimme. Leicht benebelt sehe ich auf. Die Frau hinter mir streckt die Hand nach dem Kugelschreiber aus.

»Tut mir Leid«, sage ich und mache wohlerzogen Platz. Doch die Unterbrechung hat mich aus dem Konzept gebracht. Wo war ich stehen geblieben mit meiner Rechnung? Bei vier Millionen oder bei fünf Millionen?

Dann sehe ich, wie die Frau den Zettel beäugt, auf dem ich die ganzen Zahlenreihen notiert hatte, und mir kommt ein furchtbarer Gedanke. Wenn nun eine der Zahlenreihen gewinnt, die ich verworfen habe? Wenn nun 1 6 9 16 23 44 gezogen wird und ich keinen Schein dafür abgegeben habe? Das würde ich mir doch den Rest meines Lebens nicht verzeihen! Ich würde mich hassen! Ich würde dasselbe tun wie der Typ, der vergessen hatte, seinen Totoschein abzugeben – ich würde mich umbringen.

Also fülle ich je einen Schein für alle meine Zahlenreihen auf dem Zettel aus. Macht neun Scheine. Neun Pfund. Eigentlich ganz schön viel Geld. Ich habe fast schon ein schlechtes Gewissen, dass ich das so einfach ausgebe. Aber andererseits erhöhen sich damit meine Gewinnchancen schließlich um das Neunfache, richtig?

Jetzt habe ich auch ein richtig gutes Gefühl mit der 1-6-9-16-23-44-Reihe. Warum sind mir ausgerechnet diese Zahlen in den Kopf geschossen und haben sich dort festgesetzt? Vielleicht versucht mir ja irgendjemand von irgendwo ein Zeichen zu geben.

Brompton's Store
KUNDENKONTEN
1 Brompton Street
London SW4 7TH

Miss Rebecca Bloomwood
Flat 2
4 Burney Rd.
London SW6 8FD

02. März 2000

Sehr geehrte Miss Bloomwood,

laut unseren Unterlagen haben wir bisher keinen Zahlungseingang für die letzte Abrechnung Ihrer Brompton Gilt Card verzeichnet. Sollten Sie die Zahlung in den letzten Tagen veranlasst haben, betrachten Sie dieses Schreiben bitte als gegenstandslos.

Der ausstehende Gesamtbetrag beläuft sich zurzeit auf £235,76. Wir bitten um baldestmöglichen Ausgleich, in jedem Fall aber umgehend um den erforderlichen Mindestbetrag i.H.v. £43,00. Die Zahlung kann in bar, per Scheck oder per beiliegendem Überweisungsträger erfolgen.

Mit freundlichen Grüßen
Brompton's Store

John Hunter
Betreuer Kundenkonten

Brompton's Store
KUNDENKONTEN
1 Brompton Street
London SW4 7TH

Miss Rebecca Bloomwood
Flat 2
4 Burney Rd.
London SW6 8FD

02. März 2000

Sehr geehrte Miss Bloomwood!

Noch nie war Geld ausgeben günstiger!

Als Sonderaktion offerieren wir Ihnen für einen begrenzten Zeitraum Bonuspunkte für alle mit Ihrer Brompton Gilt Card getätigten Einkäufe mit einem Wert über £50*. Nutzen Sie daher jetzt die Gelegenheit zum Punktesammeln und profitieren Sie so von unserem Geschenkangebot für Teilnehmer des Brompton Punkteprogramms. Zu unseren fantastischen Geschenken gehören:

Eine italienische Ledertasche	für	1000 Punkte
Eine Kiste Champagner	für	2000 Punkte
Zwei Flugtickets nach Paris**	für	5000 Punkte

(Ihr aktueller Punktestand beträgt: 35 Punkte)

Und beachten Sie: Während dieser Sonderaktion erhalten Sie zwei Punkte je £5 Umsatz! Wir freuen uns darauf, Sie schon bald in unserem Haus begrüßen zu dürfen und hoffen, dass Sie sich diese einzigartige Gelegenheit nicht entgehen lassen werden.

Mit freundlichen Grüßen
Brompton's Store
Adrian Smith/Kundenservice

* ausgenommen sind Zahlungen in Restaurant, Apotheke, Zeitungskiosk und Frisörsalon.

** mit Einschränkungen – siehe beigefügtes Faltblatt

VIER

Als ich bei meinen Eltern ankomme, streiten sie sich gerade. Dad steht im Garten auf einer Trittleiter und stochert in der Dachrinne herum, während Mum an dem schmiedeeisernen Gartentischchen sitzt und in einem Past-Times-Katalog blättert. Keiner von beiden sieht auch nur auf, als ich durch die Terrassentür trete.

»Ich sage doch nur, dass sie mit gutem Beispiel voran gehen sollten!«, sagt Mum gerade.

»Und du meinst, dass es ein gutes Beispiel wäre, sich bewusst allen möglichen Gefahren auszusetzen, ja? Du meinst, das würde das Problem lösen?«

»Gefahren!«, schnaubt Mum verächtlich. »Nun übertreib mal nicht so, Graham. Was hast du denn für eine schlechte Meinung von den Briten?«

»Hi, Mum«, sage ich. »Hi, Dad.«

»Becky ist da ganz meiner Ansicht, stimmt's nicht, mein Liebling?«, sagt Mum und deutet in den Past-Times-Katalog. »So ein hübscher Cardigan«, wechselt sie *sotto voce* das Thema. »Sieh dir mal die Stickerei an!«

»Natürlich ist sie nicht deiner Ansicht!«, erwidert Dad ziemlich scharf. »Das ist doch die hirnverbrannteste Idee, die du jemals gehabt hast!«

»Nein, ist es nicht!«, wehrt Mum sich beleidigt. »Becky, du meinst doch auch, dass es eine gute Idee wäre, wenn die Königsfamilie die öffentlichen Transportmittel benutzen würde, oder?«

»Na ja …«, sage ich vorsichtig. »Ich habe da noch nicht so richtig …«

»Meinst du, dass die Queen mit dem 93er Bus zu offiziellen Empfängen fahren sollte?«, spottet Dad.

»Warum denn nicht? Vielleicht würde der 93er dann endlich mehr benutzt werden!«

»Also«, sage ich und setze mich neben Mum. »Wie läuft's so?«

»Siehst du denn nicht, dass dieses Land kurz vor dem Verkehrsinfarkt steht?«, sagt Mum, als hätte sie mich gar nicht gehört. »Wenn die Leute nicht langsam anfangen, auf öffentliche Verkehrsmittel umzusteigen, werden die Straßen hoffnungslos verstopfen.«

Dad schüttelt den Kopf.

»Und du glaubst allen Ernstes, dass das Problem damit gelöst würde, dass die Queen mit dem 93er Bus fährt? Mal ganz abgesehen davon, was das für Sicherheitsprobleme mit sich bringt, und ganz abgesehen davon, dass sie viel weniger Termine wahrnehmen könnte …«

»Ich meine ja nicht unbedingt die Queen«, erwidert Mum und schweigt einen Moment. »Aber ein paar von den anderen. Prinzessin Michaela von Kent, zum Beispiel. Die könnte doch ab und zu mal mit der U-Bahn fahren, oder? Und überhaupt könnten die ruhig alle mal was vom echten Leben mitkriegen.«

Das letzte Mal, dass meine Mum mit der U-Bahn gefahren ist, war 1983.

»Soll ich uns Kaffee machen?«, schlage ich fröhlich vor.

»Also, wenn du mich fragst, ich halte dieses ganze Verkehrsinfarkt-Gerede für völligen Blödsinn«, sagt Dad. Er springt von der Trittleiter und klopft sich den Dreck von den Händen. »Die reine Propaganda.«

»Propaganda?«, ruft meine Mum empört.

»Okay«, werfe ich schnell ein, »ich setze dann mal Wasser auf.«

Ich gehe ins Haus zurück, schalte den Wasserkocher ein und setze mich am Küchentisch in die Sonne. Ich habe schon wieder vergessen, worüber Mum und Dad sich eigentlich streiten. Früher oder später werden sie sich ohnehin nur noch im Kreis drehen und sich darauf einigen, dass alles Tony Blairs Schuld ist. Na ja, ich habe über wichtigere Dinge nachzudenken. Ich überlege nämlich, wie viel von meinem Lottogewinn ich Philip, meinem Chef, abgeben soll. Schließlich kann ich ihm nicht nichts abgeben, aber wäre Geld nicht ein bisschen geschmacklos? Wäre ein richtiges Geschenk nicht viel besser? Richtig schöne Manschettenknöpfe zum Beispiel. Oder einen von diesen Picknickkörben, in dem alle Teller und so schon drin sind. (Clare Edwards bekommt natürlich nichts.)

Während ich so allein in der Küche sitze, fühle ich mich, als würde ich ein kleines Geheimnis hüten. Ich werde im Lotto gewinnen. Heute Abend wird sich mein Leben von Grund auf ändern. Zehn Millionen Pfund. Mannomann, ab morgen kann ich mir alles kaufen, was ich will! Alles!

Vor mir auf dem Tisch liegt die Zeitung, aufgeschlagen auf der Immobilienseite. Ich ziehe sie näher an mich heran und halte nach teuren Häusern Ausschau. Wo will ich denn dann wohnen? Chelsea? Notting Hill? Mayfair? *Belgravia,* lese ich. *Prächtiges, einzeln stehendes Haus mit sieben Schlafzimmern, Nebengebäude für Personal und altem Garten.* Na, das hört sich doch ganz gut an. Selbstzufrieden lasse ich den Blick zum Preis herunterschweifen und keuche vor Entsetzen. Sechs Komma fünf Millionen Pfund. Die wollen sechseinhalb Millionen Pfund dafür haben.

Ich bin wie betäubt und spüre Ärger in mir aufsteigen. Das meinen die doch nicht im Ernst! Ich habe nicht einmal annähernd sechs Komma fünf Millionen Pfund übrig. Ich habe nur noch schätzungsweise … vier Millionen. Oder waren es fünf? Ist ja auch egal, jedenfalls nicht genug. Ich starre die Seite an und fühle mich betrogen. Wenn jemand im Lotto gewinnt, soll er sich doch alles kaufen können, was er sich nur wünscht! Und ich fühle mich jetzt schon arm.

Ärgerlich schiebe ich die Zeitung beiseite und widme mich einem Prospekt voller weißer Bettbezüge für hundert Pfund das Stück. Das ist doch schon eher was für mich. Wenn ich erst mal im Lotto gewonnen habe, werde ich nur noch in weißer Bettwäsche schlafen, beschließe ich. Und ich werde ein weißes, schmiedeeisernes Bettgestell haben und weiß gestrichene Holzfensterläden und ein flatterndes weißes Nachthemd …

»Na, was macht die Finanzwelt?« Mums Stimme reißt mich aus meinen Gedanken. Ich sehe zu ihr auf. Sie hat ihren Past-Times-Katalog in der Hand. »Hast du Kaffee gemacht? Hopp, hopp, Liebes!«

»War gerade dabei«, sage ich und tue so, als wollte ich aufstehen. Aber wie ich es vorausgesehen hatte, ist Mum natürlich schneller als ich. Sie holt eine Keramikkaffeedose hervor, die ich noch nie gesehen habe, und füllt löffelweise Kaffeepulver in einen neuen, goldenen Kaffeebereiter.

Mum ist furchtbar. Ständig kauft sie neue Sachen für die Küche – und liefert die alten Sachen einfach beim Second-Hand-Laden ab. Neue Wasserkocher, neue Toaster … Allein in diesem Jahr haben wir schon drei neue Abfalleimer gehabt – erst dunkelgrün, dann chromfarben, und jetzt einen aus halb durchsichtigem, gelbem Plastik. Ich meine – was für eine Geldverschwendung!

»Hübscher Rock!«, sagt sie und guckt mich an, als wäre ich eben erst zur Tür hereingekommen. »Wo ist der her?«

»DKNY«, murmele ich.

»Sehr hübsch, wirklich«, bekräftigt sie. »War er teuer?«

»Eigentlich nicht. So fünfzig Pfund.«

Das stimmt nicht ganz. Hundertfünfzig würde der Wahrheit schon näher kommen. Aber es hat überhaupt keinen Sinn, Mum zu erzählen, wie viel die Sachen wirklich kosten, weil sie sonst einen Herzinfarkt bekommt. Halt, nein: Erst würde sie es meinem Vater erzählen, und dann würden sie beide einen Herzinfarkt kriegen, und ich wäre Waise.

Darum habe ich zwei Systeme geschaffen, in denen ich mich bewege: Echte Preise und Mum-Preise. Das funktioniert so ähnlich, wie wenn man in ein Geschäft kommt, in dem alles zwanzig Prozent reduziert ist, und man automatisch schon von allem den entsprechenden Betrag abzieht. Mit dem einzigen Unterschied, dass die Prozentsätze in meinem System gestaffelt sind – so ähnlich, wie bei der Einkommenssteuer. Ich fange bei zwanzig Prozent an (wenn etwas zwanzig Pfund gekostet hat, sage ich, es hat sechzehn Pfund gekostet) und gehe hoch bis zu … na ja, bis zu neunzig Prozent, wenn es sein muss. Ich habe mir mal ein Paar Stiefel für zweihundert Pfund gekauft und meiner Mum erzählt, sie hätten im Schlussverkauf zwanzig Pfund gekostet. Sie hat es mir geglaubt.

»Na, suchst du eine Wohnung?«, erkundigt sie sich nach einem Blick über meine Schulter auf die Immobilienseite.

»Nein«, sage ich trotzig und blättere weiter in meinem Prospekt. Meine Eltern liegen mir ständig in den Ohren, dass ich mir eine Wohnung kaufen soll. Haben die eine Ahnung, wie viel eine Wohnung heutzutage kostet? Und ich meine damit nicht Wohnungen in Croydon.

»Thomas soll sich ein hübsches kleines Häuschen in Reigate gekauft haben«, berichtet Mum und nickt dabei in Richtung Nachbarhaus. »Er pendelt.« Sie klingt, als würde sie mir erzählen, dass er den Friedensnobelpreis bekommen hat.

»Tja, ich kann mir nun mal keine Wohnung leisten«, sage ich. »Und auch kein kleines Häuschen.«

Na ja, *noch* nicht, denke ich mir. Nicht vor acht Uhr heute Abend. Hihihi.

»Geldsorgen?«, fragt Dad, als er in die Küche kommt. »Du weißt ja, dass es bei Geldsorgen genau zwei Lösungsmöglichkeiten gibt.«

Oh, Gott. Nicht schon wieder. Dad und seine Aphorismen.

»O. S.«, sagt Dad augenzwinkernd, »oder M. G. V.«

Er legt eine dramatische Pause ein, und ich blättere weiter im Prospekt und tue so, als hätte ich ihn nicht gehört.

»Ordentlich Sparen«, erläutert er, »oder Mehr Geld Verdienen. Entweder – oder. Wofür entscheidest du dich, Becky?«

»Ach, ich glaube, für beides«, sage ich unbekümmert und blättere unbeirrt weiter in dem Prospekt. Ehrlich gesagt, tut Dad mir ja schon fast leid. Das wird ein ganz schöner Schock für ihn, wenn seine einzige Tochter über Nacht zur Multimillionärin wird.

Nach dem Mittagessen gehen Mum und ich zu einem Kunsthandwerkmarkt, der in der hiesigen Grundschule stattfindet. Ich gehe wirklich nur mit, damit Mum nicht allein hingehen muss, und habe nicht im Entferntesten vor, etwas zu kaufen – aber als wir dann erst mal da sind, bleibe ich direkt an einem

Stand mit handgemachten Grußkarten hängen, die nur £1,50 das Stück kosten. Also kaufe ich gleich zehn. Ich meine, Karten braucht man schließlich immer, oder nicht? Außerdem entdecke ich einen wunderschönen blauen Keramikübertopf, der mit kleinen weißen Elefanten verziert ist. Und da ich schon seit Ewigkeiten davon rede, dass wir mehr Pflanzen in der Wohnung haben sollten, kaufe ich den auch noch. Kostet nur fünfzehn Pfund. Auf Kunsthandwerkmärkten kann man ja solche Schnäppchen machen! Man geht da hin und denkt, die verkaufen da doch eh nur Mist – aber irgendwie findet man doch *immer* irgendetwas, das man gebrauchen kann.

Mum ist auch ganz glücklich. Sie hat zwei zueinander passende Kerzenständer für ihre Sammlung erstanden. Sie sammelt Kerzenständer, Toasthalter, Steingutkrüge, Glastiere, Stickmustertücher und Fingerhüte. (Ich für meinen Teil finde ja nicht, dass die Fingerhutsammlung als echte Sammlung zählt. An die ist sie nämlich – komplett mit dem Schränkchen – durch eine Annonce in der *Mail on Sunday* geraten, aber das erzählt sie natürlich niemandem. Wahrscheinlich hätte ich es auch besser für mich behalten sollen.)

Wie dem auch sei, wir sind beide rundum zufrieden mit uns und beschließen, uns jetzt eine Tasse Tee zu gönnen. Auf dem Weg nach draußen kommen wir an einem jener bemitleidenswerten Stände vorbei, denen nie jemand richtig nahe kommt, bei denen die Leute einen Blick riskieren und dann schnell weitergehen. Der arme Kerl hinter dem Stand sieht so traurig aus, dass ich stehen bleibe und mir ansehe, was er hat. Kein Wunder, dass das niemanden interessiert. Er verkauft reichlich merkwürdig geformte Holzschüsseln und dazu passendes hölzernes Besteck. Was zum Himmel soll man mit hölzernem Besteck anfangen?

»Ach, wie hübsch!«, bemerke ich fröhlich und nehme eine der Schüsseln in die Hand.

»Handgeschnitztes Apfelholz«, informiert er mich. »Habe ich eine Woche für gebraucht.«

Also, wenn Sie mich fragen: Die Woche hätte er sinnvoller gestalten können. Die Schüssel ist formlos, sie ist hässlich, und das Holz ist ein ganz furchtbarer Braunton. Aber als ich sie wieder hinstellen will, sieht er so unendlich traurig aus, dass er mir leidtut, ich mir denke, wenn das Ding fünf Pfund kostet, kaufe ich es, und auf der Unterseite nach dem Preis gucke. Achtzig Pfund! Ich zeige Mum das Preisschild, und sie verzieht das Gesicht.

»Genau das Stück war letzten Monat in der *Elle Decoration*«, sagt der Mann betrübt und reicht mir eine Seite aus einer Zeitschrift. Seine Worte lassen mich erstarren. *Elle Decoration*? Macht er Witze?

Er macht keine Witze. Auf der Seite, die er mir gegeben hat, ist ein nahezu leeres Zimmer zu sehen, in dem sich lediglich ein Wildledersitzsack, ein niedriger Tisch und eine Holzschüssel befinden. Ungläubig starre ich auf das Foto.

»Und das ist ganz genau diese hier?«, frage ich und bemühe mich dabei, nicht zu aufgeregt zu klingen.

»Ganz genau diese Schüssel?« Er nickt, und meine Finger krampfen sich um das gute Stück. Ich kann es kaum glauben. Ich halte ein Stück *Elle Decoration* in den Händen. Ist das nicht cool? Ich komme mir wahnsinnig elegant und trendy vor – ein Jammer, dass ich keine weißen Leinenhosen trage und die Haare nicht zurückgegelt habe.

Das zeigt ja wieder mal, was für einen ausgezeichneten Geschmack ich habe. Habe ich diese Schüssel – Pardon, dieses *Stück* – nicht ganz allein herausgesucht? Habe ich nicht sofort seine herausragende Qualität erkannt? Ich sehe schon unser völlig neu um dieses Stück herum gestyltes Wohnzimmer vor mir, ganz farblos und minimalistisch. Achtzig Pfund. Das ist ja geschenkt für ein so zeitlos stilvolles Stück wie dieses.

»Ich nehme es«, sage ich entschieden und hole mein Scheckbuch aus der Tasche. Der Punkt ist nämlich – rufe ich mir selbst in Erinnerung –, dass billig einkaufen im Grunde völlig unwirtschaftlich ist. Es ist viel sinnvoller, etwas mehr auszugeben und sich etwas anzuschaffen, das dann auch ein Leben lang hält. Und diese Schüssel hier ist ja wohl ganz eindeutig ein Klassiker. Suze wird *mächtig* beeindruckt sein.

Als wir nach Hause kommen, geht Mum direkt ins Haus, ich bleibe aber erst noch draußen und lade meine Errungenschaften von ihrem Auto um in meines.

»Becky! Na, so eine Überraschung!«

Oh, Gott. Martin Webster, unser Nachbar, lehnt mit einem Rechen in der Hand und einem breiten Lächeln auf dem Gesicht am Zaun. Oh, *Gott*. Martin hat so etwas an sich, das bei mir immer Schuldgefühle auslöst. Ich weiß auch nicht, warum.

Doch, ich weiß, warum. Weil ich nämlich weiß, dass er immer gehofft hat, ich würde seinen Sohn Tom heiraten, wenn wir erst mal groß sind. Habe ich aber nicht getan. Die Geschichte meiner Beziehung zu Tom ist folgende: Als wir sechzehn waren, wollte er mal mit mir ausgehen, und ich habe Nein gesagt, weil ich mit Adam Moore liiert war. Damit war die Angelegenheit abgeschlossen, und ich bin sehr dankbar dafür. Ehrlich gesagt, würde ich lieber Martin selbst heiraten als Tom.

»Hi!«, sage ich übertrieben erfreut. »Wie geht's?«

»Ach, uns geht's gut«, sagt Martin. »Schon gehört, dass Tom sich ein Häuschen gekauft hat?«

»Ja«, antworte ich. »In Reigate. Super!«

»Zwei Schlafzimmer, Bad, Wohnzimmer und eine offene Küche«, zählt er auf. »Küchenelemente aus hell gebeizter Eiche.«

»Wow!«, sage ich. »Hört sich toll an.«

»Tom ist total begeistert«, sagt Martin. »Janice!«, ruft er dann auf einmal. »Komm, guck mal, wer hier ist!«

Gleich darauf erscheint Janice mit ihrer geblümten Schürze in der Haustür.

»Becky!«, sagt sie. »Hast du dich aber verändert! Na, aber wir haben dich ja auch schon lange nicht mehr gesehen!«

Oh, Gott, prompt habe ich Schuldgefühle, dass ich meine Eltern nicht oft genug besuche.

»Na ja«, sage ich und bemühe mich dabei um ein ungezwungenes Lächeln, »so ist das eben. Habe ziemlich viel zu tun mit meinem Job und so.«

»Oh, ja.« Janice nickt ehrfürchtig. »Dein Job.«

Janice und Martin sind irgendwann auf die Schnapsidee gekommen, dass ich eins von diesen unglaublich dynamischen, erfolgreichen Wunderkindern der Finanzbranche bin. Ich habe schon mehrmals versucht, ihnen diese Vorstellung auszureden, aber je mehr ich das tue, für desto dynamischer und erfolgreicher halten sie mich. Da beißt sich die Katze in den Schwanz. Jetzt halten sie mich nicht nur für dynamisch und erfolgreich, sondern zusätzlich für bescheiden.

Aber im Grunde kann es mir ja egal sein. Eigentlich ist es sogar ganz lustig, das Finanzgenie zu spielen.

»Ja, wir hatten ziemlich viel um die Ohren in letzter Zeit«, sage ich lässig. »Ihr wisst schon, wegen der Fusion von SBG und Rutland.«

»Ja, natürlich«, haucht Janice.

»Ach, da fällt mir etwas ein«, sagt Martin. »Warte doch mal einen Moment, Becky. Bin gleich zurück.« Er ist verschwunden, bevor ich irgendetwas sagen kann. Jetzt stehe ich ganz allein da mit Janice.

»So«, sage ich reichlich geistlos. »Und Tom hat Küchenelemente aus hell gebeizter Eiche, habe ich gehört?«

Das ist wirklich das Einzige, das mir einfällt. Ich lächele Janice an und warte auf eine Antwort. Stattdessen strahlt sie mich aber einfach nur hoch erfreut an. Ihr ganzes Gesicht ist ein einziges Strahlen – und da geht mir auf, dass ich einen fatalen Fehler gemacht habe. Ich hätte Toms blödes kleines Häuschen besser mit keiner Silbe erwähnen sollen. Ich hätte seine Küchenelemente nicht erwähnen sollen. Jetzt glaubt Janice bestimmt, dass ich selbst scharf auf solche Küchenelemente bin! Und dass ich mich jetzt, wo Tom stolzer Hauseigentümer ist, doch wieder für ihn interessiere.

»Hell gebeizte Eiche und mediterrane Fliesen«, verkündet sie stolz. »Er hatte die Wahl zwischen mediterran und Landhausstil, und Tom hat sich für mediterran entschieden.«

Einen Moment lang überlege ich, ob ich sagen soll, dass ich Landhausstil genommen hätte. Aber das wäre vielleicht doch ein bisschen gemein.

»Fantastisch«, sage ich. »Und zwei Schlafzimmer!«

»Er wollte gern zwei Schlafzimmer haben«, berichtet Janice. »Schließlich kann man ja nie wissen, nicht wahr?« Sie lächelt mich scheu an, und ich merke – ist das nicht lächerlich!? –, dass ich rot werde. Oh, Gott. Warum werde ich denn jetzt rot? Bin ich denn total bescheuert? Jetzt glaubt sie erst recht, dass ich in Tom verliebt bin. Sie stellt sich uns beide zusammen in seinem kleinen Häuschen vor, wie wir gemeinsam in der hell gebeizten Eichenküche Abendessen machen.

Ich sollte jetzt etwas sagen. Ich sollte sagen: »Janice, ich bin nicht in Tom verliebt. Er ist mir zu groß, und außerdem hat er Mundgeruch.« Aber wie soll ich das über die Lippen bringen?

»Grüß ihn doch ganz lieb von mir«, höre ich mich stattdessen sagen.

»Mache ich gerne«, sagt sie und verstummt kurz. »Hat er eigentlich deine Telefonnummer in London?«

Aaaaaah!

»Ich glaube schon«, lüge ich mit einem strahlenden Lächeln. »Und sonst kann er mich ja jederzeit hier erreichen.« Alles, was ich ab jetzt sage, kann gegen mich verwendet werden. Ich kann mir schon lebhaft vorstellen, wie Tom von diesem Gespräch berichtet werden wird: »Sie hat sich in allen Einzelheiten nach deinem Haus erkundigt. Und sie hat gesagt, du sollst sie doch mal anrufen!«

Das Leben wäre eine ganze Ecke leichter, wenn Gespräche zurückgespult und gelöscht werden könnten wie Videos. Oder wenn man den Leuten einfach sagen könnte, sie sollen dem, was man gerade gesagt hat, keine Beachtung schenken – wie vor Gericht. *Bitte streichen Sie sämtliche Aussagen bezüglich neu erworbener Häuser und hell gebeizter Eichenküchen aus dem Protokoll.*

Glücklicherweise taucht in dem Moment Martin wieder auf. Er hält ein Blatt Papier in der Hand.

»Ich dachte, du könntest vielleicht mal einen Blick hierauf werfen«, sagt er. »Wir zahlen nämlich schon seit fünfzehn Jahren in den so genannten Profit-Fonds bei Flagstaff Life ein. Jetzt überlegen wir aber, ob wir nicht vielleicht zu Flagstaffs neuem branchengebundenen Wachstumsfonds wechseln sollen. Was meinst du?«

Ich weiß es nicht. Wovon redet er überhaupt? Von privater Altersvorsorge oder was? Ich lasse den Blick möglichst professionell über das Papier schweifen und nicke ein paar Mal.

»Ja«, sage ich geistesabwesend. »Doch, ich glaube, das wäre eine ganz gute Idee.«

»Flagstaff hat uns geschrieben und darauf hingewiesen, dass wir mit einer höheren Rendite rechnen können, wenn wir mal in Rente gehen«, erzählt Martin.

»Und wir kriegen eine Kaminuhr als Dankeschön«, stimmt Janice ein. »Schweizer Qualitätsarbeit.«

»Hmhm«, mache ich und konzentriere mich auf den Briefkopf.

Flagstaff Life, denke ich. Ich habe doch kürzlich erst irgendetwas über die gehört. Wer ist denn noch mal Flagstaff Life? Ach, ja! Das sind die, die die Sektparty im *Soho Soho* geschmissen haben! Wo Elly sich furchtbar betrunken und David Salisbury von der *Times* erzählt hat, dass sie ihn liebt. War eine richtig gute Party, wenn ich es mir recht überlege. Eine der besten.

»Flagstaff ist doch seriös, oder?«, fragt Martin.

»Oh, ja«, sage ich. »Und sehr angesehen.«

»Na, dann«, sagt Martin und sieht richtig froh aus, »sollten wir das Angebot wohl annehmen und auf Wachstum setzen.«

»Ich würde ja sagen, je mehr Wachstum, desto besser«, sage ich so professionell wie möglich daher. »Aber das ist natürlich nur meine ganz persönliche Ansicht.«

»Ja, also«, sagt Martin und sieht zu Janice. »Wenn Becky das für eine gute Sache hält …«

»Ich an eurer Stelle würde aber auf keinen Fall auf mich hören!«, beeile ich mich zu sagen.

»Hör sie dir an!«, kichert Martin. »Die Finanzexpertin höchstpersönlich.«

»Weißt du, Tom kauft ja manchmal die Zeitschrift, für die du arbeitest«, erzählt Janice. »Nicht, dass er viel Geld übrig hätte, jetzt, wo er die Hypothek aufgenommen hat und alles … Aber er findet deine Artikel richtig gut. Er findet –«

»Wie schön!«, unterbreche ich sie. »Jetzt muss ich aber wirklich weiter. War nett, euch zu sehen. Und Grüße an Tom.«

Ich stürze Hals über Kopf ins Haus und ramme mir dabei das Knie am Türrahmen. Ich habe ein bisschen ein schlechtes Gewissen und wünschte, ich hätte mich ordentlich verabschiedet. Aber mal im Ernst! Noch ein Wort über den blöden Tom und seine blöde Küche, und ich drehe durch.

Als ich mich vor den Fernseher setze, um die Ziehung der Lottozahlen zu sehen, habe ich unsere lieben Nachbarn aber schon wieder völlig vergessen. Wir haben lecker zu Abend gegessen – Huhn à la Provençale von Marks and Spencer und eine Flasche Pinot Grigio, die ich mitgebracht habe. Ich weiß, dass das Huhn ein Fertiggericht von Marks and Spencer ist, weil ich es selbst schon einige Male gekauft habe. Ich erkenne es an den sonnengetrockneten Tomaten, den Oliven und allem Drum und Dran. Mum tut aber natürlich immer noch so, als hätte sie es nach eigenem Rezept ganz allein zubereitet.

Ich weiß wirklich nicht, warum. Ich meine, das interessiert doch niemanden – zumal, wenn sowieso nur Dad und ich mitessen. Und überhaupt, in unserer Küche finden sich nie irgendwelche frischen Zutaten. Jede Menge leere Kartons und jede Menge fertig zubereitetes Essen – und nichts dazwischen. Aber Mum würde niemals zugeben, ein Fertiggericht gekauft zu haben, noch nicht mal, wenn es sich um einen dieser eingeschweißten Pies handelt. Dad isst diese Pies, die mit Plastikpilzen und Glibbersoße gefüllt sind, und sagt hinterher mit bierernster Miene: »Köstlich, Liebling.« Und Mum lächelt ihn an und ist wieder mal vollauf zufrieden mit sich selbst.

Aber heute Abend gibt es keinen eingeschweißten Pie, sondern Huhn à la Provençale. (Und es sieht auch fast wie selbst gemacht aus. Nur würde wohl niemand für den Privatgebrauch die Paprika so klitzeklein schneiden, oder? Die Leute haben schließlich Wichtigeres zu tun.) Wie auch immer, wir haben gegessen und ein paar Gläser Pinot Grigio getrunken, im Ofen steht ein Apfelkuchen, und ich habe mir erlaubt, vorzuschlagen, den Fernseher einzuschalten. Ich habe nämlich die Uhr im Auge behalten und weiß, dass die Ziehung der Lottozahlen kurz bevorsteht. In wenigen Minuten passiert es. Oh, Gott, ich kann es kaum abwarten!

Glücklicherweise gehören meine Eltern nicht zu den Leuten, die unbedingt Konversation über Politik oder neue Bücher machen wollen. Wir haben alles besprochen, was es in der Familie Neues gibt; ich habe ihnen erzählt, wie es mit meiner Arbeit läuft; sie haben mir von ihrem Urlaub auf Korsika erzählt – mit anderen Worten, uns geht langsam der Gesprächsstoff aus. Wir müssen den Fernseher einschalten – und wenn er auch nur als Geräuschkulisse dient.

Wir marschieren also alle zusammen ins Wohnzimmer, Dad zündet die gasbetriebene Kaminattrappe an und schaltet den Fernseher ein. Mein Magen krampft sich immer mehr zusammen, und mein Herz pocht bumm-bumm-bumm. In wenigen Minuten fallen die Kugeln. In wenigen Minuten bin ich Millionärin.

Ganz ruhig lehne ich mich auf dem Sofa zurück und überlege, was ich mache, wenn ich gewinne. Also, ich meine, in dem *Moment*, in dem ich gewinne. Schreien? Ganz ruhig bleiben? Gar nichts sagen? Vielleicht sollte ich vierundzwanzig Stunden meine Klappe halten. Vielleicht sollte ich es sowieso überhaupt *niemandem* erzählen.

Dieser völlig neue Gedanke lähmt mich. Ich könnte meinen Gewinn geheim halten! Ich könnte das ganze Geld einstreichen und mich jedem weiteren Stress entziehen. Und wenn die Leute mich fragen, wie ich mir all die Designerklamotten leisten kann, sage ich einfach, ich würde nebenbei noch ziemlich viel freie Aufträge annehmen. Genau! Und ich könnte ganz heimlich, still und leise das Leben aller meiner Freunde verändern, wie ein Engel. Und niemand würde dahinterkommen. Das ist doch perfekt!

»Wieso willst du denn Lotto sehen? Hast du einen Schein abgegeben?«, meint mein Vater.

Das bringt mich einen Moment zum Schweigen. Wenn ich meinen Gewinn geheim halten will, kann ich schließlich niemandem erzählen, dass ich einen Schein abgegeben habe. Nicht einmal meinen Eltern.

»Nein!«, sage ich und verspüre grenzenlose Erleichterung, als Dad nicht weiter nachhakt. Ich mache es mir auf dem Sofa bequem und sehe auf die Uhr.

Natürlich weiß ich, dass es meine Gewinnchancen nicht im Geringsten beeinflusst, ob ich bei der Ziehung der Zahlen zusehe oder nicht – aber ich will doch den großen Moment nicht verpassen! Das hört sich vielleicht verrückt an, aber ich habe das Gefühl, dass, wenn ich zusehe, ich über den Bildschirm eine telepathische Verbindung zu den Kugeln aufnehmen kann. Ich werde sie intensivst ansehen, während sie durch die Luft geschleudert werden, und die Kugeln mit meinen Zahlen innerlich anfeuern. Eigentlich ist das fast wie beim Sport, wo man eine bestimmte Mannschaft unterstützt. Meine Mannschaft heißt 1-6-9-16-23-44.

Aber die Zahlen werden ja nie in aufsteigender Reihenfolge gezogen.

Also vielleicht 44-1-23-6-9-16. Schon eher. Oder 23-6-1…

»Ich finde ja, dass diese ganze Lottogeschichte wahnsinnig kommerzialisiert worden ist«, sagt Mum, als es losgeht. »Es ist eine Schande.«

»Was willst du denn damit sagen, dass die Geschichte kommerzialisiert *worden ist*?«, fragt Dad nach.

»Na ja, früher haben die Leute Lotto gespielt, weil sie damit einen wohltätigen Zweck unterstützen wollten.«

»Ich bitte dich! Mach dich doch nicht lächerlich! Kein Mensch hat gespielt, um damit einen wohltätigen Zweck zu unterstützen! Das interessiert die Leute doch überhaupt nicht. Das Einzige, was sie interessiert, sind sie selbst, und sonst nichts und niemand.« Dad fuchtelt mit der Fernbedienung herum, und auf einmal wird der Bildschirm schwarz.

»Dad!«, jaule ich.

»Du meinst also, dass die Leute sich nicht für wohltätige Zwecke interessieren, ja?«, fragt Mum in die Stille hinein.

»Das habe ich nicht gesagt.«

»Dad! Schalt wieder ein!«, kreische ich. »Schalt-wieder-ein!« Ich bin kurz davor, ihm die Fernbedienung aus der Hand zu reißen, als er wieder einschaltet.

Ungläubig starre ich auf den Bildschirm. Die erste Kugel ist schon gefallen. Die 44. Meine Nummer 44.

»...zuletzt vor drei Wochen gehabt. Und da kommt auch schon die nächste... Und das ist... die 1.«

Ich bin wie gelähmt. Es passiert tatsächlich. Vor

meinen Augen. Ich gewinne tatsächlich im Lotto. Ich gewinne im Lotto!

Jetzt, da es passiert, bin ich überraschend ruhig. Mir ist, als hätte ich mein ganzes Leben lang gewusst, dass es so kommen würde.

»Und noch eine einstellige Zahl. Die 3.«

Wie bitte? Mit einem Mal bin ich wieder voll bei der Sache. Fassungslos starre ich auf den Bildschirm. Das kann nicht sein. Die meinen 23.

»Und die 2, die Zusatzzahl von letzter Woche.«

Mir wird eiskalt. Was zum Teufel geht hier vor? Was sollen diese Zahlen???

»Und noch eine einstellige Zahl! Die 4. Auch die 4 ist eine relativ häufige Zahl, dieses Jahr wurde sie schon zwölf Mal gezogen. Und zum Schluss … die 5! Das ist ja ein Ding! So etwas hat es wohl noch nie gegeben. Die Gewinnzahlen lauten also, in die richtige Reihenfolge gebracht …«

Nein. Das kann nicht wahr sein. Da muss ein Fehler vorliegen. Die Gewinnzahlen können unmöglich 1, 2, 3, 4, 5, 44 sein. Das sind doch keine Lotto-Gewinnzahlen, das ist … das ist ein schlechter Scherz!

Wo ich doch am Gewinnen war. Ich war dabei, zu *gewinnen*.

»Sieh dir das an!«, sagt Mum. »Das ist ja unglaublich! 1, 2, 3, 4, 5, 44.«

»Was ist denn daran so unglaublich?«, erkundigt Dad sich. »Ist genauso wahrscheinlich wie jede andere Zahlenfolge auch.«

»Ach, was!«

»Jane, hast du schon mal *irgendetwas* von Wahrscheinlichkeitsrechnung gehört?«

Die Erkennungsmelodie der National-Lottery-Show plärrt los, und ich stehe schweigend auf und verlasse das Wohnzimmer. Ich gehe in die Küche, setze mich an den Tisch und vergrabe den Kopf zwischen den Armen. Ich glaube, ich muss heulen. Ich war *so* sicher, dass ich gewinnen würde. Ich hatte mich schon so auf mein großes, neues Haus gefreut und auf den Urlaub auf Barbados mit allen meinen Freunden und darauf, bei Agnès B. hereinzuspazieren und mir alles zu kaufen, was ich haben will. Es war doch alles schon so zum Greifen nahe. So real.

Aber was ist? Ich sitze in der Küche meiner Eltern, kann es mir nicht mal leisten, in Urlaub zu fahren, und habe gerade achtzig Pfund für eine Holzschüssel ausgegeben, die mir nicht mal gefällt.

Absolut niedergeschlagen schalte ich den Wasserkocher ein und blättere durch ein *Woman's Journal*, das auf der Anrichte liegt, aber nicht mal das kann mich aufheitern. Irgendwie erinnert mich alles nur an Geld. Vielleicht hat Dad ja recht, denke ich bedrückt. Vielleicht ist Ordentlich Sparen die Lösung. Wenn ich nun … wenn ich nun genug spare, um sechzig Pfund die Woche zur Seite legen zu können – dann hätte ich innerhalb von hundert Wochen sechstausend Pfund zusammen

Plötzlich ist mein Hirn wieder hellwach. Sechstausend Pfund. Nicht schlecht, oder? Und wenn man es sich recht überlegt, kann es doch gar nicht *so* schwierig sein, sechzig Pfund pro Woche zu sparen. Zwei Mal nicht essen gehen. Das fällt doch kaum auf.

Genau! Das mache ich! Sechzig Pfund pro Woche, jede Woche. Vielleicht zahle ich die sogar auf ein eigenes Konto ein. Genial! In null Komma nichts habe ich meine Finanzen geregelt – und wenn ich alle Rechnungen bezahlt habe, spare ich einfach weiter. Ich werde mich daran gewöhnen, sparsam und bescheiden zu sein. Und am Ende des Jahres investiere ich dann den ganzen großen Batzen in einen echten Klassiker, wie zum Beispiel ein Kostüm von Armani. Oder von Christian Dior. Jedenfalls in etwas richtig Klassisches.

Am Montag fange ich an, denke ich aufgeregt, während ich mir Ovomaltinepulver in eine Tasse löffele. Ist doch ganz einfach. Ich werde einfach *gar nichts* mehr ausgeben. Das gesparte Geld wird sich immer weiter auftürmen, und dann bin ich reich!

Brompton's Store
KUNDENKONTEN
1 Brompton Street
London SW4 7TH

Miss Rebecca Bloomwood
Flat 2
4 Burney Rd.
London SW6 8FD

06. März 2000

Sehr geehrte Miss Bloomwood,

wir bedanken uns für die Zusendung eines Schecks über £ 43,00, der heute bei uns eingegangen ist.

Leider haben Sie versäumt, den Scheck zu unterschreiben. Ich schicke Ihnen daher den Scheck mit der Bitte um Unterzeichnung und baldige Zusendung zurück.

Sicher ist Ihnen bewusst, dass Sie mit Ihrer Zahlung bereits acht Tage im Verzug sind.

Der baldigen Rücksendung des unterschriebenen Schecks sehe ich gern entgegen und verbleibe

mit freundlichen Grüßen
Brompton's Store

John Hunter
Abteilung Kundenkonten

FÜNF

Sparsamkeit. Bescheidenheit. Enthaltsamkeit. Das sind die Losungswörter in meinem neuen, geregelten, Zen-orientierten Leben, in dem ich kein Geld ausgeben werde. Nicht einen Penny. Ich meine, wenn man mal drüber nachdenkt, ist es ganz schön frappierend, wie viel Geld wir jeden Tag zum Fenster rausschmeißen. Kein Wunder, dass ich ein bisschen in den roten Zahlen stecke. Ist doch wirklich nicht meine Schuld. Ich habe mich nur ganz dem westlichen Materialismus angepasst, mich von ihm treiben lassen – also, da müsste man schon stark wie ein Elefant sein, um dem Sog zu widerstehen! Das steht zumindest in meinem neuen Buch.

Gestern, als ich mit Mum bei Waterstone's war, um Mums Taschenbuch für diese Woche zu kaufen, habe ich ein bisschen in der Ratgeberecke gestöbert und das beste Buch gekauft, das ich je gelesen habe. Im Ernst, das wird mein Leben total verändern. Ich habe es jetzt bei mir, hier, in der Tasche. Es heißt *Mit dem Einkommen auskommen*, ist von David E. Barton und einfach absolut genial. Da steht zum Beispiel drin, dass man ständig Geld verschwendet, ohne es überhaupt zu merken, und dass die meisten Leute ihre

Ausgaben ohne größere Probleme innerhalb einer Woche auf die Hälfte reduzieren könnten.

Innerhalb einer Woche!!

Man muss nur ein paar goldene Regeln beachten und sich zum Beispiel von zu Hause etwas zu essen mitnehmen, statt in Restaurants zu gehen, oder mit dem Fahrrad statt mit der Bahn zur Arbeit fahren. Wenn man erst mal richtig darüber nachdenkt, kann man an allen Ecken und Enden Geld sparen. Schließlich gibt es so viele Dinge, die gar nichts kosten – sagt David E. Barton – und die wir nur deswegen vergessen, weil wir ständig damit beschäftigt sind, Geld auszugeben. Parks zum Beispiel, oder Museen oder auch nur ein ganz einfacher Spaziergang in der freien Natur.

Alles ganz einfach und unkompliziert. Und das Beste ist, dass man mit diesem neuen Leben anfängt, indem man einkaufen geht! In dem Buch steht, dass man sich eine Liste von all den Sachen machen sollte, die man sich im Laufe eines ganz normalen Tages kauft. Es wird betont, dass man sich selbst gegenüber ehrlich sein und seine Einkaufsgewohnheiten nicht auf einmal ändern sollte. Das passt mir sehr gut, weil Suze nämlich am Freitag Geburtstag hat und ich noch ein Geschenk für sie kaufen muss.

Montagmorgen gehe ich also wie immer auf dem Weg zur Arbeit kurz zu Lucio's und kaufe mir einen extra großen Cappuccino und ein Schokoladenmuffin. Ich muss gestehen, dass ich ein bisschen traurig bin, als ich das Geld über den Tresen schiebe –

schließlich sind das hier der letzte Cappuccino und der letzte Schokoladenmuffin meines Lebens. Morgen geht es los mit der neuen Bescheidenheit – und da sind Cappuccinos nicht erlaubt. David E. Barton schreibt, wenn man Kaffeetrinker ist, sollte man sich seinen Kaffee zu Hause machen und in einer Thermoskanne mit zur Arbeit nehmen. Und wenn man gerne zwischendurch einen Snack isst, sollte man sich mit billigen Kuchen aus dem Supermarkt eindecken. »Die Coffeeshops ziehen Ihnen das Geld aus der Tasche für etwas, das Kaffee genannt wird und nicht viel mehr ist als ein bisschen heißes Wasser und Styropor«, schreibt David E. Barton – und da hat er wohl nicht ganz unrecht. Fehlen wird er mir trotzdem, mein morgendlicher Cappuccino. Aber gut. Ich habe mir geschworen, mich an die Regeln dieses Buches zu halten – also tu ich es auch.

Als ich das Café mit dem letzten Cappuccino meines Lebens in der Hand verlasse, fällt mir auf, dass ich gar keine Thermoskanne besitze. Aber das macht nichts, dann kaufe ich eben eine. Bei Habitat gibt es richtig schöne, schlanke aus Chrom. Thermoskannen sind übrigens ganz schön trendy zurzeit. Vielleicht gibt es sogar eine von Alessi. Das wäre doch cool, oder? Sich seinen eigenen Kaffee aus einer Alessi-Thermoskanne einzuschenken. Viel cooler, als sich irgendwo einen Cappuccino zu holen.

Ziemlich glücklich gehe ich weiter. Als ich bei Smith's vorbeikomme, springe ich eben rein und kaufe mir ein paar Zeitschriften, um mich bei Laune zu halten, und ein niedliches kleines, silbernes Notizbuch und einen Stift, damit ich alles aufschreiben kann, was ich ausgebe. Und da werde ich wirklich gnadenlos sein. David E. Barton sagt nämlich, dass schon allein das Aufschreiben der Ausgaben einen dazu bringt, weniger auszugeben. Ich fange also mit meiner Liste an, kaum dass ich an meinem Schreibtisch in der Redaktion sitze.

Cappuccino	£ 1,50
Muffin	£ 1,00
Notizbuch	£ 3,99
Stift	£ 1,20
Zeitschriften	£ 6,40

Das macht alles in allem so weit … £14,09.

Huch. Das ist ja ganz schön viel, wenn man bedenkt, dass es erst zwanzig vor zehn ist.

Aber das Notizbuch und der Stift zählen ja eigentlich gar nicht, oder? Die stellen doch so etwas wie die Grundausstattung für die ganze Übung dar. Ich meine, wie und wo sollte ich denn ohne Notizbuch und Stift meine Ausgaben aufschreiben? Ich ziehe die beiden Posten also wieder ab und komme auf einen Gesamtbetrag von … £8,90. Schon viel besser.

Abgesehen davon bin ich ja jetzt im Büro und arbeite. Ich werde also wahrscheinlich den Rest des Tages nichts mehr ausgeben.

O weh, o weh. Irgendwie ist es aber doch unmöglich, *gar kein* Geld auszugeben. Als Erstes geht Guy von der Buchhaltung herum und sammelt wieder mal für ein Abschiedsgeschenk. Dann ist Mittagspause, und ich muss mir etwas zu essen kaufen. Ich halte mich wirklich zurück und kaufe mir das billigste Sandwich bei Boots – mit Eiern und Kresse. Dabei mag ich Eier und Kresse überhaupt nicht.

David E. Barton schreibt, wenn man sich wirklich richtig anstrengt – gerade am Anfang –, dann sollte man sich auch dafür belohnen. Ich gönne mir also ein Kokosnuss-Badeöl aus der Naturkosmetikserie. Dabei stelle ich fest, dass es für die Feuchtigkeitscreme, die ich benutze, Extra-Bonuspunkte gibt.

Ich *liebe* Bonuspunkte. Sind wirklich eine tolle Erfindung. Wenn man genug Geld ausgibt, bekommt man später richtig gute Geschenke dafür, zum Beispiel einen Schönheitspflegetag in einem Hotel. Letztes Jahr zu Weihnachten war ich wirklich ausgefuchst: Ich hatte das ganze Jahr fleißig Punkte gesammelt, bis ich genügend zusammen hatte, um davon das Weihnachtsgeschenk für meine Oma zu kaufen. Na gut, ich hatte noch nicht *ganz* alle Punkte zusammen – ich hatte 1.653 und brauchte 1.800 für die heizbaren Lockenwickler. Also habe ich mir eine Riesenflasche Samsara-Parfum gekauft, für die ich noch mal 150 Punkte bekam – und dann gab es die heizbaren Lockenwickler gratis! Das einzige Problem ist, dass ich gar nicht so besonders auf Samsara stehe – aber das habe ich erst gemerkt, als ich wieder zu Hause war. Na ja, was soll's.

Der Trick mit den Bonuspunkten ist – wie auch bei jeder anderen Art von Sonderangeboten –, dass man die günstige Gelegenheit erkennen und beim Schopfe packen muss. Schließlich weiß man nicht, ob sie sich einem jemals wieder bieten wird. Ich schnappe mir also drei Tiegel Feuchtigkeitscreme und kaufe sie. Extra-Bonuspunkte! Ich meine, da wird einem doch Geld *geschenkt*!

Dann muss ich Suzes Geburtstagsgeschenk kaufen. Eigentlich hatte ich ihr ja schon diverse Aromatherapieöle gekauft – aber dann habe ich vor ein paar Tagen bei Benetton diesen wunderschönen, rosafarbenen Angoracardigan gesehen, und ich weiß, dass sie sich darüber noch viel mehr freuen würde. Die Aromatherapieöle kann ich ja notfalls wieder zurückbringen oder irgendjemandem zu Weihnachten schenken.

Also gehe ich noch eben zu Benetton, greife mir den rosafarbenen Cardigan und will gerade bezahlen ... als ich sehe, dass sie den Cardigan auch in Grau haben. Ein Traum von einem weichen, taubengrauen Angoracardigan mit kleinen Perlmuttknöpfen.

Oh, *Gott*. Wissen Sie, der Punkt ist, dass ich schon seit Ewigkeiten einen schönen grauen Cardigan suche. Wirklich, im Ernst. Sie können Suze fragen, oder meine Mum, jeden. Und schließlich hat mein neues, bescheidenes Leben ja eigentlich noch gar nicht richtig angefangen, richtig?

David E. Barton schreibt, man soll sich so natürlich wie möglich verhalten. Das heißt doch, dass ich meinem natürlichen Impuls folgen und das Ding kaufen sollte, oder etwa nicht? Alles andere wäre falsch. Alles andere würde seine Theorie zunichte machen.

Er kostet ja nur fünfundvierzig Pfund. Und ich kann mit VISA bezahlen.

Und wenn man es mal so betrachtet: Was sind schon fünfundvierzig Pfund, so in der kosmischen Gesamtheit betrachtet? Ich meine, das ist doch gar nichts, oder?

Also kaufe ich ihn. Den schönsten grauen Cardigan auf der ganzen Welt. Man wird mich »Die Frau im grauen Cardigan« nennen. Bis an mein Lebensende werde ich ihn tragen. Das ist eine echte Investition.

Nach der Mittagspause muss ich zum Image Store, um ein Titelbild für die nächste Ausgabe auszusuchen. Das ist mein absoluter Lieblingsjob – ich verstehe gar nicht, warum Philip diesen Ausflug immer an jemand anderen delegiert. Man tut nämlich im Grunde den ganzen Nachmittag nichts anderes, als gemütlich Kaffee zu trinken und sich Hunderte von Dias anzusehen.

Das ist notwendig, weil wir es uns nicht leisten können, eigene Titelseiten für unsere Zeitschrift zu entwerfen. Beileibe nicht. Als ich mit dem Journalismus angefangen habe, dachte ich, ich könnte zu Foto-Shootings gehen, Models kennenlernen und so richtig in den ganzen Glamour reinschnuppern. Aber wir haben nicht mal einen Pressefotografen. Zeitschriften wie unsere bedienen sich fast alle eines Bildarchivs wie Image Store, und in der Regel wandern die Bilder von einem Blatt zum nächsten. Letztes Jahr zum Beispiel war da dieses Bild von einem brüllenden Tiger, das auf der Titelseite von mindestens drei Finanzzeitschriften auftauchte. Aber den Lesern scheint das gar nichts weiter auszumachen. Sie kaufen die Zeitschriften schließlich nicht, um sich Kate Moss anzugucken, richtig?

Praktischerweise hat auch Ellys Chef keine Lust, die Titelbilder selbst auszusuchen – und auch Ellys Zeitschrift ist Kunde bei Image Store. Wir versuchen also immer, gleichzeitig dort zu sein und ein nettes Pläuschchen zu halten, während wir uns die vielen Bilder ansehen. Die Krönung an der Sache ist, dass Image Store in Notting Hill Gate liegt und ich Ewigkeiten brauche, um vom Büro aus dort hinzukommen. Darum verzichte ich auch meist darauf, nach der ganzen Aktion wieder dorthin zurückzufahren. Es ist wirklich ein perfekter Nachmittag. (Na ja, ein perfekter *bezahlter* Nachmittag. Ich wäre da natürlich ganz anderer Meinung, wenn es sich um einen Samstag handelte.)

Ich bin dieses Mal vor Elly da, raune dem Mädchen am Empfang zu: »Becky Bloomwood von *Successful Saving*« – und wünschte, ich könnte sagen: »Becky Bloomwood von der *Vogue*« oder »Becky Bloomwood vom *Wall Street Journal*.« Dann setze ich mich auf einen knautschigen schwarzen Ledersessel und blättere flüchtig durch einen Katalog mit lauter Bi dern von glücklichen Bilderbuchfamilien, bis e der feschen jungen Männer, die hier arbeiten, mich abholt und an einen der Leuchttische führt.

»Ich heiße Paul«, stellt er sich vor. »Ich werde mich heute um Sie kümmern. Haben Sie eine Vorstellung, wonach Sie suchen?«

»Na ja …«, sage ich und ziehe wichtigtuerisch mein Notizbuch aus der Tasche. Gerade gestern hatten wir ein Meeting wegen des Titels und haben uns auf *Portfolio Management: Wie finden Sie das richtige Gleichgewicht?* geeinigt. Bevor Sie jetzt vor Langeweile Gähnanfälle bekommen, lassen Sie mich Ihnen die Titelstory vom letzten Monat verraten: *Termineinlagekonten im Test*.

Warum können wir nicht *einmal* Selbstbräunungscremes testen? Na ja.

»Ich hätte gern etwas mit Waagen«, lese ich von meiner Liste ab. »Oder Drahtseilen oder Einrädern …«

»Bilder, die mit Gleichgewicht zu tun haben«, stellt Paul fest. »Kein Problem. Kaffee?«

»Danke, gerne«, strahle ich ihn an und mache es mir dann auf meinem Stuhl bequem. Verstehen Sie jetzt, was ich meine? Es ist so *nett* hier. Und ich werde auch noch dafür *bezahlt*, dass ich hier auf diesem Stuhl sitze und *nichts* tue.

Kurz darauf führt Paul Elly herein. Überrascht …e ich sie an. Sie ist richtig schick heute, trägt ein …rinefarbenes Kostüm und hohe Absätze.

…chwimmer, Boote und Bilder von Europa?«, … offenbar ihre Anweisung.

»Richtig«, bestätigt Elly und lässt sich auf den Stuhl neben mir sinken.

»Lass mich raten«, sage ich. »Irgendwas mit floatenden Währungen?«

»Sehr gut«, lobt Elly mich. »Der genaue Titel lautet: *Geht der Euro baden?*« Sie rezitiert das so dramatisch, dass Paul und ich anfangen zu kichern. Als Paul verschwunden ist, mustere ich sie von oben bis unten.

»Wie kommt's, dass du so schick bist heute?«

»Ich bin immer schick«, pariert sie. »Das weißt du doch.« Paul schiebt bereits wagenweise Bildmaterial auf uns zu. Sie wirft einen flüchtigen Blick darauf und fragt: »Sind das deine oder meine?«

Sie weicht mir aus. Was ist hier los?

»Hast du ein Bewerbungsgespräch?«, frage ich blitzgescheit. Sie sieht mich an, wird rot und zieht ein Dia heraus.

»Zirkusbilder«, sagt sie. »Jongleure. Ist das für dich?«

»Elly! Hast du ein Bewerbungsgespräch? Nun sag schon!«

Schweigen. Elly starrt auf das Dia, dann sieht sie auf.

»Ja«, sagt sie und beißt sich auf die Lippe. »Aber –«

»Das ist doch super!«, rufe ich so laut, dass zwei aalglatte Mädels in der anderen Ecke sich zu uns umdrehen. »Wo denn?«, frage ich etwas leiser. »Doch nicht bei *Cosmo*, oder?«

Wir werden von Paul unterbrochen, der einen Kaffee vor Elly abstellt.

»Schwimmer kommen gleich«, sagt er, grinst und geht wieder.

»Wo denn nun?«, bohre ich weiter. Elly verschickt so viele Bewerbungen, dass ich überhaupt nicht mehr mitkomme.

»Bei Wetherby's«, sagt sie schließlich und wird nun dunkelrot.

»Wetherby's Investments?« Sie deutet ein Nicken an, und ich runzele verwirrt die Stirn. Warum bewirbt sie sich denn bei Wetherby's Investments? »Haben die eine interne Firmenzeitung oder so was?«

»Ich habe mich nicht als Journalistin beworben«, sagt sie leise. »Sondern als Fondsmanagerin.«

»*Was?*«, entfährt es mir entsetzt.

Ich weiß, Freunde sollten einander stets unterstützen, wenn es um derart wichtige Entscheidungen geht – aber ich bitte Sie: als *Fondsmanagerin*???

»Wahrscheinlich kriege ich den Job sowieso nicht«, sagt sie und weicht meinem Blick aus. »Keine Aufregung.«

»Aber ...«

Ich bin sprachlos. Wie kann Elly auch nur auf den *Gedanken* kommen, Fondsmanagerin zu werden? Fondsmanager sind doch keine Menschen. Das sind die Gestalten, über die wir uns auf Pressereisen kaputtlachen.

»Ist nur so'ne Idee von mir«, verteidigt sie sich. »Vielleicht will ich Carol bloß zeigen, dass ich auch noch etwas anderes kann. Verstehst du?«

»Das heißt, das Ganze ist mehr so etwas wie … ein Verhandlungsargument?«, forsche ich nach.

»Ja«, sagt sie und zuckt kaum merklich mit den Schultern. »Genau. Ein Verhandlungsargument.«

Aber so richtig überzeugend vertritt sie das nicht, und außerdem ist sie den Rest des Nachmittags lange nicht so redselig wie sonst. Was ist denn bloß los mit ihr? Darüber grübele ich noch immer nach, als ich von Image Store nach Hause gehe: Die High Street in Kensington hinunter, über die Straße – und prompt stehe ich vor Marks and Spencer.

Rechts die U-Bahn-Haltestelle. Links die Geschäfte.

Ich muss die Geschäfte *ignorieren*. Ich muss mich in Bescheidenheit üben, sofort und direkt nach Hause gehen und meine Ausgabentabelle ausfüllen. Wenn ich Unterhaltung brauche, kann ich kostenlos fernsehen oder mir eine preiswerte, nahrhafte Suppe kochen.

Aber heute Abend gibt es nichts Interessantes im Fernsehen. Und auf Suppe habe ich keine rechte Lust. Ich habe vielmehr das Gefühl, dass ich ein bisschen Aufmunterung gebrauchen kann. Und abgesehen davon wollte ich ja erst morgen richtig anfangen, oder? Heute ist also sozusagen der letzte Tag vor der Fastenzeit. Heute muss ich noch mal alles genießen, bevor es mit der Enthaltsamkeit losgeht.

Ich bin mit einem Mal ganz aufgeregt und eile auf das Barkers Centre zu. Nein, ich werde nicht durchdrehen, verspreche ich mir selbst. Nur eine nette Kleinigkeit, die mir über die schwere Zeit hinweghilft. Einen Cardigan habe ich heute schon gekauft – also nicht noch mehr Klamotten … und neulich habe ich mir erst diese Schuhe mit Barockabsatz gegönnt – also auch keine Schuhe … obwohl sie bei Hobbs ja gerade richtig schöne Prada-Imitate haben … Hmmmm. Was könnte ich denn …?

In der Kosmetikabteilung von Barkers habe ich dann den rettenden Einfall: Make-up! Ich brauche neues Make-up. Wimperntusche und vielleicht auch einen Lippenstift. Beglückt schlendere ich durch die hell erleuchteten Gänge, schnuppere an diesem und jenem Parfüm und probiere diverse Lippenstifte auf dem Handrücken aus. Einen ganz blassen Farbton hätte ich gern. So was Hautfarbenes, beige-rosa, und einen dazu passenden Lipliner …

Am Clarins-Tresen zieht mich ein großes Werbeschild in seinen Bann:

Beim Kauf von zwei Hautpflegeprodukten bekommen Sie eine Schminktasche gratis! Inhalt: Probefläschchen Reinigungsmilch, Gesichtswasser und Feuchtigkeitscreme. Autumn Blaze Lippenstift. Extra Strength Mascara und Probeflasche Eau Dynamisante. Nur, so lange der Vorrat reicht!

Das gibt es doch gar nicht! Wissen Sie, wie viel ein Clarins-Lippenstift normalerweise kostet? Und hier werden sie einem geschenkt! Aufgeregt wühle ich mich durch sämtliche Hautpflegeprodukte und überlege, welche ich kaufen soll. Wie wäre es mit einer Halscreme? Habe ich noch nie benutzt. Und diese revitalisierende Feuchtigkeitscreme. Und dann bekomme ich einen Lippenstift geschenkt! Ein unglaubliches Schnäppchen!

»Hi«, sage ich zu der Dame in der weißen Uniform. »Ich hätte gern die Halscreme und die revitalisierende Feuchtigkeitscreme. Und die Schminktasche«, füge ich hastig hinzu – vielleicht bin ich ja schon zu spät dran, fällt mir ein. Vielleicht ist der Vorrat schon aufgebraucht.

Ist er aber nicht. Gott sei Dank. Während meine VISA-Karte überprüft wird, reicht die Frau mir meine glänzende rote Schminktasche (die zugegebenermaßen etwas kleiner ist, als ich erwartet hatte). Aufgeregt öffne ich sie – und tatsächlich, da ist mein Lippenstift! Gratis!

Er ist irgendwie braunrot. Eigentlich ein bisschen seltsam, die Farbe. Aber ich brauche ihn nur etwas mit meinen anderen Lippenstiften zu mixen und ein wenig Lipgloss dazu zu tun, und dann sieht er bestimmt klasse aus.

Als ich endlich nach Hause komme, bin ich richtig erschossen. Ich mache die Wohnungstür auf, und Suze kommt mir entgegengerannt wie ein kleines Hündchen.

»Was hast du gekauft?«, fragt sie.

»Nicht gucken!«, weise ich sie ab. »Du darfst nicht gucken! Ich habe dein Geburtstagsgeschenk gekauft.«

»Mein Geburtstagsgeschenk!« Suze dreht immer völlig durch, wenn es um Geburtstage geht. Na ja, ich auch, um ehrlich zu sein.

Ich verdrücke mich in mein Zimmer und verstecke die Benetton-Tüte im Kleiderschrank. Dann packe ich alle anderen Einkäufe aus und nehme mein kleines silbernes Notizbuch zur Hand, um alles fein säuberlich aufzuschreiben. David E. Barton sagt nämlich, dass man das *sofort* tun soll, bevor man irgendetwas vergisst.

»Möchtest du einen Drink?«, fragt Suze mich durch die Tür.

»Ja, bitte!«, antworte ich und widme mich meiner Ausgabenliste. Kurz darauf kommt sie mit einem Glas Wein in der Hand in mein Zimmer.

»Danke«, sage ich geistesabwesend und schreibe weiter. Ich halte mich strikt an die Regeln des Buches, krame alle Quittungen hervor und schreibe alles fein säuberlich auf. Ich bin richtig zufrieden mit mir selbst. Das zeigt nur, dass David E. Barton völlig recht hat, wenn er sagt, mit ein klein wenig Selbstdisziplin kann jeder mit seinem Einkommen auskommen.

Wenn ich so drüber nachdenke, habe ich eigentlich ziemlich viel Feuchtigkeitscreme gekauft heute, was? Um ehrlich zu sein, hatte ich ganz vergessen, dass ich bei Boots bereits mehrere Tiegel gekauft hatte, als ich bei Clarins die revitalisierende Feuchtigkeitscreme erstand. Na ja, was soll's. Feuchtigkeitscreme kann man immer gebrauchen. Die gehört zu den unentbehrlichen Dingen des täglichen Lebens, ganz wie Milch und Brot, und David E. Barton sagt, bei solchen Sachen sollte man nie knauserig sein. Und abgesehen davon, habe ich mich heute ganz wacker geschlagen, glaube ich. Gut, ich habe noch nicht alles zusammengerechnet, aber …

Okay. Meine endgültige, komplette Liste für heute:

Cappuccino	£ 1,50
Muffin	£ 1,00
~~Notizbuch~~	~~£ 3,99~~
~~Stift~~	~~£ 1,20~~
Zeitschriften	£ 6,40
Sandwich	£ 0,99
Kokosnuss-Badeöl	£ 2,55
Feuchtigkeitscreme Boots	£ 20,97
Zwei Cardigans	£ 90,00
Evening Standard	£ 0,35
Clarins Halscreme	£ 14,50
Clarins Feuchtigkeitscreme	£ 32,50
Schminktasche	GRATIS!!
Bananen-Milchshake	£ 2,00
Karottenkuchen	£ 1,20

Macht summa summarum … £173,96.

Völlig geschockt starre ich auf diese Zahl.

Nein, tut mir leid, das kann nicht stimmen. Das *kann* nicht stimmen. Ich kann nicht an einem Tag mehr als hundertsiebzig Pfund ausgegeben haben.

Ich meine, es ist ja nicht einmal Wochenende. Ich war heute arbeiten. Ich hatte doch gar keine *Zeit*, so viel auszugeben. Irgendwo stimmt da etwas nicht. Vielleicht habe ich mich beim Zusammenzählen verrechnet. Oder ich habe irgendetwas zweimal mitgerechnet.

Sorgfältig lasse ich den Blick über die Liste schweifen – und triumphiere! »Zwei Cardigans«. Wusste ich es doch! Ich habe doch nur *einen* …

Ach, ja. Ich *habe* zwei gekauft. Mist. Gott, ist das deprimierend. Da gucke ich doch lieber fern.

Endwich Bank
Zweigstelle Fulham
3 Fulham Road
London SW6 9JH

Miss Rebecca Bloomwood
Flat 2
4 Burney Rd.
London SW6 8FD

06. März 2000

Sehr geehrte Miss Bloomwood,

wir bedanken uns für die Nachricht, die Sie am Sonntag, den 5. März, auf unserem Anrufbeantworter hinterlassen haben.

Wir bedauern den Tod Ihres Hundes.

Nichtsdestoweniger müssen wir darauf bestehen, dass Sie sich in den nächsten Tagen entweder mit mir oder mit meiner Assistentin Erica Parnell in Verbindung setzen, damit wir Ihre finanzielle Lage erörtern können.

Mit freundlichen Grüßen
Endwich Bank
Zweigstelle Fulham

Derek Smeath
Zweigstellenleiter

Endwich – Wir sind für Sie da!

SECHS

Okay, denke ich mir am nächsten Tag. Jetzt kommt es darauf an, nicht durchzudrehen wegen dem, was ich gestern ausgegeben habe. Schnee von gestern. Viel wichtiger ist, dass heute mein neues, enthaltsames Leben beginnt. Ab sofort werde ich keinen einzigen Penny mehr ausgeben. David E. Barton schreibt, man sollte sich in der ersten Woche zum Ziel setzen, seine Ausgaben um die Hälfte zu reduzieren, aber ich schätze mal, dass ich das noch unterbieten kann. Ich meine, ich will ja nicht unhöflich sein, aber diese ganzen Ratgeberbücher sind doch immer für Leute, die absolut keine Selbstbeherrschung haben, oder? Und ich habe schließlich ohne Probleme mit dem Rauchen aufgehört. (Ich rauche nur noch in Gesellschaft, aber das zählt nicht.)

Ich bin regelrecht hingerissen, als ich mir ein Käsesandwich mache und es in Alufolie einwickle – jetzt habe ich schon zwei Pfund gespart! Einfach so. Ich habe keine Thermoskanne (muss ich am Wochenende kaufen), das heißt, ich kann keinen Kaffee mitnehmen, aber im Kühlschrank steht eine Flasche Vittel, also nehme ich die stattdessen mit. Ist sowieso gesünder.

Eigentlich fragt man sich ja, warum die Leute überhaupt fertige Sandwiches kaufen. Wo es doch so einfach und viel billiger ist, sich selbst welche zu machen. Das Gleiche gilt für Currys. David E. Barton sagt: Statt sich das teure, fertige Essen zu holen, sollte man lernen, Currys und Pfannengerichte selbst zu machen – das kostet nämlich erheblich weniger. Und darum werde ich genau das dieses Wochenende tun, nachdem ich im Museum war oder einfach nur am Fluss entlangspaziert bin, um die Landschaft zu genießen.

Auf dem Weg zur U-Bahn fühle ich mich geläutert und erfrischt. Fast schon unnachgiebig streng. Man sehe sich nur die vielen Menschen an, die über die Straßen eilen und an nichts anderes als an Geld denken. Geld, Geld, Geld. Die Leute sind besessen davon. Aber wenn man sich erst mal von dem ganzen Konzept »Geld« gelöst hat, verliert es auch völlig an Bedeutung. Ich habe schon jetzt das Gefühl, in ganz neuen Bahnen zu denken. Weniger materialistisch, mehr philosophisch. *Geist*voller. *Spiritueller*. David E. Barton hat ganz recht – wir versäumen täglich, für das dankbar zu sein, was wir bereits besitzen. Licht, Luft, Freiheit, Freunde … Ich meine, *das* sind doch die Dinge, die wirklich wichtig sind, oder? Nicht Klamotten und Schuhe und all so ein Kram.

Die Veränderung, die bereits mit mir vorgegangen ist, ist fast schon erschreckend. So komme ich zum Beispiel an dem Zeitungskiosk in der U-Bahn-Haltestelle vorbei, werfe einen flüchtigen Blick auf die Auslagen – und empfinde nicht das geringste Verlangen, irgendeine der Zeitschriften zu kaufen. Zeitschriften sind in meinem neuen Leben unwichtig. (Und außerdem habe ich die meisten davon sowieso schon gelesen.)

Ich steige also in die Bahn ein und fühle mich so gelassen und besonnen wie ein buddhistischer Mönch. Als ich wieder aussteige, gehe ich schnurstracks an dem Discount-Schuhladen vorbei, ohne auch nur ins Schaufenster zu sehen, und Lucio's lasse ich auch links liegen. Kein Cappuccino heute. Kein Muffin. Überhaupt nichts, das Geld kostet. Einfach nur schnurstracks ins Büro.

Bei *Successful Saving* ist zurzeit eher wenig los. Wir haben gerade die neueste Ausgabe in Druck gegeben, und das bedeutet, dass wir jetzt ein paar Tage eine ruhige Kugel schieben können, bevor wir uns für die nächste Ausgabe zusammenraufen müssen. Selbstverständlich wird von uns erwartet, dass wir sofort mit der Recherche für unseren neuen Artikel anfangen. Ich sollte eigentlich den ganzen Tag am Telefon hängen und alle möglichen Broker nach ihren Investmenttipps für das nächste halbe Jahr fragen.

Aber irgendwie vergeht der Vormittag, ohne dass ich wirklich gearbeitet hätte. Ich habe bloß den Bildschirmschoner an meinem Computer geändert (jetzt habe ich drei gelbe Fische und einen Tintenfisch) und meine Spesenrechnung aufgestellt. Ehrlich gesagt, kann ich mich gar nicht auf richtige Arbeit konzentrieren. Ich bin einfach zu hingerissen von meinem neuen, geläuterten Ich. Ich versuche zu überschlagen, wie viel ich bis zum Ende des Monats gespart haben werde, und was ich mir davon bei Jigsaw leisten kann.

In der Mittagspause hole ich mein in Alufolie gewickeltes Sandwich heraus – und bin zum ersten Mal heute etwas deprimiert. Das Brot ist ganz matschig, Essig tropft auf die Alufolie, und das Ganze sieht nun wirklich alles andere als appetitlich aus. Hm – jetzt ein Walnussbrot von Pret à Manger und einen Schokoladenbrownie …

Nicht daran denken, rufe ich mich selbst zur Räson. Überleg dir lieber, wie viel Geld du gerade sparst. Ich zwinge mich also, dieses missglückte, matschige Sandwich zu essen und spüle es mit etwas Vittel herunter. Als ich aufgegessen habe, werfe ich die Folie weg, schraube die Vittel-Flasche wieder zu und stelle sie in den winzigen Kühlschrank in unserem Büro. So, und jetzt … – sind erst fünf Minuten meiner Mittagspause vergangen.

Was mache ich denn jetzt? Wo soll ich hin?

Niedergeschlagen sinke ich auf meinem Schreibtisch in mich zusammen. Mann, ist Enthaltsamkeit hart. Ich blättere lustlos durch ein paar Ordner, dann hebe ich den Kopf wieder an und sehe aus dem Fenster, sehe all die Menschen mit Einkaufstaschen in der Hand über die Oxford Street huschen. Oh, Gott, wie gerne würde ich jetzt da rausgehen! Ich lehne mich immer weiter nach vorn, wie ein Pflanze, die dem Licht entgegenstrebt. Ich *brauche* die hellen Lichter und die warme Luft in den Läden, die Regale voller Waren, ja, sogar das Gepiepe der Kassen. Aber ich kann nicht. Ich habe mir heute Morgen versprochen, dass ich mich den ganzen Tag von allen Läden fernhalten würde. Ich habe es mir *versprochen* – und ich kann doch nicht mein eigenes Versprechen brechen. Also, zumindest nicht so schnell …

Dann habe ich eine brillante Idee: Ich brauche ein Rezept für mein selbst gemachtes Curry, richtig? David E. Barton meint ja, dass Kochbücher Geldverschwendung sind. Er meint, man sollte sie sich in der Bücherei ausleihen oder die Rezepte von Lebensmittelverpackungen sammeln. Aber ich habe eine noch viel bessere Idee. Ich gehe zu Smith's und schreibe mir aus einem Kochbuch ein Curryrezept für Samstagabend ab. Auf diese Weise kann ich in einen Laden gehen, ohne Geld auszugeben. Ich springe auf und hole meinen Mantel. Oxford Street – ich komme!

In dem Moment, in dem ich Smith's betrete, spüre ich, wie sich jede Faser meines Körpers vor Erleichterung entspannt. Das Betreten eines Geschäftes – ganz egal, welchen Geschäftes – bringt jedes Mal einen unvergleichlichen Nervenkitzel mit sich. Das kommt teils von der gespannten Vorfreude, teils von der geschäftigen, einladenden Atmosphäre, und teils ganz einfach von der verlockenden Neuheit der angebotenen Waren. Glänzende neue Zeitschriften, glänzende neue Bleistifte, glänzende neue Geodreiecke. Nicht, dass ich ein Geodreieck gebraucht hätte – aber sehen sie nicht hübsch aus, wie sie alle so sauber und unverkratzt in ihren Verpackungen liegen? Ich entdecke eine neue Schreibwarenkollektion im Leopardenlook und bin einen Moment versucht, mir die einzelnen Teile genauer anzusehen. Aber ich zwinge mich, daran vorbeizugehen und mich in den hinteren Teil des Geschäftes zu den Büchern zu begeben.

Es gibt eine ganze Reihe indischer Kochbücher, aus der ich nach dem Zufallsprinzip einen Band herausziehe. Ich blättere durch das Werk und frage mich, was für ein Rezept ich denn am besten nehmen sollte. Mir war ja nicht ganz klar gewesen, wie kompliziert indisch kochen eigentlich ist. Vielleicht sollte ich doch besser zwei Rezepte abschreiben, nur, um ganz sicher zu gehen.

Vorsichtig sehe ich mich um und hole mein Notizbuch und meinen Stift heraus. Ich bin sehr wachsam, weil ich weiß, dass man es bei Smith's nicht so gerne sieht, wenn die Leute etwas aus den Büchern abschreiben. Ich weiß das daher, weil Suze einmal gebeten wurde, die Smith's-Filiale in Victoria zu verlassen, als sie sich etwas aus einem Londoner Straßenplan notieren wollte, weil sie ihren vergessen hatte. Man hat ihr gesagt, entweder müsse sie den Plan kaufen oder das Geschäft verlassen. (Ist doch eigentlich Quatsch, oder? Schließlich darf man ja auch gratis die Zeitschriften lesen.)

Wie dem auch sei, als ich mir sicher bin, dass niemand guckt, fange ich an, ein Rezept für »Riesengarnelenbiryani« abzuschreiben. Ich bin gerade halbwegs durch die Liste der Gewürze, als ein Mädchen in WH-Smith-Uniform um die Ecke kommt. Hektisch schlage ich das Buch zu und gehe ein paar Schritte, um so zu tun, als würde ich mich umsehen. Als ich mich in Sicherheit wähne, schlage ich das Buch wieder auf, doch noch bevor mein Stift das Papier berührt, fragt mich eine alte Frau in einem blauen Mantel lauthals:

»Taugt das was, Liebchen?«

»Was?«, erwidere ich.

»Das Buch!« Mit ihrem Regenschirm deutet sie auf das Kochbuch. »Ich brauche nämlich ein Geschenk für meine Schwiegertochter, die stammt aus Indien. Darum dachte ich mir, besorge ich ihr ein richtig schönes indisches Kochbuch. Ist das da denn gut? Was meinen Sie?«

»Ich weiß es nicht«, sage ich. »Ich habe es noch nicht gelesen.«

»Oh«, sagt sie und will sich wieder entfernen. Eigentlich sollte ich ja besser den Mund halten und mich um meinen eigenen Kram kümmern, aber ich kann mich dann doch nicht zurückhalten. Ich räuspere mich und frage: »Hat sie denn nicht schon jede Menge indische Rezepte?«

»Wer, Liebchen?« Die Frau dreht sich wieder zu mir um.

»Ihre Schwiegertochter!« Ich bereue es jetzt schon. »Wenn sie Inderin ist, dann müsste sie doch bestens über indisches Essen Bescheid wissen.«

»Oh«, sagt die alte Frau. Das scheint sie völlig aus

der Fassung gebracht zu haben. »Ja, aber – was soll ich ihr denn sonst schenken?«

Oh, Gott.

»Ich weiß es nicht«, sage ich. »Ein Buch ist ja immer eine gute Idee … einfach ein anderes Buch?«

»Gute Idee!«, strahlt sie mich an. Dann kommt sie auf mich zu. »Zeigen Sie mir, welches?«

Warum ich?

»Tut mir leid«, sage ich. »Ich bin etwas in Eile heute.«

Damit – und mit einem schlechten Gewissen – mache ich mich schnell aus dem Staub. In der immer etwas spärlich bevölkerten CD- und Videoabteilung verstecke ich mich hinter einem Regal mit Teletubbies-Videos. Ich sehe mich um, vergewissere mich, dass niemand in der Nähe ist und schlage das Buch wieder auf. Seite 214, Riesengarnelenbiryani … Ich schreibe weiter ab, und gerade, als ich mit der Gewürzliste fertig bin, höre ich eine strenge Stimme direkt neben meinem Ohr:

»Entschuldigen Sie bitte?«

Ich erschrecke mich dermaßen, dass ich zusammenzucke, mein Stift unkontrolliert über das Papier saust und zu meinem Entsetzen einen blauen Strich quer über einem Foto von delikat angerichtetem Basmatireis hinterlässt. Blitzschnell lege ich meine Hand über die Seite und drehe mich mit unschuldigem Blick um. Ein Mann in weißem Hemd und mit Namensschild an der Brust sieht mich missbilligend an.

»Das hier ist keine öffentliche Bücherei«, klärt er

mich auf. »Meinen Sie, wir bieten kostenlos Informationen für jedermann?«

»Ich sehe mich doch bloß um«, sage ich gehetzt und will das Buch zuklappen. Doch wie aus dem Nichts tauchen die Hände des Mannes auf, und einer seiner Finger wird wie ein Lesezeichen zwischen den verschandelten Seiten eingeklemmt. Ganz langsam schlägt er das Buch wieder auf. Gemeinsam starren wir auf meinen blauen Kugelschreiberstrich.

»Sich umsehen ist eine Sache«, sagt der Mann streng. »Waren beschädigen eine andere.«

»Das war ein Versehen!«, sage ich. »Sie haben mich erschreckt!«

»Hmm«, macht der Mann und durchbohrt mich förmlich mit seinem Blick. »Hatten Sie eigentlich vor, dieses Buch zu kaufen? Oder irgendein anderes Buch?«

Schweigen. Dann sage ich reichlich beschämt:

»Nein.«

»Verstehe«, sagt der Mann schmallippig. »Tja, so leid es mir tut, aber dann werde ich die Angelegenheit wohl der Geschäftsführerin übergeben müssen. Sie sehen ja wohl selbst ein, dass wir dieses Buch nun nicht mehr verkaufen können und daher einen Verlust erlitten haben. Wenn Sie mir bitte folgen würden, dann können Sie der Geschäftsführerin erklären, was genau Sie gerade gemacht haben, als der Schadensfall eintrat …«

Meint der das ernst? Will er mir nicht einfach freundlich sagen, dass es nicht so schlimm ist, und mich fragen, ob ich schon eine Kundenkarte habe? Mein Herz fängt panisch an zu pochen. Was soll ich denn jetzt tun? Meine neue Enthaltsamkeit verbietet es mir, das Buch zu kaufen. Aber mit der Geschäftsführerin will ich auch nicht sprechen.

»Lynn?« Der Mann ruft eine Verkäuferin in der Schreibwarenabteilung. »Könntest du bitte eben Glenys für mich anpiepsen?«

Er meint es tatsächlich ernst. Und er sieht so aus, als wenn er ausgesprochen zufrieden mit sich wäre, so, als hätte er einen Ladendieb gefasst. Kann man jemanden strafrechtlich verfolgen dafür, dass er Kugelschreiberstriche in Bücher macht? Vielleicht zählt das als Vandalismus. Oh, Gott. Mein polizeiliches Führungszeugnis!

»Hören Sie, ich kaufe es, okay?«, sage ich ganz außer Atem. »Ich kaufe das blöde Buch.« Ich reiße es dem Mann aus der Hand und renne förmlich zu der Kasse am Ausgang. Mein Herz pocht immer noch wie wild.

An der Kasse neben mir steht die Frau mit dem blauen Mantel. Ich ducke mich, damit sie mich nicht sieht. Aber sie entdeckt mich trotzdem und ruft begeistert:

»Ich habe mich an Ihren Rat gehalten! Jetzt habe ich etwas ausgesucht, dass ihr ganz bestimmt gefallen wird!«

»Oh, gut«, antworte ich und reiche der Kassiererin mein Kochbuch.

»Es heißt *Rough Guide: Indien*«, sagt die alte Frau

und hält das dicke blaue Taschenbuch hoch. »Haben Sie schon davon gehört?«

»Oh«, sage ich. »Äh, ja, aber –«

»Vierundzwanzig neunundneunzig, bitte«, sagt die Kassiererin zu mir.

Wie bitte? Ungläubig sehe ich sie an. Fünfundzwanzig Pfund für ein paar Rezepte? Warum habe ich mir nicht ein richtig nettes Taschenbuch ausgesucht? Mist. Verdammter Mist. Nur mit größtem Widerwillen hole ich meine Kreditkarte hervor und reiche sie ihr. Nett einkaufen ist eine Sache – gegen seinen Willen dazu gezwungen werden, etwas zu kaufen, eine andere. Ich meine, für die fünfundzwanzig Pfund hätte ich mir doch lieber schöne Unterwäsche gekauft!

Andererseits – fällt mir ein, als ich den Laden verlasse – bringt mir das ganz schön viele Bonuspunkte auf meiner Clubkarte ein. Bonuspunkte im Wert von … fünfzig Pence! Und außerdem kann ich jetzt massenweise köstliche, exotische Currygerichte selber machen und viel Geld sparen, weil ich das Essen nicht mehr fertig beim Inder hole. Ich sollte dieses Buch wirklich als eine Investition betrachten.

Ich will ja nicht angeben – aber mal abgesehen von diesem einen Zwischenfall schlage ich mich die nächsten zwei Tage wirklich wacker. Ich kaufe nur eine schöne Thermoskanne, in der ich meinen eigenen Kaffee mit ins Büro nehmen kann. (Und frische Kaffeebohnen und eine elektrische Kaffeemühle – ich will mir doch nicht mit ekligem Instant-Kaffee die

Laune verderben!) Und ein paar Blumen und eine Flasche Sekt für Suzes Geburtstag.

Aber das ist auch erlaubt! David E. Barton schreibt nämlich, dass man seine Freunde gar nicht genug wertschätzen kann. Er schreibt, der schlichte Akt des Brotbrechens mit seinen Freunden ist einer der ältesten und wichtigsten Aspekte im Leben eines Menschen. »Hören Sie nicht auf, Ihren Freunden Geschenke zu machen«, schreibt er. »Es muss ja nichts Extravagantes sein – seien Sie kreativ und machen Sie so viel wie möglich selbst.«

Also habe ich Suze eine normale Flasche Sekt statt einer Magnumflasche gekauft. Und statt teure Croissants in der Pâtisserie zu kaufen, werde ich sie selber backen. Das heißt, aus diesem Fertigteig, den es im Kühlregal gibt.

Abends gehen wir mit Suzes Cousine Fenella und ihrem Cousin Tarquin im *Terrazza* essen – das könnte ein teurer Abend werden. Aber das ist erlaubt, weil das nämlich unter »Brotbrechen mit Freunden« fällt. (Nur ist das Brot bei *Terrazza* Focaccia mit sonnengetrockneten Tomaten und kostet £4,50 pro Korb …)

Fenella und Tarquin kommen um sechs Uhr, und sobald Suze sie sieht, fängt sie vor Aufregung an zu quietschen. Ich bleibe noch ein bisschen in meinem Zimmer und schminke mich fertig, um die Begrüßung möglichst lange hinauszuzögern. Ich stehe nicht besonders auf Fenella und Tarquin. Ich finde sie nämlich beide leicht durchgeknallt. Erstens sehen sie durchgeknallt aus. Sie sind sehr dünn, blass und grobknochig und haben beide einen leichten Überbiss. Fenella bemüht sich ja ein wenig, was Make-up und Klamotten angeht, und sieht nicht ganz so schlimm aus. Aber Tarquin … der sieht wirklich aus wie ein Hermelin. Oder wie ein Wiesel. Also, jedenfalls wie so ein kleines, knochiges Viech. Und dann *tun* sie auch sehr merkwürdige Dinge. Fahren auf einem Tandem herum und tragen Pullover im Partnerlook, die ihr altes Kindermädchen ihnen gestrickt hat, und reden in dieser dämlichen Familiensprache, die außer ihnen niemand versteht. Sandwiches heißen bei ihnen zum Beispiel »Witchys«. Und ein Drink ist ein »Titchy« (es sei denn, es handelt sich um Wasser, das heißt »Ho«). Glauben Sie mir, das kann einen auf die Dauer auf die Palme bringen.

Aber Suze liebt die beiden. Als Kind hat sie jeden Sommer mit ihnen in Schottland verbracht, und sie findet überhaupt nicht, dass sie irgendwie merkwürdig sind. Das Schlimmste ist, dass sie auch anfängt, von Witchys und Titchys zu reden, wenn sie mit ihnen zusammen ist. Da könnte ich durchdrehen.

Aber gut, ich kann nichts daran ändern – sie sind da. Noch einen letzten Bürstenstrich Mascara, dann stehe ich auf und betrachte mich im Spiegel. Und ich bin ziemlich angetan von dem, was ich sehe. Ich trage ein schlichtes schwarzes Top und eine schwarze Hose und – ganz locker und lässig um den Hals geschlungen – mein hinreißendes, *hin-rei-ßen-des* Denny-and-George-Tuch. Mann, war das ein guter Kauf. Sieht umwerfend aus.

Ich weide mich noch einen Moment an dem Anblick, dann verlasse ich ergeben mein Zimmer.

»Hi, Bex!«, sagt Suze und strahlt mich an. Sie sitzt im Schneidersitz auf dem Fußboden im Flur und reißt ein Geschenk auf, während Fenella und Tarquin danebenstehen und zuschauen. Heute haben sie Gott sei Dank mal keine Pullover im Partnerlook an, aber Fenella trägt einen sehr merkwürdigen roten Tweedrock, und Tarquins Zweireiher sieht aus, als stamme er aus der Zeit des Ersten Weltkriegs.

»Hi!«, sage ich und verteile höflich Begrüßungsküsschen

»Hey, wow!«, ruft Suze, als sie ein Bild in einem alten Goldrahmen aus dem Papier zieht. »Das glaube ich nicht! Das *glaube* ich nicht!« Mit glänzenden Augen sieht sie von Tarquin zu Fenella, und ich werfe einen neugierigen Blick über Suzes Schulter. Ehrlich gesagt, bin ich nicht besonders beeindruckt. Erstens ist das Bild ziemlich düster – ganz in Schlammgrün und Braun –, und zweitens ist nichts weiter zu sehen als ein Pferd, das bewegungslos auf der Weide steht. Ich meine, hätte es denn nicht über einen Zaun springen oder sich aufbäumen können oder so? Oder hätte es nicht durch den Hyde Park trotten können – mit einem Mädchen in einem dieser herrlichen Kleider, die sie in *Stolz und Vorurteil* tragen?

»Schmerzlichen Glückwunsch!«, wünschen Fenella und Tarquin unisono. (Das ist noch so etwas: Zum Geburtstag sagen sie immer »schmerzlichen« Glückwunsch, weil nämlich … Oh, Gott. Das ist wirklich zu langweilig, um es auch noch zu erklären.)

»Das ist ja hinreißend!«, flöte ich. »Einfach *bildhübsch!*«

»Nicht wahr?«, lässt Tarquin ernst verlauten. »Sieh dir doch nur mal diese Farben an.«

»Hmhm. Wunderschön«, sage ich und nicke.

»Und die Pinselführung. Exquisit. Wir waren sofort restlos begeistert, als wir es gesehen haben.«

»Wirklich ein herrliches Bild«, sage ich. »Da bekommt man direkt Lust … einfach über die Hügel zu galoppieren!«

Was rede ich da eigentlich für einen Blödsinn? Warum bin ich nicht einfach ehrlich und sage, dass es mir nicht gefällt?

»Reitest du?« Tarquin sieht mich leicht überrascht an.

Ich bin ein Mal geritten. Auf dem Pferd meiner Cousine. Ich bin runtergefallen und habe mir geschworen, nie wieder zu reiten. Aber die Blöße werde ich mir doch Mister Pferd des Jahres gegenüber nicht geben.

»Früher mal«, sage ich und lächele bescheiden. »Und nicht sehr gut.«

»Da würdest du dich bestimmt ganz schnell wieder hineinfinden.« Tarquin sieht mich an. »Warst du schon mal mit auf Jagd?«

Ach, du lieber Gott! Sehe ich wirklich aus wie Miss Landleben?

»Hey«, sagt Suze und stellt das Bild ganz verliebt

an die Wand. »Wollen wir uns noch einen Titchy genehmigen, bevor wir gehen?«

»Unbedingt!«, sage ich und wende mich schnell von Tarquin ab. »Gute Idee.«

»Au ja!«, sagt Fenella. »Habt ihr Sekt?«

»Ich glaube schon«, sagt Suze und geht in die Küche. Im gleichen Moment klingelt das Telefon, und ich nehme ab.

»Hallo?«

»Hallo, könnte ich bitte mit Rebecca Bloomwood sprechen?«, erkundigt sich eine mir unbekannte Frauenstimme.

»Ja«, sage ich unbeteiligt. In Gedanken bin ich ganz bei Suze, die sämtliche Schranktüren in der Küche auf- und zumacht. Ich frage mich, ob wir abgesehen von dem kläglichen Rest in der Flasche, die ich zum Frühstück spendiert habe, tatsächlich noch irgendwo Sekt haben. »Am Apparat.«

»Miss Bloomwood, mein Name ist Erica Parnell, Endwich Bank«, sagt die Stimme, und ich erstarre.

Mist. Hatten die mir nicht einen Brief geschrieben? Und hatte ich mich nicht nie darauf gemeldet?

Was soll ich denn jetzt sagen? Schnell, schnell, was soll ich sagen?

»Miss Bloomwood?«, sagt Erica Parnell.

Okay, ich werde ihr sagen, dass mir sehr wohl bewusst ist, dass ich mein Konto ein wenig mehr als verabredet überzogen habe, und dass ich diesbezüglich im Laufe der nächsten Tage für Abhilfe sorgen werde. Ja, das hört sich gut an. »Diesbezüglich für Abhilfe sorgen« hört sich sehr gut an. Also los.

Ich schärfe mir selbst ein, keine Panik aufkommen zu lassen – Bankangestellte sind schließlich auch nur Menschen – und atme einmal tief durch. Und dann macht sich meine Hand ungefragt selbstständig und legt den Hörer in einer einzigen, formvollendeten Bewegung zurück auf die Gabel.

Ich betrachte einige Sekunden lang das Telefon und kann nicht recht glauben, was ich da gerade getan habe. Was sollte *das* denn jetzt? Erica Parnell weiß doch, dass ich das war, oder? Sie ruft bestimmt jeden Moment wieder an. Wahrscheinlich drückt sie gerade auf die Wahlwiederholungstaste und ist ziemlich sauer …

Blitzschnell nehme ich den Hörer ab und verstecke ihn unter einem Kissen. Jetzt kann sie nicht mehr anrufen. Ich bin in Sicherheit.

»Wer war das?«, fragt Suze, als sie ins Wohnzimmer kommt.

»Niemand«, sage ich. Ich habe ganz wackelige Knie. »Falsch verb … Also, ich finde, wir sollten doch jetzt schon gehen und woanders was trinken!«

»Oh«, sagt Suze. »Okay.«

»Ist doch viel lustiger«, plappere ich weiter und bugsiere sie außer Sichtweite des Telefons. »Wir könnten doch in einer richtig netten Bar ein paar Cocktails trinken und dann weitergehen ins *Terrazza*.«

Gleichzeitig beschließe ich, in Zukunft *immer* erst den Anrufbeantworter anspringen zu lassen, um zu hören, wer anruft. Oder mit ausländischem Akzent zu sprechen, wenn ich drangehe. Oder noch besser: Ich beantrage eine neue Nummer. Und verzichte auf den Eintrag im Telefonbuch.

»Was ist los?«, fragt Fenella, die in der Tür erscheint.

»Nichts!«, höre ich mich antworten. »Wir haben bloß umdisponiert: Richtige Titchys in einer Bar, und danach Happi-happi bei *Terrazza*.«

Oh, nein, ich fasse es nicht! Ich werde zu einer von ihnen!

Ich bin schon wieder bedeutend ruhiger, als wir im *Terrazza* ankommen. Erica Parnell wird selbstverständlich denken, dass die Verbindung aufgrund eines technischen Fehlers in der Leitung unterbrochen wurde. Sie wird gar nicht auf den Gedanken kommen, dass ich einfach aufgelegt haben könnte. Ich meine, wir sind schließlich zwei zivilisierte erwachsene Leute, oder? Und erwachsene Leute tun so etwas nun mal nicht.

Sollte ich ihr jemals begegnen – und ich bete zu Gott, dass dies nie passiert –, bleibe ich ganz cool und sage: »Komisch, auf einmal waren Sie weg, als Sie mich damals angerufen haben.« Oder noch besser: Ich behaupte, *sie* hätte einfach aufgelegt (natürlich so halbwegs im Scherz).

Das *Terrazza* ist brechend voll – überall sind Leute, wird geraucht und viel geredet. Als wir uns mit unseren riesigen silbernen Speisekarten setzen, spüre ich, dass ich mich noch mehr entspanne. Ich gehe für mein Leben gern essen. Und ich finde, nachdem ich die letzten Tage so enthaltsam war, habe ich mir eine kleine Belohnung verdient. Es war schließlich nicht leicht, sich an die Regeln dieser Rosskur zu halten, aber ich habe es irgendwie geschafft. Und wie mustergültig ich mich an sie halte! Am Samstag werde ich sämtliche Ausgaben der letzten Tage auswerten – und ich bin mir sicher, dass ich sie um mindestens siebzig Prozent reduziert habe!

»Was wollen wir trinken?«, fragt Suze. »Tarquin, du suchst was aus.«

»Seht mal!«, quietscht Fenella. »Da ist Eddie Lazenby! Ich muss ihm eben schnell Hallo sagen.« Sie springt auf und steuert auf einen Typ mit Halbglatze und Blazer zu, der etwa zehn Tische entfernt sitzt. Es ist mir ein Rätsel, wie sie ihn in diesem Gewühl entdecken konnte.

»Suze!«, ruft da eine andere Stimme, und wir blicken alle auf. Ein blondes Mädchen in einem winzigen rosafarbenen Kostüm kommt auf unseren Tisch zu und streckt schon ihre Arme aus. »Und Tarkie!«

»Hallo, Tory«, sagt Tarquin und steht auf. »Wie geht es Mungo?«

»Der ist da drüben!«, sagt Tory. »Komm doch eben mit rüber an unseren Tisch!«

Wie kommt es eigentlich, dass Fenella und Tarquin den Großteil ihrer Zeit in der schottischen Pampa bei Perthshire verbringen, dann aber, sobald sie zwei Minuten in London sind, alle naselang von uralten Freunden bestürmt werden?

»Eddie lässt schön grüßen«, sagt Fenella, als sie an unseren Tisch zurückkehrt. »Tory! Wie geht's dir? Wie geht's Mungo?«

»Dem geht's gut«, sagt Tory. »Aber sagt mal, habt ihr das schon gehört? Caspar ist wieder in London!«

»Nein!«, lautet der einstimmige Kommentar der anderen, und ich bin sehr versucht, mich dem anzuschließen. Bisher hat es niemand für nötig befunden, mich Tory vorzustellen – aber so geht das eben in diesen Kreisen. Man schließt sich der Schar durch Osmose an. Eben war man noch wildfremd, und im nächsten Augenblick kreischt man schon mit ihnen im Chor, wenn es heißt: »Habt ihr schon das *Neueste* von Venetia und Sebastian gehört?«

»Wir müssen jetzt erst mal bestellen«, sagt Suze. »Wir kommen gleich zu euch rüber, Tory.«

»Okay. Ciao«, sagt Tory und tänzelt davon.

»Suze!«, ruft da schon die nächste Stimme, die einem Mädchen in einem Kleinen Schwarzen gehört, das auf uns zustürmt. »Und Fenny!«

»Milla!«, rufen die beiden. »Wie geht's dir? Wie geht's Benjy?«

Oh, Gott, nimmt das denn gar kein Ende? Ich sitze hier und starre in die Speisekarte, als würden mich die ganzen Vorspeisen brennend interessieren, obwohl ich mir vorkomme wie eine Aussätzige, mit der sich niemand unterhalten möchte – und Tarquin und Fenella sind King und Queen der Szene. Ich finde das ungerecht. Ich will *auch* von Tisch zu Tisch gehen. Ich will *auch* alten Freunden über den Weg laufen, die ich schon aus Säuglingstagen kenne. (Obwohl, da käme nur mein Nachbar Tom infrage, und der sitzt bestimmt in seiner hell gebeizten Eichenküche in Reigate.)

Ich lasse trotzdem die Speisekarte sinken und sehe mich hoffnungsvoll im Restaurant um. Bitte, lieber Gott, lass nur dieses eine Mal jemanden hier sein, den ich kenne. Es muss nicht mal jemand sein, den ich mag oder besonders *gut* kenne – nur irgendjemand, auf den ich mich stürzen, mit dem ich fünf Sätze wechseln und demgegenüber ich »Wir müssen *unbedingt* mal zusammen Mittag essen!« quietschen kann. Irgendjemand. *Irgendjemand …*

Und dann – ich kann es kaum fassen – mache ich nur wenige Tische entfernt tatsächlich ein mir bekanntes Gesicht aus! In Gesellschaft eines elegant gekleideten älteren Herren und einer dazu passenden Dame sitzt Luke Brandon.

Na ja, er ist nun nicht gerade das, was man einen alten Freund nennen würde – aber ich kenne ihn! Und besonders groß ist meine Auswahl ansonsten ja nicht. Und ich will *so* gerne auch an andere Tische abwandern wie die anderen!

»Hey, seht mal, da ist ja Luke!«, quietsche ich (leise, damit er es nicht hört). »Ach, da *muss* ich doch mal eben rübergehen und Hallo sagen!«

Die anderen sehen mich überrascht an. Ich werfe mein Haar zurück, springe auf und eile, von unerwartet guter Laune ergriffen, davon. Ha! Ich gehöre dazu! Ich kann auch an andere Tische gehen und mich mit Bekannten unterhalten! Sogar im *Terrazza*. Ich stehe Tara Palmer-Tomkinson, Tamara Beckwith, Patsy Kensit und wie sie alle heißen in nichts nach! Ich bin auch ein *Glamour-Girl*!

Erst, als ich wenige Tische von Luke Brandons Tisch entfernt bin, drossele ich mein Tempo und überlege, was ich eigentlich sagen könnte.

Na ja … ich werde ganz einfach höflich sein. Hallo sagen und – ha! genial! – mich noch einmal dafür bedanken, dass er so freundlich war, mir die zwanzig Pfund zu leihen.

Äh – ich habe sie ihm doch schon zurückgegeben, oder?

Ja. Ja, doch, ich habe ihm diese hübsche Recycling-Karte mit den Mohnblumen drauf geschickt und einen Scheck dazugelegt. Stimmt. Also keine Panik. Einfach cool bleiben.

»Hi!«, sage ich, sobald ich mich in Hörweite befinde, aber der Geräuschpegel hier ist so hoch, dass Luke Brandon mich nicht hört. Kein Wunder, dass Fenellas Freundinnen immer alle so kreischen. Fünfundsechzig Dezibel sind schon das Minimum, wenn man gehört werden will. »Hi!«, versuche ich es noch einmal, jedoch wieder ohne Erfolg. Luke Brandon ist in ein ernstes Gespräch mit dem älteren Herrn vertieft, und die Frau hört aufmerksam zu. Nicht einer von ihnen sieht auch nur zu mir auf.

Das wird ja nun langsam peinlich. Ich stehe da wie Pik Sieben, und der Typ, den ich mir für meinen Ausflug in die Welt des *Table-Hopping* ausgeguckt habe, bemerkt mich nicht einmal! Andere haben das Problem nicht, oder? Warum springt er nicht auf und kreischt: »Haben Sie schon das *Neueste* von Foreland Investments gehört?« Das ist ungerecht. Was mache ich denn jetzt? Mich wieder davonschleichen? So tun, als wäre ich auf dem Weg zur Toilette gewesen?

Doch da drängt sich ein Kellner mit einem Tablett an mir vorbei, schiebt mich ein Stück nach vorne, auf Luke Brandons Tisch zu – und in dem Moment sieht er auf. In seinem Blick tut sich gar nichts, als hätte er nicht die geringste Ahnung, wer ich bin. Mir rutscht fast das Herz in die Hose, aber jetzt muss ich die Sache auch durchziehen.

»Tag, Luke!«, begrüße ich ihn fröhlich. »Ich dachte mir, ich sage mal eben … Hallo!«

»Na, dann. Hallo«, sagt er nach einer kleinen Pause. »Mum, Dad – Rebecca Bloomwood. Rebecca – meine Eltern.«

Oh, Gott. Was habe ich denn jetzt schon wieder gemacht? Ich bin mitten in ein intimes Familientreffen hineingeplatzt. Schnell weg hier.

»Guten Tag«, sage ich und lächele schwach. »Nun ja, ich möchte Sie nicht weiter –«

»Woher kennen Sie denn unseren Luke?«, erkundigt Mrs Brandon sich.

»Rebecca ist eine führende Finanzjournalistin«, sagt der Junior und nippt an seinem Wein. (Ist das seine ehrliche Meinung? Mann, das muss ich mal nebenbei fallen lassen, wenn Clare Edwards in der Nähe ist. Oder sogar Philip …)

Ich lächele Mr Brandon senior selbstbewusst an, da ich mir auf einmal sehr wichtig vorkomme. Ich bin eine führende Finanzjournalistin, die mit einem führenden Unternehmer in einem führenden Londoner Restaurant angeregt plaudert. Ist das nicht cool?

»Finanzjournalistin, eh?«, grunzt Mr Brandon und schiebt die Lesebrille ein wenig tiefer, damit er mich besser sehen kann. »Was halten *Sie* denn von der Ankündigung unseres Finanzministers?«

Ich werde nie wieder *Table-Hopping* betreiben. Nie wieder.

»Nun ja«, hebe ich selbstsicher an, während ich mir überlege, ob ich nicht so tun könnte, als ob ich in der anderen Ecke des Restaurants gerade einen alten Freund entdeckt hätte.

»Dad, ich glaube kaum, dass Rebecca Lust hat, jetzt über Geschäftliches zu reden«, sagt Luke und runzelt die Stirn.

»Ganz recht!«, pflichtet Mrs Brandon ihm bei und lächelt mich an. »Das ist aber ein hübsches Tuch, Rebecca. Ist das von Denny and George?«

»Ja, genau«, bestätige ich ihr beschwingt und grenzenlos erleichtert, auf diese Weise um die Ankündigung des Finanzministers herumzukommen. (Was für eine Ankündigung?) »Ich bin ganz stolz darauf, habe es letzte Woche im Ausverkauf erstanden!«

Aus den Augenwinkeln sehe ich, wie Luke Brandon mich entgeistert anstarrt. Was hat er denn? Wieso guckt er denn so …

Ach, herrje. Wie konnte ich nur so *blöd* sein?

»Im Ausverkauf, ja … für meine Tante«, führe ich weiter aus und bemühe mich, so schnell wie nur irgend möglich nachzudenken. »Ich habe es für meine Tante gekauft, es sollte ein Geschenk sein. Aber dann … ist sie gestorben.«

Betretenes Schweigen. Ich sehe zu Boden. Ich kann nicht ganz glauben, was ich da gerade gesagt habe.

»Oje«, brummt Mr Brandon.

»Tante Ermintrude ist gestorben?« Luke klingt etwas seltsam.

»Ja«, sage ich und zwinge mich aufzusehen. »Eine traurige Geschichte.«

»Nein, wie furchtbar!«, bekundet Mrs Brandon ihr Mitgefühl.

»Sie lag im Krankenhaus, oder?«, fragt Luke und schenkt sich ein Glas Wasser ein. »Was hat ihr denn gefehlt?«

Das bringt mich einen Moment zum Schweigen.

»Es war … ihr Bein«, höre ich mich sagen.

»Ihr Bein?« Mrs Brandon sieht mich besorgt an. »Was war denn mit ihrem Bein?«

»Es … war furchtbar geschwollen und hat sich entzündet«, sage ich nach einer kurzen Pause. »Es musste amputiert werden, und dann ist sie gestorben.«

»Herrje«, sagt Mr Brandon und schüttelt den Kopf. »Diese verdammten Ärzte.« Dann sieht er mich plötzlich kämpferisch an. »War sie privat versichert?«

»Ähmmmm … weiß ich nicht«, sage ich und beschließe, mich aus dem Staub zu machen. Mir reicht's. Warum habe ich nicht einfach gesagt, dass sie mir den verdammten Schal *geschenkt* hat? »Na ja, war nett, Sie gesehen zu haben. Jetzt muss ich aber weiter, meine Freunde vermissen mich sicher schon.«

Ich winke ihnen so lässig und unverbindlich wie möglich zu, weiche Lukes Blick aus und drehe mich dann schnell um. Hämmernden Herzens und mit rotem Gesicht gehe ich zurück zu Suze. Gott, was für ein Fiasko!

Bis das Essen serviert wird, habe ich mich wieder beruhigt. Das Essen! Ich habe gegrilltes Kammmuschelfleisch bestellt, und der erste Bissen lässt mich fast in Verzückung geraten. Nach so vielen entsagungsreichen, von billigem, rein funktionellem Essen geprägten Tagen ist das hier der Himmel auf Erden. Mir kommen fast die Tränen – wie einem Gefangenen, der in sein altes Leben zurückkehrt, oder Kindern nach dem Krieg, als die Lebensmittelrationierung ein Ende hatte. Nach den Muscheln esse ich ein Steak à la Bernaise mit Pommes. Und als alle anderen die Dessertkarte dankend ablehnen, bestelle ich mir noch eine Portion Mousse au Chocolate. Wer weiß, wann ich mal wieder in einem solchen Restaurant essen werde? Möglicherweise liegen noch ganze Monate mit Käsesandwiches und selbst gekochtem Kaffee in Thermoskannen vor mir, ohne jede Hoffnung auf Erlösung von der Monotonie.

Ich habe mich wirklich für einen schweren Weg entschieden. Aber das Ziel ist es wert.

Während ich noch auf mein Mousse au Chocolate

warte, beschließen Suze und Fenella, dass sie unbedingt zu Benjy am anderen Ende des Raumes hinübergehen müssen. Sie springen also auf, zünden sich je eine Zigarette an und lassen Tarquin zurück, auf dass er mir Gesellschaft leiste. Er scheint nicht ganz so viel für *Table-Hopping* übrig zu haben wie die anderen. Eigentlich ist er den ganzen Abend ziemlich still gewesen. Und mir ist aufgefallen, dass er mehr getrunken hat als wir anderen. Ich rechne also damit, dass sein Kopf jeden Moment auf der Tischplatte landet. Hätte ich gar kein Problem mit.

Zunächst herrscht Schweigen zwischen uns. Ehrlich gesagt, finde ich Tarquin so durchgeknallt, dass ich mich auch gar nicht in der Pflicht fühle, mich mit ihm zu unterhalten. Dann sagt er auf einmal:

»Magst du Wagner?«

»Oh, ja«, antworte ich sofort. Ich bin mir zwar nicht sicher, ob ich überhaupt jemals etwas von Wagner gehört habe, aber ich will ja keinen unkultivierten Eindruck hinterlassen – nicht einmal vor Tarquin. Und ich war auch schon mal in der Oper – aber ich glaube, das war Mozart.

»Der Liebestod aus *Tristan*«, sagt er und schüttelt den Kopf. »Der Liebestod.«

»Hmm«, mache ich und nicke so intelligent wie möglich. Ich schenke mir etwas Wein ein, fülle auch sein Glas wieder auf und sehe mich nach Suze um. Das ist wieder mal typisch für sie, einfach abzudampfen und mich mit ihrem betrunkenen Cousin allein zu lassen.

»Dah-dah-*dah*-dah, daaaah dah dah …«

Oh, Gott, jetzt fängt er auch noch an zu singen. Nicht besonders laut, zugegeben, aber mit Nachdruck. Und dabei glotzt er mir in die Augen, als erwarte er von mir, dass ich einstimme.

»Dah-dah-*dah*-dah …«

Jetzt hat er die Augen zugemacht und schunkelt. Langsam wird's peinlich.

»Da diddle-aidi da-a-da-a daaaah dah …«

»Herrlich«, sage ich heiter. »Es geht doch nichts über Wagner, was?«

»*Tristan*«, sagt er. »*Und Isolde.*« Er öffnet die Augen. »Du würdest eine wunderschöne Isolde abgeben.«

Ich würde *was*? Noch während ich ihn verwirrt anstarre, nimmt er meine Hand und fängt an, sie abzuküssen. Für die Dauer einiger Sekunden bin ich gelähmt vor Entsetzen.

»Tarquin«, sage ich so streng wie möglich und versuche, ihm meine Hand zu entziehen. »Tarquin, *bitte* …« Ich sehe auf und suche das Restaurant verzweifelt nach Suze ab. Dabei begegne ich Luke Brandons Blick. Er bahnt sich gerade einen Weg aus dem Restaurant hinaus. Er runzelt die Stirn, hebt kurz die Hand und verschwindet dann durch die Tür.

»Deine Haut duftet nach Rosen«, murmelt Tarquin auf meinen Handrücken.

»Ach, halt doch die Klappe!«, fahre ich ihn an und entreiße ihm so energisch meine Hand, dass der Abdruck seiner Zahnreihe darauf zu sehen ist. »Lass mich einfach in Ruhe!«

Ich würde ihm ja gern eine runterhauen, aber das würde er möglicherweise als Aufforderung verstehen.

In dem Moment kehren Suze und Fenella an unseren Tisch zurück und überschütten uns mit Neuigkeiten über Binky und Minky. Tarquin verfällt in Schweigen. Den Rest des Abends sieht er mich kaum noch an, selbst dann nicht, als wir uns verabschieden. Gott sei Dank. Dann hat er's ja wohl begriffen.

SIEBEN

Hat er aber wohl doch nicht. Samstag bekomme ich nämlich eine Karte von ihm, auf deren Vorderseite ein präraphaelitisches Mädchen scheu über die Schulter sieht.

> *Ich möchte mich aufrichtig für mein unziemliches Benehmen entschuldigen. Hoffentlich kann ich es wiedergutmachen. Karten für Bayreuth – oder sonst einfach Abendessen?*
>
> *Tarquin*

Ein Abendessen mit Tarquin? Das kann ich mir überhaupt nicht vorstellen! Einen ganzen Abend diesem Wieselgesicht gegenübersitzen! Und überhaupt, wovon redet er eigentlich? Bayreuth? Noch nie gehört. Ist das eine neue Show oder was? Oder meint er vielleicht Beirut? Und warum zum Teufel sollten wir nach Beirut fahren wollen?

Aber egal, Tarquin kann mir gestohlen bleiben. Ich habe heute wichtigere Dinge im Kopf. Heute ist mein sechster Ordentlich-Sparen-Tag und – was viel gravierender ist – das erste Wochenende. David E. Barton schreibt, dass gerade an den Wochenenden viele ihre Enthaltsamkeit aufgeben, weil ihnen die ablenkende Büroroutine fehlt und sich der Tag lang und leer vor ihnen ausstreckt.

Aber ich gebe nicht auf. Dazu bin ich viel zu willensstark. Ich habe meinen Tag minutiös verplant – und ich werde mich nicht einmal in die *Nähe* irgendwelcher Geschäfte begeben. Heute Vormittag gehe ich ins Museum, und heute Abend werde ich, statt für teures Geld Essen beim Inder zu holen, höchstpersönlich ein Currygericht für Suze und mich kochen. Ich bin schon richtig aufgeregt deswegen.

Mein Budget für den heutigen Tag sieht also so aus:

Fahrt zum Museum:	£ 0,00 (habe meine Monatskarte)
Museum:	gratis
Curry:	£ 2,50 (laut David E. Barton kann man für nur £ 5,00 ein geniales Curry für vier Personen machen – und wir sind nur zwei)
Insgesamt:	£ 2,50

Sieht doch gut aus. Außerdem komme ich so mal in den Genuss von etwas Kultur, statt mich immer nur geistlosem Materialismus auszusetzen. Ich habe mir das Victoria & Albert Museum ausgesucht, weil ich da noch nie war. Ich weiß nicht einmal, was darin ausgestellt wird. Vielleicht Statuen von Königin Victoria und Prinz Albert?

Na, ganz egal, was da ausgestellt ist, es wird sicher hochinteressant und ausgesprochen anregend. Und noch dazu ist es gratis!

Als ich aus der U-Bahn-Station South Kensington herauskomme, herrscht strahlender Sonnenschein, und ich schlendere vollkommen zufrieden mit mir los. Normalerweise verbringe ich meine Samstagvormittage damit, *Live and Kicking* zu gucken und mich für meine Shoppingtour fertig zu machen. Dagegen das hier! Ich komme mir plötzlich wahnsinnig erwachsen und intellektuell vor, wie jemand in einem Woody-Allen-Film. Jetzt brauche ich nur noch einen langen Wollschal und eine Sonnenbrille, dann sehe ich aus wie Diane Keaton.

Und am Montag, wenn ich gefragt werde, was ich am Wochenende gemacht habe, werde ich sagen können: »Ach, wisst ihr, ich war im V&A.« Oder nein, ich sage: »Ich war eben schnell bei einer Ausstellung.« Das hört sich doch viel cooler an. (Warum sagen die Leute eigentlich immer, dass sie »eben schnell« bei einer Ausstellung waren? Ich meine, rennen sie an den Bildern vorbei wie die Stiere durch Pamplona?) Und auf erstaunte Äußerungen wie: »Wirklich? Ich wusste ja gar nicht, dass Sie sich für Kunst interessieren, Rebecca!« werde ich selbstgefällig erwidern: »Doch, doch. Ich verbringe den Großteil meiner Freizeit in Museen.« Und man wird mich tief beeindruckt ansehen und sagen …

Huch, jetzt bin ich doch glatt am Eingang vorbeigelatscht. War in Gedanken so beschäftigt mit meiner Unterhaltung mit … Da wird mir klar, dass derjenige, den ich mir als Gesprächspartner in dieser kleinen Szene vorgestellt habe, Luke Brandon war. Verrückt.

Wie komme ich denn auf den? Wahrscheinlich, weil ich mich im *Terrazza* mit ihm unterhalten habe. Na, egal. Konzentration. Museum.

Ich gehe also das kleine Stück zurück, betrete ganz lässig die Eingangshalle und bemühe mich, so auszusehen, als würde ich ständig hier ein und aus gehen. Nicht so, wie der Haufen japanischer Touristen da drüben, der sich um einen Museumsführer knubbelt. ›Ha!‹, denke ich stolz, ›ich bin keine Touristin. Das hier ist *mein* Erbe. *Meine* Kultur.‹ Gelangweilt, als hätte ich das gar nicht nötig, nehme ich mir einen Orientierungsplan und lese eine Ankündigung diverser Vorträge zu Themen wie »Das Porzellan der Yuan- und frühen Ming-Dynastie« durch. Dann spaziere ich ganz zwanglos in den ersten Ausstellungsraum.

»Entschuldigen Sie bitte!«, ruft mir die Dame am Eingangstresen hinterher. »Haben Sie bezahlt?«

Ob ich *was* habe? Man muss doch im Museum keinen Eintritt zahlen! Ach so, natürlich! Sie will mich bloß veräppeln. Ich lache ihr kurz und freundlich zu und gehe weiter.

»Entschuldigen Sie bitte!«, wiederholt sie diesmal etwas schärfer. Wie aus dem Nichts taucht ein Typ in Sicherheitsdienst-Uniform auf. »Haben Sie Eintritt bezahlt?«

»Eintritt frei!«, sage ich perplex.

»Tut mir Leid, aber da irren Sie sich«, sagt sie und zeigt auf ein Schild hinter mir. Ich drehe mich um, lese es und falle fast um vor Erstaunen.

Eintritt £5,00.

Mir wird ganz schwach in den Knien vor Entsetzen. Was ist denn nur mit dieser Welt los? Jetzt wollen sie sogar *Geld dafür haben*, dass man ins Museum geht. Das gibt es doch gar nicht. Ich meine, das weiß doch jeder, dass man in Museen keinen Eintritt bezahlen sollte. Wenn man in Museen Eintritt bezahlen muss, geht doch keiner mehr hin! Unser kulturelles Erbe wird einer ganzen Generation vorenthalten werden, weil diese die exorbitante finanzielle Hürde nicht überwinden kann. Die Nation wird weiter dumm gehalten, und die zivilisierte Gesellschaft wird an den Rand des Zusammenbruchs getrieben. Ist es das, was Sie wollen, Tony Blair?

Abgesehen davon, habe ich keine fünf Pfund dabei. Ich habe extra nur die zwei Pfund fünfzig, die ich für die Curryzutaten brauche, eingesteckt. Mein Gott, wie ätzend! Ich meine, hier stehe ich jetzt also und bin bereit und willens, mir etwas Kultur anzutun. Ich *will* da hineingehen und mir die … äh, also, was auch immer da drin ist, ansehen – und ich kann nicht!

Jetzt glotzen die japanischen Touristen mich an wie eine Kriminelle. ›Verschwindet!‹, denke ich verärgert. ›Geht und guckt euch ein bisschen Kunst an.‹

»Wir akzeptieren auch Kreditkarten«, informiert die Dame mich. »VISA, Switch, American Express.«

»Oh‹, sage ich. »Ja, dann …«

»Die Jahreskarte kostet fünfzehn Pfund«, klärt sie mich auf, als ich nach meinem Portemonnaie greife. »Damit haben Sie ein Jahr lang freien Eintritt.«

Ein Jahr lang freier Eintritt! Sekunde mal eben,

David E. Barton meint doch, man sollte bei jeder Geldausgabe die »Kosten pro Gebrauch« überschlagen, indem man den Preis durch die Anzahl der anzunehmenden Gebrauchsgelegenheiten teilt. Nehmen wir also an, ich gehe ab heute einmal pro Monat ins V&A (das finde ich ziemlich realistisch). Wenn ich eine Jahreskarte kaufe, kostet mich jeder Besuch nur … ein Pfund fünfundzwanzig!

Na also, das ist doch ein gutes Geschäft! Genau genommen ist es sogar eine vernünftige Investition.

»Okay, ich nehme die Jahreskarte«, sage ich und reiche der Dame meine VISA-Karte. Ha! Kultur, ich komme!

Los geht's. Ich studiere den kleinen Orientierungsplan, sehe mir jedes Ausstellungsstück an und lese aufmerksam die kleinen Schildchen.

Kelch aus Silber. Holland, 16. Jh.
Agraffe mit Darstellung der Dreieinigkeit. Italien, Mitte des 15. Jh.
Blauweiße irdene Schale. Frühes 17. Jh.

Die Schale ist eigentlich richtig hübsch, geht mir auf einmal durch den Kopf. Wie viel die wohl kostet? Sieht ganz schön teuer aus … Ich recke den Hals, um irgendwo ein Preisschild zu entdecken, als mir wieder einfällt, wo ich bin. Natürlich. Das hier ist kein Kaufhaus. Hier gibt es keine Preisschilder.

Eigentlich schade, finde ich. Schließlich entgeht

einem so eine ganze Menge Spaß, oder nicht? Ich meine, man latscht herum und guckt sich all die Sachen an – das wird doch langweilig auf die Dauer. Es wäre doch viel interessanter, wenn überall Preisschilder dran wären. Also, ich finde, alle Museen sollten ihre Ausstellungsstücke mit Preisen auszeichnen. Dann würde man sich so einen Silberkelch oder eine Marmorstatue oder die Mona Lisa ansehen und für ihre Schönheit und ihre historische Bedeutung bewundern – und dann würde man einen Blick auf das Preisschild werfen und keuchen: »Hey, jetzt schaut euch das mal an, wie viel das kostet!« Das würde die ganze Angelegenheit doch wirklich etwas aufpeppen.

Vielleicht sollte ich der Museumsleitung mal schreiben und das vorschlagen. Ich bin ja immerhin im Besitz einer Jahreskarte. Will sagen, sie sollten in gewissem Maße auf mich hören.

Na gut, jetzt aber erst mal weiter zur nächsten Glasvitrine.

Pokal mit Schnitzereien. England, Mitte des 15. Jh.

Mann, habe ich einen Kaffeedurst. Wie lange bin ich schon hier? Bestimmt …

Oh. Erst eine Viertelstunde.

Dann komme ich in einen Ausstellungsraum, wo die Geschichte der Mode nachgezeichnet wird, und bin auf einmal richtig interessiert und wissbegierig. In diesem Raum verbringe ich mehr Zeit als in allen anderen zusammen. Aber auch die Reihe der Kleider und Schuhe hat ein Ende, und dann geht es wieder weiter mit Statuen und kleinen komplizierten Exponaten in Glasvitrinen. Ich gucke ständig auf die Uhr, mir tun die Füße weh … bis ich mich schließlich auf ein Sofa sinken lasse.

Verstehen Sie mich nicht falsch, ich mag Museen. Wirklich. Und koreanische Kunst interessiert mich auch. Es ist nur … der Boden hier ist furchtbar hart, und ich habe ziemlich enge Stiefel an, außerdem ist es heiß und ich habe meine Jacke ausgezogen, aber es ist so lästig, die mit sich herumzutragen. Und was völlig irre ist: Ich glaube ständig, eine Ladenkasse zu hören. Das bilde ich mir ja wohl ein.

Völlig erschöpft sitze ich da und frage mich, ob ich überhaupt noch die Energie aufbringe, wieder aufzustehen. Doch da betritt die Horde japanischer Touristen den Raum, und ich sehe mich gezwungen, aufzustehen und so zu tun, als würde ich mir etwas ansehen. Ich werfe einen flüchtigen Blick auf einen Wandteppich und verziehe mich dann in einen Flur, in dem alte indische Fliesen ausgestellt sind. Das bringt mich auf die Idee, dass wir vielleicht mal unser Badezimmer neu fliesen sollten. Durch ein metallenes Fenstergitter erhasche ich einen Blick auf etwas und bin wie vom Donner gerührt.

Träume ich? Ist das eine Fata Morgana? Ich sehe eine Ladenkasse und Leute, die anstehen, und eine Glasvitrine mit Preisschildern …

Oh, Gott, es ist wahr! Es ist ein Laden! Direkt vor meiner Nase, ein *Laden*!

Mein Schritt ist plötzlich ganz beschwingt, und wie durch ein Wunder bin ich wieder voller Energie. Ich folge dem Gepiepe der Kasse, biege um die Ecke und bin schon da. Auf der Schwelle bleibe ich stehen und ermahne mich selbst, mir nicht zu große Hoffnungen zu machen und nicht zu enttäuscht zu sein, wenn es hier nur Lesezeichen und Geschirrhandtücher gibt.

Dem ist aber nicht so. Der Laden ist genial! Warum habe ich nicht schon früher davon gehört? Hier wird herrlichster Schmuck verkauft, massenweise interessante Kunstbücher, wunderschöne Keramiken, Grußkarten …

Oh. Heute sollte ich doch nichts kaufen. Mist.

Das ist ja schrecklich. Was hat man denn davon, ein neues Geschäft zu entdecken und dann nichts kaufen zu können? Das ist nicht fair. Alle anderen kaufen hier, alle anderen amüsieren sich prächtig. Untröstlich lungere ich eine Weile neben einem Regal mit Bechern herum und beobachte eine Australierin dabei, wie sie einen Stapel Bücher über Skulpturkunst kauft. Sie plaudert angeregt mit der Kassiererin, und mittendrin höre ich, wie sie etwas von Weihnachten sagt. Da habe ich einen Geistesblitz!

Weihnachtseinkäufe! Ich kann meine gesamten Weihnachtseinkäufe hier erledigen! Gut, März ist eigentlich noch ein bisschen früh dafür – aber was spricht dagegen, rechtzeitig alles unter Dach und Fach zu haben? Dann muss ich mich, wenn Weihnachten vor der Tür steht, nicht durch diese schrecklichen Menschenmassen quälen. Ich fasse es nicht, dass ich da nicht schon früher draufgekommen bin! Und gegen die Regeln verstoße ich damit auch nicht, weil ich ja ohnehin *irgendwann* Weihnachtsgeschenke kaufen muss, richtig? Ich verlege den Einkaufszeitpunkt lediglich ein kleines bisschen vor. Klingt doch logisch.

So kommt es also, dass ich eine Stunde später glückselig mit zwei Einkaufstüten in der Hand den Museumsshop verlasse. Ich habe ein in William-Morris-Drucke eingeschlagenes Fotoalbum gekauft, ein altmodisches Puzzlespiel aus Holz, ein Buch über Modefotografie und eine ganz tolle Teekanne aus Keramik. Ich *liebe* Weihnachtseinkäufe! Ich weiß zwar noch nicht, wem ich was davon schenken werde – aber der springende Punkt ist ja, dass alle diese Geschenke zeitlose und individuelle Gegenstände sind, die sich in jeder Wohnung gut machen. (Na ja, zumindest die Teekanne, denn bei der stand genau das auf dem kleinen Pappkärtchen, das daran hing.) Ich habe also *gut* eingekauft.

Überhaupt war der heutige Vormittag ein durchschlagender Erfolg, würde ich sagen. Als ich das Museum verlasse, bin ich wahnsinnig zufrieden und beschwingt. Das zeigt mal wieder, wie sehr Kultur der Seele guttut. Von jetzt an werde ich jeden Samstag Vormittag ins Museum gehen.

Als ich nach Hause komme, liegt die Post auf der Fußmatte – unter anderem ein quadratischer, handschriftlich an mich adressierter Umschlag. Die Schrift kenne ich nicht. Ich stelle die Tüten in meinem Zimmer ab, reiße den Umschlag auf – und bin sprachlos vor Überraschung. Die Karte ist von Luke Brandon. Wie kommt der denn an meine Privatadresse?

Liebe Rebecca, steht da, *ich habe mich gefreut, Sie neulich im* Terrazza *zu sehen, und hoffe, Sie hatten einen schönen Abend. Mir ist gerade eingefallen, dass ich mich noch gar nicht für die prompte Rückzahlung der £ 20,00 bedankt habe. Ich weiß das sehr zu schätzen.*

Mit besten Grüßen – und natürlich meinem tiefsten Mitgefühl zum Tod Ihrer Tante Ermintrude,

Luke Brandon

(Wenn es Sie irgendwie tröstet: Ich glaube, niemandem würde das Tuch besser stehen als Ihnen.)

Noch immer sprachlos betrachte ich unverwandt diese Karte. Ich bin völlig perplex. Das ist aber nett von ihm. So eine schöne, handschriftliche Karte, nur, um mir für *meine* Karte zu danken. Ich meine, das wäre ja nicht nötig gewesen. Er ist doch nicht einfach nur höflich, oder? Man muss sich doch nicht schriftlich bei jemandem dafür bedanken, dass er einem zwanzig Pfund zurückgegeben hat.

Oder etwa doch? Vielleicht gehört sich das heutzutage so. Heute schickt doch fast jeder zu jedem Anlass eine Karte. Hm, ich weiß gar nicht mehr, was sich gehört und was nicht. Stellt diese Karte nur ein höfliches Dankeschön dar? Oder hat sie mehr zu bedeuten? Und wenn ja … – was?

Will er mich auf den Arm nehmen?

Oh, Gott, genau das ist es. Er weiß, dass es Tante Ermintrude gar nicht gibt. Er zieht mich bloß auf, um mich zu ärgern.

Andererseits … würde er sich wirklich die Mühe machen, eine Karte zu kaufen, zu schreiben und mir zu schicken, nur um mich zu ärgern?

Ach, ich weiß nicht. Ist ja auch egal. Ich mag ihn ja sowieso nicht.

Nach so viel Kultur am Vormittag habe ich mir für den Nachmittag eine kleine Belohnung verdient. Ich kaufe mir eine *Vogue* und eine Tüte Minstrels und lege mich eine Weile aufs Sofa. Wie ich das vermisst habe. Ich habe ja schon … ja, schon fast eine Woche keine Zeitschrift mehr gelesen. Abgesehen von Suzes *Harper's and Queen* gestern. Und wann ich das letzte Mal Schokolade gegessen habe, daran kann ich mich nicht mal *erinnern*.

Aber allzu lange kann ich hier nicht rumliegen, weil ich nämlich noch mal raus muss, um die Zutaten für das selbst gekochte Curry zu kaufen. Nachdem ich mein Horoskop gelesen habe, lege ich die *Vogue* zur Seite und hole mein neues indisches Kochbuch. Ich bin regelrecht aufgeregt. Ich habe noch nie selber Curry gemacht.

Ich habe das Riesengarnelenrezept verworfen, als mir klar wurde, dass Riesengarnelen ziemlich teuer sind. Stattdessen werde ich ein Balti mit Huhn und Pilzen machen. Das sieht preisgünstig und einfach aus, ich muss nur noch den Einkaufszettel schreiben.

Als ich damit fertig bin, bin ich etwas verblüfft. Die Liste ist viel länger, als ich erwartet hatte. Ich wusste gar nicht, dass man so viele verschiedene Gewürze braucht, um ein Currygericht zu kochen. Außerdem habe ich gerade in der Küche nachgesehen und festgestellt, dass wir weder eine Baltipfanne haben noch eine Gewürzmühle, noch so ein spezielles Gefäß, in dem die aromatische Paste zusammengemixt wird. Von einem Holzlöffel und einer funktionierenden Waage ganz zu schweigen.

Aber das macht nichts. Ich gehe eben schnell zu Peter Jones rüber und kaufe alles ein, was wir an Küchenausstattung brauchen, dann besorge ich die Lebensmittel, und dann komme ich wieder und fange an zu kochen. Ich muss mir nur immer wieder vor Augen führen, dass ich den ganzen Kram nur einmal einkaufen muss – denn dann bin ich ja voll ausgerüstet und kann jeden Abend leckere Currys machen. Es handelt sich also um eine gute Investition.

Als Suze abends vom Camden Market nach Hause kommt, stehe ich mit meiner neuen, gestreiften Schürze in der Küche und mahle geröstete Gewürze in unserer neuen Gewürzmühle.

»Puh!«, macht sie, als sie in die Küche kommt. »Was ist das denn für ein Gestank?«

»Das sind wohlduftende Gewürze«, antworte ich

leicht säuerlich und trinke einen Schluck Wein. Ehrlich gesagt ist das alles ein bisschen komplizierter, als ich gedacht hatte. Ich versuche etwas zu machen, das sich »Balti Masala Mix« nennt und das wir in einer Vorratsdose aufbewahren und über Monate verwenden können. Das Problem ist nur, dass die Gewürze alle in der Mühle zu verschwinden scheinen und sich weigern, wieder herauszukommen. Wohin verschwinden die bloß?

»Ich sterbe vor Hunger«, sagt Suze und schenkt sich ein Glas Wein ein. »Ist das Essen bald fertig?«

»Weiß ich nicht«, knurre ich durch zusammengebissene Zähne, während ich die Mühle untersuche. »Wenn ich doch nur die verdammten Gewürze da rauskriegen würde …«

»Na ja«, sagt Suze. »Ich mach mir einfach erst mal ein Toast.« Sie steckt zwei Scheiben Brot in den Toaster und macht sich dann an all meinen kleinen Tüten und Töpfen mit Gewürzen zu schaffen.

»Was ist Nelkenpfeffer?«, fragt sie und hält neugierig ein Töpfchen hoch. »Sind das Nelken und Pfeffer zusammengemischt?«

»Weiß ich nicht«, sage ich und haue die Gewürzmühle auf die Arbeitsfläche. Wütend starre ich auf das winzige Häuflein Pulver. Was ist mit der Vorratsdose, die mehrere Monate reichen soll? Jetzt muss ich noch mehr von dem Zeug rösten.

»Wenn es das nämlich ist, dann gibt's doch bestimmt auch Mischungen von dem ganzen anderen Kram, das wäre doch viel einfacher.«

»Kann schon sein«, sage ich aufgebracht. »Ich mache aber eine ganz besondere Balti-Mischung, und zwar frisch. Okay?«

»Okay«, sagt Suze und zuckt mit den Schultern. »Du bist die Expertin.«

Gut, denke ich und trinke noch einen Schluck Wein. Noch mal von vorn. Koriandersamen, Fenchelsamen, Kuminsamen, Pfefferkörner … Dieses Mal pfeife ich aufs Abmessen und -wiegen und schmeiße einfach alles zusammen. Hört man doch immer wieder, dass Instinkt der beste Koch ist.

»Was ist das denn?«, wundert sich Suze, als sie Luke Brandons Karte auf dem Küchentisch liegen sieht. »Luke Brandon? Wieso schickt der dir denn eine Karte?«

»Ach, weißt du«, sage ich und zucke lässig mit den Schultern. »Reine Höflichkeit.«

»Höflichkeit?« Suze runzelt die Augenbrauen und nimmt die Karte in die Hand. »So ein Quatsch. Man schickt jemandem doch keine Karte, nur weil er einem geliehenes Geld zurückgegeben hat.«

»Nicht?« Meine Tonlage fällt einen Tick höher aus als sonst, aber das kommt bestimmt vom Gewürzerösten. »Ich dachte, das gehört sich vielleicht so heutzutage.«

»Nein, nein«, versichert Suze mir. »Man leiht sich Geld, man zahlt es zurück, schreibt ein Dankeschön dazu, und das war's. Diese Karte hier –« Sie wedelt damit in der Luft herum. »– ist etwas Besonderes.«

Genau deswegen liebe ich es, mit Suze zusammen

zu wohnen. Sie weiß über so etwas Bescheid, weil sie sich in den richtigen gesellschaftlichen Kreisen bewegt. Hatte ich schon erwähnt, dass sie mal mit der Herzogin von Kent zu Abend gegessen hat? Nicht, dass ich damit angeben will oder so.

»Was glaubst du also, was es zu bedeuten hat?«, frage ich und gebe mir Mühe, nicht zu gespannt zu klingen.

»Ich schätze mal, dass er einfach freundlich sein will«, sagt sie und legt die Karte wieder auf den Tisch.

Freundlich. Natürlich. Er will freundlich sein. Ist ja auch völlig in Ordnung. Warum empfinde ich also diesen Anflug von Enttäuschung? Ich betrachte das Picasso-Gesicht auf der Vorderseite der Karte. Ob das was zu bedeuten hat?

»Sag mal, sollen die Gewürze tatsächlich so schwarz werden?«, fragt Suze beiläufig, während sie sich Erdnussbutter auf den Toast schmiert.

»Oh, Gott!« Ich reiße die Baltipfanne vom Herd und mustere die verbrannten Koriandersamen. Ich drehe noch durch. Also: Wegschmeißen und noch mal von vorn anfangen. Koriandersamen, Fenchelsamen, Kuminsamen, Pfefferkörner, Lorbeerblätter. Das sind die letzten Lorbeerblätter, also will ich doch schwer hoffen, dass dieses Mal alles klappt.

Und wie durch ein Wunder tut es das auch. Vierzig Minuten später köchelt ein waschechtes Curry in meiner Baltipfanne vor sich hin! Ich bin begeistert! Es riecht oberlecker und sieht genau so aus wie auf dem

Foto im Kochbuch – dabei habe ich mich gar nicht *so* exakt an das Rezept gehalten. Das zeigt nur, dass mir die indische Küche gewissermaßen im Blut liegt. Und je häufiger ich übe, desto perfekter werde ich. Wie David E. Barton schreibt: Ich werde schon bald in der Lage sein, in der Zeit, in der man sonst gerade mal den Lieferservice *anruft*, ein schnelles, köstliches Curry selbst zu zaubern. Und das Geld, das ich dabei spare!!

Restlos beglückt lasse ich den Basmatireis abtropfen, hole die aufgebackenen Nan-Brote aus dem Ofen und arrangiere alles hübsch auf zwei Tellern. Dann streue ich noch frischen, gehackten Koriander darüber – und schon sieht das Ganze aus, als wäre es für die *Marie Claire* fotografiert worden. Ich trage die Teller ins Wohnzimmer und stelle einen vor Suze ab.

»Wow!«, sagt sie. »Das sieht ja toll aus!«

»Ich weiß«, sage ich stolz und setze mich ihr gegenüber. »Klasse, was?«

Ich beobachte sie dabei, wie sie die beladene Gabel zum ersten Mal in den Mund schiebt, dann tue ich es ihr nach.

»Hmmm! Köstlich!«, sagt Suze und kaut genießerisch. »Ganz schön scharf«, fügt sie nach einer Weile hinzu.

»Sind frische Chilis drin«, verrate ich ihr. »Und Chilipulver. Aber schmeckt gut, oder?«

»Schmeckt super!«, sagt Suze. »Bex, was du nicht alles kannst! Ich würde so was nie im Leben hinkriegen!«

Doch als sie weiter kaut, macht sich ein merkwürdiger Ausdruck auf ihrem Gesicht breit. Mir bleibt ehrlich gesagt auch ein bisschen die Spucke weg. Dieses Curry ist wirklich ganz schön scharf. Genau genommen, ist es sogar verdammt scharf.

Suze hat ihren Teller vor sich abgestellt und trinkt einen großen Schluck Wein. Als sie aufsieht, hat sie ganz rote Wangen.

»Alles klar?«, sage ich und zwinge mich trotz der Schmerzen im Mund zu lächeln.

»Ja, ja, mir geht's super!«, sagt sie und beißt verzweifelt in das Nan-Brot. Ich sehe auf meinen Teller und schiebe etwas widerwillig noch einmal Curry auf meine Gabel. Im gleichen Moment fängt meine Nase sturzbachartig an zu laufen. Suze schnieft ebenfalls vor sich hin, doch als sich unsere Blicke begegnen, schenkt sie mir ein strahlendes Lächeln.

Oh, Gott, ist das scharf. Ich halte das nicht aus: Meine Wangen brennen, mir kommen die Tränen. Wie viel Chilipulver habe ich denn da bloß reingetan? Doch nur einen Teelöffel voll … oder waren es zwei? Ich habe mich ganz auf meinen Instinkt verlassen und einfach reingeschmissen, was mir richtig erschien. Nun ja. So viel zu meinem Instinkt.

Mir laufen Tränen über das Gesicht, und ich schniefe unüberhörbar.

»Alles in Ordnung?«, fragt Suze besorgt.

»Mir geht's gut!«, sage ich und lege die Gabel ab. »Es ist nur … na ja. Ein bisschen scharf.«

In Wirklichkeit ist gar nichts in Ordnung. Und es

liegt nicht nur an dem scharfen Essen, dass mir Tränen übers Gesicht laufen. Ich habe plötzlich das Gefühl, eine totale Versagerin zu sein. Nicht mal ein schnelles, schlichtes Curry kriege ich hin. Ganz zu schweigen von den Unsummen, die ich dafür ausgegeben habe – für die Pfanne, die Schürze, die Gewürze … Es ist einfach alles schiefgelaufen. Ich habe überhaupt nichts gespart. Die letzte Woche war ein einziges Desaster.

Ich schluchze auf und stelle den Teller auf den Boden.

»Es schmeckt furchtbar!«, sage ich unglücklich und fange an zu heulen. »Du brauchst es nicht zu essen, Suze. Hinterher stirbst du noch dran.«

»Bex! Jetzt sei doch nicht albern!«, sagt Suze. »Es schmeckt toll!« Sie sieht mich an und stellt dann ihren Teller auf den Boden. »Ach, Bex.« Sie rutscht über den Boden auf mich zu und nimmt mich in den Arm. »Nicht weinen. Es ist nur ein bisschen scharf geraten. Aber ansonsten schmeckt es wirklich klasse! Und das Nan-Brot ist dir auch gelungen! Wirklich. Reg dich doch nicht so auf.«

Ich mache den Mund auf, um etwas zu antworten, stattdessen entfährt mir nur ein weiterer Schluchzer.

»Bex, nein!«, winselt Suze und heult dabei fast schon selbst. »Es ist superlecker! Das ist das beste Curry, das ich je gegessen habe!«

»Ach, es ist nicht nur wegen dem Curry«, schluchze ich und wische mir über die Augen. »Es geht darum, dass ich sparen wollte. Dieses Curry hier sollte eigentlich nur zwei Pfund fünfzig kosten.«

»Aber … wieso das denn?«, fragt Suze verwundert. »Hast du mit jemandem gewettet, oder was?«

»Nein!«, wimmere ich. »Ich habe Schulden! Und mein Dad hat gesagt, ich sollte entweder Ordentlich Sparen oder Mehr Geld Verdienen. Also habe ich versucht, ordentlich zu sparen, aber es funktioniert einfach nicht …« Ich unterbreche mich selbst. Schluchzer schütteln mich. »Ich bin eine elende Versagerin!«

»Du bist keine Versagerin!«, widerspricht Suze mir prompt. »Bex, du bist das genaue Gegenteil von einer Versagerin. Es könnte höchstens sein, dass …« Sie zögert. »Also, es könnte natürlich sein, dass …«

»Was?«

Erst herrscht kurzes Schweigen, dann sagt Suze ernst: »Ich glaube, du hast dich für die falsche Alternative entschieden, Becky. Ich glaube nicht, dass Sparen dir besonders liegt.«

»Wirklich?«, schniefe ich und wische mir wieder über die Augen. »Meinst du?«

»Ich glaube, du solltest dich stattdessen an die andere Option halten: Mehr Geld Verdienen.« Nachdenklich hält Suze inne. »Ehrlich gesagt, wüsste ich gar nicht, warum jemand sich für Ordentlich Sparen entscheiden sollte. Ich finde, Mehr Geld Verdienen ist eindeutig die bessere Alternative. Wenn ich jemals vor der Wahl stünde, würde ich mich ganz bestimmt dafür entscheiden.«

»Ja«, sage ich langsam. »Ja, vielleicht hast du recht. Vielleicht sollte ich das versuchen.« Meine Hand zittert, als ich mir ein Stück warmes Nan-Brot nehme.

Suze hat recht. Ohne das Curry schmeckt es köstlich. »Aber wie soll ich das denn machen?«, frage ich schließlich. »Wie soll ich denn mehr Geld verdienen?«

Im nun folgenden Schweigen kauen wir beide nachdenklich auf unserem Brot herum. Dann hellt sich Suzes Miene auf.

»Ich weiß! Guck mal hier!« Sie schnappt sich eine Zeitschrift und schlägt sie ziemlich weit hinten bei den Kleinanzeigen auf. »Hör zu: ›Knapp bei Kasse? Dann machen Sie mit bei der *Fine Frames Family*. Lukrative Heimarbeit, sinnvolle Freizeitbeschäftigung. Material wird komplett gestellt.‹ Siehst du? Ist ganz einfach.«

Wow. Ich bin beeindruckt. Lukrative Heimarbeit. Hört sich nicht schlecht an.

»Ja«, sage ich zitterig. »Vielleicht mache ich das.«

»Oder du erfindest etwas«, schlägt Suze vor.

»Zum Beispiel?«

»Ach, irgendwas«, sagt sie zuversichtlich. »Du bist doch so clever. Dir wird schon was einfallen. Oder … ich weiß! Du gründest eine Internetfirma! Die machen Millionen!«

Sie hat recht. Es gibt so vieles, das ich tun könnte, um mehr Geld zu verdienen. So vieles! Alles nur eine Frage unorthodoxen Denkens. Mir geht es auf einmal viel besser. Mann, Suze ist wirklich eine gute Freundin. Ich nehme sie in den Arm.

»Danke, Suze«, sage ich. »Du bist klasse.«

»Kein Thema«, sagt sie und erwidert meine Umarmung. »Also los, schneid die Anzeige aus und fang an mit der lukrativen Heimarbeit.« Sie zögert. »Und ich rufe eben beim Inder an und bestelle uns ein Curry zum Abholen, ja?«

»Ja, bitte«, piepse ich. »Das wäre wirklich toll.«

REBECCA BLOOMWOOD'S SPARPROGRAMM

SELBST GEMACHTES CURRY, SAMSTAG, 11. MÄRZ

VERANSCHLAGTES BUDGET:	£ 2,50

TATSÄCHLICHE AUSGABEN:

Baltipfanne	£ 15,00
elektrische Gewürzmühle	£ 14,99
Mixgefäß	£ 18,99
Holzlöffel	£ 0,35
Schürze	£ 9,99
Zwei Hühnerbrüste	£ 1,98
300 g Pilze	£ 0,79
Zwiebel	£ 0,29
Koriandersamen	£ 1,29
Fenchelsamen	£ 1,29
Nelkenpfeffer	£ 1,29
Kuminsamen	£ 1,29
Nelken	£ 1,39
Gemahlener Ingwer	£ 1,95
Lorbeerblätter	£ 1,40
Chilipulver	

OH, GOTT – VERGISS ES!

PGNI First Bank Visa
7 Camel Square
Liverpool L1 5NP

Miss Rebecca Bloomwood
Flat 2
4 Burney Rd.
London SW6 8FD

10. März 2000

PGNI First Bank VISA Kartennr. 1475839204847586

Sehr geehrte Miss Bloomwood,

vielen Dank für Ihr Schreiben vom 03. März.

Wir können Ihnen versichern, dass unsere Computersysteme regelmäßig überprüft werden und dass die Wahrscheinlichkeit einer Panne, wie Sie sich ausdrücken, sehr gering ist. Auch der Jahrtausendwechsel hat uns nicht beeinträchtigt. Alle Konten sind korrekt geführt.

Sie dürfen sich gerne an Watchdog wenden. Wir gehen allerdings fest davon aus, dass in diesem Fall kein Grund für eine Beschwerde besteht.

Unseren Unterlagen zufolge ist der Ausgleich Ihres VISA-Kontos nun überfällig. Wie Sie Ihrem aktuellen Kontoauszug entnehmen können, beträgt der erforderliche Mindestbetrag £105,00. Dem umgehenden Eingang Ihrer Zahlung entgegensehend, verbleibe ich

mit freundlichen Grüßen
PGNI First Bank Visa

Peter Johnson
Abteilungsleiter Kundenbetreuung

ACHT

Nun gut, dann hat das mit dem Ordentlich Sparen also nicht so ganz hingehauen. Aber das macht gar nichts, denn das gehört der Vergangenheit an. Da habe ich noch negativ gedacht – jetzt denke ich positiv! Vorwärts und aufwärts! Wachstum und Wohlstand! M. G. V., das ist die Lösung. Und wissen Sie was? Suze hat vollkommen recht. Mehr Geld Verdienen entspricht viel mehr meiner Persönlichkeit als Ordentlich Sparen. Ich fühle mich jetzt schon viel besser. Schon allein die Tatsache, dass ich mir jetzt keine widerlichen Käsesandwiches mehr machen oder ins Museum gehen muss, erleichtert mich ungemein. Und ich kann mir so viele Cappuccinos holen, wie ich will und wieder Schaufenster angucken. Was für eine Erleichterung! Dieses Buch, *Mit dem Einkommen auskommen,* habe ich direkt in den Abfalleimer befördert. So richtig überzeugt hat es mich ohnehin nie.

Und doch hat die Sache einen kleinen – einen winzig kleinen – Haken: Ich weiß noch nicht, wie ich das anstellen soll. Mehr Geld Verdienen, meine ich. Aber jetzt, wo ich mich dazu entschlossen habe, wird sich schon etwas auftun. Da bin ich mir ganz sicher.

Als ich Montagmorgen zur Arbeit komme, sitzt Clare Edwards bereits an ihrem Schreibtisch – na, so was!? – und telefoniert.

»Ja«, sagt sie leise. »Für die Zukunft planen. Ja.«

Als sie mich sieht, überzieht zu meiner Überraschung eine sanfte Röte ihr Gesicht, und Clare wendet sich ab. »Ja, ich verstehe«, flüstert sie und kritzelt etwas auf ihren Notizblock. »Und wie war die … Resonanz bisher?«

Meine Güte, tut die geheimnisvoll. Als ob mich ihr dämliches Privatleben auch nur die Bohne interessieren würde. Ich setze mich an meinen Schreibtisch, schalte den Computer an und schlage meinen Terminkalender auf. Ah, gut, ich muss zu einer Pressekonferenz in der City. Und wenn es sich nur um die Lancierung irgendeines langweiligen Rentenfonds dreht – wenigstens komme ich aus dem Büro raus, und mit etwas Glück bekomme ich auch ein Glas Sekt. Arbeiten kann manchmal ganz angenehm sein. Und da Philip noch nicht da ist, können wir jetzt erst mal noch eine Runde quatschen.

»Und, Clare?«, sage ich, nachdem sie aufgelegt hat. »Was hast du am Wochenende gemacht?«

Ich sehe zu ihr hinüber und rechne eigentlich mit der unglaublich spannenden Schilderung vom Aufbau eines Regals, den sie gemeinsam mit ihrem Freund gemeistert hat – aber wie es aussieht, hat Clare nicht einmal meine Frage gehört.

»Clare?«, sage ich verwirrt. Erst da sieht sie mich mit hochroten Wangen an, als hätte ich sie dabei erwischt, wie sie Stifte aus der Schublade mit Büromaterial geklaut hat.

»Hör mal«, sagt sie gehetzt, »das Telefongespräch, das ich da gerade geführt habe … Wärest du wohl so nett, das Philip gegenüber nicht zu erwähnen?«

Meine Verwirrung nimmt zu. Wovon redet sie eigentlich? Hey, wow – sag bloß, sie hat eine Affäre!? Aber was hätte das mit Philip zu tun? Er ist ihr Chef, nicht ihr –

Oh, Gott. Sie wird doch wohl keine Affäre mit *Philip* haben!?!

»Clare, was ist los?«, frage ich aufgeregt.

Clare schweigt und läuft noch röter an. Ich fasse es nicht! Endlich mal ein Skandälchen im Büro! Und ausgerechnet Clare Edwards ist darin verwickelt!

»Ach, komm schon, Clare«, flüstere ich. »Mir kannst du's doch sagen. Ich erzähle es auch nicht weiter.« Ich nähere mich ihr vertraulich. »Vielleicht kann ich dir ja sogar helfen.«

»Ja«, sagt Clare und reibt sich das Gesicht. »Ja, da hast du eigentlich recht. Ich könnte ein bisschen Zuspruch gebrauchen. Langsam halte ich den Druck nicht mehr aus.«

»Dann fang mal ganz von vorne an«, sage ich mit ruhiger Stimme wie eine von diesen Psychotanten. »Wann hat das alles angefangen?«

»Okay, ich erzähl's dir«, flüstert Clare und sieht sich dabei nervös um. »Das war vor etwa … einem halben Jahr.«

»Und was ist da passiert?«

»Da war ich auf dieser Pressereise in Schottland«, sagt sie langsam. »Ich war so weit weg von zu Hause … und habe Ja gesagt, ohne weiter nachzudenken. Ich habe mich wahrscheinlich einfach nur geschmeichelt gefühlt.«

»Das alte Lied«, sage ich lebenserfahren. Mann, macht das Spaß!

»Wenn Philip wüsste, dass ich das tue, würde er durchdrehen«, sagt sie einigermaßen verzweifelt. »Aber es ist so einfach. Ich habe mir einen anderen Namen zugelegt, sodass niemand etwas merkt!«

»Du hast dir einen anderen Namen zugelegt?«, frage ich beeindruckt.

»Mehrere«, sagt sie und lacht bitter. »Vielleicht bist du auch schon drüber gestolpert.« Sie atmet schnaufend aus. »Ich weiß, dass ich ein ziemliches Risiko eingehe – aber ich kann nicht mehr damit aufhören. Ehrlich gesagt, man gewöhnt sich ziemlich schnell an das Geld.«

Geld? Ist sie etwa eine *Prostituierte*?

»Clare, was genau machst du –«

»Am Anfang war es nur ein kleiner Artikel über Hypotheken in der *Mail*«, sagt sie, als hätte sie mich gar nicht gehört. »Ich dachte, das wird schon schiefgehen. Aber dann wurde ich gebeten, einen ausführlichen Bericht über Lebensversicherungen für die *Sunday Times* zu schreiben. Dann kam *Pension and Portfolio* dazu. Und jetzt schreibe ich zirka drei Artikel jede Woche. Natürlich heimlich, und dabei muss ich versuchen, mich ganz normal zu benehmen …« Sie hält inne und schüttelt den Kopf. »Manchmal macht mich das fix und fertig. Aber ich kann einfach nicht mehr Nein sagen. Ich bin süchtig danach.«

Das glaube ich nicht. Sie redet von Arbeit. Arbeit! So eine Enttäuschung kann man aber auch nur mit Clare Edwards erleben. Ich sitze da und denke, sie hat eine heiße Affäre, und freue mich schon auf die pikanten Einzelheiten – und dabei geht es die ganze Zeit um nichts anderes als blöde, langweilige …

Doch da dringt etwas von dem, was sie gerade gesagt hat, zu mir durch.

»Und das wird gut bezahlt, sagst du?«, erkundige ich mich nonchalant.

»Und wie«, sagt sie. »So um die dreihundert Pfund pro Artikel. Nur deswegen haben wir uns die Wohnung leisten können.«

Dreihundert Pfund!

Neunhundert Pfund die Woche! Nicht schlecht, Herr Specht.

Das ist die Lösung. Und sie ist so einfach. Ich nehme zusätzlich hoch bezahlte freie Aufträge an, genau wie Clare, und verdiene neunhundert Pfund die Woche. Dafür muss ich mir ein Netzwerk aufbauen und bei den vielen Pressekonferenzen Kontakte knüpfen, statt immer nur mit Elly ganz hinten zu sitzen und zu kichern. Ich muss allen verantwortlichen Wirtschaftsredakteuren der überregionalen Zeitungen die Hand schütteln und mein Namensschild gut lesbar tragen, statt es sofort in der Handtasche verschwinden zu lassen. Und dann muss ich die

Typen unauffällig vom Büro aus anrufen, wenn ich gute Ideen habe. Und dann verdiene ich neunhundert Pfund die Woche. Ha!

Bei der heutigen Pressekonferenz fange ich gleich damit an: Ich stecke mir das Namensschild an, hole mir eine Tasse Kaffee (es gibt keinen Sekt, so ein Mist) und geselle mich zu Moira Channing vom *Daily Herald*.

»Hallo«, sage ich und nicke ihr so seriös wie möglich zu. »Becky Bloomwood, *Successful Saving*.«

»Hallo«, antwortet sie desinteressiert und wendet sich wieder der Frau neben sich zu. »Also haben wir den zweiten Bautrupp noch mal herzitiert und denen so richtig die Leviten gelesen.«

»Ach, Moira, du Arme«, sagt die andere. Ich werfe einen Blick auf ihr Namensschild: Lavinia Bellimore, Freie Journalistin. Na, auf die brauche ich keinen Eindruck zu machen, die gehört zur Konkurrenz. Sie würdigt mich auch keines weiteren Blickes. Die beiden unterhalten sich angeregt über Hausanbauten und Schulgebühren und lassen mich völlig links liegen. Nach einer Weile murmele ich: »War schön, Sie zu sehen« und stehle mich davon. Ich hatte ganz vergessen, wie unfreundlich die alle sind. Aber was soll's. Dann muss ich mir eben jemand anderen suchen.

Ich schleiche mich an einen einsam herumstehenden großen Typen heran und lächele ihn an.

»Becky Bloomwood, *Successful Saving*«, stelle ich mich vor.

»Geoffrey Norris, Freier Journalist«, erwidert er und zeigt auf sein Namensschild. Oh, nein! Hier wimmelt es ja nur so vor Freelancern!

»Für wen schreiben Sie?«, frage ich höflich in der Hoffnung, zumindest ein paar gute Tipps abstauben zu können.

»Kommt drauf an«, weicht er aus. Sein Blick hetzt von links nach rechts, und mir sieht er gar nicht in die Augen. »Ich war bei *Monetary Matters*. Aber die haben mich gefeuert.«

»Oje«, sage ich.

»Das sind vielleicht linke Bazillen da«, sagt er und leert seinen Kaffee in einem Zug. »Richtig linke Bazillen! Halten Sie sich bloß von denen fern. Hören Sie auf meinen Rat.«

»Gut, werde ich tun«, sage ich unbeschwert und mache schon ein paar Schritte rückwärts. »Da fällt mir ein, ich muss noch eben …« Und damit wende ich mich ab und verschwinde so schnell es geht. Warum gerate ich eigentlich immer wieder an solche Paranoiker?

In dem Moment ertönt ein Summer, und die Leute suchen sich einen Platz. Ich steuere ganz bewusst die zweite Reihe an, nehme die Hochglanzbroschüre zur Hand, die auf meinem Stuhl auf mich wartet, und ziehe mein Notizbuch hervor. Hätte ich doch bloß meine Brille auf, dann würde ich noch seriöser aussehen. Ich schreibe gerade »Lancierung des Sacrum Asset Management Rentenfonds« in Großbuchstaben oben aufs Papier, als ein Mann, den ich noch nie gesehen habe, sich auf den Stuhl neben mir plumpsen lässt. Sein Haar ist braun und zerzaust, er riecht nach Zigaretten und sieht sich mit funkelnden braunen Augen um.

»Das ist doch wohl ein Witz, oder?«, murmelt er und sieht mich dann an. »Was für eine Show. Alles auf Hochglanz poliert.« Mit einer Geste deutet er auf alles um sich herum. »Sie lassen sich davon doch nicht blenden, oder?«

Oh, Gott. *Noch ein* Paranoiker.

»Natürlich nicht«, antworte ich höflich und halte vergeblich nach seinem Namensschild Ausschau.

»Freut mich zu hören«, sagt der Mann und schüttelt den Kopf. »Stinkende Geldsäcke.« Bei diesen Worten deutet er nach vorn auf die drei Herren, die in teuren Anzügen hinter einem Tisch sitzen. »*Die* müssen wohl kaum mit fünfzig Pfund die Woche auskommen, oder?«

»Äh… nein«, sage ich. »Wohl eher mit fünfzig Pfund die Minute.« Der Mann lacht amüsiert.

»Guter Spruch. Darf ich den verwenden?« Er streckt mir die Hand entgegen. »Eric Foreman. *Daily World*.«

»*Daily World*?«, wiederhole ich beeindruckt. An dieser Stelle muss ich Ihnen ein kleines Geheimnis beichten: Ich mag die *Daily World*. Ich weiß, sie gehört zur Boulevardpresse, aber sie lässt sich so leicht lesen, vor allem im Zug. (Ich muss ziemlich wenig Kraft in den Armen haben, denn wenn ich die *Times* lese, tun sie mir nach einer Weile richtig weh. Außerdem zerknautschen die Seiten immer so hässlich. Ein echter Albtraum.)

Aber Moment mal – die Ressortchefin für Finanzen kenne ich doch. Das ist doch diese rührselige Marjorie. Wer ist also dieser Typ hier?

»Ich habe Sie aber noch nie gesehen«, sage ich locker. »Sind Sie neu?«

Eric Foreman kichert.

»Ich bin schon seit zehn Jahren bei dem Blatt. Aber Finanzen und Wirtschaft sind nicht so ganz mein Ding.« Er senkt die Stimme. »Ich bin bloß hier, um ein bisschen aufzumischen. Die Redaktion hat mich für unsere neueste Serie hergeschickt: ›Gütesiegel Nadelstreifen? Finanzbosse unter der Lupe.‹«

Der *redet* ja sogar wie ein Boulevardblatt.

»Hört sich toll an«, sage ich höflich.

»Mal sehen. Ich muss nur irgendwie diesen ganzen finanztechnischen Kram auf die Reihe kriegen.« Er verzieht das Gesicht. »Zahlen waren noch nie meine Stärke.«

»Ach, keine Sorge«, beruhige ich ihn. »So viel Hintergrundwissen braucht man gar nicht. Sie werden ganz schnell dahinterkommen, was wichtig ist.«

»Hoffen wir's«, sagt Eric Foreman. Er guckt auf mein Namensschild. »Und Sie sind …«

»Rebecca Bloomwood, *Successful Saving*«, sage ich so netzwerkknüpferisch wie möglich.

»Freut mich, Sie kennenzulernen, Miss Bloomwood«, sagt er und fischt eine Visitenkarte aus der Tasche.

»Danke«, sage ich und krame nun meinerseits eine Visitenkarte aus der Handtasche. Ha!, jubele ich innerlich, als ich sie ihm reiche. Ich knüpfe Kontakt zu einer überregionalen Zeitung! Ich tausche Visitenkarten aus!

Die Mikrofone werden mit einem Rückkopplungsschrei eingeschaltet, und eine dunkelhaarige junge Frau am Podium räuspert sich. Hinter ihr befindet sich eine Leinwand, auf die die Worte Sacrum Asset Management vor einem Sonnenuntergang projiziert werden.

Die Frau kenne ich doch. Die war letztes Jahr bei einem Presse-Briefing so unverschämt zu mir. Aber Philip mag sie, weil sie ihm jedes Jahr zu Weihnachten eine Flasche Champagner schicken lässt. Mit anderen Worten, ich werde positive Worte für diesen neuen Altersversorgungsplan finden müssen.

»Meine Damen und Herren«, sagt sie. »Mein Name ist Maria Freeman, und ich freue mich, Sie heute zur Lancierung des Sacrum Asset Management Rentenplans hier begrüßen zu dürfen. Es handelt sich um eine innovative Produktpalette, die vorsieht, Flexibilität und Sicherheit zu kombinieren mit den mehr als ansehnlichen Leistungen, für die der Name Sacrum schon seit vielen Jahren steht.«

Auf der Leinwand erscheint ein Diagramm, auf dem eine rote Linie sich in Auf- und Abbewegungen über einer dünneren schwarzen Linie nach oben schlängelt.

»Wie auf Diagramm 1 zu sehen ist«, erklärt Maria

Freeman selbstbewusst, während sie auf die rote Schlangenlinie zeigt, »hat unser Unternehmensfonds deutlich besser als alle anderen Fonds in diesem Bereich abgeschlossen.«

»Hmm«, brummt Eric Foreman in meine Richtung und wirft mit gerunzelter Stirn einen Blick in die Broschüre. »Irgendwas stimmt hier doch nicht. Mir ist gerüchteweise zugetragen worden, dass es Sacrum Asset Management gar nicht so gut geht.« Er tippt auf das Diagramm. »Und dann das. Deutlich besser als alle anderen.«

»Ja, klar«, murmele ich zurück. »Ist nur die Frage, welche anderen gemeint sind. Die schlechten Fonds? Oder die Pleitegeier-Fonds?«

Eric Foreman sieht mich an. Seine Mundwinkel zucken.

»Glauben Sie, die haben ihre Zahlen frisiert?«, flüstert er.

»Na ja, frisiert kann man das nicht gerade nennen«, erkläre ich ihm. »Aber sie vergleichen sich ganz einfach mit irgendjemandem, der schlechter abschneidet als sie selbst und tun so, als wenn sie die Besten wären.« Ich zeige auf das Diagramm in der Broschüre. »Gucken Sie mal. Um welche Fonds genau es sich da angeblich handelt, haben die nicht angegeben.«

»Meine Fresse«, sagt Eric Foreman und sieht zum Sacrum-Team auf dem Podium auf. »Ganz schön gerissen, was?«

Mann, der Typ hat ja wirklich gar keine Ahnung. Er tut mir fast schon leid.

Maria Freeman labert weiter. Ich unterdrücke ein Gähnen. Das Problem ist, wenn man vorne sitzt, muss man immer so tun, als wenn man interessiert wäre, sich Notizen machen und so. »Renten«, schreibe ich und male eine verschnörkelte Linie darunter. Dann mache ich eine Weinrebe aus dem Strich, indem ich ihn mit vielen kleinen Trauben und Blättern verziere.

»Gleich möchte ich Ihnen Mike Dillon vorstellen, der unser Investment-Team leitet und Ihnen etwas mehr über dessen Methoden verraten wird. Wenn Sie bis hierher aber irgendwelche Fragen haben …«

»Ja«, sagt Eric Foreman. »Ich habe eine Frage.« Ein wenig überrascht sehe ich von meinem Weinstock auf.

»Ja, bitte?« Maria Freeman lächelt ihn süß an. »Und Sie sind …«

»Eric Foreman, *Daily World*. Mich würde interessieren, wie viel Sie eigentlich alle verdienen?« Mit einer Geste macht er deutlich, dass er die hinter dem Tisch versammelte Riege meint.

»Wie bitte?« Maria Freeman wird dunkelrot, fängt sich dann aber schnell wieder. »Ach, Sie meinen Gebühren. Nun, damit wollten wir uns später noch …«

»Ich meine nicht Gebühren«, unterbricht Eric Foreman sie. »Ich meine: Wie viel verdienen Sie? Sie, Mike Dillon.« Er zeigt mit dem Finger auf ihn. »Sie zum Beispiel. Sechsstellig, oder? Aber wenn man sich vor Augen führt, wie *katastrophal* das Management von Sacrum Asset letztes Jahr gewirtschaftet hat – meinen

Sie nicht auch, dass Sie da eigentlich auf der Straße stehen sollten?«

Ich bin wie vom Donner gerührt. So etwas habe ich ja noch nie erlebt. Noch nie!

An dem Tisch vorne herrscht gedämpfter Aufruhr. Dann beugt sich Mike Dillon nach vorne und spricht ins Mikrofon:

»Vielleicht könnten wir erst mal mit der Präsentation weitermachen und … und uns die Fragen für später aufheben.« Er sieht aus, als wäre ihm nicht ganz wohl in seiner Haut.

»Eine Sache aber noch«, sagt Eric Foreman. »Was würden Sie zu einem unserer Leser sagen, der in Ihren Sicherheitsfonds investiert und zehntausend Pfund verloren hat?« Er sieht kurz zu mir herüber und zwinkert mir zu. »Würden Sie dem auch so ein nettes, beruhigendes Diagramm wie das hier zeigen? Ihm erzählen, dass Sie ›im Vergleich die Besten‹ sind?«

Hey, das ist ja richtig klasse! Die Sacrum-Leute sehen alle aus, als würden sie am liebsten auf der Stelle sterben.

»Zum Thema Sicherheitsfonds wurde seinerzeit eine Pressemitteilung veröffentlicht«, sagt Maria und lächelt Eric Foreman kalt an. »Die heutige Pressekonferenz beschäftigt sich ausschließlich mit den neuen Rentenplänen. Wenn Sie sich wohl gedulden würden, bis die Präsentation abgeschlossen ist …«

»Keine Sorge«, sagt Eric Foreman selbstgefällig. »So lange bleibe ich nicht. Diesen Mist höre ich mir bestimmt nicht länger an. Ich habe bereits, was ich brauche.« Er steht auf und grinst mich an. »War nett, Sie kennenzulernen, Miss Bloomwood«, sagt er. »Und – Danke!« Er reicht mir die Hand, und ich schüttele sie, ohne recht zu wissen, was ich da tue. Dann, als alle anderen auf ihren Sitzen herumrutschen und anfangen zu flüstern, setzt er sich in Bewegung und verlässt den Saal.

»Meine Damen und Herren«, sagt Maria Freeman, die vor Verlegenheit rot anläuft. »Aufgrund dieser … Störung werden wir eine kleine Pause machen, bevor es weitergeht. Bitte bedienen Sie sich, Tee und Kaffee stehen dort drüben zur Verfügung. Danke.« Sie schaltet das Mikro aus, klettert vom Podium herunter und eilt zu den Managern von Sacrum Asset hinüber, die aufgeregt die Köpfe zusammenstecken.

»Sie hätten ihn *niemals* reinlassen dürfen!«, höre ich jemanden sagen.

»Ich wusste doch nicht, wer das war!«, verteidigt Maria sich. »Er hat gesagt, er schreibt für das *Wall Street Journal*!«

Hey, hier ist ja richtig was los! So eine Aufregung habe ich nicht mehr erlebt, seit Alan Derring vom *Daily Investor* bei einer Pressekonferenz von Provident Assurance aufgestanden ist und verkündet hat, dass er eine Frau werden würde und wollte, dass wir alle ihn in Zukunft Andrea nannten.

Ich gehe nach hinten, um mir noch eine Tasse Kaffee zu holen, und treffe Elly. Hervorragend. Elly habe ich schon ewig nicht mehr gesehen.

»Hi«, grinst sie mich an. »Ich mag deinen neuen Freund. Ausgesprochen unterhaltsam.«

»Finde ich auch!«, freue ich mich. »Ist der nicht cool?« Ich nehme mir einen teuer aussehenden, in Goldfolie eingewickelten Schokoladenkeks und reiche der Kellnerin meine Tasse, auf dass sie sie wieder mit Kaffee auffülle. Dann nehme ich mir noch zwei Kekse und stecke sie mir in die Tasche. (Man soll ja nichts verkommen lassen.)

Um uns herum herrscht aufgeregtes Geraune. Die Sacrum-Leute bilden noch immer einen dicken Knäuel. Genial. Da können wir bestimmt stundenlang quatschen.

»Sag mal«, spreche ich Elly an, »hast du dich in letzter Zeit für irgendwelche Jobs beworben?« Ich trinke einen Schluck Kaffee. »Ich habe nämlich neulich im *Media Guardian* eine Annonce für *New Woman* gesehen und wollte dich eigentlich anrufen. Da stand, Erfahrung bei einem auflagenstarken Magazin sei unbedingt nötig, aber ich dachte, du könntest ja einfach sagen –«

»Becky«, unterbricht Elly mich etwas schroff. »Du weißt doch, für welchen Job ich mich beworben habe.«

»Ja, schon«, sage ich. »Für den als Fondsmanagerin. Aber das war doch nicht ernst gemeint. Das war doch nur ein Verhandlungsargument.«

»Ich habe ihn genommen«, sagt sie. Entsetzt starre ich sie an.

Da ertönt eine Stimme vom Podium, und wir sehen beide auf.

»Meine Damen und Herren«, sagt Maria. »Wenn Sie nun bitte wieder Platz nehmen würden …«

Tut mir leid, aber ich kann mich jetzt nicht einfach wieder da hinsetzen. Ich *muss* Ellys Geschichte hören.

»Komm«, sage ich schnell. »Wir brauchen doch nicht länger zu bleiben, wir haben unsere Pressemappe. Komm, wir gehen was essen.«

Elly zögert, und einen schrecklichen Moment lang glaube ich, dass sie Nein sagen wird, sie möchte gerne bleiben und sich über private Altersvorsorge informieren. Aber dann grinst sie, fasst mich am Arm – und zum augenscheinlichen Missfallen der Dame an der Tür tanzen wir an dieser vorbei aus dem Konferenzraum hinaus.

Gleich um die Ecke ist ein *Café Rouge*. Wir gehen hinein und bestellen eine Flasche Weißwein. Ich stehe immer noch leicht unter Schock, ehrlich gesagt. Elly Granger wird Fondsmanagerin bei Wetherby's. Sie verlässt mich. Dann habe ich niemanden mehr, mit dem ich lästern kann.

Wie *kann* sie nur? Sie wollte doch Beauty-Redakteurin bei *Marie Claire* werden, Herrgott noch mal!

»Also – was hat dich zu diesem Schritt bewogen?«, frage ich vorsichtig, als unser Wein kommt.

»Ach, ich weiß nicht«, sagt sie und seufzt. »Ich denke nur immer wieder darüber nach, was ich denn nun wirklich will. Ich meine, ständig bewerbe ich mich für diese tollen Journalistenjobs, ohne jemals auch nur zu einem Vorstellungsgespräch eingeladen zu werden …«

»Das wärst du schon noch«, sage ich überzeugt. »Da bin ich mir ganz sicher.«

»Kann sein«, sagt sie. »Kann aber auch nicht sein. Und bis dahin schreibe ich also weiter über diesen todlangweiligen Finanzkram. Und plötzlich dachte ich, warum hängst du das nicht einfach alles an den Nagel und machst *selbst* langweiligen Finanzkram? Dann hast du wenigstens einen richtigen Beruf.«

»Aber du hattest doch einen richtigen Beruf!«

»Nein, hatte ich nicht. Oder zumindest war ich die totale Niete. Ich habe mich ziellos treiben lassen, ohne Strategie, ohne Perspektive –« Elly verstummt, als sie mein Gesicht sieht. »Ich meine, ich war das genaue Gegenteil von dir«, fügt sie schnell hinzu. »Du bist viel organisierter und zielstrebiger.«

Organisiert? Zielstrebig? Soll das ein Witz sein?

»Wann fängst du an?«, frage ich, um das Thema zu wechseln. Mich hat das alles ganz schön umgehauen. Ich habe auch keine Strategie, ich habe auch keine Perspektive. Vielleicht bin ich auch eine totale Niete. Vielleicht sollte ich auch über einen Berufswechsel nachdenken. Mein Gott, ist das deprimierend. Mein Job hört sich so toll und aufregend an, wenn ich Leuten wie Martin und Janice davon erzähle. Aber jetzt gibt Elly mir das Gefühl, eine Versagerin zu sein.

»Nächste Woche«, sagt Elly und trinkt einen Schluck Wein. »Ich werde in dem Büro auf der Silk Street eingesetzt.«

»Aha«, sage ich gequält.

»Und ich habe mir massenweise neue Klamotten kaufen müssen«, erzählt sie weiter und verzieht dabei das Gesicht. »Bei Wetherby's laufen sie ja alle richtig schnieke rum.«

Neue Klamotten? *Neue Klamotten?* Okay, jetzt komme ich gegen den Neid wirklich nicht mehr an.

»Ich war bei Karen Millen und habe quasi den ganzen Laden leer gekauft«, gesteht sie und isst eine Olive. »Hab ungefähr tausend Pfund dagelassen.«

»Mannomann«, sage ich ehrfurchtsvoll. »Tausend Pfund, auf einen Schlag?«

»Na ja, mir blieb nichts anderes übrig«, sagt sie entschuldigend. »Aber ist auch nicht so schlimm, weil ich jetzt nämlich mehr verdiene.«

»Echt?«

»Oh, ja«, sagt sie und muss ein klein wenig lachen. »Eine ganze Menge mehr.«

»Das heißt ... wie viel?«, frage ich neugierig.

»Ich fange mit vierzig Riesen an«, sagt sie und zuckt unbekümmert mit den Schultern. »Und dann sehen wir weiter. Die haben gesagt, ...«

Dann redet sie von Aufstiegsmöglichkeiten und Personalstrukturen und Boni. Ich bekomme kein Wort mehr mit. Ich bin erschüttert.

Vierzig Riesen?

Vierzig Riesen? Aber ich verdiene doch bloß –

Hm, soll ich Ihnen wirklich verraten, wie viel ich verdiene? Gehört das nicht zu diesen Themen, über die man besser nicht spricht? Oder darf man heute ungeniert öffentlich über Geld reden? Suze wüsste das.

Ach, was soll's. Die bittere Wahrheit ist, dass ich £21000 verdiene. Und ich dachte, das wäre viel! Ich kann mich noch genau erinnern, als ich den Job gewechselt habe, da habe ich einen Sprung von £18000 auf £21000 gemacht und dachte, ich hätte das große Los gezogen. Ich war so aus dem Häuschen deswegen, dass ich endlos lange Listen von den Dingen angefertigt habe, die ich mir von dem Mehrverdienst kaufen würde.

Und jetzt hört es sich auf einmal an, als wäre das gar nichts. Ich will auch vierzig Riesen verdienen und alle meine Klamotten bei Karen Millen kaufen. Das ist nicht fair! Mein Leben ist eine einzige Katastrophe!

Auf dem Weg zurück zum Büro bin ich ziemlich schlecht drauf. Vielleicht sollte ich ebenfalls mit dem Journalismus aufhören und Fondsmanagerin werden. Oder Merchant-Bankerin. Die verdienen doch nicht schlecht, oder? Vielleicht könnte ich ja bei Goldman Sachs oder so anfangen. Die verdienen doch so etwa eine Million im Jahr, oder? Mann, das wäre echt nicht schlecht. Eine Million im Jahr. Wie man wohl an so einen Job rankommt?

Aber andererseits … möchte ich denn wirklich Bankerin werden? Was mir natürlich gefallen würde daran, ist die Sache mit den Klamotten von Karen Millen. Ich glaube, das würde ich richtig gut hinkriegen. Aber der Rest …?? Die Sache mit dem frühen Aufstehen und dem harten und ernsthaften Arbeiten? Ich meine, nicht, dass ich faul wäre oder so – aber ich finde es doch ziemlich angenehm, dass ich regelmäßig einen Nachmittag bei Image Store verbringen kann und dass ich unter dem Vorwand, zu recherchieren, stundenlang Zeitungen lesen kann, ohne dass jemand mich unter Druck setzt. Hört sich nicht so an, als würde Elly in ihrem neuen Job solche Sachen machen können. Ich finde ja sogar, dass sich ihr neuer Job ganz schön schaurig anhört.

Hmmm. Wenn es doch nur eine Möglichkeit gäbe, an gute Klamotten heranzukommen, ohne so schaurige Arbeit machen zu müssen. Ich will das Eine, aber nicht das Andere. Wenn es doch nur eine Möglichkeit gäbe … Ganz automatisch schweift mein Blick von Schaufenster zu Schaufenster – dann bleibe ich wie angewurzelt stehen.

Das ist ein Zeichen von Gott. Ganz bestimmt.

Ich stehe vor dem Schaufenster von Ally Smith, in dem wunderschöne knöchellange Mäntel dekoriert sind, und lese das handgeschriebene Schild in der Tür: »Aushilfe (Verkauf) für Samstags gesucht. Nähere Info im Laden.«

Ich starre das Schild an und werde ganz zitterig. Als hätte mich der Blitz getroffen oder so. Wieso bin ich da denn nicht schon früher draufgekommen? Das ist doch genial! Ich werde Samstags jobben gehen. Und zwar in einem Klamottenladen! Auf diese Weise verdiene ich mir ordentlich was dazu *und* kriege die Klamotten alle billiger! Und mal im Ernst: In einem

Laden als Verkäuferin zu arbeiten ist doch wohl tausendmal einfacher, als Fondsmanagerin zu werden, oder? Ich meine, man steht doch nur herum und sagt ab und zu: »Kann ich Ihnen behilflich sein?« Das wäre echt cool, weil ich mir so meine eigenen Klamotten aussuchen kann, während ich den Kundinnen behilflich bin. Das heißt, ich würde fürs Shoppen praktisch *bezahlt* werden!

Das ist wirklich abgefahren, denke ich und betrete forschen Schrittes und mit einem freundlichen Lächeln auf dem Gesicht das Geschäft. Ich *wusste*, dass heute mein Glückstag war. Ich hatte das schon den ganzen Tag im Gefühl.

Nach einer halben Stunde verlasse ich das Geschäft mit einem noch breiteren Lächeln auf dem Gesicht. Ich habe einen Job! Ich habe einen Samstags-Job! Ich werde jeden Samstag von 8:30 Uhr bis 17:30 Uhr arbeiten. Ich bekomme £4,80 die Stunde und zehn Prozent Rabatt auf die Klamotten! Und nach drei Monaten bekomme ich zwanzig Prozent Rabatt! Meine Geldsorgen haben sich erledigt.

Gott sei Dank war nicht so viel los heute Nachmittag, sodass ich sofort einen Bewerbungsbogen ausfüllen durfte und auch gleich ein Gespräch mit der Chefin, Danielle, führen konnte. Zuerst hat sie mich ja ein wenig zweifelnd angesehen, vor allem, als ich ihr erzählte, dass ich einen Ganztagsjob als Finanzjournalistin habe und einen Nebenjob suche, um mir etwas dazu zu verdienen und günstig an Klamotten heranzukommen. »Die Arbeit ist ziemlich anstrengend«, hat sie immer wieder gesagt. »Sind Sie sich darüber im Klaren? Die Arbeit ist ziemlich anstrengend.« Aber als wir dann anfingen, über die Kollektion zu reden, habe ich sie wohl überzeugt. Ich liebe die Sachen von Ally Smith, und darum wusste ich natürlich akkurat über die Preise jedes einzelnen Teils im Laden Bescheid und konnte aus dem Stand sagen, ob es bei Jigsaw oder French Connection etwas Ähnliches gibt. Danach sah Danielle mich etwas merkwürdig an und sagte: »Na ja, Sie kennen sich offenbar gut aus.« Und dann hat sie mir den Job gegeben! Ich kann es kaum abwarten! Diesen Samstag fange ich an. Ist das nicht super?

Als ich zurück ins Büro komme, bin ich ganz aus dem Häuschen vor Freude über meinen Erfolg. Ich sehe mich um – und auf einmal finde ich, dass dieses mondäne Büro viel zu langweilig und beschränkt ist für einen kreativen Geist wie mich. Hier gehöre ich nicht her, zwischen diese muffigen Stapel von Pressemitteilungen und das nervtötende Geklapper der Computertastaturen. Ich gehöre in die Welt der hellen Scheinwerfer und Kaschmircardigans bei Ally Smith. Vielleicht sollte ich Vollzeit im Einzelhandel arbeiten, denke ich, als ich mich an meinen Schreibtisch setze. Ich könnte doch meine eigene Kette mit Designerläden aufmachen! Das ist es! Dann gehöre ich auch zu den Leuten, die in diesen Zeitschriftenartikeln über unglaublich erfolgreiche Unternehmer vorgestellt werden. »Becky Bloomwood arbeitete als

Finanzjournalistin, als sie das innovative Konzept der heute im ganzen Land erfolgreichen Bloomwood Stores entwickelte. Die völlig neuartige Geschäftsidee kam ihr eines Tages, als sie –«

Das Telefon klingelt, und ich nehme ab.

»Ja?«, sage ich zerstreut. »Rebecca Bloomwood?« Fast hätte ich noch »Von Bloomwood Stores« hinzugefügt, aber dafür ist es wohl doch noch etwas zu früh.

»Miss Bloomwood, Derek Smeath hier von der Endwich Bank.«

Wie bitte? Mir fällt vor Entsetzen der Hörer aus der Hand. Mit lautem Geklapper landet er auf meinem Schreibtisch, und ich muss mich durch die Papierberge wühlen, um ihn wiederzufinden. Währenddessen klopft mein Herz wie wild. Woher weiß Derek Smeath, wo ich arbeite? Wie ist er an die Telefonnummer gekommen?

»Alles in Ordnung?«, fragt Clare Edwards verwundert.

»Ja«, schlucke ich. »Ja, alles in Ordnung.«

Jetzt sieht sie auch noch zu mir herüber. Das heißt, ich kann nicht einfach auflegen und so tun, als hätte sich jemand verwählt. Ich muss mit ihm reden. Also gut, ich werde mich ausgesprochen energisch und gut gelaunt geben und versuchen, ihn so schnell wie möglich loszuwerden.

»Hi!«, sage ich in die Muschel. »Tut mir leid. Ich war gerade mit etwas ganz anderem beschäftigt. Was gibt es denn?«

»Miss Bloomwood, ich habe Ihnen schon mehrere Briefe geschrieben«, sagt Derek Smeath. »Aber bisher habe ich auf keinen einzigen eine befriedigende Antwort erhalten.«

Ich spüre, wie meine Wangen sich röten. Oje, der hört sich wirklich ganz schön sauer an. Andererseits – woher nimmt er sich eigentlich das Recht, mich anzurufen und mir den Tag zu versauen?

»Tut mir leid, ich war wahnsinnig eingespannt«, sage ich. »Meine … meine Tante war schwer krank. Und ich musste mich um sie kümmern. Das verstehen Sie doch sicher.«

»Natürlich«, sagt er. »Aber trotzdem –«

»Und dann ist sie gestorben«, schiebe ich noch hinterher.

»Das tut mir sehr leid«, sagt Derek Smeath, ohne sich so anzuhören, als wenn es ihm wirklich leidtäte.»Das ändert aber nichts an der Tatsache, dass Ihr Kontostand sich momentan auf ein Soll von …«

Hat dieser Mann denn gar kein Herz? Er fängt an, mir einen Vortrag über Saldi, Überziehungsrahmen und besondere Vereinbarungen zu halten, den ich ganz bewusst ausblende, damit ich nichts höre, das mich aufregen könnte. Ich betrachte eingehend die Maserung des Holzfurniers auf meinem Schreibtisch und überlege, ob ich wohl so tun könnte, als würde mir wieder der Hörer aus der Hand fallen – dieses Mal direkt auf die Gabel. Oh, Gott, ist das alles furchtbar. Was soll ich denn bloß tun? *Was soll ich tun?*

»Und wenn Sie nicht in Kürze etwas an der momentanen Situation ändern«, sagt er sehr streng, »sehe ich mich gezwungen, Ihr –«

»Schon gut«, unterbreche ich ihn. »Schon gut. Wissen Sie … Ich werde nämlich in Kürze an Geld kommen«, höre ich mich sagen. Schamesröte steigt mir ins Gesicht. Aber was soll ich denn sonst tun? Ich *muss* doch irgendetwas sagen, sonst lässt er mich nie in Ruhe.

»Ach, ja?«

»Ja«, sage ich und schlucke. »Die Sache ist nämlich die, dass meine … meine Tante mich in ihrem Testament bedacht hat.«

Und das stimmt doch eigentlich auch fast. Ich meine, Tante Ermintrude hätte mir selbstverständlich etwas vererbt. Schließlich war ich ja ihre Lieblingsnichte. Oder hat ihr etwa irgendjemand anders Denny-and-George-Tücher geschenkt? »In zwei Wochen bekomme ich die Erbschaft ausgezahlt«, erkläre ich. »Eintausend Pfund.«

Da fällt mir auf, dass ich wohl besser *zehn*tausend Pfund gesagt hätte, das hätte etwas mehr Eindruck gemacht. Na ja, zu spät.

»Sie sagen mir hiermit also fest zu, dass Sie in zwei Wochen den Betrag von eintausend Pfund auf Ihr Konto bei uns einzahlen werden?«

»Ähm … ja«, sage ich nach einer kurzen Pause. »Ich glaube schon.«

»Das freut mich zu hören«, sagt er. »Ich mache mir eine entsprechend lautende Aktennotiz von unserem Telefongespräch, Miss Bloomwood, und sehe dem Eingang von eintausend Pfund am Montag, den 27. März. auf Ihrem Konto entgegen.«

»Prima«, sage ich kühn. »War das alles?«

»Im Moment, ja. Auf Wiederhören, Miss Bloomwood.«

»Wiederhören«, sage ich und lege auf.

Gott sei Dank. Den bin ich los.

Brompton's Store
Kundenkonten
1 Brompton Street
London SW4 7TH

Miss Rebecca Bloomwood
Flat 2
4 Burney Rd.
London SW6 8FD

10. März 2000

Sehr geehrte Miss Bloomwood,

wir bedanken uns für die schnelle Rücksendung des unterschriebenen Schecks über £ 43,00.

Zwar ist der Scheck nun korrekt unterschrieben, doch scheint er leider auf den 14. Februar 2200 datiert zu sein. Sicherlich handelt es sich hierbei um ein Versehen.

Da Brompton's Store keine vorausdatierten Schecks annehmen kann, übersenden wir Ihnen den Scheck heute erneut mit der Bitte, uns einen unterschriebenen, mit dem Datum der Unterschrift versehenen Scheck zukommen zu lassen.

Die Zahlung kann auch in bar oder per beiliegendem Überweisungsträger erfolgen. Bitte beachten Sie auch das beiliegende Informationsblatt.

In Erwartung des umgehenden Zahlungseingangs verbleiben wir

mit freundlichen Grüßen
Brompton's Store

John Hunter
Abteilung Kundenkonten

NEUN

Als ich an dem Abend nach Hause komme, wartet dort ein ganzer Stapel Post auf mich, den ich allerdings geflissentlich ignoriere, weil das Paket von Fine Frames angekommen ist. Das hat mich hundert Pfund gekostet, nicht gerade billig, schätze ich, aber angeblich kriege ich, wenn ich damit fertig bin, dreihundert Pfund für die Rahmen – und das für nur ein paar Stunden Arbeit! Im Paket liegt ein Faltblatt voller Fotos von Menschen, die durch Fine Frames ein Vermögen verdienen – manche von ihnen hunderttausend im Jahr! Da frage ich mich doch, wieso ich mich eigentlich immer noch als Journalistin verdinge.

Nach dem Abendessen mache ich es mir also vor dem Fernseher bequem und packe das Paket aus. Suze ist heute Abend nicht zu Hause, das heißt, ich kann mich voll und ganz auf meine Rahmen konzentrieren.

»Sie haben soeben Großbritanniens bestgehütetes Geheimnis entdeckt«, steht in dem Faltblatt. »Herzlich willkommen in der Fine-Frames-Heimarbeitsfamilie! Machen Sie mit und verdienen Sie ein Vermögen, ohne die eigenen vier Wände zu verlassen. Mit unserer leicht verständlichen Anleitung ist alles ein Kinderspiel! Von den Einkünften können Sie sich einen Wunschtraum erfüllen – ein Auto kaufen. Oder ein Boot. Oder Sie machen jemandem eine Freude, der Ihnen besonders am Herzen liegt. – Vergessen Sie nicht: Sie allein haben es in der Hand, *wie viel* sie verdienen!«

Ich bin ganz ergriffen. Warum habe ich das denn nicht schon viel früher gemacht? Das ist doch ein genialer Plan: Ich werde zwei Wochen lang arbeiten wie ein Ochse, und dann begleiche ich meine Schulden, fahre in Urlaub und kaufe mir ganz viele neue Klamotten.

Ich reiße an der Verpackung herum, bis ein Haufen Stoffstreifen auf den Boden fällt. Einige sind uni, andere mit Blümchen bedruckt. Ziemlich hässlich, wenn Sie mich fragen – aber egal. Ich soll schließlich nur diese Rahmen zusammenbasteln und kriege hinterher das Geld dafür. Ich nehme die Anleitung zur Hand, unter der ein Stapel Pappen zum Vorschein kommt. Und es ist wirklich kinderleicht. Man muss nur die Polsterwatte auf die Papprahmen kleben, den Stoff darüberziehen und auf der Rückseite eine Borte aufkleben, damit man die Verbindungsstelle nicht sieht. Das ist alles. Einfacher geht es nicht – und man bekommt zwei Pfund pro Rahmen! In dem Paket ist das Material für hundertfünfzig Rahmen – wenn ich also eine Woche lang jeden Abend dreißig Rahmen fertig mache, habe ich im Handumdrehen dreihundert Pfund ganz nebenbei in meiner Freizeit verdient!

Ja, dann mal los. Rahmen, Polsterwatte, Kleber, Stoff, Borte.

Oh, Gott. Oh, Gott. Wer hat denn diese blöden Teile entworfen? Die Stoffstreifen sind doch viel zu klein, als dass sie über die Polsterung und den Rahmen passen würden! Es sei denn, man zieht kräftig daran – aber der Stoff ist ja so dünn, dass er dann gleich reißt. Ich habe bereits Kleber auf dem Teppich verteilt und zwei von den Papprahmen bei dem Versuch, sie mit Stoff zu bespannen, zerknickt. Der einzige fertige Rahmen ist potthässlich geworden – und jetzt sitze ich schon wie lange daran?

Ich gähne, gucke auf die Uhr und bin entsetzt. Es ist 23:30 Uhr – mit anderen Worten, ich arbeite schon seit drei Stunden. Und in diesen drei Stunden habe ich einen einzigen windschiefen Rahmen produziert, den Fine Frames bestimmt gar nicht haben will, und zwei weitere ruiniert. Ich kann die Dinger nicht mehr sehen. Wozu wollen die Leute überhaupt so bescheuerte, gepolsterte Bilderrahmen haben?

Da geht die Wohnungstür auf, und Suze kommt nach Hause.

»Hi!«, sagt sie, als sie das Wohnzimmer betritt. »Hast du einen schönen Abend gehabt?«

»Eigentlich nicht«, hebe ich verstimmt an, »ich habe nämlich mit diesen Rahmen angefangen und –«

»Mach dir nichts draus, *denn* –«, sagt sie theatralisch. »Weißt du was? Du hast einen heimlichen Verehrer!«

»Wie bitte?«, sage ich überrascht.

»Es gibt da jemanden, der dich sehr gerne hat«, sagt sie, als sie den Mantel auszieht. »Habe ich heute Abend gehört. Und nun rate mal, wer!«

Luke Brandon, schießt es mir durch den Kopf, ohne dass ich etwas dagegen unternehmen kann. Ach, das ist doch lächerlich. Und wie sollte Suze das wohl herausgefunden haben? Blöder Gedanke. Sehr blöd. Unmöglich.

Sie könnte ihn vor dem Kino getroffen haben, sagt mir eine innere Stimme. Sie kennt ihn ja schließlich, oder nicht? Und da hätte er sagen können …

»Mein Cousin!«, platzt sie begeistert heraus. »Tarquin. Ist ganz vernarrt in dich.«

Ach, du meine Güte!

»Er ist heimlich verliebt in dich«, plappert sie fröhlich weiter. »Und zwar schon seit er dich zum ersten Mal gesehen hat!«

»Na ja, *so* heimlich nun auch wieder nicht …« Ich kann mir den Sarkasmus nicht verkneifen, halte dann aber doch den Mund, als Suze mich ganz überrascht ansieht. Ich möchte nicht ihre Gefühle verletzen.

»Du weißt es also schon?«, fragt sie.

»Na ja«, sage ich und zucke mit den Schultern. Was soll ich denn jetzt sagen? Ich kann ihr doch nicht sagen, dass ich von ihrem geliebten Cousin Ausschlag kriege! Also fummele ich stattdessen an dem Stoff des vor mir liegenden Bilderrahmens herum. Suze lächelt selig.

»Er ist wirklich begeistert von dir!«, sagt sie. »Ich

habe ihm gesagt, er soll dich einfach anrufen und zum Abendessen einladen. Du würdest doch nicht Nein sagen, oder?«

»Natürlich nicht«, sage ich lahm.

»Wäre das nicht toll?«, begeistert Suze sich. »Wenn ihr beiden heiraten würdet, könnte ich deine Brautjungfer sein!«

»Ja«, sage ich und zwinge mich, zu lächeln. »Klasse.«

Ich weiß, was ich mache: Ich verabrede mich mit ihm, aus purer Höflichkeit, und dann sage ich im letzten Moment ab. Bestimmt muss er dann wieder nach Schottland oder sonst wohin und wir können die ganze Angelegenheit vergessen.

Aber ehrlich gesagt, könnte ich auch sehr gut darauf verzichten. Jetzt habe ich schon zwei Gründe, nicht ans Telefon gehen zu wollen.

Wie dem auch sei – bis Samstag habe ich weder von Tarquin *noch* von Derek Smeath gehört. Sieht ganz so aus, als würden sie mich endlich alle in Ruhe lassen!

An geringfügig Negativem gibt es zu berichten, dass ich statt der geplanten einhundertfünfzig diese Woche nur drei Rahmen gemacht habe, und dass keiner dieser drei so aussieht wie der auf dem Musterfoto. Der eine ist nicht genug gepolstert, beim zweiten stoßen die Stoffstreifen in der Ecke nicht aneinander, und den dritten ziert ein fetter Klebstofffleck. Ich verstehe nicht, warum mir das so schwerfällt. Andere machen ohne Probleme Hunderte von den Dingern in einer Woche. Frau S. aus Ruislip kann ihre gesamte Familie jedes Jahr auf eine Kreuzfahrt mitnehmen von ihrem Rahmengeld. Wieso kann die das und ich nicht? Das ist wirklich niederschmetternd. Ich meine, ich sollte doch eigentlich relativ intelligent sein, oder? Ich habe schließlich studiert, verdammt noch mal.

Egal, Kopf hoch, sage ich mir. Heute fange ich meinen neuen Job bei Ally Smith an. Wenigstens *etwas* Geld extra.

Ich bin richtig aufgeregt. Mein erster Tag als Modeexpertin! Ich brauche ziemlich lange, bis ich mich endlich entschieden habe, was ich anziehe. Meine Wahl fällt schließlich auf eine schwarze Hose von Jigsaw, ein knappes Kaschmir-T-Shirt (na gut, *halb* Kaschmir) und ein pinkfarbenes Wickeltop von Ally Smith.

Ich bin sehr zufrieden mit meinem Outfit und erwarte, dass Danielle eine anerkennende Bemerkung dazu macht – aber sie nimmt gar keine Notiz davon. Sie sagt nur: »Hi. Hosen und T-Shirts sind im Lager. Suchen Sie sich Ihre Größe heraus und ziehen Sie sich in der Kabine da um.«

Natürlich. Wie konnte ich das vergessen? Die Verkäuferinnen bei Ally Smith tragen ja alle das Gleiche. Ist fast schon so eine Art… Uniform, würde ich sagen. Etwas widerwillig ziehe ich mich um und betrachte mich im Spiegel. Was für eine Enttäuschung! Die graue Hose schmeichelt mir nun nicht gerade, und das T-Shirt ist ganz schlicht und langweilig. Ich bin versucht, Danielle zu fragen, ob ich mir nicht etwas anderes aussuchen darf, aber sie ist so unglaublich beschäftigt, dass ich es besser lasse. Ich kann sie ja nächste Woche darauf ansprechen.

Und obwohl ich die Uniform nicht mag, ergreift mich dennoch eine Art Lampenfieber, als ich wieder im Laden stehe. Die Scheinwerfer strahlen grell, der Fußboden glänzt frisch poliert, im Hintergrund läuft Musik, und es herrscht eine erwartungsvolle Atmosphäre. So müssen sich Schauspieler oder Musiker fühlen, wenn sie auf die Bühne kommen. Ich betrachte mich wieder im Spiegel und murmele: »Kann ich Ihnen behilflich sein?« Oder vielleicht besser: »*Darf* ich Ihnen behilflich sein?« Ich beschließe, die freundlichste, zuvorkommendste und beliebteste Verkäuferin aller Zeiten zu werden.

Bis jetzt hat mir noch niemand gesagt, was ich eigentlich tun soll. Ich entwickle also Eigeninitiative – immer sehr beliebt –, gehe zu der blonden Frau, die auf der Kasse herumtippt, und sage:

»Sollen wir das eben schnell hinter uns bringen?«

»Was?«, fragt sie, ohne aufzusehen.

»Na ja, ich sollte doch wohl besser wissen, wie die Kasse funktioniert, bevor die Kunden kommen, oder?«

Dann sieht sie doch auf und fängt zu meiner Überraschung schallend an zu lachen.

»Die Kasse? Sie glauben im Ernst, dass Sie sofort an die Kasse dürfen?«

»Äh«, sage ich und erröte etwas. »Na ja, ich dachte …«

»Sie sind Anfängerin, meine Liebe«, sagt sie. »Sie haben an der Kasse überhaupt nichts verloren. Lassen Sie sich von Kelly zeigen, was Sie heute zu tun haben.«

Pullover zusammenlegen. Elende Pullover zusammenlegen. Das habe ich heute zu tun. In Windeseile das Chaos beseitigen, das die Kundinnen hinterlassen, die sich einen Cardigan ansehen und ihn achtlos wieder auf den Stapel legen. Um elf Uhr bin ich schon fix und fertig. Und davon, dass mir meine Arbeit Spaß machen würde, kann leider auch keine Rede sein. Sie können sich gar nicht vorstellen, wie deprimierend das ist, jeden einzelnen Cardigan auf die ganz spezielle Ally-Smith-Weise zusammenzulegen und fein säuberlich wieder ins Regal zu räumen – und dann mit ansehen zu müssen, wie irgendjemand ihn rücksichtslos wieder herauszieht, auseinanderfaltet, das Gesicht verzieht und das gute Stück wieder hinlegt. Man würde die Leute am liebsten anschreien: Lassen Sie es doch liegen, wenn Sie es sowieso nicht kaufen wollen!!! Ich habe sogar beobachtet, wie ein Mädchen sich einen Cardigan angesehen hat, der exakt genau so aussah wie der, den sie anhatte!! Ich meine, hat die irgendein Problem, oder was?

Und aus den netten Plaudereien mit der Kundschaft wird auch nichts. Die Leute übersehen einen ganz einfach, wenn man Verkäuferin ist. Bisher hat sich noch niemand mit einer wirklich interessanten Frage an mich gewandt, wie zum Beispiel: »Passt das Hemd denn auch zu den Schuhen?« oder: »Haben

Sie einen schönen schwarzen Rock für unter sechzig Pfund?« Wie *gern* würde ich solche Fragen beantworten! Aber bisher waren die einzigen Fragen, die ich zu hören bekam: »Gibt es hier eine Toilette?« und »Wissen Sie, wo der nächste Midland-Geldautomat ist?«

Gott, ist das deprimierend. Die einzige verbleibende Motivation ist der Ständer mit reduzierter Restware ganz hinten im Laden. Immer wieder schleiche ich um ihn herum und beäuge die einzige noch übrige Zebra-Jeans, die von hundertachtzig auf neunzig Pfund heruntergesetzt ist. Ich kann mich noch an diese Jeans erinnern. Ich habe sie sogar schon mal anprobiert. Und jetzt hängt sie auf einmal da – reduziert. Ich komme gar nicht mehr von ihr los. Und dass das letzte Exemplar ausgerechnet meine Größe ist!

Ich meine, ich weiß ja, dass ich eigentlich kein Geld mehr ausgeben sollte – aber das hier ist nun wirklich eine einmalige Gelegenheit. Das ist die coolste Jeans, die ich je gesehen habe. Und neunzig Pfund sind ja wohl mal *gar nichts* für eine richtig gute Jeans. Bei Gucci bezahlt man mindestens fünfhundert Pfund dafür. Oh, Gott, die will ich haben. Ich *will* sie haben.

Ich lungere gerade wieder mal bei den Restposten herum und beäuge zum hundertsten Mal die Jeans, als Danielle auf mich zugeschossen kommt. Schuldbewusst zucke ich zusammen, doch sie sagt nur: »Könnten Sie jetzt wohl die Umkleideräume beaufsichtigen? Sarah zeigt Ihnen, worauf Sie achten müssen.«

Keine Pullover mehr zusammenlegen! Gott sei Dank!

Die Sache mit den Umkleideräumen ist zu meiner großen Erleichterung sehr viel amüsanter. Bei Ally Smith gibt es richtig nette Umkleiden, sie sind sehr geräumig, und es gibt auch einzelne Kabinen, und meine Aufgabe ist es, am Eingang zu stehen und zu überprüfen, wie viele Kleidungsstücke die Leute mit hineinnehmen. Es ist echt interessant, was die Leute so anprobieren. Ein Mädchen kauft massenweise Klamotten und erzählt immer wieder, dass ihr Freund ihr gesagt hat, sie soll sich zu ihrem Geburtstag mal so richtig austoben, er würde alles bezahlen.

Hm. Wie schön für sie. Was soll's, ich verdiene wenigstens Geld. Jetzt ist es 11:30 Uhr, das heißt, ich habe schon … £14,40 verdient. Nicht schlecht, oder? Reicht schon für ein bisschen neues Make-up.

Aber selbstverständlich werde ich dieses Geld nicht verschwenden, indem ich Make-up dafür kaufe. Wo denken Sie hin! Ich meine, dafür bin ich nun wirklich nicht hier, ja? Ich werde richtig vernünftig sein. Ich werde die Zebra-Jeans kaufen – natürlich nur, weil das ein einmaliges Angebot ist und es ein Verbrechen wäre, sie nicht zu kaufen! –, und den Rest werde ich auf mein Konto einzahlen. Ich kann es kaum abwarten, Geld auf mein Konto einzuzahlen! Um 14:30 Uhr habe ich Pause, und da werde ich schnell zu dem Restposten-Ständer flitzen, die Jeans an mich nehmen, noch einmal anprobieren, und …

Da entgleiten mir die Gesichtszüge. Moment mal!

Mo-ment! Was hat denn das Mädel da über dem Arm hängen? Das ist doch meine Zebra-Jeans! Jetzt kommt sie auf die Umkleideräume zu. Oh, Gott. Sie will sie anprobieren. Aber das ist doch meine!

»Hi!«, sagt sie fröhlich und bleibt vor mir stehen.

»Hi!«, würge ich hervor und bemühe mich, Ruhe zu bewahren. »Äääh – wie viele Teile haben Sie?«

»Vier«, sagt sie und zeigt mir die Bügel. Hinter mir an der Wand hängen diese Schildchen mit 1, 2, 3 und 4 drauf. Das Mädchen wartet darauf, dass ich ihr ein Schildchen mit einer 4 darauf reiche und sie hereinlasse. Aber ich kann nicht.

Ich kann sie unmöglich mit *meiner* Jeans in die Umkleideräume lassen.

»Äh«, höre ich mich sagen, »man darf nur noch drei Teile mit reinnehmen.«

»Wirklich?«, fragt sie überrascht. »Aber …« Sie deutet auf die Schildchen.

»Ich weiß«, sage ich. »Die Regeln sind gerade erst geändert worden. Tut mir leid.« Und damit schenke ich ihr mein bestes »Ich-bin-nur-eine-arme-kleine-Verkäuferin-und-kann-nichts-dafür«-Lächeln.

Das ist ja eine richtige Machtposition hier am Eingang zu den Umkleideräumen. Man kann den Leuten verwehren, Kleidungsstücke anzuprobieren! Man kann ihnen den Tag, ja, das ganze Leben versauen!

»Oh«, sagt das Mädchen. »Tja, dann lasse ich wohl am besten –«

»Die hier«, sage ich und entreiße ihr die Zebra-Jeans.

»Nein«, sagt sie. »Ich glaube, ich lasse –«

»Sie müssen das draußen lassen, das zuoberst

liegt«, erkläre ich und lächele sie wieder dümmlich-hilflos an. »Tut mir leid.«

Gott sei's gepfiffen und getrommelt, dass es schon immer aufsässige Verkäuferinnen und völlig sinnlose Regeln gegeben hat. Die Leute sind so sehr daran gewöhnt, dass das Mädchen nicht weiter fragt. Sie verdreht nur die Augen, grapscht nach dem Schild mit der 3 und lässt mich mit der kostbaren Jeans in der Hand stehen.

Gut, und jetzt? Aus der Kabine, in die das Mädchen verschwunden ist, höre ich, wie Reißverschlüsse geöffnet und Bügel aufgehängt werden. Lange wird sie nicht brauchen, um die drei Teile anzuprobieren. Und dann kommt sie raus und will die Zebra-Jeans haben. Oh, Gott. Was soll ich denn jetzt tun? Ich verharre in unschlüssiger Paralyse. Dann versetzt mich das Geräusch vom Zurückziehen eines Kabinenvorhangs schlagartig in Aktion. In Windeseile stopfe ich die Zebra-Jeans hinter den Vorhang und richte mich mit Unschuldsmiene wieder auf.

Kurz darauf kommt Danielle mit einem Klemmbrett in der Hand zu mir.

»Alles in Ordnung?«, fragt sie. »Kommen Sie zurecht?«

»Alles in bester Ordnung«, sage ich und lächele sie selbstbewusst an.

»Ich mache gerade den Pausenplan«, sagt sie. »Wenn Sie noch bis drei durchhalten könnten, dann können Sie eine ganze Stunde haben.«

»Klar, kein Problem«, sage ich freundlich in bester

Angestellte-des-Monats-Manier, obwohl ich denke: *Drei? Bis dahin bin ich verhungert!*

»Gut«, sagt sie und verzieht sich in eine Ecke, um sich das zu notieren. In dem Moment erklingt eine Stimme: »Hi. Kann ich jetzt wohl die Jeans haben?«

Oh, Gott, da ist das Mädchen wieder! Wie hat sie es denn bloß geschafft, die anderen drei Teile so schnell anzuprobieren? War sie Zauberlehrling bei Houdini?

»Hi!«, sage ich und ignoriere ihre Frage. »Passen die Sachen? Der schwarze Rock ist wirklich toll. Die Schlitze da –«

»Es geht so«, unterbricht sie mich und drückt mir den ganzen Haufen in die Hand – alles unordentlich und ohne die Bügel, wie ich hinzufügen möchte. »Die Jeans war eigentlich mein Hauptanliegen. Kann ich die jetzt haben?«

Mein Herz pocht wie wild.

»Welche Jeans war das doch gleich?«, frage ich und runzele mitfühlend die Stirn. »Eine blaue, oder? Die gibt es dort drüben, neben dem …«

»Nein!«, unterbricht sie mich ungeduldig. »Die Zebra-Jeans, die Sie mir vor einer Minute abgenommen haben!«

»Oh«, sage ich verdutzt. »Ach, ja. Ich weiß gar nicht, wo die hingekommen ist. Vielleicht hat jemand anders sie mitgenommen.«

»Aber ich habe Sie doch Ihnen gegeben! Sie sollten so lange auf sie aufpassen!«

»Ach«, sage ich und setze wieder mein Verkäuferinnenlächeln auf. »Tut mir leid, aber wir können keine Haftung übernehmen für Gegenstände, die die Kunden uns für die Dauer der Anprobe anvertrauen.«

»Herrgott noch mal!«, sagt sie und stiert mich an, als wäre ich eine totale Vollidiotin. »Das ist doch lächerlich! Ich habe sie Ihnen vor einer halben Minute erst gegeben! Sie können sie doch in der kurzen Zeit nicht verloren haben!«

Mist. Die ist ja richtig sauer. Sie wird ziemlich laut, und die Leute gucken schon.

»Schwierigkeiten?«, ertönt glockenhell eine zuckersüße Stimme, die mich entsetzt aufsehen lässt. Danielle kommt mit freundlich-bestimmter Miene auf uns zu. Ganz ruhig bleiben, sage ich mir. Man kann mir nichts nachweisen. Und überhaupt ist allgemein bekannt, dass es immer die Kunden sind, die Ärger machen.

»Ich wollte vier Teile anprobieren und habe dieser Dame hier ein Paar Jeans anvertraut, weil ich ja ein Teil zu viel hatte«, fängt die Kundin an zu erklären.

»Vier Teile?«, fragt Danielle nach. »Aber Sie dürfen doch vier Teile mit in die Kabine nehmen.« Sie dreht sich nach mir um und sieht mich nicht gerade freundlich an.

»*Wirklich?*«, sage ich unschuldig. »Ach je, das tut mir leid. Ich dachte, man dürfte nur drei Teile mitnehmen. Ich bin neu hier«, füge ich entschuldigend hinzu.

»*Dachte* ich's mir doch, dass man vier mitnehmen darf!«, sagt das Mädchen. »Ich meine, schließlich hängen da Schildchen mit einer 4 drauf!« Sie seufzt ungeduldig. »Jedenfalls habe ich ihr die Jeans gegeben und die anderen Sachen anprobiert. Und dann bin ich wieder herausgekommen und wollte die Jeans haben – und jetzt ist sie weg!«

»Weg?«, fragt Danielle spitz. »Wie ›weg‹?«

»Ich weiß auch nicht«, sage ich und bemühe mich, völlig ratlos auszusehen. »Vielleicht hat eine andere Kundin sie genommen.«

»Aber Sie haben sie doch in der Hand gehabt!«, sagt das Mädchen. »Also, wie? Ist jemand einfach auf Sie zugestürzt und hat Ihnen die Hose aus der Hand gerissen?«

Ach, *halt* doch die … – Die muss ja wirklich ein mächtiges Problem haben. Wie kann man nur so besessen sein von einer dämlichen Jeans?

»Vielleicht könnten Sie ja ein anderes Exemplar aus dem Regal holen?«, schlage ich hilfsbereit vor.

»Das war die Einzige«, sagt sie frostig. »Sie hing an dem Ständer mit der reduzierten Ware.«

»Rebecca, jetzt denken Sie doch mal nach!«, sagt Danielle. »Haben Sie die Jeans irgendwo abgelegt?«

»Muss ich wohl«, sage ich unbestimmt. »Hier war so viel los … Wahrscheinlich habe ich sie auf die Stange da gehängt, und dann hat sie jemand anders von da weggenommen.« Ich zucke entschuldigend mit den Schultern, als wollte ich sagen: »Die Kunden heutzutage …«

»Moment mal!«, ruft das Mädchen plötzlich. »Was ist denn das da?«

Ich folge ihrem Blick und erstarre. Die Zebra-Jeans ist unter dem Vorhang hervorgekullert. Einen Moment lang starren wir sie zu dritt an.

»Na, so was!«, stoße ich schließlich hervor. »Da ist sie ja!«

»Und was genau macht sie da unten?«, fragt Danielle.

»Ich weiß es nicht!«, sage ich. »Vielleicht ist sie ...« Ich schlucke und treibe meine kleinen grauen Zellen an. »Vielleicht ...«

»*Sie* haben sie sich genommen!«, behauptet das Mädchen ungläubig. »Sie haben sie sich unter den Nagel gerissen! Erst wollten Sie sie mich nicht anprobieren lassen, und dann haben Sie sie versteckt!«

»Das ist doch lächerlich!«, wehre ich ab und hoffe, überzeugend zu klingen. Aber ich spüre schon, wie meine Wangen ein schuldbewusstes Rot annehmen. Mein Gott, *warum* muss ich eine von denen sein, die bei jeder Gelegenheit rot anlaufen? Warum?

»Sie kleines –« Das Mädchen unterbricht sich selbst und wendet sich an Danielle. »Ich möchte mich über eine Ihrer Mitarbeiterinnen beschweren!«

»Rebecca«, sagt Danielle. »Kommen Sie bitte in mein Büro.«

Moment mal! Will sie mich nicht verteidigen? Steht sie dem Mob gegenüber etwa nicht hinter ihren Angestellten? Was ist mit betrieblicher Solidarität?

»Sofort!«, zischt sie, und ich zucke verängstigt zusammen. Auf dem Weg zu ihrem Büro (na ja, wohl eher ein Besenschrank) bemerke ich, wie alle anderen Angestellten mir nachsehen und sich gegenseitig anstupsen. Oh, Gott, ist das peinlich. Aber es wird schon schiefgehen. Ich sage einfach, dass es mir leidtut, verspreche, dass so etwas nie wieder vorkommen wird und biete an, ein paar Überstunden zu machen. Wenn sie mich nur bloß nicht …

Ich fasse es nicht. Sie hat mich gefeuert. Ich habe nicht einmal einen Tag dort gearbeitet und bin schon rausgeflogen. Ich war so schockiert, als sie mir das sagte, dass ich beinahe geheult hätte. Ich meine, mal abgesehen von der Sache mit der Zebra-Jeans fand ich, dass ich meine Sache ziemlich gut gemacht habe. Aber so, wie es aussieht, gehört das Verstecken von Ware vor den Kunden zu den Vergehen, die automatisch zur Kündigung führen. (Was ich reichlich unfair finde, denn davon hatte sie mir in dem Einstellungsgespräch nichts gesagt.)

Ich ziehe die graue Hose und das T-Shirt wieder aus und bin ausgesprochen bedrückt. Meine Karriere im Einzelhandel ist vorbei, ehe sie richtig angefangen hat. Ich habe bloß zwanzig Pfund bekommen für heute – und Danielle meinte, das sei noch großzügig. Als ich sie fragte, ob ich noch eben schnell mit meinem Angestelltenrabatt ein paar Klamotten kaufen könnte, hat sie mich angesehen, als wollte sie mir eine runterhauen.

Alles ist schiefgelaufen. Kein Job, kein Geld, kein Rabatt, bloß lausige zwanzig Pfund. Trübsinnig und mit den Händen in den Taschen schlendere ich die

Straße entlang. Lausige zwanzig Pfund. Was, bitte, soll ich denn mit –

»Rebecca!« Ich sehe auf und finde mich leicht benommen mit einem Gesicht konfrontiert, das ich kenne. Aber wer ist das? Das ist … das ist … das ist …

»Tom!«, rufe ich gerade noch rechtzeitig. »Hi! Das ist ja eine Überraschung!«

Da bin ich aber platt. Tom Webster! Hier, in London! Was macht der denn hier? Sollte der nicht in Reigate sein und seine mediterranen Fliesen ausfugen?

»Das ist Lucy«, sagt er stolz und zerrt ein Mädchen hervor, das mit etwa fünfundsechzig Einkaufstüten beladen ist. Das gibt es doch gar nicht! Das ist doch das Mädchen, das vorhin bei Ally Smith so viel eingekauft hat. Das Mädchen, dessen Freund alles bezahlen würde. Sie hat doch wohl nicht *ihn* …

»Ihr seid zusammen?«, frage ich dümmlich. »Ihr beiden?«

»Ja«, sagt Tom und grinst mich an. »Schon eine ganze Weile.«

Aber – das passt doch irgendwie nicht zusammen. Warum haben Janice und Martin mir gegenüber nicht erwähnt, dass Tom eine Freundin hat? Sie haben doch auch jeden anderen Mist in seinem Leben erwähnt.

Tom und eine Freundin! Ich lach mich tot.

»Hi«, sagt Lucy.

»Hi«, sage ich. »Ich bin Rebecca. Die Nachbarstochter. Sandkastenfreundin und so.«

»Ach, *du* bist Rebecca«, sagt sie und wirft Tom einen flüchtigen Blick zu.

Was hat das denn nun zu bedeuten? Haben die beiden etwa über mich geredet? Oh, Gott, ist Tom womöglich immer noch in mich verknallt? Wie peinlich.

»Ja, genau!«, erwidere ich fröhlich und lache.

»Also, irgendwie kommst du mir bekannt vor. Ich habe dich bestimmt schon mal irgendwo gesehen«, sagt Lucy nachdenklich. Dann kneift sie die Augen zusammen. »Du arbeitest bei Ally Smith, stimmt's?«

»Nein!«, erwidere ich eine Spur zu heftig.

»Oh«, sagt sie. »Ich dachte, ich hätte dich da gesehen –«

Oh, mein Gott, es darf nicht zu meinen Eltern durchdringen, dass ich in einem Klamottengeschäft jobbe! Dann denken die doch, ich hätte sie immer nur angelogen, was mein Leben in London angeht, und gehen davon aus, dass ich in Wirklichkeit völlig pleite bin und in irgendeiner fiesen Absteige wohne.

»Marktforschung«, sage ich ganz cool. »Ich bin nämlich Journalistin.«

»Rebecca ist Finanzjournalistin«, sagt Tom. »Weiß richtig gut Bescheid auf dem Gebiet.«

»Ach so«, sagt Lucy, und ich schenke ihr ein hochnäsiges Lächeln.

»Mum und Dad hören immer auf das, was Rebecca sagt«, erzählt Tom. »Hat Dad gerade letztens erst wieder gesagt. Er hat gesagt, du hättest ihm in irgendeiner Finanzangelegenheit weitergeholfen. Hatte irgendwas mit einem Fondswechsel oder so zu tun.«

»Ich tu, was ich kann«, sage ich bescheiden und bedenke Tom mit einem ganz besonderen Alte-Freunde-Lächeln. Nicht, dass ich eifersüchtig wäre oder so – aber einen kleinen Stich versetzt es mir doch, Tom diese Lucy anstrahlen zu sehen, die eine total langweilige Frisur hat. Na ja, sie ist ganz nett angezogen. Wobei mir auffällt, dass auch Tom sehr nett angezogen ist. Hey, was ist denn hier los? Irgendetwas läuft hier schief! Tom gehört in sein schnuckeliges Häuschen in Reigate und hat nicht gut gekleidet durch teure Läden in London zu spazieren!

»Na ja«, sagt er. »Wir müssen dann weiter.«

»Ja, sicher, ihr müsst bestimmt euren Zug kriegen«, sage ich herablassend. »Muss ganz schön anstrengend sein, so weit draußen zu wohnen.«

»Ich finde das gar nicht so schlimm«, sagt Lucy. »Ich fahre jeden Morgen zu Wetherby's rein, das dauert nur vierzig Minuten.«

»Du arbeitest bei Wetherby's?«, frage ich entgeistert. Ja, bin ich denn *umzingelt* von in der City arbeitenden Karrieremachern??

»Ja«, sagt sie. »Als politische Beraterin.«

Wie bitte? Was soll das denn jetzt schon wieder heißen? Hat sie etwa richtig Grips, oder wie? Oh, Gott, das wird ja immer schlimmer.

»Und noch müssen wir keinen Zug kriegen«, sagt Tom und lächelt Lucy an. »Wir wollen erst eben zu Tiffany's und da eine Klitzekleinigkeit für Lucys Geburtstag nächste Woche aussuchen.« Er hebt eine Hand und fängt an, sich eine Strähne von Lucys Haar um den Finger zu wickeln.

Das halte ich nicht aus. Das ist nicht fair. Warum

habe *ich* keinen Freund, der mir bei Tiffany's was kauft?

»Na ja, war jedenfalls wirklich nett, euch zu sehen«, plappere ich. »Grüß deine Mum und deinen Dad ganz lieb von mir. Komisch, dass sie Lucy gar nicht erwähnt haben.« Das konnte ich mir nun doch nicht verkneifen. Und das Teufelchen reitet mich weiter. »Ich habe sie neulich gesehen, und da haben sie sie überhaupt nicht erwähnt.«

Ich werfe Lucy einen unschuldigen Blick zu. Ha! Na, wer hat jetzt die Oberhand?

Aber sie und Tom wechseln nur wieder Blicke.

»Wahrscheinlich wollten sie nicht –«, fängt Tom an und unterbricht sich dann selbst.

»Was?«, frage ich.

Peinliches Schweigen. Dann sagt Lucy: »Ich gucke mir mal eben das Schaufenster da drüben an, Tom«, und lässt uns allein.

Oh, mein Gott, was für ein Drama! Ich bin wohl die unerwünschte Dritte in dieser Beziehung!

»Tom, was ist los?«, frage ich und lache.

Dabei liegt es doch auf der Hand, oder? Er ist immer noch nicht über mich hinweg. Und Lucy weiß das.

»Oh, Gott«, sagt Tom und reibt sich über das Gesicht. »Hör zu, Rebecca. Ich weiß nicht, wie ich es sagen soll, aber … Also, Mum und Dad wissen, wie du für mich … empfindest. Sie wollten Lucy dir gegenüber nicht erwähnen, weil sie dachten, du würdest …« – er atmet scharf aus – »… enttäuscht sein.«

Wie bitte? Soll das ein *Witz* sein? So nachhaltig hat es mir in meinem ganzen Leben noch nicht die Sprache verschlagen. Für ein paar Sekunden kann ich mich nicht einmal bewegen vor Überraschung.

»Was ich für *dich* empfinde?«, stottere ich schließlich. »Machst du Witze?«

»Na ja, es ist doch kaum zu übersehen«, sagt er schulterzuckend. »Mum und Dad haben mir erzählt, wie du neulich immer wieder gefragt hast, wie es mir geht, und wie du alles über mein neues Haus wissen wolltest …« Ist das da etwa Mitleid in seinem Blick? Oh, Gott, das halte ich nicht länger aus! Wie kommt er nur auf den Gedanken … »Ich habe dich wirklich gern, Becky«, sagt er noch. »Aber ich …«

»Ich war nur *höflich*!«, brülle ich ihn an. »Ich bin nicht in dich verliebt!«

»Hör zu«, sagt er, »reden wir einfach nicht mehr drüber, okay?«

»Aber ich *bin* nicht in dich verliebt!«, rufe ich fuchsteufelswild. »Und ich *war* auch nie in dich verliebt! Deswegen bin ich damals nicht mit dir ausgegangen, als du mich gefragt hast. Als wir sechzehn waren, weißt du noch?«

Ich halte inne und sehe ihn triumphierend an – doch er verzieht keine Miene. Er hört mir gar nicht zu. Und wenn doch, dann denkt er wahrscheinlich, die Tatsache, dass ich unsere Teenagerzeit mit in die Sache hineinziehe, ist Beweis genug dafür, dass ich hinter ihm her bin. Und je mehr ich versuche, es abzustreiten, desto fester glaubt er daran, dass ich hinter ihm her bin. Oh, Gott, das darf doch nicht wahr sein!

»Okay«, sage ich und kratze den letzten Rest Würde in mir zusammen. »Okay, wir sind offenbar unterschiedlicher Meinung, was das angeht, also wäre es vielleicht tatsächlich das Beste, wenn wir einfach nicht mehr drüber reden.« Ich sehe zu Lucy herüber, die vor einem Schaufenster steht und so tut, als würde sie nicht zuhören. »Ich bin wirklich nicht scharf auf deinen Freund«, rufe ich ihr zu. »Noch nie gewesen. Bye.«

Ausholenden Schrittes und mit einem aufgesetzten, lässigen Lächeln setze ich meinen Weg fort.

Kaum bin ich um die nächste Ecke, erstirbt allerdings das Lächeln auf meinem Gesicht, und ich lasse mich schwerfällig auf eine Bank sinken. Ich kann nichts dagegen tun, aber ich fühle mich gedemütigt. Natürlich ist die ganze Sache lächerlich. Dass Tom Webster glaubt, ich wäre in ihn verliebt. Geschieht mir ganz recht. Ich hätte eben nicht so übertrieben höflich sein sollen zu seinen Eltern und kein Interesse an seiner blöden Eichenküche heucheln sollen. Nächstes Mal werde ich ostentativ gähnen oder mich einfach auf dem Absatz umdrehen. Oder von meinem Freund erzählen. Dann würden sie schon alle still werden. Aber abgesehen davon – wen interessiert schon, was die alle denken?

Ich weiß das ja alles. Ich weiß, dass es mir sonst wo vorbeigehen sollte, was Tom Webster und seine

Freundin denken. Aber trotzdem … Ich muss gestehen, dass ich ein bisschen down bin. Warum habe ich keinen Freund? Es ist nicht mal jemand in Sicht, der mich interessieren könnte. Zuletzt und bis vor drei Monaten war ich mit Robert Hayman zusammen. Und so richtig verliebt in ihn war ich gar nicht. Er hat mich immer »Liebes« genannt und mir die Hand vor die Augen gehalten, wenn im Fernsehen etwas »nicht jugendfrei« war. Obwohl ich ihm gesagt hatte, dass er das lassen soll. Er hat es trotzdem gemacht. Das hat mich echt auf die Palme gebracht. Allein der Gedanke daran lässt mich schon wieder aggressiv werden.

Aber er war immerhin ein Freund. Er war jemand, den ich von der Arbeit aus anrufen konnte, mit dem ich auf Partys gehen und den ich als Schutzschild gegen aufdringliche Verehrer benutzen konnte. Vielleicht hätte ich doch nicht Schluss machen sollen. Vielleicht war er eigentlich ganz in Ordnung.

Ich seufze aus tiefstem Herzen, stehe auf und gehe wieder weiter. Im Großen und Ganzen war das nicht gerade ein toller Tag. Ich habe einen Job verloren und bin von Tom Webster herablassend behandelt worden. Und ich habe heute Abend nichts vor. Ich war davon ausgegangen, dass ich heute Abend völlig erschossen sein würde von der Arbeit, darum habe ich mich gar nicht erst verabredet.

Aber ich habe immerhin zwanzig Pfund.

Zwanzig Pfund. Ich gönne mir jetzt einen leckeren Cappuccino und einen Schokoladenbrownie. Und ein paar Zeitschriften.

Und vielleicht eine Kleinigkeit von Accessorize. Oder ein Paar Stiefel. Und Stiefel brauche ich tatsächlich. Ich habe ein paar schöne bei Hobbs gesehen, mit eckiger Kappe und niedrigem Absatz. Da gehe ich gleich hin, nachdem ich meinen Cappuccino getrunken habe. Und wenn ich schon da bin, kann ich mir auch ansehen, was sie an Kleidern da haben. Mann, nach dem heutigen Tag habe ich mir wirklich eine Belohnung verdient. Außerdem brauche ich neue Strumpfhosen fürs Büro und eine Nagelfeile. Und vielleicht ein Buch, das ich in der Bahn lesen kann …

Als ich mich bei *Starbucks* an die Schlange hinten anstelle, geht es mir schon wieder viel besser.

PGNI First Bank Visa
7 Camel Square
Liverpool L1 5NP

Miss Rebecca Bloomwood
Flat 2
4 Burney Rd.
London SW6 8FD

15. März 2000

PGNI First Bank VISA Kartennr. 1475839204847586

Sehr geehrte Miss Bloomwood,

vielen Dank für Ihr Schreiben vom 11. März und Ihr Angebot für ein Gratisabonnement der Zeitschrift *Successful Saving* sowie Ihre Einladung zum Abendessen im »The Ivy«. Angestellte der PGNI First Bank dürfen solche Zuwendungen leider nicht annehmen.

Bitte überweisen Sie umgehend den ausstehenden erforderlichen Mindestbetrag von £105,40.

Mit freundlichen Grüßen
PGNI First Bank Visa

John Peter Johnson
Abteilungsleiter Kundenkonten

ZEHN

Montag Morgen wache ich schon ziemlich früh auf und fühle mich ganz miserabel. Ich riskiere einen sehr kurzen Blick auf die unausgepackten Einkaufstüten, die sich in meinem Zimmer stapeln. Ich weiß, dass ich am Samstag zu viel Geld ausgegeben habe. Ich weiß, dass ich mir nicht zwei Paar Stiefel hätte kaufen sollen. Ich weiß, dass ich mir das lila Kleid nicht hätte kaufen sollen. Insgesamt habe ich … Ach, ich will gar nicht darüber nachdenken, wie viel ich ausgegeben habe. Schnell, schnell, denk an etwas anderes, sage ich mir. Irgendetwas anderes. Ganz egal, was.

Mir ist sehr wohl bewusst, dass das leise, stete Pochen ganz hinten in meinem Kopf das Entsetzen im Doppelpack ist: Schuld und Panik.

SchuldSchuldSchuldSchuld.

PanikPanikPanikPanik.

Wenn ich es zuließe, würden sie sich blitzschnell ganz nach vorne drängen und die Kontrolle übernehmen. Dann wäre ich vor Angst und Not völlig gelähmt. Der Trick ist daher, einfach nicht darauf zu hören. Ich schotte den hinteren Teil meines Gehirns vollständig ab – und schon gibt es nichts mehr, das mir Sorgen macht. Das ist so eine Art Selbstverteidigung. Habe ich mir schon ziemlich gut verinnerlicht.

Dann gibt es auch noch den Trick, sich mit anderen Gedanken abzulenken oder sich zu beschäftigen. Ich stehe also auf, mache das Radio an, dusche und ziehe mich an. Das Pochen im Hinterkopf ist immer noch da, wird aber immer schwächer. Bis ich in die Küche gehe, um Kaffee zu kochen, höre ich es schon fast gar nicht mehr. Ganz langsam wage ich es, Erleichterung zu empfinden – so, wie wenn die Kopfschmerztablette, die man genommen hat, endlich anfängt zu wirken. Ich kann mich entspannen. Alles wird gut.

Auf dem Weg zur Wohnungstür überprüfe ich mein Erscheinungsbild im Spiegel (Top: River Island. Rock: French Connection. Strümpfe: Pretty Polly Velvets. Schuhe: Ravel) und greife nach dem Mantel (Mantel: House of Fraser, Ausverkauf.). Im gleichen Moment plumpst die Post auf die Fußmatte. Ein handschriftlich adressierter Brief und eine Postkarte von den Malediven für Suze. Zwei ominöse Fensterumschläge für mich. Einer von VISA, einer von der Endwich Bank.

Mein Herz setzt kurz aus. Warum schreibt die Bank mir denn schon wieder? Und VISA? Was wollen die von mir? Können die mich nicht einfach in Ruhe lassen?

Ich lege Suzes Post sorgfältig auf den Sims im Flur und stopfe mir meine beiden Briefe in die Tasche, um sie auf dem Weg zur Arbeit zu lesen. Ich werde sie aufmachen, wenn ich in der U-Bahn sitze, und ich werde sie lesen, ganz gleich, wie unangenehm sie sein mögen.

Das nehme ich mir wirklich vor. Ganz ehrlich. Ich schwöre es: Als ich das Haus verlasse, habe ich fest vor, die Briefe zu lesen.

Aber dann biege ich in die nächste Straße – und da steht ein Baucontainer vor einem Haus. Ein riesengroßer gelber Baucontainer, schon halb voll. Handwerker gehen ins Haus, kommen wieder heraus und schmeißen altes Holz und Polstermaterial in den Container. Massenweise Müll, fröhlich durcheinander geworfen.

Und da schleicht sich ein Gedanke ein …

Ich verlangsame den Schritt, als ich mich dem Container nähere, und sehe das Ding so intensiv an, als würde ich die Beschriftung an der Seite lesen. Ich bleibe stehen. Mein Herz klopft. Die Handwerker gehen wieder ins Haus. Niemand sieht mich. Und dann, in einer einzigen geschmeidigen Bewegung, ziehe ich die Briefe aus der Tasche und lasse sie in den Container fallen.

Weg.

Ich stehe immer noch da, als einer der Handwerker mit zwei Säcken voller Bauschutt aus dem Haus kommt und sie in den Container hievt. Jetzt sind sie wirklich weg. Begraben unter zwei Säcken Bauschutt, ungelesen. Niemand wird sie jemals finden.

Weg. Für immer.

Ich wende mich von dem Container ab und gehe

schnell weiter. Mein Schritt federt wieder, und mir ist deutlich leichter ums Herz.

Es dauert nicht lange, und ich fühle mich vollkommen unschuldig; gereinigt von jeder Schuld. Ich meine, ich kann schließlich nichts dafür, wenn ich die Briefe nie gelesen habe, richtig? Ich kann nichts dafür, wenn ich sie nie erhalten habe, richtig? Auf dem Weg zur U-Bahn-Station schaffe ich es allen Ernstes, mich davon zu überzeugen, dass diese beiden Briefe nie existiert haben.

Kaum bin ich im Büro, schalte ich den Computer an, öffne eine neue Datei und fange an, meinen Artikel über Renten zu tippen. Mir ist nämlich die grandiose Idee gekommen, dass, wenn ich richtig hart arbeite, Philip mir vielleicht eine Gehaltserhöhung gibt. Ich könnte jeden Tag länger im Büro bleiben und ihn damit beeindrucken, wie engagiert und mit welcher Hingabe ich meine Arbeit mache, und dann würde er erkennen, dass ich eklatant zu wenig verdiene. Vielleicht macht er mich dann sogar zur Mitherausgeberin oder so.

»Heutzutage«, tippe ich flott, »kann sich niemand mehr darauf verlassen, dass die Regierung für ihn sorgen wird, wenn er erst einmal alt ist. Daher sollte man mit seiner privaten Altersvorsorge so früh wie möglich anfangen – am besten, sobald man ein regelmäßiges Einkommen hat.«

»Morgen, Clare«, sagt Philip, der in seinem Mantel ins Büro gerauscht kommt. »Morgen, Rebecca.«

Ha! Jetzt ist der richtige Zeitpunkt, um Eindruck zu schinden!

»Morgen, Philip«, sage ich freundlich-professionell. Und statt mich zurückzulehnen und ihn zu fragen, was er am Wochenende gemacht hat, wende ich mich wieder meinem Computer zu und tippe weiter. Ich tippe so schnell, dass sich der Bildschirm mit den kuriosesten Tippfehlern füllt. Offen gestanden, bin ich nicht die beste Maschineschreiberin aller Zeiten. Aber wen interessiert das in diesem Moment? Ich sehe wahnsinnig geschäftig aus, nur das zählt.

»Die bwste Mpglichjeit dagür boetet in dwn mwistwr Föllen die betrievliche Altersvorsiorge Ihers Arbeitgebers. Es fidnet sich allerings auch eine breiten Paklette an Privartretenangevoten, wie zum Beipsiel …«

Ich höre auf zu tippen, nehme eine Rentenbroschüre zur Hand und blättere sie durch, als wäre ich auf der Suche nach einer ungeheuer wichtigen Information.

»Hatten Sie ein schönes Wochenende, Rebecca?«, erkundigt sich Philip.

»Prima, danke«, sage ich und sehe mit einem Blick von der Broschüre auf, der meine Überraschung darüber zum Ausdruck bringen soll, dass ich bei der Arbeit gestört werde.

»Ich war am Samstag bei Ihnen in der Gegend«, sagt er. »Auf der Fulham Road. *Trendy Fulham.*«

»Hmhm«, mache ich abwesend.

»Da muss man wohl wohnen heutzutage, wenn

man in sein will. Meine Frau hat neulich einen Artikel darüber gelesen. Da scheinen ja massenweise *Glamour-Girls* zu wohnen, die vom Vermögen ihrer Eltern leben.«

»Mag schon sein«, murmele ich unaufmerksam.

»Dann werden wir Sie wohl in Zukunft so nennen müssen«, sagt er und lacht etwas dämlich. »Unser bürointernes *Glamour-Girl*.«

Glamour-Girl? Wovon redet der überhaupt?

»Gute Idee«, sage ich und lächele ihn an. Er ist ja immerhin der Boss. Er kann mich nennen, wie er w--

Oh, Gott, einen Moment! Ei-nen Mo-ment! Philip glaubt doch wohl nicht etwa, dass ich reich bin, oder? Er glaubt doch wohl nicht, dass *ich* auf das Vermögen meiner Eltern oder sonst irgendeine Geldquelle zurückgreifen kann?

»Rebecca«, meldet sich Clare mit der Hand auf der Muschel des Telefonhörers. »Ein Anruf für dich. Ein Tarquin.«

Philip grinst mich an, als wolle er sagen »Alles klar!«, und verzieht sich an seinen Schreibtisch. Völlig frustriert sehe ich ihm nach. Das darf doch nicht wahr sein. Wenn Philip glaubt, dass ich Nutznießerin eines Privatvermögens bin, bekomme ich doch nie eine Gehaltserhöhung!

Aber wie kommt er denn bloß auf die Idee?

»Becky«, sagt Clare bedeutungsschwanger und deutet auf mein klingelndes Telefon.

»Oh«, sage ich. »Ja. Okay.« Ich nehme ab und sage: »Guten Tag, Sie sprechen mit Rebecca Bloomwood.«

»Becky«, ertönt Tarquins unverwechselbare, schrille Stimme an meinem Ohr. Er hört sich ziemlich nervös an. Als hätte er sich tagelang mental auf diesen Anruf vorbereitet. Vielleicht hat er das sogar. »Schön, deine Stimme zu hören. Ich habe ziemlich viel an dich gedacht in letzter Zeit.«

»Ach, ja?«, sage ich so gelassen wie möglich. Ich meine, gut, er ist Suzes Cousin und alles, aber mal im Ernst –

»Ich … Ich würde wirklich gern etwas mehr Zeit mit dir verbringen«, sagt er. »Darf ich dich zum Abendessen einladen?«

Oh, Gott. Was soll ich denn jetzt dazu sagen? So eine unschuldige Bitte. Ich meine, es ist ja nun nicht so, als hätte er gefragt: »Kann ich mit dir schlafen?« oder gar »Darf ich dich küssen?« Wenn ich zu einem Abendessen Nein sage, heißt das doch quasi: »Du bist derartig unerträglich, dass ich dich nicht mal zwei Stunden neben mir am Tisch ertragen kann.«

Das kommt der Wahrheit zwar ziemlich nahe – aber das kann ich doch nicht *sagen*, oder? Wo Suze doch so lieb zu mir gewesen ist in der letzten Zeit … Wenn ich ihren geliebten Tarkie jetzt so einfach abservieren, ist sie bestimmt böse mit mir.

»Warum nicht?«, sage ich, achte aber darauf, nicht zu begeistert zu klingen. Außerdem überlege ich mir, gleich zur Klärung der Fronten noch hinten dranzuhängen: »Aber ich steh nicht auf dich«. Doch irgendwie bringe ich das nicht über mich. Ehrlich gesagt sollten wir es einfach beim Essengehen bewenden lassen. Und so schlimm kann das ja nicht werden.

Und überhaupt muss ich ja nicht wirklich hingehen. Ich werde ihn in letzter Minute anrufen und absagen. Ganz einfach.

»Ich bin noch bis Sonntag in London«, sagt Tarquin.

»Wie wäre es dann mit Samstagabend?«, schlage ich fröhlich vor. »Dein Abschiedsabend.«

»Sieben Uhr?«

»Acht?«, feilsche ich.

»Gut«, sagt er. »Acht Uhr.« Dann legt er auf, ohne einen Treffpunkt zu nennen. Aber da ich mich ja letztendlich ohnehin nicht mit ihm treffen werde, kann mir das ja herzlich egal sein. Ich lege ebenfalls auf, seufze ungeduldig und tippe weiter.

»In den meisten Fällen ist es das Vernünftigste, einen unabhängigen Finanzberater zu konsultieren, der Sie hinsichtlich Ihrer ganz persönlichen Rentenbedürfnisse beraten und Ihnen entsprechende Anlagemöglichkeiten empfehlen wird. Ganz neu auf dem Markt ist in diesem Jahr …« Ich höre auf zu tippen und nehme mir eine der Broschüren. Irgendeine alte Broschüre. »…der ›Lebensabend‹-Rentenplan von Sun Assurance, der …«

»Na, wollte der Typ mit dir ausgehen?«, sagt Clare Edwards.

»Ja, genau das wollte er«, sage ich und blicke gelangweilt auf. Ich kann nichts dafür, aber irgendwie triumphiere ich ein wenig. Schließlich weiß Clare ja nicht, wie Tarquin ist. Soll sie sich doch einen unglaublich gut aussehenden, wortwitzigen jungen Mann vorstellen. »Wir haben uns für Samstag Abend verabredet.« Ich lächele sie gelassen an und tippe weiter.

»Ah, ja«, sagt sie und lässt ein Gummiband um einen Stapel Briefe schnappen. »Weißt du, Luke Brandon hat mich nämlich neulich gefragt, ob du eigentlich einen Freund hast.«

Einen Moment lang kann ich mich überhaupt nicht bewegen. Luke Brandon will wissen, ob ich einen Freund habe?

»Wirklich?«, sage ich und bemühe mich, normal zu klingen. »Wann … wann war denn das?«

»Ach, vor ein paar Tagen«, sagt sie. »Ich war bei einem Briefing bei Brandon Communications, und da hat er mich gefragt. Nur so nebenbei. Du weißt schon.«

»Und was hast du gesagt?«

»Ich habe Nein gesagt«, sagt Clare und grinst mich an. »Du stehst doch nicht auf ihn, oder?«

»Natürlich nicht«, sage ich und verdrehe die Augen.

Ich muss aber gestehen, dass ich mich deutlich beschwingter wieder meinem Computer zuwende. Luke Brandon. Ich meine, nicht, dass ich ihn mögen würde oder so – aber trotzdem. Luke Brandon. »Dieser äußerst flexible Rentenplan«, tippe ich weiter, »bietet Ihnen die finanzielle Absicherung Ihrer Angehörigen im Falle Ihres Todes. Ferner können Sie zum Zeitpunkt Ihres Ausscheidens aus dem Erwerbsleben bereits über einen großen Teil der Versicherungssumme verfügen. Ein Fallbeispiel: Ein Mann, der in den Dreißigern beginnt, jeden Monat £100 einzuzahlen …«

›Weißt du was?‹, denke ich mir plötzlich und höre mitten im Satz auf zu tippen. ›Das hier ist langweilig. Du kannst doch viel mehr.‹

Ich kann mehr, als in diesem stickigen Büro hier zu sitzen, Informationen aus einer Broschüre abzutippen und sie als glaubwürdigen Journalismus zu verkaufen. Ich habe es verdient, etwas Interessanteres zu tun als das hier. Oder etwas, das besser bezahlt wird. Oder beides.

Ich stütze das Kinn auf die Hände. Es ist Zeit für einen Neuanfang. Warum mache ich nicht einfach das Gleiche, das Elly gemacht hat? Ich scheue mich doch nicht vor ein bisschen harter Arbeit, oder? Warum kriege ich nicht endlich Ordnung in mein Leben, melde mich bei einem der Headhunters in der City und angele mir einen Job, um den mich alle beneiden werden? So einen, wo ich haufenweise Geld verdiene, einen Firmenwagen zur Verfügung habe und jeden Tag Karen-Millen-Kostüme trage. Dann brauche ich mir nie wieder Sorgen um Geld zu machen.

Ich bin begeistert. Das ist es! Das ist die Antwort auf alle meine Probleme. Ich werde …

»Clare?«, sage ich so cool wie möglich. »Wer verdient eigentlich am besten in der City?«

»Weiß ich nicht«, sagt Clare und runzelt nachdenklich die Stirn. »Vielleicht die Futures-Broker?«

Damit ist es entschieden. Ich werde Futures-Brokerin. Nichts einfacher als das!

Und es ist wirklich einfach. So einfach, dass ich mich um zehn Uhr am nächsten Morgen ziemlich nervös dem Haupteingang der effektivsten Headhunteragentur in der City, William Green, nähere. Ich drücke die Glastür auf, betrachte kurz mein Spiegelbild und habe das Gefühl, als hätte ich Ameisen im Bauch. Bin das wirklich ich?

Und wie ich das bin. Ich habe mich für mein bestes schwarzes Kostüm, schwarze Strümpfe und hohe Absätze entschieden und mir selbstverständlich eine *FT* unter den Arm geklemmt. Außerdem kommt endlich mal die Aktentasche mit dem Kombinationsschloss zum Einsatz, die mir meine Mum mal zu Weihnachten geschenkt hat und die ich noch nie benutzt habe. Das liegt einerseits daran, dass sie ziemlich groß und schwer ist und andererseits daran, dass ich die Kombination vergessen habe und die Tasche ergo gar nicht öffnen kann. Aber sie sieht schick aus. Und nur darauf kommt es an.

Jill Foxton, die Dame, mit der ich mich treffe, war richtig nett am Telefon, als ich ihr erzählte, dass ich eine neue Laufbahn einschlagen möchte, und klang ganz schön beeindruckt von meinem Erfahrungshintergrund. Ich habe schnell einen Lebenslauf getippt und ihr gemailt – na ja, gut, ich habe ihn ein bisschen ausgeschmückt, aber das ist doch genau das, was die wollen, oder? Man muss sich verkaufen können. Und es hat funktioniert. Sie rief nämlich schon zehn Minuten später wieder an und fragte mich, ob ich Zeit für ein persönliches Gespräch mit ihr hätte, da sie glaube, mir ein paar interessante Möglichkeiten anbieten zu können.

Interessante Möglichkeiten für mich! Ich war so aufgeregt, dass ich kaum mehr still sitzen konnte. Ich bin sofort zu Philip gegangen und habe mir für den nächsten Tag frei genommen – »weil ich mit meinem Neffen in den Zoo gehen will« –, und er hat überhaupt keinen Verdacht geschöpft. Dem wird es glatt die Sprache verschlagen, wenn er herausfindet, dass ich mich von einem Tag auf den anderen zu einer hoch bezahlten Futures-Brokerin gemausert habe.

»Hi«, begrüße ich selbstbewusst die Dame am Empfang. »Ich habe einen Termin mit Jill Foxton. Rebecca Bloomwood.«

»Von …?«

Oh, Gott, ich kann jetzt doch nicht *Successful Saving* sagen! Dann könnte es ja zu Philip durchdringen, dass ich mich nach einem neuen Job umsehe.

»Von … niemandem und nirgendwo«, sage ich und lache entspannt. »Einfach nur Rebecca Bloomwood. Wir haben einen Termin um zehn Uhr.«

»Gut«, sagt sie und lächelt. »Nehmen Sie doch bitte Platz.«

Ich greife nach der Aktentasche, steuere die schwarzen Knautschsessel an und bemühe mich, mir nicht anmerken zu lassen, wie nervös ich bin. Ich setze mich, überfliege hoffnungsvoll die ausliegenden Zeitschriften (ist aber nichts Interessantes dabei, bloß so Sachen wie *The Economist*), lehne mich zurück und sehe mich um. Das Foyer ist ganz schön eindrucksvoll, muss ich sagen. Mit einem Brunnen in der Mitte und einer gläsernen Treppe, die sich in einem Bogen nach oben schwingt. Und da drüben – mir kommt es vor, als wären sie Kilometer weit weg – sehe ich einige hochmoderne Aufzüge. Nicht nur einen oder zwei, nein, an die zehn. Scheint in der Tat eine größere Firma zu sein.

»Rebecca?« Plötzlich steht eine blonde junge Frau in einem blassen Hosenanzug vor mir. Schöner Anzug, denke ich. Sehr schöner Anzug.

»Hi!«, sage ich. »Jill!«

»Nein, ich bin Amy.« Sie lächelt. »Jills Assistentin.«

Wow. Nicht schlecht. Seine Assistentin schicken, um Gäste abzuholen – als sei man viel zu wichtig und zu beschäftigt, um das selbst zu erledigen. Ich glaube, das werde ich auch machen, wenn ich erst eine anerkannte Futures-Brokerin bin und Elly zum Lunch vorbeikommt. Vielleicht werde ich ja sogar einen *männlichen* Assistenten haben – und wir verlieben uns ineinander! Wie im Film! Die Karrierefrau und der süße, sensible …

»Rebecca?« Ich komme wieder zu mir und bemerke, dass Amy mich verwundert ansieht. »Sind Sie so weit?«

»Natürlich!«, sage ich fröhlich und schnappe mir meine Aktentasche. Wir schreiten über den polierten Fußboden, und ich beäuge noch einmal verstohlen Amys Hosenanzug. Da entdecke ich ein ganz diskretes Emporio-Armani-Etikett. Das glaube ich nicht! Emporio Armani! Die *Assistentinnen* tragen Emporio Armani! Was wird denn dann Jill selbst tragen? Couture Dior? Ich bin schon Feuer und Flamme für den Laden hier.

Wir fahren in den sechsten Stock und wandern durch endlos lange Flure.

»Sie möchten also Futures-Brokerin werden«, sagt Amy nach einer Weile.

»Ja«, sage ich. »Das hatte ich mir so vorgestellt.«

»Dann wissen Sie also schon ein wenig darüber Bescheid.«

»Na ja, wissen Sie …« Ich lächele bescheiden. »Ich habe so viel über alle möglichen Bereiche des Finanzwesens geschrieben – ich glaube, ich bin ganz gut gewappnet.«

»Sehr schön«, sagt Amy und lächelt wieder. »Manche Leute tauchen nämlich hier auf und haben überhaupt keine Ahnung. Dann stellt Jill ihnen eine ganz normale Standardfrage und …« Sie macht eine Geste. Ich weiß nicht, was sie bedeuten soll, aber ich ahne nichts Gutes.

»Also, so was!«, sage ich und zwinge mich, ganz entspannt zu klingen. »Und – was für Fragen zum Beispiel?«

»Ach, gar nichts Schlimmes!«, sagt Amy. »Sie wird Sie wahrscheinlich fragen … ach, ich weiß auch nicht. Vielleicht so etwas wie ›Wie geht man eine Butterfly-Position ein?‹ oder ›An welchem Underlying orientiert sich der Innere Wert eines Better-Of-Calls bei Expyry?‹ oder ›Wie kalkulieren Sie das Verfallsdatum eines Future-Instruments?‹ Die Basics eben.«

»Aha«, sage ich und schlucke. »Schön.«

Eine innere Stimme sagt mir, dass ich mich umdrehen und wegrennen sollte – aber da stehen wir auch schon vor einer hellen Holztür.

»Da sind wir«, sagt Amy und lächelt mich an. »Möchten Sie Tee oder Kaffee?«

»Kaffee, bitte«, antworte ich und wünschte, ich könnte »Einen doppelten Gin, bitte« sagen. Amy klopft an die Tür, öffnet sie, schiebt mich hinein und sagt: »Rebecca Bloomwood.«

»Rebecca!«, ruft eine dunkelhaarige Frau hinter dem Schreibtisch und steht auf, um mich zu begrüßen.

Zu meiner Überraschung ist Jill nicht annähernd so gut gekleidet wie Amy. Sie trägt ein blaues, ziemlich spießiges Kostüm und langweilige Pumps. Aber gut, was soll's, sie ist der Boss. Und ihr Büro ist vom Feinsten.

»Wie wunderschön, Sie kennenzulernen!«, sagt sie und bedeutet mir, auf dem Stuhl vor ihrem Schreibtisch Platz zu nehmen. »Um es gleich vorneweg zu sagen: Ich war außerordentlich beeindruckt von Ihrem Lebenslauf.«

»Wirklich?«, sage ich und empfinde Erleichterung. Das kann doch nur Gutes bedeuten, oder? *Außerordentlich beeindruckt.* Vielleicht macht es dann auch gar nichts, wenn ich ihre Fragen nicht beantworten kann.

»Vor allem von Ihren Fremdsprachenkenntnissen«, fügt Jill hinzu. »*Sehr* gut. Sie scheinen ja eins von diesen ganz seltenen Exemplaren eines Allroundtalents zu sein.«

»Na ja, mein Französisch bewegt sich wirklich mehr auf dem Small Talk-Niveau«, räume ich bescheiden ein. »*Voici la plume de ma tante* und solche Sachen.«

Jill lacht begeistert, und ich strahle sie an.

»Aber Finnisch!«, sagt sie und greift nach der Kaffeetasse vor sich auf dem Schreibtisch. »Das ist nun wirklich ungewöhnlich!«

Ich lächele weiter und hoffe, dass wir mit dem Fremdsprachenthema bald durch sind. »Finnisch fließend in Wort und Schrift« hatte ich doch nur reingeschrieben, weil mir »Umgangsfranzösisch« ein wenig zu mager erschien. Und wer spricht ansonsten schon Finnisch? Niemand.

»Und dann Ihre fundierten Kenntnisse des Finanzwesens«, sagt sie und zieht meinen Lebenslauf näher an sich heran. »Sie haben ja in den letzten Jahren als Finanzjournalistin anscheinend eine beträchtliche Bandbreite an Themen abgedeckt.« Sie sieht zu mir auf. »Was genau ist es, das Sie an Derivaten so anziehend finden?«

Wie? Was? Wovon redet sie eigentlich? Ach, ja. Derivate. Das sind Futures, oder?

»Nun ja«, hebe ich selbstsicher an – und werde von Amy unterbrochen, die mit meinem Kaffee hereinkommt.

»Danke«, sage ich und sehe dann in der Hoffnung, dass inzwischen ein Themawechsel stattgefunden hat, wieder zu Jill. Aber sie wartet immer noch auf eine Antwort. »Ich glaube, dass Futures tatsächlich die Zukunft sind – wie der Name schon sagt«, antworte ich ernst. »Futures sind eine extreme Herausforderung, und ich glaube …« Was glaube ich? Oh, Gott. Wäre es jetzt möglicherweise angebracht, Butterflys oder Verfallsdaten oder so was in der Art zu erwähnen? Besser nicht. »Ich glaube, dass ich sehr gut in den Bereich hineinpassen würde«, sage ich schließlich.

»Verstehe«, sagt Jill Foxton und lehnt sich zurück. »Ich frage deswegen, weil wir zurzeit eine Position in einer Bank anzubieten hätten, und ich glaube, da würden Sie auch gut hineinpassen. Ich weiß nicht, was Sie dazu sagen würden.«

In einer Bank? Ist das ihr Ernst? Hat sie etwa schon einen Job für mich? Ich fasse es nicht!

»Na ja, ich glaube schon, dass ich damit leben könnte«, sage ich und bemühe mich, meinen Überschwang zu verbergen. »Ich meine, natürlich würden mir die Futures fehlen, aber – also, das Bankgeschäft ist natürlich auch interessant.«

Jill lacht. Ich glaube, dass sie glaubt, ich würde Witze machen.

»Unser Klient ist eine erstklassige ausländische Bank, die Verstärkung für die Londoner Zweigstelle ihrer Schuldnerberatungsabteilung sucht.«

»Ah, ja«, sage ich intelligent.

»Ich weiß natürlich nicht, ob Sie mit den Arbitrage-Prinzipien auf dem europäischen Parkett vertraut sind?«

»Bin ich«, sage ich dreist. »Über genau das Thema habe ich letztes Jahr einen Artikel geschrieben.«

Wie war das doch gleich? Arbi-was?

»Ich möchte Sie selbstverständlich zu keiner Entscheidung drängen«, sagt sie, »aber wenn Sie wirklich umsatteln wollen, wäre das hier meiner Ansicht nach der perfekte Einstieg für Sie. Natürlich müssten Sie sich für die Stelle einem weiteren Bewerbungsgespräch unterziehen, aber da sehe ich eigentlich gar kein Problem.« Sie lächelt mich an. »Und wir werden ausgesprochen attraktive Konditionen für Sie aushandeln.«

»Wirklich?« Mir stockt buchstäblich der Atem. Sie wird attraktive Konditionen für mich aushandeln. Für mich!

»Ja, natürlich«, sagt Jill. »Sie müssen sich darüber im Klaren sein, dass Sie gewissermaßen eine Rarität sind.« Sie lächelt mich vertraulich an. »Wissen Sie, als ich gestern Ihren Lebenslauf bekam, habe ich einen Freudenschrei ausgestoßen! Ich meine, was für ein *Zufall*!«

»Oh, ja«, sage ich und strahle sie an. Mein Gott, das gibt es doch gar nicht! Ein Traum wird wahr! Ich werde Bankerin! Aber nicht in irgendeiner ollen Bank – nein, in einer *erstklassigen* Bank!

»Ja, dann«, sagt Jill ganz lässig. »Sollen wir gleich rübergehen, damit Sie Ihren neuen Arbeitgeber kennenlernen?«

»Wie bitte?«, sage ich erstaunt, doch sie lächelt nur wieder.

»Ich wollte es Ihnen nicht sagen, bevor ich Sie ein bisschen kennengelernt habe – aber der Personalchef der Bank of Helsinki ist gerade zu einem Treffen mit unserem Geschäftsführer hier im Hause. Und ich weiß *jetzt* schon, dass er Sie nehmen wird. Er wird begeistert sein. Die Sache haben wir noch heute Nachmittag unter Dach und Fach!«

»Hervorragend!«, sage ich und stehe auf. Hahaha! Ich werde Bankerin!

Der tiefere Sinn ihrer Worte erschließt sich mir leider erst, als wir schon eine ganze Weile auf den endlosen Korridoren unterwegs sind. Bank of Helsinki.

Bank of Helsinki. Das heißt doch nicht etwa … Sie glaubt doch wohl nicht …

»Ich freue mich schon richtig darauf zu hören, wie Sie beide sich auf Finnisch unterhalten«, sagt Jill vergnügt, als wir eine Treppe hinaufgehen. »Ich kann ja *überhaupt kein* Finnisch.«

Oh, Gott. *Oh, Gott! Nein!*

»Aber gut, mit Sprachen habe ich es nie so besonders gehabt«, fügt sie hinzu. »Auf dem Gebiet fehlt mir einfach jedes Talent. – Ganz im Gegensatz zu Ihnen!«

Ich lächele sie an und schaffe es, ganz beherrscht weiter einen Fuß vor den anderen zu setzen. Das Herz schlägt mir bis zum Hals, und ich bekomme kaum Luft. Scheiße. Was soll ich denn jetzt tun? *Was zum Teufel soll ich denn jetzt bloß tun?*

Wir biegen ab und durchschreiten einen weiteren langen Korridor. Ich mache das ganz gut. Solange wir einfach nur laufen, ist alles in Ordnung.

»Ist Finnisch eigentlich schwer zu lernen?«, erkundigt Jill sich.

»Es geht so«, höre ich mich mit kratziger Stimme antworten. »Mein … mein Vater ist halber Finne.«

»Das dachte ich mir schon, dass da etwas in der Art dahintersteckt«, sagt Jill. »Ich meine, Finnisch gehört ja nun nicht gerade zum normalen Lehrplan an den englischen Schulen, was?« Sie lacht über ihren eigenen kleinen Witz.

Die hat gut Lachen, denke ich wütend. Sie ist ja nicht diejenige, die gerade zum Schafott geführt wird. Oh, Gott, das darf doch nicht wahr sein. Die Leute, die uns im Flur entgegenkommen, sehen mich an und lächeln, als wollten sie sagen: »Das ist also die, die Finnisch kann!«

Warum habe ich geschrieben, dass ich fließend Finnisch spreche? *Warum?*

»Alles in Ordnung?«, fragt Jill. »Nervös?«

»Nein, nein!«, wehre ich sofort ab und zwinge mich zu lächeln. »Warum sollte ich denn nervös sein?«

Vielleicht kann ich mich ja geschickt aus der Affäre ziehen, denke ich auf einmal. Ich meine, der Typ wird ja wohl nicht das gesamte Gespräch auf Finnisch führen, oder? Er wird »Haållø« oder was auch immer sagen, und ich werde »Haållø« antworten, und bevor er weitermachen kann, werde ich ganz schnell sagen:

»Wissen Sie, mein Finnisch ist etwas eingerostet in der letzten Zeit. Sie haben doch sicher nichts dagegen, auf Englisch weiterzumachen?« Und dann wird er sagen …

»Gleich sind wir da«, sagt Jill und lächelt mich an.

»Gut«, sage ich fröhlich und umklammere mit der schweißnassen Hand den Griff meiner Aktentasche nur noch fester. Oh, Gott. Bitte, hilf mir. Bitte …

»Da sind wir!«, sagt sie und bleibt vor einer Tür mit dem Schild Konferenzraum stehen. Sie klopft zwei Mal an und geht dann hinein. Um den runden Tisch sitzen ganz viele Leute, die sich alle umdrehen und mich ansehen.

»Jan Virtanen«, sagt Jill. »Ich möchte Ihnen gern Rebecca Bloomwood vorstellen.«

Ein bärtiger Mann steht auf, schenkt mir ein breites Lächeln und streckt mir die Hand entgegen.

»Neiti Bloomwood«, sagt er fröhlich. »On oikein hauska tavata. Pitääkö paikkansa että teillä on jonkinlainen yhteys Suomeen?«

Sprachlos starre ich ihn an und spüre, wie mir die Röte ins Gesicht steigt. Alle warten darauf, dass ich ihm antworte.

»Ich … äh … äh … Haållø!« Ich hebe die Hand und winke lächelnd in die versammelte Runde.

Aber niemand erwidert mein Lächeln.

»Äh … Ich muss nur eben …« Ich weiche langsam zurück. »Ich muss eben …«

Und dann drehe ich mich um und renne.

ELF

Keuchend erreiche ich das Foyer – kein Wunder, schließlich habe ich soeben einen halben Marathonlauf durch kilometerlange Flure hinter mich gebracht, um so schnell wie möglich aus diesem Gebäude herauszukommen. Ich gehe die Treppe hinunter (ich wollte nicht riskieren, im Aufzug jemandem von der finnischen Delegation in die Arme zu laufen) und bleibe kurz stehen, um wieder zu Atem zu kommen. Ich streiche den Rock glatt, nehme die Aktentasche von einer schweißnassen Hand in die andere und marschiere ganz ruhig und beherrscht quer durch das Foyer auf den Ausgang zu, als käme ich gerade aus einem stinknormalen, völlig unspektakulären Meeting. Ich sehe weder nach links noch nach rechts. Ich denke nicht darüber nach, dass ich gerade jegliche Chancen auf eine steile Karriere als Bankerin in der City zunichtegemacht habe. Mein einziger Gedanke gilt meiner Flucht durch jene Glastür, die ich hoffentlich erreiche, bevor irgendjemand …

»Rebecca!«, ertönt da eine Stimme hinter mir und lässt mich erstarren. Verdammt. Jetzt haben sie mich.

»Haållø!«, würge ich hervor, als ich mich umdrehe. »Haåll … Oh. Hall … Hallo.«

Es ist Luke Brandon.

Luke Brandon steht vor mir und sieht mit seinem ganz speziellen, merkwürdig durchdringenden Blick zu mir herab.

»Hier hätte ich Sie ja nun gar nicht erwartet«, sagt er. »Interessieren Sie sich etwa für einen Job in der City?«

Was soll das denn bitte heißen? Meint er etwa, ich sei zu blöd dazu?

»Wissen Sie«, sage ich überheblich, »ich spiele mit dem Gedanken umzusatteln. Ich könnte mir gut vorstellen, bei einer ausländischen Bank zu arbeiten. Oder mich als Futures-Brokerin zu versuchen.«

»Wirklich?«, sagt er. »Wie schade.«

Schade? Was soll das denn nun wieder heißen? Warum ist das schade? Ich blicke zu ihm auf, sehe ihm direkt in seine dunklen Augen und verspüre ein ganz leichtes Flattern in der Magengrube. Völlig unvermittelt fallen mir Clares Worte wieder ein: *Luke Brandon hat mich neulich gefragt, ob du einen Freund hast.*

»Und …« Ich muss mich räuspern. »Und was machen *Sie* hier?«

»Ach, ich lasse mir hier ziemlich oft Mitarbeiter vermitteln«, sagt er. »William Green ist unglaublich effizient Seelenlos, aber effizient.« Er zuckt mit den Schultern, dann fällt sein Blick auf meine glänzende Aktentasche. »Haben sie schon was für Sie gefunden?«

»Ich … Mir bieten sich verschiedene Alternativen«, sage ich »Ich muss mir jetzt meinen nächsten Schritt überlegen.«

Und der soll mich, ehrlich gesagt, auf direktem Weg zur Tür hinaus führen.

»Verstehe«, sagt er und schweigt dann kurz. »Haben Sie sich heute frei genommen, um hierher zu kommen?«

»Ja«, sage ich. »Natürlich.«

Was denkt er denn? Dass ich mich unter dem Vorwand, zu einer Pressekonferenz zu gehen, nur eben für zwei Stunden aus der Redaktion geschlichen habe?

Hey, die Idee ist gar nicht schlecht. Muss ich mir merken fürs nächste Mal.

»Und – was machen Sie jetzt?«, fragt er.

Jetzt bloß nicht »nichts« sagen! Sag *niemals* »nichts«!

»Na ja, ich habe so einigen Kleinkram zu erledigen«, sage ich. »Ein paar Leute anrufen, Termine wahrnehmen. Sie wissen schon.«

»Aha«, sagt er und nickt. »Ja. Na dann. Ich will Sie nicht aufhalten.« Er lässt den Blick durch das Foyer schweifen. »Viel Glück dann weiterhin mit Ihrem neuen Job.«

»Danke«, sage ich und schenke ihm ein geschäftsmäßiges Lächeln.

Da ist er auch schon weg. Er geht auf den Ausgang zu, während ich mit meiner klobigen Aktentasche in der Hand stehen bleibe und ein klein wenig enttäuscht bin. Ich warte ab, bis er verschwunden ist, schlendere dann selbst zum Ausgang und gehe hinaus auf die Straße. Dort bleibe ich stehen. Ehrlich gesagt, weiß ich nämlich überhaupt nicht, was ich jetzt machen soll. Ich war davon ausgegangen, dass ich den Rest des Tages damit verbringen würde, tausend Leute anzurufen und ihnen von meinem tollen neuen Job als Futures-Brokerin zu erzählen. Und stattdessen ... Ach, was soll's. Nicht drüber nachdenken.

Aber ich kann natürlich auch schlecht den ganzen Tag auf dem Gehsteig vor William Green herumstehen. Hinterher denken die Leute noch, ich wäre so eine Art Installationskunst oder so. Also setze ich mich in Bewegung und verlasse mich darauf, dass ich früher oder später über eine U-Bahn-Station stolpern werde. Dann kann ich mir immer noch überlegen, was ich machen möchte. Ich erreiche die nächste Straßenecke und bleibe stehen, um zu warten, bis ich zur anderen Seite hinüberkann, als ein Taxi neben mir hält.

»Ich weiß, dass Sie eine viel beschäftigte Geschäftsfrau sind und wenig Zeit haben«, erklingt Luke Brandons Stimme. Entsetzt sehe ich mich um. Luke Brandon hat sich aus dem Taxifenster gelehnt und lächelt mich aus seinen dunklen Augen an. »Aber hätten Sie nicht vielleicht doch ein halbes Stündchen übrig, um mit mir ein bisschen einkaufen zu gehen?«

Der heutige Tag ist unwirklich. Vollkommen und durch und durch unwirklich.

Ich steige ins Taxi, stelle meine klobige Aktentasche auf dem Boden ab und werfe Luke einen nervösen Blick zu. Ich bereue es jetzt schon. Was mache ich denn, wenn er mich irgendetwas über Zinssätze fragt? Oder wenn er über die Bundesbank oder das amerikanische Wirtschaftswachstum reden will? Aber vorerst weist er nur den Fahrer an: »Harrods, bitte.«

Als der Wagen wieder anfährt, kann ich nichts gegen das Lächeln tun, das sich auf meinem Gesicht breitmacht. Wie cool. Ich dachte, ich würde jetzt nach Hause fahren und dort ganz allein in Selbstmitleid versinken – und stattdessen bin ich auf dem Weg zu Harrods, wo jemand anders bezahlen wird. Ich meine, besser geht's doch gar nicht!

Ich sehe aus dem Fenster. Auf den Straßen ist ziemlich viel los, und obwohl es schon März ist, hängen in den Schaufenstern immer noch einige Reduziert-Schilder, die vom Winterschlussverkauf übrig geblieben sind. Ich mache Stielaugen, damit mir auf keinen Fall irgendein Schnäppchen entgeht. Wir halten vor einer Filiale der Lloyds Bank. Durch die Glasscheibe betrachte ich gedankenverloren die Menschen, die vor dem Schalter Schlange stehen, und höre mich sagen: »Wissen Sie was? Banken sollten auch so eine Art Winterschlussverkauf machen.«

Luke Brandon schweigt, und als ich zu ihm hinsehe, entdecke ich Amüsiertheit in seinem Gesicht.

»Banken?«, fragt er nach.

»Warum denn nicht?«, verteidige ich mich. »Sie könnten für einen Monat ihre Gebühren senken oder so. Und die Bausparkassen genau so. Riesige Poster in den Fenstern: ›Preissturz‹...« Ich denke einen Moment nach. »Vielleicht wäre ein Frühjahrsschlussverkauf aber schlauer. Im April, wenn das Steuerjahr abgeschlossen ist. Und die Investmenthäuser könnten das auch machen. ›Fünfzig Prozent Nachlass auf ausgesuchte Fonds.‹«

»Ein Investmentfonds-Ausverkauf«, sagt Luke Brandon bedächtig. »Preisnachlass auf alle Vorausgebühren.«

»Genau«, sage ich. »Die Leute sind doch immer alle ganz heiß auf günstige Angebote. Sogar die Reichen.«

Das Taxi fährt wieder an, und nach einem kurzen Blick auf den Stau wende ich meine Aufmerksamkeit wieder Luke Brandon zu, der sich gerade etwas in sein kleines Notizbuch schreibt. Er sieht auf, begegnet meinem Blick und sagt:

»Rebecca, ist das Ihr Ernst, dass Sie mit dem Journalismus aufhören wollen?«

»Oh.« Ehrlich gesagt, hatte ich das schon ganz vergessen. »Ich weiß nicht. Vielleicht.«

»Und Sie glauben wirklich, dass das Bankgeschäft Ihnen mehr liegt?«

»Wer weiß?«, sage ich und ärgere mich ein wenig über seinen Ton. Er hat gut reden. Er muss sich über seine Karriere keine Sorgen mehr machen – er hat ja seine millionenschwere PR-Firma. Ich plage mich mit meinen millionenschweren Überziehungen. »Elly Granger hört bei *Investor's Weekly News* auf«, füge ich hinzu. »Sie fängt als Fondsmanagerin bei Wetherby's an.«

»Habe ich gehört«, sagt er. »Aber Sie können sich doch nicht mit Elly Granger vergleichen.«

Ach, ja? Diese Äußerung macht mich neugierig. Wenn ich mich nicht mit Elly vergleichen kann – mit wem denn dann? Vielleicht mit jemandem wie Kristin Scott Thomas?

»Sie haben Fantasie«, sagt er. »Die hat Elly nicht.«

Wow! Na, jetzt bin ich aber wirklich sprachlos. Luke Brandon findet, dass ich Fantasie habe? Kaum zu glauben. Nicht schlecht. Eigentlich richtig nett. *Sie haben Fantasie* Hmmm, ja, das gefällt mir. Es sei denn …

Moment mal. Das ist doch wohl nicht etwa nur eine höfliche Umschreibung dafür, dass ich dumm bin? Oder eine Lügnerin? So wie ›kreative Buchführung‹. Vielleicht will er mir damit in Wirklichkeit sagen, dass meine Artikel alle Humbug sind?

Oh, Gott, jetzt weiß ich nicht, ob ich mich freuen soll oder nicht.

Um meine Unsicherheit zu vertuschen, sehe ich wieder aus dem Fenster. Wir stehen an einer roten Ampel, und eine sehr umfangreiche Dame in einem pinkfarbenen Ballonseide-Jogginganzug versucht, die Straße zu überqueren. Sie ist mit mehreren Einkaufstüten und einem Mops beladen und damit vollkommen überfordert. Ständig rutscht ihr irgendetwas weg, und sie muss etwas anderes dafür absetzen. Die Darbietung ist so frustrierend, dass ich am liebsten aussteigen und ihr helfen würde. Dann entgleitet ihr eine der Einkaufstüten völlig und fällt auf den Boden.

Die Tüte geht auf und entlässt drei riesengroße runde Packungen Eiscreme, die über die Straße kullern.

Nicht lachen, ermahne ich mich. Das wäre kindisch. Nicht lachen. Ich presse die Lippen aufeinander, kann aber dennoch ein verhaltenes Kichern nicht verhindern.

Ich sehe zu Luke. Auch er presst die Lippen aufeinander.

Dann rennt die Frau mit ihrem Mops im Schlepptau los, um die Eiscremetöpfe einzuholen – und das war's. Ich kann mein Kichern nicht mehr unterdrücken. Dann ist der Mops schneller als sein Frauchen bei den Eistöpfen und versucht sie mit den Zähnen aufzumachen. Ich glaube, ich muss sterben vor Lachen. Ich sehe zu Luke und kann es nicht fassen. Er lacht Tränen! Ich hätte nie gedacht, dass Luke Brandon überhaupt *jemals* lacht!

»Oh, Gott«, bringe ich schließlich hervor. »Ich weiß, dass man nicht über andere Leute lachen soll, aber …«

»Der Hund!« Luke fängt schon wieder an zu lachen. »Dieser verdammte Hund!«

»Und ihre Klamotten!« Ich schüttele mich ein wenig, als wir weiterfahren und die Dame in Pink zurücklassen. Das Letzte, das wir von ihr sehen, ist ihr riesiges pinkfarbenes Hinterteil, das sie in die Luft streckt, um die Eistöpfe aufzusammeln. »Tut mir leid, aber ich finde, pinkfarbene Ballonseide-Jogginganzüge sollten verboten werden.«

»Ganz Ihrer Meinung«, sagt Luke und nickt ernst.

»Pinkfarbene Ballonseide-Jogginganzüge werden hiermit verboten. Und Herrenhalstücher.«

»Und Feinrippunterhosen mit Eingriff«, sage ich ohne nachzudenken und laufe dann dunkelrot an. Wie konnte ich Luke Brandon gegenüber nur Feinrippunterhosen mit Eingriff erwähnen? »Und Toffee-Popcorn«, erweitere ich hastig die Liste.

»Genau«, sagt Luke. »Wir verbieten also pinkfarbene Ballonseide-Jogginganzüge, Herrenhalstücher, Feinrippunterhosen mit Eingriff, Toffee-Popcorn …«

»Und Fahrgäste ohne Kleingeld«, meldet sich der Taxifahrer zu Wort.

»Okay«, sagt Luke und zuckt mit den Schultern. »Fahrgäste ohne Kleingeld.«

»Und Fahrgäste, die kotzen. Die sind die allerschlimmsten.«

»Okay …«

»Und Fahrgäste, die ums Verrecken nicht wissen, wo sie hin wollen.«

Luke und ich sehen uns an und fangen wieder an zu kichern.

»Und Fahrgäste, die kein Wort Englisch können. Die machen einen wahnsinnig.«

»Klar«, sagt Luke. »Also … im Grunde alle Fahrgäste.«

»Verstehen Sie mich nicht falsch«, sagt der Fahrer. »Ich habe nichts gegen Ausländer …« Er hält vor Harrods. »Da sind wir. Sie gehen wohl einkaufen, was?«

»Richtig«, sagt Luke und zieht seine Brieftasche hervor.

»Und was genau?«

Ich sehe Luke erwartungsvoll an. Das hat er mir nämlich auch noch nicht verraten. Klamotten? Ein neues After Shave? Werde ich immer wieder an seiner Wange schnuppern müssen? (Ich hätte eigentlich gar nichts dagegen.) Möbel? Oder so etwas Langweiliges wie einen neuen Schreibtisch?

»Koffer«, sagt er und reicht dem Fahrer einen Zehn-Pfund-Schein. »Stimmt so.«

Koffer! Schalenkoffer, Reisetaschen, Beauty-Cases und so'n Kram. Während ich durch die Kofferabteilung schlendere und mir Louis-Vuitton-Koffer und Kalbsledertaschen ansehe, bin ich ganz fertig. Und regelrecht entsetzt von mir. Koffer. Warum um alles in der Welt bin ich noch nie auf Koffer gekommen?

Hier besteht möglicherweise Erklärungsbedarf: Seit Jahren halte ich mich an so eine Art inoffiziellen Einkaufszyklus. Funktioniert so ähnlich wie der Fruchtwechsel in der Landwirtschaft. Mit dem einzigen Unterschied, dass ich mich statt an Weizen-Mais-Gerste-Brache an Klamotten-Make-up-Schuhe-Klamotten halte. (Die Brache lasse ich für gewöhnlich aus.) Einkaufen hat nämlich eigentlich sehr viel mit der Felderbestellung gemeinsam. Man kann nicht immer das Gleiche kaufen. Man muss Abwechslung in die Sache bringen. Sonst langweilt man sich und hat keinen Spaß mehr daran.

Und ich war in dem Glauben, dass die in meinem Einkaufszyklus herrschende Abwechslung der aller anderen Konsumenten entsprach. Ich war in dem Glauben, alle Bereiche abgedeckt zu haben. Wie abgestumpft ich gewesen sein muss! Dass mir überhaupt nicht aufgefallen ist, was mir die ganze Zeit schon entging! Was ich mir selbst vorenthalten habe! Mir wird ganz schwindelig beim Gedanken daran, wie viele Chancen ich in den letzten Jahren vertan habe! Reisekoffer, Trolleys, Bordcases, Hutkoffer mit Monogramm … Mit wackeligen Knien steuere ich eine stille Ecke an und setze mich neben einen roten Lederkosmetikkoffer auf ein Podest.

Wie konnte ich das bloß so lange Zeit übersehen? Wie konnte ich *einen kompletten Einzelhandelssektor* ignorieren und dabei ein so unbekümmertes Leben führen?

»Also, was meinen Sie?«, fragt Luke, als er auf mich zukommt. »Werde ich hier fündig?«

Jetzt fühle ich mich natürlich wie eine Versagerin. Warum konnte er denn nicht ein richtig gutes weißes Hemd kaufen wollen? Oder einen Kaschmirschal? Oder Handcreme? Da hätte ich ihn kompetent beraten und sogar Preise nennen können. Aber Koffer … Auf dem Gebiet bin ich doch blutige Anfängerin.

»Na ja«, sage ich, um Zeit zu gewinnen. »Kommt drauf an. Sieht alles toll aus.«

»Ja, nicht?« Er folgt meinem Blick durch die Abteilung. »Aber welchen würden Sie sich aussuchen? Wenn Sie sich einen dieser Koffer kaufen sollten, für welchen würden Sie sich entscheiden?«

Es hat keinen Zweck. Ich kann einfach nicht bluffen.

»Also, ehrlich gesagt ist das hier nicht ganz mein Gebiet.«

»Was?«, fragt er ungläubig. »Einkaufen?«

»Koffer«, erkläre ich. »Mit dieser Materie habe ich mich bisher so gut wie gar nicht befasst. Ich weiß, das hätte ich tun sollen, aber …«

»Ach … macht nichts«, sagt Luke und verzieht den Mund zu einem Lächeln. »Für welchen würden Sie sich also als Nicht-Expertin entscheiden?«

Das ist natürlich etwas anderes.

»Hmmm«, mache ich und erhebe mich so geschäftsmäßig wie möglich von dem Podest. »Da muss ich mich mal genauer umsehen.«

Mann, haben wir einen Spaß. Wir stellen acht Koffer in einer Reihe nebeneinander auf und geben ihnen Noten für Aussehen, Gewicht, Futterqualität, Anzahl der Innentaschen und Leistungsfähigkeit der Rollen. (Letzteres teste ich, indem ich jeden einzelnen Koffer durch die gesamte Abteilung hinter mir her ziehe. Zu diesem Zeitpunkt hat der zuständige Verkäufer bereits aufgegeben und uns selbst überlassen.) Danach überprüfen wir, ob es zu den Koffern passende Reisetaschen gibt und geben auch diesen Noten.

Für die Preise interessiert Luke sich überhaupt nicht Geld scheint keine Rolle zu spielen. Das erleichtert die Sache natürlich ungemein, da hier astronomische Summen im Spiel sind, die auf den ersten Blick wirklich abschreckend auf mich wirken. Erstaunlich aber, wie schnell eintausend Pfund sich in einen durchaus angemessenen Preis für einen Koffer verwandeln können – vor allem dann, wenn ein vergleichbares Modell mit dem Louis-Vuitton-Monogramm darauf das Zehnfache kostet. Es dauert nicht lange, da denke ich ernsthaft darüber nach, ebenfalls in einen solchen Qualitätskoffer zu investieren, statt weiter mit meiner ollen Leinenreisetasche herumzulaufen.

Aber heute kauft Luke ein, nicht ich. Es ist seltsam, aber es macht fast noch mehr Spaß, Sachen für jemand anderen auszusuchen, statt für sich selbst. Am Schluss stehen noch zwei Exemplare zur Auswahl: Ein dunkelgrüner Lederkoffer mit wunderbar laufenden Rollen und ein Koffer aus ganz hellbeigem Kalbsleder, der zwar etwas schwerer, aber mit edler Seide gefüttert ist, und den ich so wunderschön finde, dass ich den Blick gar nicht mehr von ihm abwenden kann. Dazu passend gibt es eine Reisetasche und einen Beauty-Case – genauso atemberaubend schön wie der große Koffer. Also, wenn *ich* mich entscheiden sollte, würde ich …

Aber hier geht es nicht um mich. Luke ist derjenige, der den Koffer kaufen will. Er ist derjenige, der sich entscheiden muss. Wir setzen uns nebeneinander auf den Fußboden und betrachten die beiden Favoriten.

»Der grüne ist in jedem Fall praktischer«, sagt Luke schließlich.

»Hmhmm«, mache ich zurückhaltend. »Stimmt schon.«

»Er ist leichter. Und die Rollen laufen besser.«

»Hmhmm.«

»Das helle Leder von dem anderen ist bestimmt viel zu empfindlich. Grün ist einfach praktischer.«

»Hmhmm«, mache ich und bemühe mich, so zu klingen, als wäre ich ganz seiner Meinung.

Er sieht mich etwas merkwürdig an und sagt: »Gut. Dann haben wir uns wohl entschieden, oder?« Und ohne sich vom Fußboden zu erheben, ruft er nach dem Verkäufer.

»Sir?«, sagt der Verkäufer, und Luke nickt ihm zu.

»Ich möchte gerne einen von diesen hellbeigen Koffern kaufen, bitte.«

»Huch!«, sage ich und merke, wie sich ein entzücktes Lächeln auf meinem Gesicht ausbreitet. »Jetzt nehmen Sie ja den, der mir am besten gefällt!«

»Einer meiner Grundsätze«, sagt Luke, während er aufsteht und sich die Hose abklopft. »Wenn man schon jemanden um Rat fragt, dann sollte man auch auf diesen Rat hören.«

»Aber ich habe doch gar nicht gesagt, welchen …«

»Das war auch gar nicht nötig«, sagt Luke und reicht mir die Hand, um mir aufzuhelfen. »Ihre ›Hmhmms‹ haben genug verraten.«

Seine Hand schließt sich unerwartet fest um meine, und als er mir aufhilft, verspüre ich so ein leichtes Kitzeln in der Magengegend. Riechen tut er auch gut. Nach irgendeinem teuren After Shave, ich weiß nur ad hoc nicht, welches. Wir stehen kurz schweigend voreinander.

»Gut«, sagt Luke endlich. »Dann sollte ich jetzt wohl besser bezahlen.«

»Ja«, sage ich und bin auf einmal unglaublich nervös. »Ja, das wäre wohl ganz gut.«

Er geht zur Kasse und redet mit dem Verkäufer, während ich mich neben ein paar lederne Kleidersäcke setze und mir plötzlich etwas verloren vorkomme. Ich meine, das Einkaufen haben wir hinter uns gebracht. Und was passiert jetzt?

Na ja, wir werden uns wohl höflich voneinander verabschieden, schätze ich. Luke wird sicher ins Büro zurück müssen. Er kann sich ja nicht den ganzen Tag mit Einkaufen um die Ohren schlagen. Und wenn er mich fragt, was ich vorhabe, werde ich ihm erzählen, dass ich noch wahnsinnig viel zu tun habe. Das nehme ich mir ganz fest vor. Ich werde so tun, als hätte ich noch einen furchtbar wichtigen Termin oder so.

»Alles klar«, sagt er, als er zurückkommt. »Rebecca, ich bin Ihnen wirklich unbeschreiblich dankbar für Ihre Hilfe.«

»Kein Problem«, sage ich fröhlich. »Aber jetzt muss ich –«

»Ich dachte mir«, redet er einfach weiter, »vielleicht könnte ich mich mit einem Mittagessen revanchieren?«

Der heutige Tag wird einfach immer besser. Shopping bei Harrods – und jetzt Lunch bei Harvey Nichols. Ich meine, was will man mehr? Wir gehen direkt in das Restaurant im fünften Stock, wo Luke eine Flasche kühlen Weißwein bestellt und mir kurz darauf zuprostet.

»Auf die Koffer dieser Welt«, sagt er und lächelt.

»Auf die Koffer«, wiederhole ich glücklich und trinke einen Schluck. Der Wein ist schätzungsweise der beste, den ich je getrunken habe. Luke nimmt die Karte in die Hand und studiert sie. Ich nehme meine Karte in die Hand und – lese kein Wort. Ich sitze einfach nur selig vor Glück da wie ein Kind vorm Weihnachtsbaum. Voller Wonne beobachte ich all die gut gekleideten Frauen, die hereinkommen, begutachte ihre Outfits und frage mich, woher das Mädchen da drüben wohl die pinkfarbenen Stiefel hat. Und dann muss ich ganz unvermittelt an die nette Karte denken, die Luke mir geschickt hat. Und ich frage mich, ob er sie einfach nur aus Höflichkeit geschickt hat, oder … oder ob etwas anderes dahintersteckte.

Dieser Gedanke lässt meinen Magen einen Purzelbaum schlagen, und mir wird richtig übel. Hastig trinke ich noch ein Schlückchen Wein. Na ja, gut, einen großen Schluck. Dann stelle ich das Glas ab, zähle bis fünf und sage ganz locker:

»Vielen Dank übrigens für die Karte.«

»Was?«, sagt er und sieht auf. »Ach, so, gern geschehen.« Er nimmt sein Glas und trinkt einen Schluck. »War wirklich nett, Sie an dem Abend zu treffen.«

»Ein tolles Lokal, das *Terrazza*«, sage ich. »Genau das Richtige für ein bisschen Table-Hopping.«

Kaum habe ich das ausgesprochen, erröte ich auch schon wieder. Aber Luke lächelt nur und sagt: »Ganz recht.« Dann stellt er sein Glas ab und fragt: »Wissen Sie schon, was Sie essen möchten?«

»Ähhh«, mache ich und werfe einen hektischen Blick in die Karte. »Ich glaube, ich nehme einfach nur … ähm … Fischfrikadellen. Und Senfkohl.«

Mist, es gibt auch Tintenfisch. Den hätte ich viel lieber gehabt. Na ja, zu spät.

»Hört sich gut an«, sagt Luke lächelnd. »Und noch mal danke dafür, dass Sie mitgekommen sind heute. Es kann nie schaden, eine zweite Meinung einzuholen.«

»Schon in Ordnung«, sage ich unbeschwert und nippe an meinem Wein. »Hoffentlich sind Sie zufrieden mit dem Koffer.«

»Ach, der ist gar nicht für mich«, verrät er mir dann. »Der ist für Sacha.«

»Ach, so«, erwidere ich freundlich. »Und wer ist Sacha? Ihre Schwester?«

»Meine Freundin«, sagt Luke und wendet sich ab, um nach dem Kellner zu winken.

Fassungslos starre ich ihn an.

Seine Freundin. Ich habe ihm geholfen, einen Koffer für seine Freundin auszusuchen.

Mit einem Schlag habe ich keinen Hunger mehr. Ich will keine Fischfrikadellen und keinen Senfkohl mehr. Ich will nicht mal mehr hier sein. Mein glückliches Weihnachtsbaumstrahlen erstirbt, mir wird kalt und ich komme mir ziemlich blöd vor. Luke Brandon hat eine Freundin. Natürlich hat er eine Freundin. Irgendein wunderschönes, smartes Mädchen namens Sacha, das sich die Fingernägel maniküren lässt und mit teuren Koffern die Welt bereist. Mein Gott, bin ich blöd. Das hätte ich mir nun wirklich denken können, dass es irgendwo eine Sacha gibt. Liegt doch auf der Hand.

Obwohl … *So* deutlich liegt es nun auch wieder nicht auf der Hand. Genau genommen, liegt es überhaupt nicht auf der Hand. Luke hat seine Freundin den ganzen Vormittag mit keiner Silbe erwähnt. Warum? Warum hat er nicht einfach von Anfang an gesagt, dass der Koffer für sie ist? Warum hat er sich mit mir bei Harrods auf den Boden gesetzt und mit mir gelacht, als ich die Rollentestmärsche durch die Abteilung gemacht habe? Wenn ich gewusst hätte, dass der Koffer für seine Freundin sein sollte, hätte ich mich doch ganz anders aufgeführt. Das hätte er doch wissen müssen. Er hätte es wissen müssen.

Mir wird immer kälter. Das darf doch nicht wahr sein.

»Alles in Ordnung?«, fragt Luke, als er sich wieder zu mir umdreht.

»Nein«, höre ich mich sagen. »Nein, ist es nicht. Sie haben mir nicht gesagt, dass der Koffer für Ihre Freundin ist. Sie haben mir nicht mal erzählt, dass Sie überhaupt eine Freundin *haben*.«

Oh, Gott. Ich habe es getan. Ich habe mich völlig uncool verhalten. Aber irgendwie ist mir das gerade völlig egal.

»Verstehe«, sagt Luke nach einer Pause. Er nimmt ein Stück Brot in die Hand, zupft es in kleine Stücke und sieht mich dann wieder an. »Sacha und ich sind jetzt schon eine ganze Weile zusammen«, sagt er sanft. »Tut mir leid, wenn ich … einen anderen Eindruck vermittelt habe.«

Diese Herablassung! Das halte ich nicht aus!

»Darum geht es nicht«, sage ich, während meine Wangen tomatenrot anlaufen. »Es ist nur … so geht das nicht.«

»Was geht so nicht?«, fragt er und sieht dabei amüsiert aus.

»Sie hätten mir sagen sollen, dass wir einen Koffer für Ihre Freundin aussuchen«, sage ich verbissen und starre auf den Tisch. »Dann wäre alles … anders gewesen.«

Schweigen. Als ich wieder aufblicke, sehe ich, dass Luke mich ansieht, als wäre ich verrückt.

»Rebecca«, sagt er, »ich fürchte, Sie sitzen hier einem Missverständnis auf. Ich wollte Ihre Meinung zu Koffern hören. Das ist alles.«

»Und Sie werden Ihrer Freundin sagen, dass ich Ihnen geholfen habe, ihr Geschenk auszusuchen?«

»Ja, natürlich!«, lacht Luke. »Sie findet das bestimmt lustig.«

Schweigend starre ich ihn an, während ich mich mehr und mehr gedemütigt fühle. Meine Kehle ist wie zugeschnürt, und ich verspüre einen stechenden Schmerz in der Brust. *Lustig.* Sacha wird es lustig finden, dass ich …

Ja, klar. Wer würde es nicht lustig finden, von einer Frau zu hören, die einen ganzen Vormittag lang bei Harrods auf und ab marschiert und Koffer für eine andere Frau ausprobiert? Von einer Frau, die dem größten Missverständnis des Jahres aufgesessen ist? Von einer Frau, die so blöd war zu glauben, dass Luke Brandon sie eventuell gernhatte.

Ich kann nur mit Mühe schlucken, so schlecht ist mir vor lauter Kränkung. Zum ersten Mal wird mir bewusst, wie Luke Brandon mich eigentlich sieht. Wie alle anderen mich sehen. Ich bin doch nur der Klassenclown, stimmt's? Ich bin das überspannte Mädchen, das alles falsch versteht und die Leute erheitert. Das Mädchen, das nicht wusste, dass SBG und die Rutland Bank fusioniert hatten. Das Mädchen, das niemand jemals ernst nehmen würde. Luke hat es nicht für nötig befunden, mir zu sagen, dass der Koffer für seine Freundin ist, weil ich ihm völlig egal bin. Er hat mich nur deshalb zum Mittagessen eingeladen, weil er nichts anderes zu tun hat – und weil er darauf spekuliert, dass ich irgendetwas Lustiges darbiete, dass ich zum Beispiel meine Gabel fallen lasse, und dass er dann später im Büro etwas hat, worüber er herzlich lachen kann.

»Tut mir leid«, sage ich mit wackeliger Stimme und stehe auf. »Ich habe doch keine Zeit, mit Ihnen Mittag zu essen.«

»Rebecca, nun seien Sie doch nicht albern!«, sagt Luke. »Hören Sie, es tut mir leid, dass Sie nicht wussten, dass ich eine Freundin habe.« Er zieht die Augenbrauen hoch, und ich würde ihm am liebsten eine schallende Ohrfeige verpassen. »Aber das heißt doch nicht, dass wir nicht trotzdem Freunde sein können, oder?«

»Doch«, sage ich steif. Meine Stimme ist belegt und meine Augen brennen. »Doch, genau das heißt es. Freunde begegnen einander nämlich mit Respekt. Aber Sie respektieren mich nicht, Luke. Für Sie bin ich doch bloß so etwas wie ein Witz. Ein Nichts. Aber …« Ich muss schlucken. »Aber das bin ich nicht.«

Noch bevor er irgendetwas erwidern kann, habe ich mich umgedreht und verlasse – halb blind von Tränen der Enttäuschung – auf dem schnellsten Wege das Restaurant.

PGNI First Bank Visa
7 Camel Square
Liverpool L1 5NP

Miss Rebecca Bloomwood
Flat 2
4 Burney Rd.
London SW6 8FD

20. März 2000

PGNI First Bank VISA Kartennr. 1475839204847586

Sehr geehrte Miss Bloomwood,

wir bedanken uns für den heute verbuchten Zahlungseingang über £ 10,00.

Wir hatten Sie zuvor allerdings bereits mehrfach darauf hingewiesen, dass ein Mindestbetrag i. H. v. £ 105,40 erforderlich ist.

Das heißt, dass zurzeit immer noch £ 95,40 ausstehen. Bitte veranlassen Sie die Zahlung umgehend.

Sollte binnen 7 Tagen kein Zahlungseingang erfolgen, müssen wir uns weitergehende Maßnahmen vorbehalten.

Mit freundlichen Grüßen
PGNI First Bank Visa

Peter Johnson
Abteilungsleiter Kundenkonten

Bank of London
London House
Mill Street EC3R 4 DW

Miss Rebecca Boomwood
Flat 2
4 Burney Rd.
London SW6 8FD

20. März 2000

Sehr geehrte Miss Boomwood!

Denken Sie doch einmal nach…

…wie ein persönlicher Kleinkredit Ihr Leben verändern könnte!

Wie wäre es mit einem neuen Auto? Oder mit neuen Möbeln für Ihr Zuhause? Einem Boot für entspannte Wochenendtörns? Oder möchten Sie einfach nur die beruhigende Gewissheit haben, dass Sie alle Ihre Rechnungen bezahlen können?

Die Bank of London bietet Ihnen nun Kredite für nahezu jeden beliebigen Zweck an – also warten Sie nicht länger! Gönnen Sie sich den Lebensstil, den Sie verdienen.

Mit unserem Easifone-Loan-Angebot brauchen Sie nicht einmal Formulare auszufüllen. Unsere Call Center Mitarbeiter sind unter der Nummer **0100 45 46 47 48** rund um die Uhr für Sie da.

Sie müssen nur anrufen – wir kümmern uns um den Rest.

Denken Sie doch einmal nach…

Wir freuen uns auf Ihren Anruf!
Mit freundlichen Grüßen
Bank of London

Sue Skepper/Marketing Koordinatorin

PS: Worauf warten Sie noch? Greifen Sie jetzt zum Hörer und wählen Sie **0100 45 46 47 48.** Einfacher geht's nun wirklich nicht!

ZWÖLF

Als ich nachmittags nach Hause komme, fühle ich mich so richtig elend. Jobs bei erstklassigen Banken und Einkaufen bei Harrods mit Luke Brandon sind auf einmal Lichtjahre entfernt. Sich in einem Taxi durch Knightsbridge kutschieren zu lassen und Koffer für tausend Pfund zu kaufen ist eben doch nicht ganz das echte Leben. Das hier ist das echte Leben. Eine kleine Wohnung, die immer noch nach Curry riecht, ein Stapel unerfreulicher Briefe von der Bank und nicht die leiseste Ahnung, was ich mit letzteren anfangen soll.

Ich stecke den Schlüssel ins Schloss, und als ich die Tür öffne, höre ich Suze rufen: »Bex? Bist du's?«

»Ja!«, antworte ich, um einen fröhlichen Tonfall bemüht. »Wo bist du?«

»Hier«, sagt sie und kommt aus meinem Zimmer. Sie sieht ganz rosig aus, und ihre Augen glänzen. »Ich habe eine Überraschung für dich! Rate mal, was ich gemacht habe!«

»Keine Ahnung«, sage ich und stelle meine Aktentasche ab. Offen gestanden bin ich überhaupt nicht in der Stimmung für eine von Suzes Überraschungen. Wahrscheinlich hat sie mein Bett in die andere Zimmerecke geschoben oder so. Dabei will ich mich doch einfach nur hinsetzen, eine Tasse Tee trinken und etwas essen. Mittagessen habe ich dann ja nicht mehr bekommen.

»Komm schon. Aber mach erst die Augen zu. Ich führe dich.«

»Okay«, sage ich widerwillig. Ich mache die Augen zu und lasse mich von ihr bei der Hand nehmen. Wir gehen den Flur entlang, und – wie sollte es anders sein, ich kann nun mal nichts dagegen machen – je näher wir meinem Zimmer kommen, desto kribbeliger wird mir vor freudiger Spannung. Bei solchen Aktionen werde ich immer wieder schwach.

»Tätäääää! Augen auf!«

Ich mache die Augen auf, sehe mich etwas benommen in meinem Zimmer um und frage mich, was Suze dieses Mal wohl wieder Verrücktes angestellt hat. Wenigstens hat sie nicht die Wände gestrichen. An den Vorhängen hat sie sich auch nicht vergriffen. Und mein Computer ist auch brav ausgeschaltet. Was zum Teufel hat sie also …

Und dann sehe ich sie. Auf meinem Bett. Haufenweise gepolsterte Bilderrahmen. Perfekt gearbeitet, ohne hässliche Ecken, die Borte ist überall tadellos angeklebt. Ich traue meinen Augen kaum. Das sind ja mindestens …

»Hundert Stück habe ich gemacht«, höre ich Suze hinter mir sagen. »Und morgen mache ich den Rest. Sind die nicht toll?« Ich drehe mich um und starre Suze ungläubig an.

»Du … Die hast du alle gemacht?«

»Ja!«, sagt sie stolz. »War ganz einfach, als ich erst mal so'ne Art Rhythmus gefunden hatte. Und nebenbei habe ich *Morning Coffee* geguckt. Das hättest du sehen sollen! Die Telefonsprechstunde war *super* heute! Über Männer, die gern Frauenkleider tragen. Und da hat dann dieser Typ angerufen –«

»Moment«, sage ich, da ich noch immer nicht alles ganz auf der Reihe habe. »Moment. Ich verstehe das nicht ganz, Suze. Du musst doch *Ewigkeiten* gebraucht haben für das hier.« Ich sehe noch einmal auf die vielen Rahmen und kann es immer noch nicht fassen. »Warum … Warum hast du das denn überhaupt –«

»Na ja, du bist ja nicht so recht weitergekommen mit den Dingern«, sagt Suze fürsorglich. »Und da dachte ich mir, helfe ich dir ein bisschen.«

»Ein bisschen?«, wiederhole ich schwach.

»Den Rest mache ich morgen, und dann rufe ich die Leute an, die das Zeug abholen«, sagt Suze. »Ich finde das System echt gut. Man muss die fertigen Rahmen nicht mit der Post schicken. Die kommen und holen sie ab. Und dann schicken sie dir einen Scheck. Müssten £284 bei rumkommen. Nicht schlecht, was?«

»Warte mal.« Ich drehe mich zu ihr um. »Was willst du denn damit sagen, dass sie mir einen Scheck schicken?« Suze sieht mich an, als wenn ich total beknackt wäre.

»Ja, Bex, das sind doch deine Rahmen!«

»Aber du hast sie gemacht! Suze, *du* bist diejenige, die einen Scheck kriegen sollte!«

»Aber ich habe sie doch für dich gemacht!«, sagt Suze und starrt mich an. »Ich habe sie gemacht, damit du zu den dreihundert Pfund kommst!«

Schweigend sehe ich sie an, und nicht zum ersten Mal heute ist meine Kehle wie zugeschnürt. Suze hat die ganzen Rahmen alle für mich gemacht. Ganz langsam setze ich mich auf das Bett, nehme einen der Rahmen in die Hand und streiche mit dem Finger über den Stoff. Perfekt. Die könnte man glatt bei Liberty's verkaufen.

»Suze, das Geld ist für dich. Nicht für mich«, sage ich schließlich. »Das hier ist jetzt dein Projekt.«

»Und ganz genau da irrst du dich gewaltig«, sagt Suze und sieht mich triumphierend an. »Ich habe nämlich mein eigenes Projekt.«

Sie geht auf das Bett zu, greift hinter den Stapel fertiger Rahmen und zieht etwas hervor. Einen Bilderrahmen – aber keinen von diesen Fine-Frames-Bilderrahmen. Dieser hier ist mit silbernem Kunstpelz bespannt, und oben steht in rosa Buchstaben Engel, und in den Ecken baumeln kleine silberne Pompons. Das ist der coolste und gleichzeitig kitschigste Bilderrahmen, den ich je gesehen habe.

»Gefällt er dir?«, fragt sie mich leicht nervös.

»Der ist genial!« Ich reiße ihn ihr aus der Hand und sehe ihn mir genauer an. »Wo hast du den her?«

»Den habe ich nirgendwo her«, sagt sie. »Den habe ich selbst gemacht.«

»Was?« Ich starre sie an. »Den … den hast du selbst gemacht?«

»Ja, beim Fernsehen.«

Ich weiß überhaupt nicht, was ich sagen soll. Seit wann hat Suze denn solche verborgenen Talente?

»Also, was meinst du?«, fragt sie, nimmt den Rahmen wieder an sich und dreht und wendet ihn. »Ob ich die wohl verkaufen könnte?«

Ob sie die wohl verkaufen könnte?

»Suze«, sage ich und meine das völlig ernst. »Damit wirst du Millionen scheffeln.«

Den Rest des Abends verbringen wir damit, uns ordentlich zu betrinken und uns Suzes Karriere als Geschäftsfrau auszumalen. Wir bewegen uns am Rande der Hysterie, als wir darüber diskutieren, ob sie nun Chanel oder Prada tragen sollte, wenn sie sich mit der Queen trifft – und bis ich ins Bett gehe, habe ich Luke Brandon und die Bank of Helsinki und den Rest dieses katastrophalen Tages glücklicherweise völlig vergessen.

Am nächsten Morgen geht der Horror aber leider weiter. Ich fühle mich ganz ausgelaugt und schwach, als ich aufwache, und ich wünschte, ich könnte heute blaumachen. Ich will nicht zur Arbeit. Ich will zu Hause bleiben, mich unter meiner Decke verkriechen, ich will den ganzen Tag fernsehen und mit Suze unser millionenschweres Unternehmen gründen.

Aber diese Woche ist die hektischste Woche des Monats, und Philip würde mir nie abnehmen, dass ich krank bin.

Irgendwie schaffe ich es also, mich aus dem Bett

zu hieven, mich anzuziehen und mich in die richtige U-Bahn zu setzen. Bei Lucio's hole ich mir einen extra großen Cappuccino, einen Muffin *und* einen Schokoladenbrownie. Ist mir doch egal, wenn ich fett werde. Was ich jetzt brauche ist Zucker, Koffein und Schokolade – und von allem so viel wie möglich.

Zum Glück ist es so hektisch im Büro, dass niemand Zeit hat, sich zu unterhalten. Ich brauche also niemandem zu erzählen, was ich an meinem freien Tag gestern gemacht habe. Clare ist vollauf damit beschäftigt, etwas zu tippen, und auf meinem Schreibtisch liegt ein Stapel Druckfahnen, den ich Korrektur lesen soll. Nachdem ich meine E-Mails gecheckt habe – keine einzige –, lehne ich mich also in meinem Stuhl zurück und knöpfe mir die erste Fahne vor.

»Besonders für Neueinsteiger kann das Abwägen der Risiken gegen die Gewinnmöglichkeiten am Börsenmarkt zu einem gefährlichen Unterfangen werden.«

Oh, Gott, ist das langweilig.

»Auf bestimmten Marktsektoren mögen die Renditen hoch sein, aber alles in allem gibt es nie eine Gewinngarantie. Für den Kleinanleger …«

»Rebecca?« Ich sehe auf. Philip nähert sich mit einem Blatt Papier in der Hand meinem Schreibtisch. Er sieht nicht besonders glücklich aus, und einen schrecklichen Moment lang befürchte ich, dass er mit Jill Foxton bei William Green gesprochen hat, hinter meine Umsattelungsabsichten gekommen ist und mir nun die schriftliche Kündigung vorlegt. Doch als er näher kommt, sehe ich, dass es sich bei dem Papier nur um eine Pressemitteilung handelt.

»Können Sie das hier für mich übernehmen?«, fragt er. »Am Freitag? Ich würde ja selbst hingehen, aber ich muss mich hier mit den Marketingleuten herumschlagen.«

»Oh«, sage ich wenig begeistert und nehme das Blatt Papier in die Hand. »Okay. Worum geht's?«

»Um die Hausmesse bei Olympia«, sagt er. »Wir berichten immer darüber.«

Gähn. Gähn gähn gähn …

»Die Barclays Bank hält einen kleinen Sektempfang um die Mittagszeit«, fügt er hinzu.

»Ach, so!« Jetzt interessiert mich das alles schon etwas mehr. »Na ja, okay. Hört sich ja ganz gut an. Und was genau –«

Ich werfe einen Blick auf die Mitteilung. Mir bleibt fast das Herz stehen, als ich das Logo von Brandon Communications in der oberen Ecke sehe.

»Im Grunde ist es einfach nur eine große Messe«, sagt Philip. »Alle Bereiche der Finanzwelt sind vertreten. Es gibt Talkrunden, Informationsstände, alle möglichen Veranstaltungen. Sehen Sie sich an, was Ihnen interessant erscheint, und darüber können Sie dann schreiben. Ich lasse Ihnen da völlig freie Hand.«

»Okay«, sage ich nach einer Pause. »Gut.«

Ich meine, ist mir doch egal, wenn Luke Brandon da rumschleicht. Ich kann ihn ja einfach ignorieren. Ich werde ihm genauso viel Respekt zollen, wie er mir entgegengebracht hat. Und wenn er versucht, mit mir zu reden, werde ich eben entschlossen das Kinn anheben, mich auf dem Absatz umdrehen und …

»Wie läuft's mit den Fahnen?«, erkundigt sich Philip.

»Sehr gut«, sage ich und wende mich sofort wieder der obersten Seite zu. »Bin bald durch damit.« Er nickt und entfernt sich. Ich lese weiter.

»…Für den Kleinanleger wiegen die Risiken, die solche Anlagemöglichkeiten mit sich bringen, in den meisten Fällen schwerer als die Aussichten auf Gewinn.«

Oh, Gott, ist das langweilig. Ich schaffe es nicht mal, mich auf die Bedeutung dieser Sätze zu konzentrieren.

»Von Seiten der Investoren wird daher die Forderung nach höchstmöglicher Absicherung der Performance am Aktienmarkt immer lauter. Eine Möglichkeit ist es, in einen Trackerfonds zu investieren, der automatisch die jeweils hundert besten an der Börse notierten Unternehmen ausfindig macht …«

Hmm. Das bringt mich auf eine Idee. Ich greife nach meinem Filofax, schlage es auf und suche Ellys Durchwahl bei Wetherby's heraus.

»Eleanor Granger«, höre ich sie ziemlich weit weg und mit Widerhall. Ganz schön schlechte Verbindung.

»Hi, Elly, ich bin's, Becky«, sage ich. »Sag mal, weißt du eigentlich, was mit den Tracker Schokoriegeln passiert ist? Die sind doch so richtig lecker, findest du nicht? Und ich hab schon seit Ewigkeiten keinen mehr …«

Ein äußerst merkwürdiges, raschelndes Geräusch in der Leitung lässt mich innehalten und überrascht den Hörer ansehen. Ganz weit weg höre ich, wie Elly sagt: »Tut mir leid. Nur einen kleinen …«

»Becky!«, zischt sie ins Telefon. »Der Apparat war auf Mithören geschaltet! Und unser Chef war gerade bei mir im Büro.«

»Oh, Gott!«, sage ich entsetzt. »Tut mir leid! Ist er immer noch da?«

»Nein«, seufzt Elly. »Was der jetzt wohl von mir denkt.«

»Ach, komm«, will ich sie trösten. »Er wird doch wohl ein bisschen Sinn für Humor haben, oder?«

Elly antwortet nicht.

»Nun ja«, sage ich verunsichert. »Wie sieht's aus, hast du Zeit, heute Mittag was trinken zu gehen?«

»Nein, habe ich nicht«, sagt sie. »Tut mir leid, Becky, ich muss jetzt Schluss machen.« Und damit legt sie auf.

Keiner mag mich. Mir wird kalt und ich zittere ein wenig. Ich versuche, mich auf meinem Bürostuhl zusammenzukuscheln. Oh, Gott, schon wieder so ein furchtbarer Tag. Ich habe keine Lust mehr. Ich will nach Haaaaauuuuse!

Freitag bin ich dann glücklicherweise wieder deutlich besser drauf. Hierfür gibt es mehrere Gründe:

1. Es ist Freitag.
2. Ich muss nicht ins Büro.

3. Elly hat gestern angerufen und sich dafür entschuldigt, dass sie so abrupt aufgelegt hat (es war schon wieder jemand in ihr Büro gekommen). Außerdem kommt sie auch zu der Hausmesse.
   Und
4. Ich habe den Vorfall mit Luke Brandon geistig völlig ad acta gelegt. Wen interessiert schon Luke Brandon?

Als ich mich morgens fertig mache, bin ich also in ziemlich positiver, ja fast ausgelassener Stimmung. Ich ziehe meinen neuen grauen Cardigan an, einen kurzen schwarzen Rock und meine neuen Stiefel von Hobbs – dunkelgraues Wildleder –, und ich muss schon sagen, ich sehe verdammt gut aus in dem Outfit. Mann, ich *liebe* neue Klamotten! Ich glaube, wenn alle Menschen jeden Tag neue Klamotten tragen könnten, hätte niemand mehr Depressionen.

Gerade, als ich die Wohnung verlassen will, fällt ein Stapel Briefe für mich durch den Schlitz. Einige davon sehen wie Rechnungen aus, und einer ist – wieder mal! – von der Endwich Bank. Aber ich habe eine richtig gute Lösung für diese Art von Post gefunden: Ich lege sie einfach in die oberste Schublade meiner Wäschekommode und mache die Schublade zu. Mir bleibt gar keine andere Wahl, wenn ich mich nicht bis zum Herzinfarkt stressen lassen will. Und es funktioniert. Schon auf dem Weg von der zugeschobenen Schublade zur Wohnungstür habe ich den Stapel Briefe vergessen.

Bei der Veranstaltung ist schon richtig was los, als ich dort erscheine. Ich melde mich namentlich beim Pressechef an der Rezeption an und bekomme eine große, glänzende Tüte mit dem HSBC-Logo darauf überreicht. In der Tüte finde ich eine enorme Pressemappe samt Foto von den Organisatoren der Veranstaltung, wie sie sich gerade mit Sektgläsern zuprosten (ja, klar, als ob wir das neben unserem Bericht abdrucken würden!), außerdem einen Gutschein für zwei Getränke am Stand von Sun Alliance, ein Tombolalos, mit dem man tausend Pfund gewinnen kann (angelegt in einem Investmentfonds meiner Wahl), einen großen Werbelolli von Eastgate Insurance und mein Namensschild, auf dem dick und fett Presse steht. In einem weißen Umschlag befindet sich die Einladung zum Sektempfang bei der Barclays Bank, und die hebe ich natürlich sehr sorgfältig auf. Dann klemme ich mir das Namensschild gut sichtbar ans Revers und stürze mich in die Arena.

Normalerweise wirft man das Namensschild ja weg, sobald man es bekommen hat. Aber bei Veranstaltungen wie dieser überschlagen sich die Leute fast dabei, jeden, der von der Presse ist, mit kostenlosem Werbematerial zu beglücken. Meistens sind das zwar nur langweilige Broschüren über irgendwelche Investmentfonds, aber manchmal gibt es auch richtige kleine Geschenke oder sogar etwas zu essen. Nach einer Stunde habe ich zwei Kugelschreiber eingeheimst, ein Papiermesser, eine Minischachtel Ferrero Rochers, einen mit Gas gefüllten Luftballon, auf dem Save & Prosper steht, und ein vorne mit einem Cartoon bedrucktes T-Shirt von einem Mobilfunkunternehmen. Außerdem habe ich zwei Cappuccinos getrunken, ein *Pain au chocolat* verzehrt, einen von diesen starken englischen Cidres (bei Somerset Savings), eine Minipackung Smarties und meine beiden Drinks bei Sun Alliance. (Ich habe noch kein Wort in mein Notizbuch geschrieben, geschweige denn, auch nur eine einzige Frage gestellt. Aber was soll's. Wozu habe ich die Pressemappe?)

Ich habe gesehen, dass ein paar Leute ganz niedliche silberne Schreibtischuhren mit sich herumtragen. So eine hätte ich auch ganz gern, also mache ich mich auf den Weg und versuche auszukundschaften, aus welcher Richtung die Leute mit den Uhren kommen. Da höre ich jemanden rufen:

»Becky!«

Ich sehe auf – Elly! Sie steht mit zwei Typen in Anzügen am Wetherby's-Stand und winkt mich zu sich herüber.

»Hi!«, sage ich ehrlich erfreut. »Wie geht's dir?«

»Prima!«, sagt sie und strahlt mich an. »Es läuft wirklich richtig gut.« Was man ihr auch ansieht. Sie trägt ein mohnrotes Kostüm (bestimmt von Karen Millen) und richtig schöne Schuhe mit eckiger Kappe und hat das Haar zurückgebunden. Das Einzige, was mir nicht gefällt, sind die Ohrringe. Warum trägt sie denn auf einmal Perlenohrringe? Vielleicht aus Gründen der Anpassung.

»Mann, ich fasse es immer noch nicht, dass du

jetzt eine von denen bist!«, raune ich ihr zu. »Du bist meine nächste Interviewpartnerin!« Ganz ernst neige ich den Kopf zur Seite. »›Miss Granger, wären Sie wohl so freundlich, mir die Ziele und Grundsätze von Wetherby's Investments zu erläutern?‹«

Elly muss lachen, dann greift sie in einen Karton neben sich.

»Hier, bitte schön!«, sagt sie und reicht mir eine Broschüre.

»Oh, vielen Dank«, spöttele ich und stopfe sie in die Tüte. Wahrscheinlich muss sie vor ihren Kollegen einen guten Eindruck machen.

»Bei Wetherby's ist es zurzeit wirklich richtig spannend«, berichtet Elly. »Wusstest du, dass wir nächsten Monat eine ganze Reihe neuer Fonds auf den Markt bringen? Fünf Stück sind es, glaube ich. UK Growth, UK Prospects, European Growth, European Prospects und ...«

Wozu erzählt sie mir das eigentlich alles?

»Elly ...«

»Und US Growth!«, schließt sie triumphierend und sieht mich todernst an.

»Ah, ja«, sage ich nach einer Pause. »Na, das hört sich ja ... fantastisch an!«

»Wenn du willst, sag ich unseren PR-Leuten, dass sie dich anrufen sollen«, bietet sie an. »Die können dir dann Genaueres dazu erzählen.«

Wie bitte?

»Nein«, beeile ich mich zu sagen. »Nein danke, schon okay. Aber ... ähm ... was machst du denn nachher, wenn hier Schluss ist? Wollen wir was trinken gehen?«

»Geht leider nicht«, bedauert sie. »Ich habe einen Termin für eine Wohnungsbesichtigung.«

»Du ziehst um?«, frage ich überrascht. Elly wohnt in einer obercoolen Wohnung in Camden, zusammen mit zwei Typen, die in einer Band spielen und sie ständig auf irgendwelche Gigs mitnehmen und so. Warum sollte sie denn da ausziehen wollen?

»Um genau zu sein: Ich kaufe mir was«, sagt sie. »Ich sehe mich ein bisschen in Streatham und Tooting um… Es sollte schon etwas Feines sein.«

»Klar«, piepse ich. »Gute Idee.«

»Vielleicht solltest du das auch versuchen, Becky«, rät sie. »Du kannst nicht ewig in einer Studentenbude rumhängen. Das echte Leben muss doch auch mal losgehen!« Sie sieht zu einem der Männer in Anzügen hinüber und entlockt ihm ein Lachen.

Was heißt denn hier »Studentenbude«?, denke ich beleidigt. Und überhaupt, wer bestimmt denn bitte, was das »echte Leben« ist? Wer hat festgelegt, dass das »echte Leben« aus einer eigenen Wohnung und Perlenohrringen besteht? Ich würde das eher »todlangweiliges, ätzendes Leben« nennen.

»Gehst du zum Sektempfang bei Barclays?«, frage ich sie in der vagen Hoffnung, mich dort mit ihr betrinken und etwas Spaß haben zu können. Aber sie verzieht das Gesicht und schüttelt den Kopf.

»Vielleicht schau ich mal kurz vorbei«, sagt sie, »aber ich fürchte, ich komme hier gar nicht weg.«

»Okay«, sage ich. »Ja, dann, bis … später.«

Ich verlasse den Wetherby's-Stand und schlage etwas deprimiert die Richtung ein, in der der Sektempfang stattfindet. Ganz unwillkürlich fange ich an, mich zu fragen, ob Elly vielleicht recht hat und ich alles falsch mache. Vielleicht sollte auch ich über Wohneigentum und Wachstumsfonds reden. Oh, Gott, womöglich stimmt etwas mit mir nicht. Mir fehlt das Gen, das einen erwachsen werden, sich eine Wohnung in Streatham kaufen und jedes Wochenende Heimwerkermärkte aufsuchen lässt. Alle anderen entwickeln sich weiter – in eine Richtung, die ich nicht begreife.

Doch als ich mich dem Eingang zum Sektempfang nähere, geht es mir fast schon wieder besser. Wem würde es bei dem Gedanken an kostenlosen Sekt wohl nicht gleich besser gehen? Der Empfang findet in einem riesigen Zelt statt, auf dem ein riesiger Banner weht und in dem eine Live-Band spielt. Am Eingang sitzt eine junge Frau und verteilt Barclays-Schlüsselanhänger. Als sie mein Namensschild sieht, lächelt sie ganz besonders freundlich, überreicht mir eine glänzend weiße Pressemappe und sagt: »Einen kleinen Moment, bitte.« Dann geht sie zu einer Gruppe von Leuten, murmelt einem Mann im Anzug etwas ins Ohr und kommt zu mir zurück. »Es wird sich gleich jemand um Sie kümmern«, sagt sie. »Darf ich Ihnen in der Zwischenzeit ein Glas Sekt holen?«

Verstehen Sie jetzt, was ich meine? Presse. Man kommt überall in den Genuss einer Sonderbehandlung. Ich nehme das Glas Sekt gerne an, stopfe die weiße Pressemappe in meine Werbetüte und trinke ein Schlückchen. Hmm, lecker. Eiskalt, herb und prickelnd. Vielleicht bleibe ich ein paar Stunden hier und trinke Sekt, bis keiner mehr da ist. Rausschmeißen wird mich schon keiner, schließlich bin ich von der Presse. Vielleicht sollte ich sogar –

»Rebecca. Wie schön, dass Sie kommen konnten!«

Ich blicke auf und erstarre. Der Mann im Anzug ist Luke Brandon. Luke Brandon steht vor mir und sieht mich mit einem Ausdruck an, den ich nicht ganz deuten kann. Mir wird schlecht. Vergessen sind meine guten Vorsätze, ganz cool und abweisend zu ihm zu sein – allein sein Anblick bringt mich völlig durcheinander.

»Hi«, brumme ich und sehe zu Boden. Warum sage ich überhaupt Hi zu ihm?

»Ich hatte gehofft, dass Sie kommen würden«, sagt er in gedämpftem, sehr ernsthaftem Ton. »Ich wollte mich nämlich gerne –«

»Ja«, falle ich ihm ins Wort. »Also, so ein Pech, ich habe gar keine Zeit, ich muss mich hier unters Volk mischen. Ich bin nämlich hier, um zu arbeiten, wissen Sie.«

Ich versuche, ausgeglichen und beherrscht zu klingen, merke aber, dass meine Stimme gefährlich schwankt. Außerdem spüre ich, wie meine Wangen rot anlaufen, während er mich weiter ansieht. Ich wende mich also schnell ab, bevor er noch irgendetwas sagen kann, und flüchte mich auf die andere Seite des Zeltes. Ich weiß zwar nicht, was mich da erwartet, aber ich muss jetzt einfach weitergehen, bis ich jemanden finde, mit dem ich mich unterhalten kann.

Das Problem ist nur, dass ich niemanden entdecken kann, den ich kenne. Überall stehen wie Banker aussehende Leute in Grüppchen zusammen und unterhalten sich über Golf. Sie sind alle so groß und breitschultrig, dass es mir unmöglich ist, auch nur Blickkontakt mit jemandem herzustellen. Oh, Gott, ist das peinlich. Ich komme mir vor wie eine Sechsjährige auf einer Erwachsenenparty. In der einen Ecke sehe ich Moira Channing vom *Daily Herald*, die mich wiederzuerkennen scheint – aber mit der möchte ich ganz bestimmt nicht reden. Okay, einfach weitergehen, Rebecca. Tu so, als hättest du ein Ziel. Keine Panik.

Dann erblicke ich Luke Brandon am anderen Ende des Zeltes. Kaum hat er mich gesehen, setzt er sich auch schon zielstrebig auf mich zu in Bewegung. Oh, Gott, schnell. Schnell. Ich *muss* jemanden finden, mit dem ich mich unterhalten kann.

Gut, wie wär's mit dem Pärchen da drüben? Der Typ ist mittleren Alters, die Frau ein ganzes Stück jünger, und die beiden sehen auch nicht aus, als wenn sie hier viele Leute kennen würden. Gott sei Dank. Wer auch immer die beiden sind, ich werde sie fragen, wie sie die ganze Veranstaltung finden, ob sie meinen, dass sie informativ ist und so weiter. Ich werde so tun, als würde ich mir Notizen für meinen Artikel machen. Und wenn Luke Brandon sich nähert, bin ich einfach viel zu sehr in die Unterhaltung vertieft, als dass ich ihn bemerken könnte. Okay. Los.

Ich trinke einen ordentlichen Schluck Sekt, gehe auf den Mann zu und strahle ihn an.

»Schönen guten Tag«, sage ich. »Rebecca Bloomwood von *Successful Saving*.«

»Guten Tag«, sagt er, wendet sich mir zu und reicht mir die Hand. »Derek Smeath von der Endwich Bank. Und das hier ist meine Assistentin, Erica.«

Ach, du heilige Scheiße.

Ich kann nichts sagen. Ich kann ihm nicht die Hand geben. Ich kann nicht weglaufen. Ich bin wie gelähmt

»Hi!«, sagt Erica und lächelt mich freundlich an. »Ich bin Erica Parnell.«

»Ja«, sage ich nach einer viel zu langen Pause. »Ja – hi!«

Bitte, mach, dass ihnen mein Name nicht bekannt vorkommt. Bitte, mach, dass ihnen meine Stimme nicht bekannt vorkommt.

»Sie sind wohl Journalistin?«, sagt sie und späht auf mein Namensschild. Dann runzelt sie die Stirn. »Ihr Name kommt mir so bekannt vor.«

»Ja«, würge ich hervor. »Ja, Sie … haben möglicherweise einige meiner Artikel gelesen.«

»Das wird es sein«, sagt sie und nippt ganz unbekümmert an ihrem Sekt. »Wir bekommen ja alle diese Finanzmagazine ins Büro. Sind ein paar richtig gute dabei.«

Ganz langsam beginnt das Blut in meinem Körper

wieder zu zirkulieren. Es wird alles gut, sage ich mir. Sie haben keine Ahnung, wer ich bin.

»Als Journalist muss man sich doch mit fast allem perfekt auskennen, könnte ich mir vorstellen, oder?«, plänkelt Derek, der es aufgegeben hat, mir die Hand schütteln zu wollen, und stattdessen seinen Sekt herunterkippt.

»Ja, da haben Sie in der Tat recht«, antworte ich und wage ein zaghaftes Lächeln. »Man muss sich im Laufe der Zeit mit allen Bereichen der persönlichen Finanzplanung beschäftigen – vom Bankwesen über Investmentfonds bis hin zu Lebensversicherungen.«

»Und wie eignen Sie sich all das Wissen an?«

»Ach, wissen Sie, das kommt so ganz nebenbei«, sage ich gewandt.

Wissen Sie was? Das macht richtig Spaß, jetzt, wo ich mich entspannt habe. *Sie wissen nicht, wer ich bin!*, würde ich am liebsten trällern. *Sie wissen nicht, wer ich bin!* Und Derek Smeath in Fleisch und Blut ist auch gar nicht so Furcht einflößend. Eigentlich macht er eher einen richtig gemütlichen, freundlichen Eindruck, wie so ein netter Sitcom-Onkel.

»Ich habe mir ja schon so oft überlegt«, erzählt Erica Parnell, »dass man mal eine Undercover-Reportage über eine Bank machen sollte.« Sie sieht mich erwartungsvoll an, und ich nicke heftig.

»Sehr gute Idee!«, sage ich. »Ich glaube, das könnte richtig interessant werden.«

»Sie sollten mal sehen, mit was für Gestalten wir teilweise zu tun haben bei uns! Es gibt Leute, die einfach absolut nicht mit Geld umgehen können. Stimmt's nicht, Derek?«

»Sie würden aus dem Staunen nicht mehr herauskommen«, pflichtet Derek ihr bei. »Es ist einfach unglaublich, was die Leute sich so alles einfallen lassen, nur um ihr Konto nicht ausgleichen zu müssen! Oder nur, um nicht mit uns zu reden!«

»Ach, ja?«, spiele ich die Überraschte.

»Sie würden es nicht glauben!«, sagt Erica. »Ich frage mich ja manchmal –«

»Rebecca!« Entsetzt fahre ich herum und sehe mich Philip gegenüber, der ein Glas Sekt in der Hand hält und mich angrinst. Was macht der denn hier?

»Hi«, sagt er. »Die Marketing-Leute haben das Meeting abgesagt, also dachte ich mir, komme ich doch noch eben vorbei. Wie läuft's?«

»Super«, sage ich und trinke einen Riesenschluck Sekt. »Das ist Derek… Erica… das ist unser Chefredakteur, Philip Page.«

»Aha, Endwich Bank«, sagt Philip, nachdem er sich Dereks Namensschild angesehen hat. »Dann kennen Sie doch sicher Martin Gollinger.«

»Wir sind leider nicht von der Hauptgeschäftsstelle«, sagt Derek und lacht ein wenig. »Ich leite die Zweigstelle in Fulham.«

»Fulham!«, freut Philip sich. »*Trendy Fulham*!«

Da schrillen bei mir auf einmal sämtliche Alarmglocken. Kreisch! Ich muss etwas unternehmen! Ich muss irgendetwas sagen, ich muss das Thema wechseln. Aber da ist es schon zu spät. Ich stehe oben auf dem Berg und muss hilflos dabei zusehen, wie die Züge im Tal ineinanderrasen.

»Rebecca wohnt in Fulham«, verrät Philip. »Welches ist denn Ihre Hausbank, Rebecca? Wer weiß, vielleicht gehören Sie zu Dereks Kunden!« Er schüttelt sich vor Lachen über seinen Witz, und Derek lacht aus Höflichkeit mit.

Mir ist gar nicht zum Lachen. Ich bin wie zur Salzsäule erstarrt, während ich beobachte, wie sich Erica Parnells Gesichtsausdruck verändert. Wie es ihr langsam dämmert. Sie sieht mir in die Augen, und mir läuft es eiskalt den Rücken hinunter.

»Rebecca Bloomwood«, sagt sie mit völlig veränderter Stimme. »Ich *wusste* doch, dass ich den Namen kenne. Wohnen Sie in der Burney Road, Rebecca?«

»Volltreffer!«, sagt Philip. »Woher wissen Sie denn das?« Dann trinkt er noch einen Schluck Sekt.

Halt's Maul, Philip, denke ich panisch. Halt's *Maul*.

»Da wohnen Sie also?« Sie klingt freundlich, aber unnachgiebig. Oh, Gott, jetzt sieht Philip mich auch noch an und wartet auf eine Antwort.

»Ja«, würge ich hervor und weiß, dass ich gerade puterrot anlaufe.

»Derek, sind Sie sich eigentlich im Klaren darüber, wer das hier ist?«, fragt Erica ausgesucht freundlich. »Rebecca Bloomwood, eine unserer Kundinnen. Ich meine, Sie hätten erst kürzlich mit ihr telefoniert. Wissen Sie noch?« Ihre Stimme wird kalt. »Die mit dem toten Hund?«

Schweigen. Ich wage es nicht, Derek Smeath anzusehen. Ich wage es nicht, irgendetwas anderes anzusehen als den Fußboden.

»Na, das ist ja ein Zufall!«, sagt Philip. »Möchte noch jemand Sekt?«

»Rebecca Bloomwood«, sagt Derek Smeath. Er hört sich ganz matt an. »Das glaube ich nicht.«

»Ja!«, sage ich und schütte in meiner Verzweiflung den letzten Rest Sekt hinunter. »Hahaha! Die Welt ist ein Dorf, was? So, jetzt muss ich aber weiter und noch ein paar Interviews –«

»Halt!«, ruft Erica in einem Ton, der keine Widerrede duldet. »Wir wollten uns eigentlich gerne mal mit Ihnen zusammensetzen, Rebecca. Richtig, Derek?«

»Vollkommen richtig«, sagt Derek Smeath. Ich sehe auf, begegne seinem Blick – und verspüre einen Schauder der Angst. Dieser Mann hat keine Ähnlichkeit mit einem gemütlichen Sitcom-Onkel mehr. Er erinnert mich vielmehr an eine Furcht einflößende Klausurenaufsicht, die einen gerade beim Spicken erwischt hat. »Das heißt«, fügt er spitz hinzu, »natürlich nur, wenn Ihre Beine beide wieder funktionstüchtig sind und Sie nicht an irgendeiner ansteckenden Krankheit leiden.«

»Wie bitte?«, wundert Philip sich fröhlich.

»Wie geht es Ihrem Bein denn nun eigentlich?«, erkundigt Erica sich zuckersüß.

»Gut«, murmele ich. »Gut, danke.« Blöde Kuh.

»Sehr schön«, sagt Derek Smeath. »Dann sagen wir doch Montagmorgen um neun Uhr dreißig, ja?« Er sieht zu Philip. »Sie haben doch nichts dagegen, dass Rebecca am Montagmorgen kurz an einem Meeting bei uns teilnimmt, oder?«

»Natürlich nicht!«, sagt Philip.

»Und wenn sie nicht kommt«, sagt Derek Smeath, »dann wissen wir ja, wo wir sie finden können!« Er sieht mich so durchdringend an, dass sich mir vor Angst der Magen zusammenzieht.

»Rebecca wird schon kommen«, sagt Philip. »Und wenn nicht, dann kriegt sie Ärger!« Er grinst mich schelmisch an, hebt sein Glas und geht weg. Oh, Gott, denke ich völlig panisch. Jetzt lass mich doch nicht hier mit denen allein!

»Na, dann – Ich freue mich schon auf unser Gespräch«, sagt Derek Smeath. Er schweigt kurz und bedenkt mich mit einem bohrenden Blick. »Und wenn ich mich recht entsinne, hatten Sie mir bei unserem letzten Telefonat versichert, dass Sie in Kürze zu Geld kommen würden.«

Mist. Ich hatte gehofft, dass er das vergessen hat.

»Richtig«, sage ich kurz darauf. »Stimmt genau. Von meiner Tante. Sie haben ja ein gutes Gedächtnis! Meine Tante hat mir nämlich etwas Geld hinterlassen«, erkläre ich Erica Parnell.

Erica Parnell sieht nicht so aus, als wenn sie das beeindrucken würde.

»Gut«, sagt Derek Smeath. »Dann sehen wir uns also am Montag.«

»Schön«, sage ich und lächele ihn selbstbewusst an. »Ich freue mich schon!«

OCTAGON

Flair… Stil… Vision

Finanzabteilung

8. Stock · Tower House

London Road

Winchester S0 44 3 DR

Miss Rebecca Blomwood
Flat 2
4 Burney Rd.
London SW6 8FD

20. März 2000

Octagon-Kundenkarte Nr. 7854 4567

Letzte Mahnung

Sehr geehrte Miss Blomwood,

trotz unseres Schreibens vom 3. März ist das Konto Ihrer Octagon-Kundenkarte nach wie vor mit einem Soll von £245,57 belastet. Sollte Ihr Konto nicht innerhalb der nächsten sieben Tage ausgeglichen werden, sehen wir uns gezwungen, Ihre Karte zu sperren und weitere Maßnahmen einzuleiten.

Es freut uns, zu hören, dass Sie den Weg zu Gott gefunden haben und Jesus Christus als Ihren Retter annehmen. Leider steht dies aber in keinerlei Zusammenhang mit der vorliegenden Angelegenheit.

Wir erwarten den nunmehr unverzüglichen Eingang Ihrer Zahlung.

Mit freundlichen Grüßen

Octagon

Grant Ellesmore
Debitorenbuchhaltung

DREIZEHN

Oh, Gott. Katastrophe. Ich meine – ich bin doch nicht einfach nur paranoid, oder? Ich stecke doch wirklich mitten in einer Katastrophe.

In der U-Bahn auf dem Weg nach Hause betrachte ich mein Spiegelbild im Fenster: ich sehe ganz ruhig und entspannt aus. Aber in mir drin ist alles in totalem Aufruhr. Meine Gedanken laufen Amok wie eine eingesperrte, aggressive Spinne: mit wild rudernden Beinen immer wieder im Kreis, ohne Ausweg … Okay. Gut. Stopp jetzt. Stopp! Beruhige dich und geh lieber die verschiedenen Möglichkeiten noch einmal durch.

Erstens: Zu dem Termin hingehen und die Wahrheit sagen.

Kann ich nicht. Das kann ich einfach nicht. Ich *kann* nicht am Montagvormittag da hingehen und zugeben, dass es die tausend Pfund von meiner Tante gar nicht gibt und nie geben wird. Was würden die denn dann mit mir machen? Dann würden sie doch erst richtig ungemütlich werden, oder? Dann werden sie mich nicht mehr gehen lassen, bis sie minutiös alle meine Ausgaben mit mir durchgegangen sind und … Oh, Gott, schon beim Gedanken daran wird mir schlecht. Das kann ich nicht. Ich kann nicht da hingehen. Schluss, aus, Punkt.

Zweitens: Zu dem Termin hingehen und lügen.

Ohne mit der Wimper zu zucken erzählen, dass die tausend Pfund unterwegs sind und dass in Kürze noch mehr Geld zu erwarten ist. Hmmmm. Das wäre natürlich möglich. Das Problem ist nur – ich glaube nicht, dass sie mir glauben würden. Sie werden also trotzdem ungemütlich werden und mich nicht gehen lassen, bis sie mir eine Standpauke gehalten haben. Nein. Nein, unmöglich.

Drittens: Nicht zu dem Termin hingehen.

In dem Fall würde Derek Smeath allerdings Philip anrufen, und die beiden würden unter Umständen richtig ins Plaudern geraten und alles würde herauskommen. Dann würde Derek Smeath dahinterkommen, dass ich mir nie mein Bein gebrochen hatte. Und dass ich auch nicht an Pfeifferschem Drüsenfieber erkrankt bin oder war. Ich würde mein Büro nie wieder betreten können. Ich wäre arbeitslos. Mein Leben wäre im zarten Alter von fünfundzwanzig Jahren gelaufen. Aber vielleicht wäre es das ja wert.

Viertens: Zu dem Termin hingehen und einen Scheck über eintausend Pfund mitnehmen.

Perfekt. Hineintänzeln, den Scheck überreichen, sagen »War sonst noch etwas?« und wieder hinaustänzeln. Perfekt.

Aber wie komme ich vor Montagvormittag an eintausend Pfund? Wie?

Fünftens: Weglaufen.

Das wäre natürlich ausgesprochen kindisch und unreif. Indiskutabel. Und wo sollte ich auch hin? Vielleicht ins Ausland. Las Vegas. Au ja, und da würde ich dann ein Vermögen gewinnen in den Casinos. Eine Million Pfund oder so. Vielleicht sogar mehr. Und dann, ja, dann würde ich Derek Smeath ein Fax schicken und ihm mitteilen, dass ich mein Konto bei seiner Bank schließe, weil er mir zu wenig Vertrauen entgegengebracht hat.

Au ja! Das wäre doch total verschärft! »Sehr geehrter Mr Smeath, ich war nicht gerade angenehm überrascht, als Sie kürzlich mit einer ungehörigen Portion Sarkasmus implizierten, ich würde nicht über die entsprechenden Mittel verfügen, um mein Konto auszugleichen. Dieser Scheck über £1,2 Millionen dürfte wohl Beweis genug sein, dass ich sehr wohl über die entsprechenden Mittel verfüge – und eben diese werde ich in Kürze einem anderen Bankhaus meines Vertrauens überantworten, wo man mir sicher mehr Respekt entgegenbringen wird. PS: Ihre Vorgesetzten erhalten eine Kopie dieses Schreibens.«

Ich bin so begeistert von dieser Idee, dass ich noch eine ganze Weile darin schwelge und den Brief immer wieder umformuliere. »Sehr geehrter Mr Smeath, wie ich Ihnen bei unserer letzten Begegnung möglichst diskret mitzuteilen versuchte, bin ich eigentlich Millionärin. Wenn Sie mir nur ein wenig vertraut hätten, hätten die Dinge sich vielleicht anders entwickelt.«

Mann, das würde ihn fertigmachen, was? Das wird

ihm eine Lehre sein. Er wird mich anrufen und sich bei mir entschuldigen. Er wird vor mir kriechen und winseln, dass er mich nicht hatte beleidigen wollen. Aber dann ist es zu spät. *Viel* zu spät. Ha! Hahahahaha …

Mist. Da hätte ich aussteigen müssen.

Als ich endlich zu Hause ankomme, sitzt Suze inmitten von Hochglanzmagazinen auf dem Fußboden.

»Hi!«, begrüßt sie mich fröhlich. »Jetzt rate mal! Ich komme in die *Vogue*!«

»Wie bitte?«, sage ich völlig ungläubig. »Bist du auf der Straße entdeckt worden, oder was?« Dann fällt mir auf, dass ich nicht ganz so überrascht klingen sollte. Suze hat schließlich eine super Figur. Sie könnte ohne Weiteres als Model arbeiten. Aber trotzdem … *Vogue*!

»Ich doch nicht, du Dummerchen!«, sagt sie. »Meine Rahmen.«

»Deine *Rahmen* kommen in die *Vogue*?« Jetzt falle ich wirklich fast vom Glauben ab.

»In der Juni-Ausgabe! Da bringen sie einen Artikel mit dem Titel ›Designideen, mit denen Wohnen wieder Spaß macht‹. Cool, was? Das einzige Problem ist, dass ich bisher nur zwei Rahmen gemacht habe und ein paar mehr auf Lager haben sollte, für den Fall, dass jemand welche kaufen will.«

»Klar«, sage ich und versuche, meinen schwirrenden Kopf wieder zur Ruhe zu bringen. »Aber – wie kommt es, dass die *Vogue* einen Artikel zu dem

Thema bringt? Haben die … irgendwie von dir gehört?«

Wie sollen die denn von ihr gehört haben?, frage ich mich. Ich meine, sie hat diese Rahmen doch erst vor vier Tagen gebastelt!

»Nein, du Dummerchen!«, sagt sie und lacht. »Ich habe Lally angerufen. Kennst du Lally eigentlich?« Ich schüttele den Kopf. »Na ja, das ist die neue Ressortchefin für Mode bei der *Vogue*, und die hat mit Perdy geredet, der Ressortchefin für ›Wohnen‹, und Perdy hat mich dann angerufen – und als ich ihr meine Rahmen beschrieben habe, war sie völlig begeistert.«

»Wow«, sage ich. »Nicht schlecht.«

»Sie hat mir auch gleich gesagt, was ich in dem Interview sagen soll«, klärt Suze mich weiter auf und räuspert sich sehr professionell. »Ich möchte, dass die Menschen ihre Wohnräume genießen, nicht bewundern. Ein Teil von uns bleibt doch schließlich immer Kind. Das Leben ist einfach zu kurz für den Minimalismus.«

»Ah, ja«, sage ich. »Toll.«

»Nein, warte, da war noch etwas.« Suze runzelt die Stirn. »Ach, ja, bei meinen Entwürfen lasse ich mich vom fantasievollen Geist Gaudís inspirieren. So, und jetzt rufe ich Charlie an«, sagt sie glücklich. »Der kann bestimmt auch in der *Tatler* was darüber schreiben.«

»Toll«, sage ich noch einmal.

Und es ist wirklich toll.

Ich freue mich für Suze. Natürlich freue ich mich für sie.

Aber irgendetwas in mir drängt mir den Gedanken auf: Warum fällt ihr immer alles mehr oder weniger in den Schoß? Ich wette, sie hat sich noch nie mit irgendwelchen lästigen Bankleuten herumschlagen müssen. Und ich wette, das wird sie auch nie müssen. Niedergeschlagen lasse ich mich auf den Boden sinken und fange an, eine Zeitschrift durchzublättern.

»Ach, übrigens«, sagt Suze mit dem Telefonhörer in der Hand, »Tarquin hat so vor einer Stunde angerufen, wegen eurem Abendessen.« Sie grinst mich an. »Freust du dich schon drauf?«

»Oh«, sage ich matt. »Ja, natürlich.«

Das hatte ich völlig vergessen, um ehrlich zu sein. Aber das ist ja nicht so schlimm – ich warte einfach bis morgen Nachmittag und sage dann, dass ich Regelschmerzen habe. Da stellt nie jemand weitere Fragen – und Männer schon gar nicht.

»Ach, ja«, sagt Suze und zeigt auf die aufgeschlagene *Harper's and Queen* auf dem Fußboden. »Rate mal, wer als einer der hundert reichsten Junggesellen vorgestellt wird! Hi, Charlie«, spricht sie in die Muschel, »ich bin's, Suze. Hör mal –«

Ich werfe einen Blick auf die *Harper's and Queen* und erstarre. Wer lächelt mich da entspannt an? Luke Brandon! *Platz 31*, lautet die Bildunterschrift. *Alter: 32. Geschätztes Vermögen: 10 Millionen Pfund. Erschreckend intelligenter Unternehmer. Wohnt in Chelsea. Der-*

zeitige Freundin: Sacha de Bonneville, Tochter eines französischen Milliardärs.

Das will ich doch überhaupt nicht wissen. Warum sollte es mich interessieren, wer Luke Brandons derzeitige Freundin ist? Wütend blättere ich ein paar Seiten weiter nach vorne und lese das Portrait von Platz 17. Hört sich viel netter an. *Dave Kington. Alter: 28. Geschätztes Vermögen: 20 Millionen Pfund. Früher Stürmer bei Manchester United, jetzt Management-Guru und Sportbekleidungs-Unternehmer. Wohnt in Hertfordshire. Vor kurzem Trennung von seiner Freundin, dem Model Cherisse.*

Luke Brandon ist doch sowieso langweilig. Das sagen alle. Arbeitet den ganzen Tag, jeden Tag. Wahrscheinlich durch und durch geldgeil.

Platz 16. Ernest Flight. Alter: 52. Geschätztes Vermögen: 22 Millionen Pfund. Präsident und Hauptaktionär der Flight Foods Corporation. Wohnt in Nottinghamshire. Vor kurzem Scheidung von seiner dritten Frau Susan.

Und so gut sieht er nun auch wieder nicht aus, finde ich. Viel zu groß. Und Sport treibt er wahrscheinlich auch keinen. Keine Zeit. Ohne Klamotten ist er wahrscheinlich hässlich wie die Nacht.

Platz 15. Tarquin Cleath-Stuart. Alter: 26. Geschätztes Vermögen: 25 Millionen Pfund. Großgrundbesitzer, seit er mit neunzehn Jahren umfangreiche Ländereien geerbt hat. Ausgesprochen publicityscheu. Wohnt mit altem Kindermädchen in Perthshire und London. Derzeit Single.

Und überhaupt, wer verschenkt denn schon Koffer? Ich meine, einen *Koffer* – als gäbe es bei Harrods nichts Interessanteres. Er hätte seiner Freundin doch auch eine Halskette schenken können oder was Hübsches zum Anziehen. Oder er hätte ihr … Er hätte ihr …

Äh, Moment mal, was war das denn?

Was war *das*?

Nein. Das kann nicht sein. Das ist doch nicht etwa –

Oh, Gott.

Auf einmal bekomme ich keine Luft mehr. Ich kann mich nicht mehr bewegen. Jede einzelne Zelle meines Körpers konzentriert sich auf das unscharfe Bild vor mir. Tarquin Cleath-Stuart? Tarquin Suzes Cousin? *Tarquin*?

Tarquin … hat … 25 … Millionen … Pfund?

Ich glaube, ich werde ohnmächtig. Ich betrachte ein Foto des fünfzehntreichsten Junggesellen Großbritanniens – und ich kenne ihn!

Aber damit nicht genug. Er hat mich zum Abendessen eingeladen!

Morgen Abend treffe ich mich mit ihm.

Oh-mein-Gott.

Ich werde Millionärin. Multimillionärin. Ich habe es gewusst. Habe ich es nicht immer schon gewusst? Ich *habe* es *gewusst*. Tarquin wird sich in mich verlieben und mir einen Heiratsantrag machen und wir werden in einem richtig alten schottischen Schloss heiraten, genau wie in *Vier Hochzeiten* (nur, dass bei uns niemand sterben wird). Und dann habe ich 25 Millionen Pfund.

Was Derek Smeath *dann* wohl sagen wird? Ha!

Ha!

»Möchtest du eine Tasse Tee?«, fragt Suze, als sie den Hörer auflegt. »Charlie ist ein richtiges Goldstück. Er wird mich als einen der Shooting-Stars am Talenthimmel vorstellen.«

»Super«, sage ich etwas zurückhaltend, dann räuspere ich mich. »Ich habe … mir nur gerade das hier über Tarquin angesehen.«

Ich muss ganz sichergehen. Ich muss sichergehen, dass es nicht vielleicht einen anderen Tarquin Cleath-Stuart gibt, irgendeinen Cousin oder so. Bitte, lieber Gott, *bitte*, mach, dass ich mit dem Richtigen, mit dem Reichen essen gehe!

»Ja ja«, sagt Suze gelangweilt. »Er gerät immer wieder in diese Listen.« Sie überfliegt die Zeilen über ihren Cousin und schüttelt den Kopf. »Dass die immer alles übertreiben müssen. 25 Millionen Pfund!«

Mir bleibt das Herz stehen.

»Hat er denn keine 25 Millionen?«, frage ich unbeteiligt.

»Ach, Quatsch!« Sie lacht, als wäre dieser Betrag absolut lächerlich. »Das Anwesen mit Ländereien ist vielleicht … Ach, ich weiß nicht. Vielleicht 18 Millionen wert.«

18 Millionen Pfund. Na, das könnte auch reichen. Das könnte wohl auch gerade so reichen.

»Typisch für diese Zeitschriften!«, sage ich und verdrehe mitfühlend die Augen.

»Earl Grey?«, fragt Suze. »Oder normalen?«

»Earl Grey«, antworte ich, obwohl ich ja eigentlich

lieber normalen schwarzen Tee trinke. Aber ich sollte mich wohl langsam den Sitten der oberen Zehntausend anpassen, wenn ich demnächst die Freundin von Tarquin Cleath-Stuart bin, richtig?

Rebecca Cleath-Stuart.

Becky Cleath-Stuart.

Hi! Rebecca Cleath-Stuart hier. Ja, richtig, Tarquins Frau. Wir haben uns bei … kennengelernt. Ja, richtig, das war Chanel. Sehr gut beobachtet!

»Ach, übrigens«, sage ich, »hat Tarquin etwas gesagt, wo wir uns treffen?«

»Er holt dich hier ab«, sagt Suze.

Selbstredend. Der fünfzehntreichste Junggeselle Großbritanniens verabredet sich nicht einfach an einer U-Bahn-Haltestelle. Er sagt auch nicht: »Wir treffen uns unter der großen Uhr im Bahnhof Waterloo«. Er kommt und holt einen ab.

Endlich. Endlich ist es so weit! Mein neues Leben fängt an.

Ich habe noch nie so lange gebraucht, um mich für eine Verabredung fertig zu machen. Noch nie. Die Prozedur beginnt Samstagmorgen um acht mit einem Blick in meinen Kleiderschrank und der Feststellung, dass ich *nichts* zum Anziehen habe, und endet erst um halb acht abends mit dem Auftragen einer letzten Lage Mascara sowie mehrerer dezenter Tupfer Coco Chanel. Danach präsentiere ich mich Suze im Wohnzimmer und harre ihres Urteils.

»Wow!«, sagt sie, als sie von einem ihrer Bilderrahmen aufsieht, den sie gerade mit altem Jeansstoff bezieht. »Du siehst … richtig umwerfend aus!«

Und ich muss sagen, das finde ich auch. Ich gehe ganz in Schwarz – in *teurem* Schwarz. Jenem tiefen, sanften Schwarz, dem man sich einfach nicht entziehen kann. Ein schlichtes, ärmelloses Kleid von Whistles, die höchsten Jimmy-Choo-Schuhe, ungeschliffene Amethyst-Ohrringe. Und jetzt fragen Sie bitte nicht, wie viel das alles gekostet hat, denn das ist völlig irrelevant. Ich habe investiert. Dies ist die größte Chance meines Lebens.

Ich habe den ganzen Tag nichts gegessen, damit ich schön schlank aussehe, und meine Haare fallen ausnahmsweise mal ganz genau so, wie sie sollen. Ich sehe aus wie … also, ich habe noch nie besser ausgesehen.

Aber das Aussehen ist ja bekanntlich nicht das Einzige, das zählt. Darum war ich so schlau, auch noch eben bei Waterstone's reinzuspringen und mir ein Buch über Wagner zu kaufen. Darin habe ich dann nachmittags gelesen, während der Nagellack trocknen musste, und ich habe sogar ein paar Stellen auswendig gelernt, die ich ins Gespräch einfließen lassen kann.

Ich weiß gar nicht, was Tarquin außer Wagner sonst so interessiert. Aber das müsste ja eigentlich reichen. Ich meine, ich gehe ja davon aus, dass er ein richtig schickes Restaurant mit Jazzband aussuchen wird, und das heißt, dass wir ohnehin den ganzen Abend eng umschlungen tanzen werden und uns dabei gar nicht länger unterhalten können.

Ich zucke zusammen, als es an der Tür klingelt. Ich muss gestehen, dass mein Herz vor Aufregung wie wild pocht. Gleichzeitig bin ich allerdings merkwürdig gelassen. Endlich. Mein Leben als Multimillionärin fängt an. Luke Brandon wird sich vor Gram verzehren.

»Ich gehe schon!«, sagt Suze, grinst und verschwindet in den Flur. Kurz darauf höre ich: »Tarkie!«

»Suze!«

Ich betrachte mich noch einmal im Spiegel, atme tief durch und drehe mich in dem Moment zur Tür, in dem Tarquin hereinkommt. Sein Kopf ist genau so knochig wie immer, und er steckt wieder mal in einem seiner uralten, seltsamen Anzüge. Aber das ist plötzlich völlig nebensächlich. Mir fällt eigentlich gar nicht richtig auf, wie er aussieht. Ich sehe ihn einfach nur an. Ich sehe ihn an und sehe ihn an und bringe kein Wort heraus. Der einzige Gedanke, dessen ich fähig bin, ist: 25 Millionen Pfund.

Fünfundzwanzig Millionen Pfund.

Das ist einer von den Gedanken, die einen ganz schwindelig werden lassen und einem ein Hochgefühl vermitteln wie eine wilde Karussellfahrt. Mit einem Mal würde ich am liebsten durch das Zimmer rennen und »Fünfundzwanzig Millionen! Fünfundzwanzig Millionen!« rufen und dabei mit Geldscheinen um mich werfen wie in einer Hollywoodkomödie.

Aber ich tu's nicht. Natürlich tu ich das nicht. Ich sage »Hi, Tarquin« und schenke ihm ein strahlendes Lächeln.

»Hi, Becky«, sagt er. »Du sieht fantastisch aus.«

»Danke«, sage ich und blicke scheu an meinem Kleid herunter.

»Bleibt ihr noch eben auf einen Titchy?«, fragt Suze, die uns so liebevoll ansieht, als wenn sie meine Mutter wäre und ich mit dem beliebtesten Jungen der Schule zum Abschlussball gehen würde.

»Ähmmmm … nein, ich glaube, wir gehen direkt los«, sagt Tarquin und sieht mir in die Augen. »Oder was meinst du, Becky?«

»Auf jeden Fall«, sage ich. »Los geht's.«

VIERZEHN

Vor dem Haus wartet mit laufendem Motor ein Taxi, und Tarquin macht mir gentlemanlike die Tür auf und lässt mich einsteigen. Ehrlich gesagt, bin ich ja ein bisschen enttäuscht. Keine Limousine, kein Chauffeur – aber gut. Das hier ist auch nicht schlecht. Mit einem von Großbritanniens begehrtesten Junggesellen im Taxi davonbrausen nach … ja, wohin denn eigentlich? Zum *Savoy*? *Claridges*? Tanzen bei *Annabel's*? Tarquin hat mir noch nicht verraten, wo wir hingehen.

Oje, vielleicht in eins von diesen völlig überkandidelten Restaurants, wo alles unter einer riesigen silbernen Haube serviert wird und wo tausend Messer und Gabeln vor einem liegen und die blasierten Kellner nur darauf warten, dass man etwas falsch macht. Aber das macht gar nichts. So lange ich nicht in Panik verfalle. Ganz ruhig bleiben und sich an die Grundregeln der Etikette erinnern. Kein Problem. Wie war das doch gleich? Besteck: von außen nach innen. Brot/Brötchen: nicht aufschneiden, sondern in kleine Stücke zupfen und jedes Stück einzeln mit Butter bestreichen. Ketchup: auf keinen Fall danach fragen!

Und was, wenn es Hummer gibt? Ich habe noch nie

Hummer gegessen. Mist. Ich wette, wir essen Hummer. Und ich weiß nicht, wie man den isst und werde mich bis auf die Knochen blamieren. Warum habe ich noch nie Hummer gegessen? Warum? Meine Eltern sind schuld. Sie hätten mich von klein auf in teure Restaurants mitnehmen sollen, damit ich ein nonchalantes *Savoir-faire* mit heiklem Essen entwickle.

»Ich dachte, wir gehen irgendwohin, wo es ganz ruhig und entspannt zugeht«, sagt Tarquin und sieht mich an.

»Gute Idee«, sage ich. »Ruhig und entspannt. Perfekt.«

Gott sei Dank. Das heißt dann wohl, dass der Kelch mit dem Hummer und den silbernen Hauben an mir vorübergeht. Dass wir in irgendein kleines, verborgenes und relativ unbekanntes Restaurant gehen. So eine Art Privatclub, in den man nur durch Klopfzeichen an eine ganz normal aussehende Hintertür hineingelangt und in dem unzählige schillernde Persönlichkeiten auf Sofas sitzen und sich wie ganz normale Leute benehmen. Ja! Und Tarquin kennt sie wahrscheinlich alle.

Natürlich kennt er sie alle. Er ist schließlich Multimillionär.

Als ich aus dem Fenster sehe, fahren wir gerade an Harrods vorbei. Und für einen kurzen Augenblick zieht sich mein Magen schmerzhaft zusammen. Dieser vermaledeite Koffer. Dieser vermaledeite Luke Brandon. Hm. Ich wünschte, er würde uns jetzt über den Weg laufen, dann könnte ich ihm mit einem herablassenden, »Ich-gehe-mit-dem-fünfzehnt-reichsten-Mann-Großbritanniens-essen«-Lächeln zuwinken.

»Gut«, sagt Tarquin zum Taxifahrer. »Sie können uns hier rauslassen.« Er grinst mich an. »Quasi direkt vor der Tür.«

»Super«, sage ich.

Quasi direkt vor welcher Tür? Ich steige aus, sehe mich um und frage mich, wo zum Teufel er mit mir hin will. Wir stehen an der Hyde Park Corner. Was gibt es schon an der Hyde Park Corner? Ganz langsam drehe ich mich um, entdecke ein Schild – und durchschaue Tarquins Plan. Wir gehen ins *Lanesborough*!

Wow. Das hat richtig Klasse. Abendessen im *Lanesborough*. Ja, natürlich. Wo sonst sollte das erste Rendezvous stattfinden?

»Ja, dann«, sagt Tarquin und taucht an meiner Seite auf. »Ich dachte mir, wir essen erst mal einfach einen Happen und dann … sehen wir weiter.«

»Hört sich gut an«, sage ich, und dann marschieren wir los.

Genial! Abendessen im *Lanesborough* und danach in einen von diesen schicken Nachtclubs. Das wird ein Abend der Extraklasse.

Wir gehen schnurgerade am Eingang des *Lanesborough* vorbei, aber davon lasse ich mich nicht aus dem Konzept bringen. VIPs gehen schließlich immer durch den Hintereingang rein, um den Paparazzi zu entgehen. Nicht, dass ich irgendwelche Paparazzi sehen könnte – aber wahrscheinlich gewöhnt man sich das einfach mit der Zeit an. Wir werden über einen dunklen Gartenweg schleichen, durch die Küche gehen, wo die Köche so tun werden, als sähen sie uns nicht, und von da ins Foyer gelangen. Mann, ist das aufregend!

»Du bist bestimmt schon mal hier gewesen«, sagt Tarquin entschuldigend. »Ist nicht gerade wahnsinnig originell von mir.«

»So ein Quatsch!«, sage ich, als wir endlich auf eine doppelte Glastür zusteuern. »Ich *liebe* …«

Moment mal, wo sind wir eigentlich? Das hier ist doch kein Hintereingang. Das hier ist …

Pizza on The Park.

Tarquin geht mit mir in einen Pizzaimbiss. Das glaube ich einfach nicht. Der fünfzehntreichste Mann Großbritanniens geht mit mir in einem popeligen Pizza Express essen!

»… Pizza«, bringe ich mit Mühe meinen Satz zu Ende. »Pizza ist klasse.«

»Dann ist ja gut«, freut sich Tarquin. »Ich dachte mir, es wäre mal ganz nett wohinzugehen, wo es nicht so protzig zugeht.«

»Ja, klar.« Ich setze ein möglichst überzeugendes Gesicht auf. »Immer dieser Prunk und Protz. Ist doch viel netter, ganz ruhig und entspannt eine Pizza zusammen zu essen.«

»Eben«, sagt Tarquin und wendet sich mir zu. »Jetzt habe ich aber schon ein schlechtes Gewissen. Du hast dich so schick angezogen …« Er hält inne und sieht sich mein Outfit jetzt etwas intensiver an. (Wird auch Zeit. Ich habe schließlich nicht ein halbes Vermögen bei Whistles gelassen, nur um mit ihm eine Pizza essen zu gehen.) »Ich meine, wenn du lieber irgendwohin gehen würdest, wo es ein bisschen eleganter zugeht … Das *Lanesborough* ist gleich um die Ecke …«

Fragend zieht er die Augenbrauen hoch, und ich bin kurz davor zu sagen »Au ja, bitte!«, als mir geistesblitzmäßig klar wird, was hier vor sich geht. Das ist ein Test! Das ist wie in einem Märchen, in dem man sich eins von drei Kästchen aussuchen darf. Und das weiß ja jedes Kind, dass man *niemals* das goldglänzende nimmt. Und auch nicht das hübsche silberne. Man soll das hässliche kleine Bleikästchen nehmen – das verwandelt sich dann nämlich mit einem »Puff!« in einen Riesenhaufen Edelsteine. Und das hier ist genau das Gleiche. Tarquin stellt mich auf die Probe, er will herausfinden, ob ich ihn um seiner selbst willen mag oder ob ich nur hinter seinem Geld her bin.

Offen gestanden, finde ich das schon fast beleidigend. Ich meine, wofür hält er mich denn?

»Nein«, sage ich und berühre ihn kurz am Arm. »Wir bleiben hier. Hier ist es doch viel entspannter. Viel … lustiger.«

Was nicht gelogen ist. Und Pizza mag ich ja wirklich. Und dieses köstliche Knobi-Brot. Hmmm. Jetzt, wo ich drüber nachdenke, finde ich, dass Tarquin doch eine ganz gute Wahl getroffen hat.

Der Kellner reicht uns die Karten, und ich lasse flüchtig den Blick darüber schweifen, aber im Grunde weiß ich ohnehin schon, was ich will. Das Gleiche wie immer, wenn ich bei Pizza Express bin: Pizza Fiorentina. Die mit Spinat und Ei. Ich weiß, das hört sich merkwürdig an, aber die schmeckt wirklich vorzüglich.

»Möchten Sie einen Aperitif?«, fragt der Kellner. Ich will gerade das sagen, was ich immer in dieser Situation sage, nämlich »Ach, wir nehmen einfach eine Flasche Wein«, aber da denke ich mir: Vergiss es. Ich esse mit einem Multimillionär zu Abend, da werde ich mir wohl mal einen Gin Tonic genehmigen können.

»Einen Gin Tonic«, sage ich bestimmt und erwarte, dass Tarquin überrascht guckt. Er grinst mich aber nur an und sagt:

»Keinen Champagner?«

»Oh«, sage ich vollkommen überrascht.

»Ich finde ja, dass Champagner und Pizza eine gelungene Kombination ist«, sagt er und sieht zum Kellner. »Eine Flasche Moët, bitte.«

Schon besser. Schon viel besser. Champagner und Pizza. Und Tarquin benimmt sich völlig normal.

Der Champagner wird serviert, wir stoßen an und trinken ein paar Schlückchen. So langsam entspanne ich mich und fange an, den Abend zu genießen. Dann sehe ich, wie Tarquins knochige Hand sich langsam über den Tisch auf meine zuschiebt. In einer Art Reflexhandlung – ganz unabsichtlich – ziehe ich blitzschnell meine Hand weg und tue so, als müsste ich mich am Ohr kratzen. Ich sehe Tarquin die Enttäuschung an, hüstele künstlich und betrachte intensiv das Bild an der Wand zu meiner Linken.

Oh, Gott. Was sollte das denn jetzt? Ich meine, wenn ich diesen Typen heirate, werde ich noch so einiges mehr tun müssen, als nur seine Hand zu halten.

Ich schaffe das schon, versuche ich mich selbst zu überzeugen. Ich *kann* mich von ihm angezogen fühlen. Alles nur eine Frage der Selbstbeherrschung – und gegebenenfalls des Blutalkohols. Also nehme ich mein Glas und trinke mehrere große Schlucke. Ich merke, wie mir die Kohlensäurebläschen zu Kopf steigen und fröhlich »Ich heirate einen Millionär! Ich heirate einen Millionär!« singen. Und als ich Tarquin das nächste Mal ansehe, finde ich ihn tatsächlich schon ein klein wenig attraktiver (wenn auch immer noch merkwürdig wieselig). In unserem Fall wird Alkohol ganz offensichtlich der Schlüssel zu ehelichem Glück sein.

In meinem Kopf spielt sich eine märchenhafte Vorstellung von unserer Hochzeit ab. Ich in einem Traum von einem Designerhochzeitskleid. Meine Mum und mein Dad ganz stolz daneben. Nie wieder Geldsorgen. Nie wieder. Der fünfzehntreichste Mann Großbritanniens. Ein Haus in Belgravia. Mrs Tarquin Cleath-Stuart. Allein die Vorstellung macht mich ganz schwach vor Sehnsucht.

Oh, Gott, das könnte ich wirklich alles haben. Ich *kann* das alles haben.

Ich lächele Tarquin so nett wie möglich an. Er zögert einen Moment, doch dann erwidert er mein Lächeln. Puh. Ich habe noch nicht alles kaputt gemacht. Er hat es noch nicht ganz aufgegeben. Jetzt müssen wir nur noch herausfinden, dass wir Seelenverwandte sind und wahnsinnig viel gemeinsam haben.

»Ich finde das-«, sage ich.

»Magst du-«, sagt er im gleichen Moment.

»Tut mir leid«, sage ich. »Was wolltest du sagen?«

»Nein, nein, sprich du weiter«, sagt Tarquin.

»Oh«, sage ich. »Also … Ich wollte eigentlich nur sagen, dass mir das Bild, das ihr Suze geschenkt habt, wirklich wahnsinnig gut gefällt.« Kann ja nicht schaden, ihm ein Kompliment zu seinem guten Geschmack zu machen. »Ich *liebe* Pferde«, trage ich ordentlich auf.

»Dann sollten wir mal zusammen reiten gehen«, sagt Tarquin. »Ich kenne da einen ziemlich guten Mietstall in der Nähe vom Hyde Park. Ist natürlich nicht ganz das Gleiche wie draußen auf dem Land …«

»Eine wunderbare Idee!«, sage ich. »Das müssen wir unbedingt machen!«

Mich kriegen keine zehn Pferde auf ein Pferd. Auch nicht im Hyde Park. Aber ich spiele das Spiel natürlich eine Weile mit, und an dem Tag, an dem es dann losgehen soll, sage ich, ich hätte mir den Fuß verstaucht oder so.

»Magst du Hunde?«, fragt Tarquin.

»Ich liebe Hunde«, sage ich mit fester Stimme.

Und das stimmt auch mehr oder weniger. Ich würde zwar selbst *nie* einen Hund haben wollen –

viel zu viel Arbeit, und dann die ganzen Haare überall! Aber ich finde es richtig ästhetisch, wenn Labradore im Park über den Rasen rennen. Und die süßen Welpen, die man immer wieder in der Werbung sieht, mag ich auch.

Wir verfallen in Schweigen und trinken ein paar Schluck Champagner.

»Da, wo du wohnst in Schottland, gibt es da gute Geschäfte?«, erkundige ich mich dann. Tarquin verzieht das Gesicht.

»Keine Ahnung. Ich betrete nur im allergrößten Notfall welche. Ansonsten mache ich möglichst einen Bogen darum.«

»Ah, ja.« Ich trinke einen Riesenschluck Champagner. »Nein, also ich … ich kann Geschäfte auch nicht ausstehen. Ich *hasse* Einkaufen.«

»Wirklich?«, fragt Tarquin überrascht. »Ich dachte, alle Frauen wären völlig verrückt aufs Einkaufen.«

»Ich nicht!«, sage ich. »Ich bin viel lieber … draußen auf dem Moor. Auf einem schönen Pferd. Und mit zwei Hunden an meiner Seite.«

»Das hört sich aber gut an«, sagt Tarquin und lächelt mich an. »Dann sollten wir das mal zusammen machen.«

Schon viel besser! Gemeinsame Interessen. Gleiche Lebensvorstellungen.

Na gut, vielleicht bin ich gerade nicht hundertprozentig ehrlich – vielleicht sind das derzeit gar nicht wirklich meine Interessen. Aber das könnten sie ja ohne Weiteres werden. Ich werde mich schon dazu überwinden, Pferde und Hunde zu mögen, wenn es sein muss.

»Oder … oder eben Wagner hören«, sage ich fast nebenbei. Ha! Genial!

»Du magst wirklich Wagner?«, fragt Tarquin. »Den mögen ja nicht alle.«

»Ich *liebe* Wagner!«, betone ich. »Er ist mein Lieblingskomponist.« Gut, und jetzt schnell, schnell: Was stand in dem Buch? »Ich bin ganz hingerissen von den … äh … klangvollen, melodischen Elementen, die sich durch das Präludium ziehen.«

»Welches Präludium?«, fragt Tarquin interessiert nach.

Ach, du grüne Neune! Gibt es etwa mehr als ein Präludium? Ich trinke einen Schluck, versuche, Zeit zu schinden, und überlege fieberhaft, was sonst noch so in dem Buch gestanden hat. Aber das Einzige, woran ich mich ansonsten noch erinnern kann, ist »Richard Wagner wurde in Leipzig geboren«.

»Alle«, sage ich schließlich. »Ich finde sie alle einfach … klasse.«

»Ach, so«, sagt Tarquin. Er sieht etwas verdutzt aus. Oh, Gott. Ich habe was Falsches gesagt. Themawechsel! Themawechsel!

Glücklicherweise kommt genau in dem Moment der Kellner mit unserem Knoblauchbrot, sodass wir von Wagner abgelenkt werden. Tarquin bestellt noch eine Flasche Champagner. Ich fürchte, den werden wir auch brauchen.

Mit anderen Worten, bis ich meine Pizza Fiorentina zur Hälfte aufgegessen habe, habe ich bereits eine ganze Flasche Champagner getrunken und bin... Also, offen gestanden: Ich bin sturzbetrunken. Mein Gesicht prickelt, meine Augen funkeln, und meine Armbewegungen fallen deutlich ungestümer aus als sonst. Aber das macht gar nichts. Im Grunde ist es sogar sehr gut, dass ich betrunken bin – das bedeutet nämlich, dass ich wunderbar geistreich und lebhaft bin und das Gespräch mehr oder weniger allein bestreite. Tarquin ist auch betrunken, aber nicht so sehr wie ich. Er ist immer ruhiger geworden und macht einen nachdenklichen Eindruck. Außerdem sieht er mich die ganze Zeit unverwandt an.

Ich verdrücke die letzten Stücke Pizza und lehne mich zufrieden zurück. Er sieht mich eine Weile schweigend an, dann greift er in seine Tasche und holt eine kleine Geschenkschachtel heraus.

»Hier«, sagt er. »Das ist für dich.«

Ich muss zugeben, dass mir einen Moment das Herz stehen bleibt und ich denke: Es ist so weit! Er macht mir einen Antrag! (Und komischerweise ist der nächste Gedanke, der mir kommt: Gott sei Dank, ich kann meine Schulden zurückzahlen. Hmmm. Wenn er mir wirklich einen Antrag macht, muss ich unbedingt etwas romantischere Gedanken hegen.)

Aber natürlich macht er mir jetzt keinen Antrag, oder? Das ist einfach nur ein kleines Geschenk.

Ich hab's gewusst.

Ich mache also die Schachtel auf. In der Schachtel

ist ein Lederkästchen, und in dem Lederkästchen ist eine goldene Brosche in Form eines Pferdes. Detailreich gearbeitet, wunderbare Handarbeit. Ein kleiner grüner Stein (Smaragd?) als Auge.

Absolut nicht mein Geschmack.

»Nein, ist die schön!«, hauche ich begeistert. »Absolut … umwerfend!«

»Ist ganz nett, nicht?«, sagt Tarquin. »Ich dachte mir, dass sie dir gefallen würde.«

»Ich *liebe* sie.« Ich drehe und wende die Brosche (aha, ein Stempel! Gut.), dann sehe ich zu Tarquin auf und blinzele, um den Schleier vor meinen Augen loszuwerden. Mann, bin ich betrunken. Ich glaube, dieser Schleier ist der Champagner, der mir bis zu den Augenbrauen steht. »Wie aufmerksam von dir«, murmele ich.

Dazu kommt, dass ich im Grunde nie Broschen trage. Ich meine, wo soll man die denn anbringen? Einfach so, dick und fett in der Mitte eines wirklich schönen Oberteils? Ich bitte Sie.

»Steht dir bestimmt ganz hervorragend«, sagt Tarquin nach einer Pause. Dann begreife ich ganz plötzlich, dass er darauf wartet, dass ich sie mir anstecke.

Aaaaaah! Die ruiniert mir doch mein wunderschönes Whistles-Kleid! Und überhaupt, wer will schon ein Pferd über seinem Busen galoppieren haben!

»Ich *muss* sie mir jetzt einfach anstecken!«, sage ich und öffne die Brosche. Behutsam stecke ich die Nadel durch den Stoff und schließe die Brosche wieder. Ich merke sofort, wie das Gewicht an meinem

Kleid zerrt. Ich sehe bestimmt total bescheuert aus damit.

»Wunderschön«, sagt Tarquin und sieht mir in die Augen. »Obwohl ... das bist du ja immer – wunderschön.«

Mein Magen hüpft etwas merkwürdig auf und ab, als er sich vertraulich über den Tisch auf mich zu beugt. Jetzt versucht er bestimmt wieder, meine Hand zu nehmen. Und vielleicht sogar, mich zu küssen. Ich gucke mir Tarquins Lippen an – leicht geöffnet und befeuchtet – und schaudere unwillkürlich. Oh, Gott. Das kann ich noch nicht. Ich meine, selbstverständlich *möchte* ich Tarquin küssen, klar. Ich finde ihn sogar wirklich richtig attraktiv. Es ist nur ... Ich glaube, ich brauche erst noch etwas mehr Champagner.

»Das Tuch, das du neulich anhattest«, sagt Tarquin. »Das war einfach umwerfend. Ich habe dich damit gesehen und gedacht ...«

Jetzt sehe ich, wie seine Hand sich auf meine zuschiebt.

»Mein Tuch von Denny and George!«, falle ich ihm fröhlich ins Wort, bevor er noch irgendetwas sagen kann. »Ja, das ist toll, nicht? Eigentlich hat es ja meiner Tante gehört, aber die ist inzwischen gestorben. Eigentlich eine richtig traurige Angelegenheit.«

Einfach weiterreden, denke ich. Fröhlich weiterplappern und kräftig gestikulieren.

»Aber immerhin hat sie mir dieses Tuch hinterlassen«, quatsche ich schnell weiter. »Das ist eine richtig schöne Erinnerung an sie. Arme Tante Ermintrude.«

»Das tut mir aber Leid«, sagt Tarquin. Er sieht überrascht aus. »Das wusste ich ja gar nicht.«

»Nein. Nun ja … aber sie hat so viele gute Werke getan, dass ihre Erinnerung darin weiterleben wird«, sage ich und lächele ihn an. »Sie war eine sehr gütige und nachsichtige Frau. Sehr engagiert und … großzügig.«

»Gibt es eine Stiftung, die nach ihr benannt wurde?«, fragt Tarquin. »Als mein Onkel gestorben ist –«

»Ja!«, bestätige ich dankbar. »Ganz genau. Die … die Ermintrude Bloomwood Stiftung für … Geigenspieler«, improvisiere ich, nachdem ich ein Plakat für einen Kammermusikabend entdeckt habe. »Geigenspieler in Malawi. Denen galt ihre ganze Sympathie.«

»Geigenspieler in Malawi?«, wiederholt Tarquin.

»Ja, natürlich!«, höre ich mich plappern. »Da unten herrscht ein entsetzlicher Mangel an klassischen Musikern. Und Kultur ist doch eine solche Bereicherung, ganz gleich, wie die materiellen Umstände aussehen.«

Ich *fasse* es einfach nicht, was ich da für einen Müll rede. Etwas verunsichert sehe ich zu Tarquin und stelle ungläubig fest, dass er ein ehrlich interessiertes Gesicht macht.

»Und was genau ist das Ziel dieser Stiftung?«, fragt er.

Oh, Gott. Ich rede mich um Kopf und Kragen.

»Geigen … Geigenlehrer auszubilden. Sechs Stück pro Jahr. Dafür braucht man natürlich speziell geschulte Ausbilder und auch spezielle Geigen für das Klima da. Aber es wird sich ganz bestimmt lohnen. Außerdem will man den Leuten dort beibringen, wie man Geigen baut, damit sie unabhängig und nicht auf den Westen angewiesen sind.«

»Wirklich?« Tarquin runzelt die Augenbrauen. Habe ich etwa Blödsinn geredet?

»Aber egal.« Ich lache ihn an. »Jetzt habe ich genug von mir und meiner Familie erzählt. Hast du in letzter Zeit irgendwelche guten Filme gesehen?«

Gute Idee. Wir reden ein bisschen über Filme, dann kommt die Rechnung, und dann –

»Warte mal einen Moment«, sagt Tarquin. »Wie läuft denn das Projekt bisher?«

»Ach«, sage ich. »Ähm … ganz gut. Den Umständen entsprechend. Ich habe mich in letzter Zeit nicht sehr intensiv damit beschäftigt. Weißt du, solche Sachen sind ja immer –«

»Ich würde gerne etwas dazu beitragen«, unterbricht er mich.

Wie bitte?

Was will er?

»Weißt du, auf wen ich den Scheck ausstellen soll?«, fragt er, während er sich in die Jackentasche greift. »Auf die Bloomwood Stiftung?«

Gelähmt vor Erstaunen beobachte ich, wie er ein Scheckbuch der Coutts-Bank hervorzaubert.

Ein hellgraues Scheckbuch von Coutts.

Der fünfzehntreichste Mann Großbritanniens.

»Ich … weiß es nicht genau«, höre ich mich selbst

wie in unglaublicher Entfernung sagen. »Ich meine, ich weiß nicht den *genauen* Namen.«

»Na, dann stelle ich ihn doch einfach auf dich aus, oder?«, schlägt er vor. »Und dann kannst du ihn weiterleiten.« Ohne noch eine Sekunde zu verlieren, fängt er schwungvoll an, den Scheck auszufüllen:

Zahlen Sie an *Rebecca Bloomwood*
gegen diesen Scheck *Fünf…*
Fünfhundert Pfund. Bestimmt. Er würde ja wohl nicht nur popelige fünf…
…tausend Pfund
T. A. J. Cleath-Stuart

Ich traue meinen Augen nicht. Fünftausend Pfund. Ein Scheck über fünftausend Pfund, ausgestellt auf meinen Namen.

Fünftausend Pfund, die Tante Ermintrude und den Geigenlehrern in Malawi gehören.

Wenn sie denn existierten.

»Hier«, sagt Tarquin und reicht mir den Scheck. Wie in Trance strecke ich die Hand danach aus.

Zahlen Sie an Rebecca Bloomwood gegen diesen Scheck Fünftausend Pfund.

Ich lese noch einmal ganz langsam, was da steht – und dann werde ich von einer Welle der Erleichterung durchströmt, dass ich heulen könnte. Fünftausend Pfund. Das ist mehr als die Miesen auf meinem Konto und meine VISA-Rechnung zusammen. Mit diesem Scheck wären alle meine Probleme gelöst.

Mit einem Schlag wären alle meine Probleme gelöst. Na gut, ich bin nun nicht gerade ein Geigenspieler in Malawi – aber Tarquin würde doch ohnehin nie erfahren, wo das Geld landet, oder? Er würde das doch nie nachprüfen. Und wenn doch, dann würde ich ihm halt irgendeine Geschichte erzählen.

Und was sind schon fünftausend Pfund für einen Multimillionär wie Tarquin? Er würde wahrscheinlich nicht mal merken, ob der Scheck tatsächlich eingelöst wird oder nicht. Popelige fünftausend Pfund – wo er doch 25 Millionen hat! Wenn man ausrechnen würde, wie viel Prozent das von seinem Gesamtvermögen sind, dann wären das … also, das wäre geradezu lächerlich, oder? Das wäre so wie fünfzig Pence für normale Menschen. Es geht um die Unterschlagung von fünfzig Pence. Und da zögere ich noch?

»Rebecca?«

Tarquin glotzt mich an, und mir fällt auf, dass meine Hand immer noch mehrere Zentimeter von dem Scheck entfernt ist. *Na los, nimm ihn,* befehle ich mir. *Er gehört dir. Nimm den Scheck und steck ihn ein.* Unter äußerster Anstrengung strecke ich die Hand weiter nach dem Scheck aus und bereite mich mental darauf vor, die Finger darum zu legen. Ich komme ihm näher … und näher … und näher … Meine Finger zittern vor Anstrengung …

Es hat keinen Zweck, ich kann nicht. Ich kann das einfach nicht. Ich kann sein Geld nicht annehmen.

»Ich kann das nicht annehmen«, sage ich hastig. Ich ziehe die Hand zurück und merke, wie ich rot werde. »Ich meine … Ich weiß eigentlich gar nicht, ob die Stiftung schon Spenden annimmt.«

»Ach, so«, sagt Tarquin perplex.

»Ich sage dir Bescheid, auf wen genau der Scheck ausgestellt werden muss, sobald ich Näheres weiß«, sage ich und stürze ein halbes Glas Champagner herunter. »Den vernichtest du wohl besser.«

Ich kann nicht dabei zusehen, wie er langsam den Scheck zerreißt. Ich gucke in mein Glas und könnte heulen. Fünftausend Pfund. Die hätten mein Leben verändert. Alle meine Probleme gelöst. Tarquin nimmt sich die Streichholzschachtel, die auf dem Tisch liegt und zündet die Papierschnipsel im Aschenbecher an. Wir sehen dabei zu, wie sie im Nu verbrennen.

Dann legt er die Streichhölzer wieder hin, lächelt mich an und sagt:

»Wenn du mich einen Moment entschuldigen würdest.«

Er steht auf und verschwindet in den Tiefen des Restaurants. Ich spreche wieder dem Champagner zu. Dann stütze ich den Kopf auf die Hände und seufze. Na ja, vielleicht gewinne ich ja fünftausend Pfund bei einer Tombola oder so. Vielleicht stürzt Derek Smeaths Computer total ab, meine Schulden verschwinden aus dem System, und ich kann bei Null anfangen. Vielleicht bezahlt *tatsächlich* ein Wildfremder aus Versehen meine VISA-Rechnung.

Vielleicht kommt Tarquin gleich zurück und fragt mich, ob ich seine Frau werden will.

Ich löse den Blick von meinem Glas und sehe, dass

Tarquin sein Scheckbuch auf dem Tisch hat liegen lassen. Das ist das Scheckbuch des fünfzehntreichsten Mannes Großbritanniens. Wow. Wie das wohl von innen aussieht? Er stellt wahrscheinlich täglich Schecks über enorme Summen aus. Wahrscheinlich gibt er an einem Tag mehr Geld aus als ich in einem ganzen Jahr.

Einem Impuls folgend, ziehe ich das Scheckbuch an mich heran und schlage es auf. Ich weiß gar nicht, wonach ich eigentlich suche – ich glaube, ich möchte einfach nur einen aufregenden, astronomischen Betrag finden. Aber auf dem ersten Kontrollabschnitt steht bloß »£30«. Wie jämmerlich! Ich blättere weiter und entdecke einmal »£520«, ausgestellt auf Arundel & Son. Wer auch immer das ist. Dann, etwas weiter hinten, »£7515« an American Express. Na also, da kommen wir der Sache doch schon näher. Aber ehrlich gesagt, habe ich schon spannendere Lektüre gesehen. Das könnte ja jedermanns Scheckbuch sein. Das könnte *mein* Scheckbuch sein.

Ich klappe es wieder zu, schiebe es zurück an Tarquins Platz und sehe auf. Das Blut gefriert mir in den Adern. Tarquin beobachtet mich.

Er steht neben der Bar, wo ein Kellner ihm offenbar gerade erklärt, wo die Toiletten sind. Aber Tarquin sieht den Kellner gar nicht an. Er sieht zu mir. Als unsere Blicke sich begegnen, krampft sich mein Magen zusammen. Mist.

Verdammter Mist. Was genau hat er gesehen?

Ich ziehe schleunigst meine Hand zurück und

trinke einen Schluck Champagner. Dann sehe ich auf und tue so, als würde ich ihn erst jetzt sehen. Ich strahle ihn an, und nach kurzem Zögern lächelt auch er. Dann verschwindet er wieder, und ich sacke klopfenden Herzens auf meinem Stuhl zusammen.

Ganz ruhig jetzt, keine Panik, sage ich mir. Benimm dich ganz natürlich. Wahrscheinlich hat er gar nichts gesehen. Und wenn doch – ist ja wohl kein Kapitalverbrechen, sich sein Scheckbuch anzugucken, oder? Wenn er mich fragt, warum ich an seinem Scheckbuch interessiert bin, sage ich einfach … ich hätte nur nachgesehen, ob er den Kontrollabschnitt richtig ausgefüllt hat. Ja, genau. Das sage ich, wenn er mich darauf ansprechen sollte.

Tut er aber nicht. Er kommt an den Tisch zurück, steckt schweigend sein Scheckbuch ein und fragt höflich: »Bist du fertig?«

»Ja«, sage ich. »Ja, danke, ich bin fertig.«

Ich versuche, so natürlich wie möglich zu klingen – aber mir ist sehr wohl bewusst, dass man mir das schlechte Gewissen anhört und dass meine Wangen glühen.

»Gut«, sagt er. »Tja, also, ich habe schon bezahlt … Gehen wir?«

Und das war's. Das ist das Ende unseres Rendezvous. Mit ausgesuchter Höflichkeit geleitet Tarquin mich zum Ausgang, winkt ein Taxi herbei und bezahlt den Fahrer im Voraus für die Fahrt nach Fulham. Ich wage nicht, ihn zu fragen, ob er mitkommen möchte oder ob er noch irgendwo etwas mit mir trinken gehen möchte. Die Atmosphäre ist derartig abgekühlt, dass mir die Worte im Halse stecken bleiben. Wir verabschieden uns mit Küsschen auf die Wange, er versichert mir, dass er einen wunderbaren Abend mit mir hatte, und ich bedanke mich artig bei ihm.

Dann sitze ich mit dumpfem Magendrücken im Taxi nach Fulham und frage mich, was er denn nun genau gesehen hat.

Das Taxi hält vor unserem Haus, ich wünsche dem Fahrer gute Nacht und krame meine Schlüssel hervor. Ich beschließe, mir ein heißes Bad einzulassen und mich ordentlich darin einzuweichen und in Ruhe herauszuknobeln, was genau im *Pizza on The Park* passiert ist. Hat Tarquin wirklich gesehen, dass ich sein Scheckbuch durchgeblättert habe? Vielleicht hat er nur gesehen, wie ich es wieder an seinen Platz zurückgeschoben habe, so, als wollte ich aufräumen. Vielleicht hat er auch gar nichts gesehen.

Aber wieso ist er dann auf einmal so steif und höflich gewesen? Er muss irgendetwas gesehen haben und misstrauisch geworden sein. Und dann hat er natürlich gemerkt, dass ich rot geworden bin und ihm nicht in die Augen sehen konnte. Oh, Gott, warum muss ich immer so furchtbar schuldbewusst aussehen? Ich hatte doch gar nichts *getan*. Ich war nur neugierig. Ist das denn ein Verbrechen?

Vielleicht hätte ich schnell irgendetwas sagen sollen – vielleicht hätte ich einen kleinen Witz reißen sollen. Aus der heiklen Situation einen unbedeutenden, amüsanten Zwischenfall machen. Aber was für einen Witz kann man schon darüber reißen, dass man indiskreterweise das Scheckbuch eines anderen durchblättert? Oh, Gott, ich bin so *blöd*. Warum habe ich das blöde Ding denn überhaupt angefasst? Ich hätte einfach nur still dasitzen und an meinem Champagner nippen sollen.

Wobei zu meiner Verteidigung zu sagen wäre … Er hat es ja schließlich auf dem Tisch liegen lassen. Also kann es ihm soooo heilig gar nicht sein. Und ich *weiß* ja auch gar nicht sicher, dass er gesehen hat, wie ich darin herumblätterte. Vielleicht hat er das ja gar nicht gesehen. Vielleicht bin ich bloß paranoid.

Schon wieder deutlich positiver gestimmt, stecke ich den Schlüssel ins Schloss. Gut, Tarquin war zuletzt nicht mehr ganz so freundlich – aber vielleicht war ihm ja auch schlecht oder so. Oder er wollte mich nur zu nichts drängen. Ich werde ihm morgen eine richtig nette Karte schicken, mich noch einmal bedanken und ihm vorschlagen, dass wir uns zusammen etwas von Wagner ansehen. Brillante Idee! Vorher werde ich mich natürlich etwas schlauer machen, was diese Präludien angeht, damit ich das nächste Mal, wenn er sich danach erkundigt, welches genau ich meine, genau weiß, was ich sagen muss. Ja! Alles wird gut. Ich hätte mir nie Sorgen machen müssen.

Ich betrete die Wohnung, ziehe den Mantel aus – und dann bleibt mir fast das Herz stehen. Suze wartet schon auf mich. Sie sitzt auf der Treppe und wartet auf mich. Und sie macht ein ganz merkwürdiges Gesicht.

»Ach, Bex«, sagt sie und schüttelt vorwurfsvoll den Kopf. »Ich habe eben mit Tarquin gesprochen.«

»Ach, ja?«, sage ich und würde gern natürlich klingen. Aber meine Stimme ist ganz quietschig vor Angst. Ich wende mich ab, lege den Mantel über den Arm und wickle mir den Schal vom Hals, um Zeit zu gewinnen. Was er ihr wohl erzählt hat?

»Es hat wahrscheinlich nicht viel Sinn, dich zu fragen, *warum*?«, sagt sie nach einer Weile.

»Na ja«, stammele ich. Mir ist übel. Mann, jetzt könnte ich eine Zigarette gebrauchen.

»Ich weiß, es steht mir nicht zu, dich zu tadeln oder so. Aber ich finde schon, du hättest ...« Sie schüttelt den Kopf und seufzt. »Hättest du ihn nicht etwas sanfter abblitzen lassen können? Er war ja fix und fertig. Der arme Kerl war wirklich richtig verliebt in dich.«

Irgendwas passt hier nicht ganz zusammen. Ihn etwas sanfter abblitzen lassen?

»Was genau hat er ...« Ich benetze mir die trockenen Lippen. »Was genau hat er denn gesagt?«

»Na ja, eigentlich hat er ja nur angerufen, um mir zu sagen, dass du deinen Regenschirm vergessen hast«, sagt Suze. »Ein Kellner kam wohl damit rausgerannt. Aber ich habe ihn natürlich gefragt, wie euer gemeinsamer Abend verlaufen ist ...«

»Und ... und was hat er gesagt?«

»Na ja«, sagt Suze und zuckt mit den Schultern.

»Er hat gesagt, dass ihr zwar einen richtig netten Abend zusammen hattet, dass du es aber mehr als deutlich gemacht hättest, dass du ihn nicht wieder sehen willst.«

»Oh.«

Ich lasse mich auf den Boden sinken. Ich fühle mich ganz schwach. Das war's dann also. Tarquin *hat* gesehen, wie ich sein Scheckbuch durchgeblättert habe. Ich habe mir sämtliche Chancen mit ihm gründlich verdorben.

Aber er hat Suze nicht erzählt, was ich gemacht habe. Er hat mich beschützt. So getan, als wenn es meine Entscheidung gewesen wäre, unseren Kontakt nicht zu vertiefen. Er war ein Gentleman.

Er war den ganzen Abend ein Gentleman gewesen. Er war so nett zu mir, liebenswürdig und höflich. Und ich hatte den ganzen Abend nichts Besseres zu tun, als ihm eine Lüge nach der anderen aufzutischen.

Ich könnte heulen.

»Ich finde es bloß so wahnsinnig schade«, sagt Suze. »Ich meine, ich weiß ja, dass das deine Sache ist, deine Entscheidung und so weiter – aber er ist doch so ein süßer Kerl. Und er schwärmt schon so lange für dich. Ihr beiden würdet so gut zueinander passen.« Sie sieht mich mit Hundeaugen an. »Besteht denn wirklich *gar keine* Möglichkeit, dass du noch mal mit ihm weggehst?«

»Ich … ich glaube nicht«, krächze ich. »Suze … ich bin ziemlich müde. Ich glaube, ich muss ins Bett.«

Ohne ihr noch einmal in die Augen zu sehen, stehe ich auf und gehe ganz langsam durch den Flur zu meinem Zimmer.

Bank of London
London House
Mill Street EC3R 4 DW

Miss Rebecca Boomwood
Flat 2
4 Burney Rd.
London SW6 8FD

23. März 2000

Sehr geehrte Miss Boomwood,

vielen Dank für Ihren Kreditantrag bzgl. eines Easifone Loan der Bank of London.

Wir müssen Ihnen leider mitteilen, dass unser Kredit-Team den Kauf von Kleidung und Make-up nicht als angemessenen Zweck für einen so hohen, ungedeckten Kredit eingestuft und Ihren Antrag daher abgelehnt hat.

Wir bedanken uns für das unserem Haus entgegengebrachte Vertrauen und verbleiben

mit freundlichen Grüßen
Bank of London

Margaret Hopkins
Kreditberaterin

Endwich Bank
Zweigstelle Fulham
3 Fulham Road
London SW6 9JH

Miss Rebecca Bloomwood
Flat 2
4 Burney Rd.
London SW6 8FD

24. März 2000

Sehr geehrte Miss Bloomwood,

hiermit bestätige ich unseren Termin am Montag, den 27. März, um 9:30 Uhr in unserer Zweigstelle in Fulham. Bitte fragen Sie am Empfang nach mir.

Ich freue mich auf unser Gespräch und verbleibe

mit freundlichen Grüßen
Endwich Bank

Derek Smeath
Zweigstellenleiter

Endwich – Wir sind für Sie da!

FÜNFZEHN

Als ich am nächsten Morgen aufwache, geht es mir so schlecht wie noch nie zuvor.

Meine erste Empfindung ist Schmerz. Egal, was ich tue, alles tut weh: Ich versuche, meinen Kopf zu bewegen; ich versuche, die Augen aufzukriegen; ich versuche, grundlegende Dinge zu klären, wie zum Beispiel: Wer bin ich? Was für ein Tag ist heute? Müsste ich eigentlich schon längst irgendwo anders sein?

Ich bleibe eine ganze Weile still liegen, da mein bloßes Existieren eine fast nicht zu bewältigende Strapaze darstellt. Ich keuche vor Anstrengung, bis mein Gesicht dunkelrot ist, dann zwinge ich mich, tiefer und langsamer ein- und auszuatmen. *Ein … aus. Ein … aus.* Dann fällt mir bestimmt gleich wieder alles ein, und es wird mir besser gehen. *Ein … aus. Ein … aus.*

Okay … Rebecca. Genau. Ich bin Rebecca Bloomwood, oder? *Ein … aus. Ein … aus.*

Und weiter? Abendessen. Ich war gestern Abend irgendwo essen. *Ein … aus. Ein … aus.*

Pizza. Ich habe Pizza gegessen. Aber mit wem? *Ein … aus. Ein …*

Tarquin.

Aus.

Oh, Gott. Tarquin.

Scheckbuch durchgeblättert. Alles kaputt gemacht. Alles meine Schuld.

Verzweiflung überkommt mich, und ich schließe die Augen und versuche, meinen pochenden Kopf zu beruhigen. Gleichzeitig fällt mir wieder ein, dass ich, als ich letzte Nacht in mein Zimmer kam, eine halbe Flasche Malt Whisky wieder gefunden habe, ein Werbegeschenk von Scottish Prudential. Ich habe sie aufgemacht und – obwohl ich gar keinen Whisky mag – etwas davon getrunken. Also, bestimmt mehrere Zahnputzbecher voll. Das könnte natürlich die Erklärung dafür sein, dass mir jetzt so schlecht ist.

Ganz langsam schaffe ich es, mich in Sitzposition zu bringen. Ich spitze die Ohren, ob ich etwas von Suze höre – Fehlanzeige. Die Wohnung ist leer. Ich bin allein.

Allein mit meinen Gedanken.

Und das kann ich nicht ertragen. In meinem Kopf hämmert es, und mir ist ganz schlecht und elend zu Mute. Aber ich muss jetzt in die Gänge kommen, ich muss mich ablenken. Ich werde ein bisschen rausgehen, irgendwo gemütlich eine Tasse Kaffee trinken und versuchen, mich zu sammeln.

Irgendwie schaffe ich es tatsächlich, aus dem Bett zu kommen, zu meiner Kommode hinüberzugehen und mich im Spiegel zu betrachten. Was ich da sehe, gefällt mir nicht. Meine Gesichtsfarbe ist grün, mein

Mund völlig ausgetrocknet, und meine Haare kleben mir strähnig am Kopf. Aber das Schlimmste ist der Ausdruck in meinen Augen: leer, unglücklich, voller Selbstverachtung. Gestern Abend bot sich mir eine fantastische Gelegenheit – eine einmalige Chance, serviert auf einem Silbertablett. Und ich habe sie vertan. Auf immer verspielt. Ich bin so eine Null. Ich verdiene es nicht zu leben.

Ich gehe zur King's Road und lasse mich von der anonymen Menge treiben. Die Luft ist kalt und frisch und so angenehm, dass es mir *fast* gelingt, *nicht* an gestern Abend zu denken. Aber nicht ganz.

Ich gehe zu *Aroma*, bestelle einen großen Cappuccino und versuche, ihn ganz normal zu trinken. Als wenn alles in Ordnung wäre und ich nur eine von den vielen jungen Frauen, die sonntags ein bisschen bummeln gehen. Aber ich schaffe es nicht. Ich schaffe es nicht, meine Gedanken auszublenden. Sie kreisen und kreisen und kreisen in meinem Kopf wie eine endlose Schallplatte.

Wenn ich doch nur das Scheckbuch nicht in die Hand genommen hätte. Wenn ich doch nur nicht so *blöd* gewesen wäre. Es lief doch so gut. Er mochte mich wirklich. Wir haben Händchen gehalten. Er wollte mich fragen, ob wir uns wieder sehen könnten. Oh, Gott, wenn ich die Uhr doch nur zurückdrehen könnte, wenn ich den gestrigen Abend doch nur noch einmal erleben dürfte …

Nicht daran denken. Gar nicht daran denken, was

hätte sein können. Das ist ja nicht auszuhalten. Wenn ich alles richtig gemacht hätte, würde ich jetzt wahrscheinlich mit Tarquin hier sitzen und Kaffee trinken. Ich wäre wahrscheinlich auf dem besten Wege, die fünfzehntreichste Frau Großbritanniens zu werden.

Und stattdessen … ?

Stattdessen kann ich vor Schulden kaum aus den Augen schauen. Ich habe einen Termin mit meinem Bankmanager. Ich habe keine Ahnung, was ich tun soll. Überhaupt keine.

Todunglücklich trinke ich einen Schluck Kaffee und packe das kleine Schokoladentäfelchen aus. Eigentlich habe ich gar keine Lust auf Schokolade, aber ich stopfe sie mir trotzdem in den Mund.

Das Schlimmste, das wirklich Allerschlimmste an der Sache ist, dass ich gerade angefangen hatte, Tarquin zu mögen. Gut, er ist nicht gerade mit blendendem Aussehen gesegnet, aber er ist ein guter Mensch und auf seine eigene Art lustig. Und diese Brosche – die ist doch eigentlich ganz süß.

Und dann, dass er Suze nicht erzählt hat, was ich getan habe. Und wie er mir alles *geglaubt* hat, von den Hunden über Wagner bis hin zu den dämlichen Geigenspielern in Malawi. Seine völlig arglose Vertrauensseligkeit.

Oh, Gott, jetzt fange ich wirklich gleich an zu heulen.

Ich reibe mir unsanft die Augen, trinke den Kaffee aus und stehe auf. Draußen auf der Straße zögere ich erst, dann marschiere ich entschlossen wieder los.

Vielleicht bringt mich die frische Luft ja auf andere Gedanken. Vielleicht geht es mir gleich besser.

Aber ich laufe und laufe und verspüre nicht den Hauch einer Besserung. Mein Kopf tut weh, meine Augen sind rot und ich könnte wirklich einen kräftigen Drink vertragen. Oder irgendetwas anderes, irgendeine Kleinigkeit, dann würde es mir bestimmt besser gehen. Ein Drink oder eine Zigarette oder …

Ich sehe auf und stelle fest, dass ich direkt vor Octagon angelangt bin. Mein allerliebster Lieblingsladen auf der ganzen Welt. Drei Stockwerke mit Klamotten, Accessoires, Möbeln, Geschenken, Cafés, Saftbars und einem Blumenladen, der in einem den Wunsch weckt, sein gesamtes Zuhause mit Blumen vollzustopfen.

Ich habe mein Portemonnaie dabei.

Nur eine winzige Kleinigkeit, um mich ein bisschen aufzuheitern. Ein T-Shirt oder so. Oder auch nur ein Schaumbad. Ich *muss* mir jetzt etwas kaufen. Ich gebe auch nicht viel aus. Ich gehe nur eben rein und …

Da schiebe ich mich schon durch die offenen Türen. Oh, Gott, was für ein erhebendes Gefühl. Die Wärme hier, das Licht. Hier gehöre ich hin. Das hier ist mein natürlicher Lebensraum.

Aber leider bin ich nicht ganz so glücklich, wie ich sein sollte, als ich die T-Shirt-Abteilung ansteuere. Ich sehe mir das eine oder andere Teil an und versuche, dieses aufgeregte, prickelnde Gefühl zu evozieren, das ich normalerweise empfinde, wenn ich mir eine Kleinigkeit gönne – aber heute fühle ich mich irgendwie leer. Dennoch entscheide ich mich schließlich für ein kurzes Top mit einem silbernen Stern in der Mitte, lege es mir über den Arm und rede mir ein, dass es mir schon ein bisschen besser geht. Dann entdecke ich einen Ständer mit Morgenmänteln. Wenn ich es mir recht überlege, könnte ich wirklich einen neuen Morgenmantel gebrauchen.

Während ich das wunderbare weiße Material eines Exemplars befühle, höre ich ganz hinten in meinem Kopf wie aus einem ganz leise gedrehten Radio ein Stimmchen warnen: *Tu's nicht. Du hast Schulden. Du hast Schulden.*

Na ja, das mag schon sein.

Aber mal im Ernst: Was macht das jetzt noch für einen Unterschied? Jetzt ist es doch sowieso zu spät. Ich habe ohnehin Schulden – wie viele, ist doch jetzt auch egal. Wild entschlossen reiße ich den Morgenmantel von dem Ständer und lege mir auch den über den Arm. Dann nehme ich auch noch die dazu passenden weißen Hausschuhe an mich. Das eine ohne das andere zu kaufen wäre ja völliger Blödsinn.

Die Kasse befindet sich links von mir, aber ich ignoriere sie. Ich bin noch nicht fertig. Ich steuere die Aufzüge an und fahre hoch in die Innenausstattungsabteilung. Zeit für neue Bettwäsche. Weiß, damit sie zu meinem neuen Morgenmantel passt. Und zwei Nackenrollen und einen Bettüberwurf.

Jedes Mal, wenn ich meinen Haufen erweitere,

empfinde ich eine Woge der Zufriedenheit, mir ist, als würde ein kleines Feuerwerk in mir gezündet. Und einen Moment lang ist auch alles in Ordnung. Aber dann verschwinden die Funken und die Lichter, und was zurückbleibt, ist kalte, schwarze Dunkelheit. Also sehe ich mich fieberhaft nach etwas anderem um. Eine riesige Duftkerze. Ein Doppelpack Jo-Malone-Duschgel und Bodylotion. Eine Tüte handverlesenes Potpourri. Jeder Artikel beschert mir diese angenehme Woge – und gleich darauf Dunkelheit. Die Wogen sind von Mal zu Mal weniger nachhaltig, sie werden immer kürzer. Warum verlässt mich das Gefühl der Zufriedenheit so schnell? Warum bin ich nicht glücklich?

»Kann ich Ihnen helfen?«, unterbricht eine Stimme meine Gedanken. Eine junge Verkäuferin in Octagon-Uniform – weiße Bluse, Leinenhose – steht neben mir und betrachtet den bunten Haufen auf dem Boden. »Soll ich Ihnen beim Tragen helfen, während Sie sich weiter umsehen?«

»Oh«, sage ich überrascht und werfe einen Blick auf die Sachen, die ich zusammengetragen habe. Ist inzwischen eine ganze Menge. »Nein. Nein danke. Ich glaube, ich … Ich glaube, ich bezahle dann jetzt.«

Mit vereinten Kräften schaffen wir es irgendwie, sämtliche Teile über das Buchenparkett zu der eleganten, granitenen Zentralkasse zu schleppen, wo die Verkäuferin ein Teil nach dem anderen durchgeht. Die Nackenrollen waren runtergesetzt – war mir gar nicht aufgefallen –, und während sie versucht, den genauen Preis zu ermitteln, bildet sich hinter mir langsam eine Schlange.

»Das wären dann 370,56£«, verkündet sie schließlich und lächelt mich an. »Wie möchten Sie bezahlen?«

»Ähm ... Switch Card«, sage ich und hole mein Portemonnaie heraus. Während sie mit der Karte befasst ist, lasse ich den Blick über die vielen Tüten wandern und frage mich, wie ich den ganzen Kram nach Hause kriegen soll.

Sofort muss ich meine Gedanken wieder zurückpfeifen. Ich will nicht an zu Hause denken. Ich will nicht an Suze, Tarquin und gestern Abend denken. Oder an sonst irgendetwas.

»Tut mir Leid«, bedauert die Verkäuferin, »aber mit Ihrer Karte stimmt etwas nicht. Das Gerät nimmt sie nicht an.« Sie gibt sie mir zurück. »Haben Sie vielleicht eine andere?«

»Oh«, sage ich leicht verwirrt. »Ja ... hier, meine VISA.«

Wie peinlich. Was soll denn mit meiner Karte nicht stimmen? Sieht doch völlig normal aus. Ich werde mich gleich morgen bei der Bank beschweren.

Die Bank. Morgen. Termin. Derek Smeath. Oh, Gott. Nicht daran denken. Schnell, schnell, denk an etwas anderes. Sieh dir den Fußboden an. Sieh dich im Laden um. Hinter mir hat sich schon eine ziemlich lange Reihe Kunden versammelt. Ich höre sie hüsteln und sich räuspern. Alles wartet nur auf mich. Als ich dem Blick der Dame hinter mir begegne, lächele ich sie leicht gequält an.

»Nein«, sagt die Verkäuferin. »Die wird auch nicht angenommen.«

»Wie bitte?« Entsetzt sehe ich sie an. Wieso wird meine VISA nicht angenommen? Ich meine, meine *VISA*! Die wird doch auf der ganzen Welt angenommen! Was ist denn hier los? Ich verstehe überhaupt nichts mehr. Ich verstehe überhaupt nichts …

Da brechen meine Gedanken ab, und mir wird heiß und kalt. Die vielen Briefe. Die Briefe, die ich einfach in die Schublade gestopft habe. Sie werden doch wohl nicht …

Nein. Die werden doch wohl nicht meine Karte gesperrt haben. Das können sie doch nicht machen.

Mein Herz hämmert panisch. Ich weiß ja, dass ich meine Rechnungen nicht besonders gewissenhaft bezahlt habe – aber ich brauche meine VISA. Ich *brauche* sie. Die können sie doch nicht einfach so sperren. Ich fange an zu zittern.

»Es stehen noch mehr Leute an«, informiert mich die Verkäuferin und deutet auf die Schlange hinter mir. »Wenn Sie nicht bezahlen können …«

»Natürlich kann ich bezahlen«, sage ich steif. Ich merke, dass ich hochrot angelaufen bin. Mit zitternden Fingern greife ich in mein Portemonnaie und ziehe die silberne Octagon-Kundenkarte hervor. Die war ganz versteckt hinter all den anderen Karten, ich habe sie also schon eine ganze Weile nicht mehr benutzt. »Hier«, sage ich. »Dann bezahle ich mit dieser.«

»Gut«, sagt die Verkäuferin und zieht die Karte durch die Maschine.

Erst, als wir darauf warten, dass das System diese Karte annimmt, fange ich an, mich zu fragen, ob ich eigentlich mein Kundenkonto bei Octagon ausgeglichen habe. Von denen habe ich doch neulich auch einen unfreundlichen Brief bekommen, oder? Stand da nicht irgendwas von nicht beglichenen Rechnungen? Ich bin mir aber ganz sicher, dass ich sie bezahlt habe, schon vor Ewigkeiten. Oder zumindest einen Teil davon. Oder? Ich bin mir sicher –

»Entschuldigen Sie, aber ich muss eben kurz telefonieren«, sagt die Verkäuferin und starrt auf das Display der Maschine. Sie greift nach dem Apparat neben der Kasse und wählt.

»Hi«, sagt sie. »Ich möchte bitte eben eine Kontonummer durchgeben …«

Hinter mir seufzt jemand betont laut. Mein Gesicht glüht immer mehr. Ich wage es nicht, mich umzudrehen. Ich wage es nicht, mich zu bewegen.

»Verstehe«, sagt die Verkäuferin schließlich und legt auf. Sie sieht zu mir auf, und ihr Gesichtsausdruck hat auf mich die Wirkung eines Faustschlags in den Magen. Keine Spur von Bedauern oder Höflichkeit. Ihre Miene ist schlicht und ergreifend unfreundlich.

»Unsere Finanzabteilung bittet Sie dringend, sich mit ihnen in Verbindung zu setzen«, sagt die Verkäuferin schroff. »Ich gebe Ihnen die Telefonnummer.«

»Gut«, sage ich so locker wie möglich, als wenn das eine völlig normale Bitte wäre. »Schön, werde ich tun. Danke.« Ich strecke die Hand nach meiner Octagonkarte aus. Ich habe keine Lust mehr auf Einkaufen. Ich will nur noch meine Karte haben und dann so schnell wie möglich raus hier.

»Es tut mir leid, aber Ihr Kundenkonto wurde eingefroren«, sagt die Verkäuferin, ohne die Lautstärke ihrer Stimme zu dämpfen. »Ich darf Ihnen Ihre Karte nicht wieder aushändigen.«

Ungläubig starre ich sie an. Mein Gesicht explodiert gleich. Die Leute hinter mir werden unruhig und fangen an, sich gegenseitig anzustupsen.

»Also, wenn Sie über kein anderes Zahlungsmittel verfügen …«, redet sie weiter und sieht auf meinen Haufen neben der Kasse. Mein Morgenmantel. Meine neue Bettwäsche. Meine Duftkerze. Ein riesiger, nicht zu übersehender Haufen Zeug. Zeug, das ich gar nicht brauche. Zeug, das ich nicht bezahlen kann. Mit einem Mal wird mir ganz schlecht bei dem Anblick.

Wie betäubt schüttele ich den Kopf. Mir ist, als hätte man mich beim Klauen erwischt.

»Elsa«, ruft die Verkäuferin eine Kollegin. »Würdest du dich bitte um das hier kümmern? Die Kundin möchte die Sachen doch nicht kaufen.« Sie zeigt auf meinen Haufen, und die andere Verkäuferin schiebt ihn mit versteinerter Miene über den Tresen aus dem Weg.

»Die Nächste, bitte.«

Die Frau hinter mir tritt einen Schritt nach vorne und weicht peinlich berührt meinem Blick aus. Ich drehe mich um. Das ist die größte Demütigung meines Lebens. Mir ist, als würden sämtliche Kunden und alle Verkäuferinnen in der Abteilung mich anglotzen, tuscheln und sich anstupsen. *Haben Sie das gesehen? Haben Sie gesehen, was da gerade passiert ist?*

Mit schlotternden Beinen wanke ich davon, ohne nach links und rechts zu schauen. Das hier ist ein Albtraum. Ich muss hier raus, so schnell wie möglich. Ich muss raus aus diesem Laden, raus auf die Straße, und dann gehe ich …

Tja, wohin? Nach Hause wohl.

Aber ich kann nicht nach Hause gehen und mir von Suze anhören, wie süß Tarquin doch ist. Oder gar riskieren, ihn dort persönlich anzutreffen. Oh, Gott. Allein der Gedanke daran lässt mir übel werden.

Was soll ich denn jetzt tun? Wohin kann ich gehen?

Am ganzen Körper bebend schlendere ich über den Bürgersteig und wende den Blick von den Schaufenstern ab. Was soll ich tun? Wo soll ich hin? In mir ist eine große Leere, und ich bin ganz benommen vor Panik.

An der nächsten Ecke bleibe ich an einer roten Ampel stehen und blicke desinteressiert in ein mit Kaschmirpullovern dekoriertes Schaufenster zu meiner Linken. Der Anblick eines scharlachroten Golfpullovers von Pringle treibt mir völlig unvermittelt Tränen in die Augen. Ich weiß, wo ich hingehen kann. Wo ich immer hingehen kann.

Nach Hause zu Mum und Dad.

SECHZEHN

Man kann nun wirklich nicht sagen, dass meine Eltern einen entsetzten oder auch nur überraschten Eindruck machen, als ich noch am selben Nachmittag ohne Vorwarnung bei ihnen aufkreuze und verkünde, dass ich ein paar Tage bleiben möchte.

Sie sind vielmehr so unüberrascht, dass ich mich frage, ob sie vielleicht, seit ich nach London gezogen bin, ständig mit dieser Eventualität gerechnet haben. Haben sie etwa Woche für Woche darauf gewartet, dass ich ohne Gepäck und mit verheulten Augen vor ihrer Haustür stehe? Sie nehmen meine Ankunft jedenfalls mit der Ruhe eines Teams in der Unfallstation eines Krankenhauses auf, das mit einem Notfall konfrontiert wird, den es erst in der letzten Woche geprobt hat.

Allerdings würde ein solches Notfallteam wohl kaum stundenlang darüber debattieren, wie der Patient am besten wiederzubeleben sei, oder? Ich verspüre nach einer Weile jedenfalls das Bedürfnis, hinauszugehen, die beiden zu einem Entschluss kommen zu lassen und dann noch einmal zu klingeln.

»Du gehst jetzt erst mal nach oben und legst dich in die Wanne«, sagt Mum, kaum dass ich meine Handtasche abgestellt habe. »Du bist doch bestimmt vollkommen erschöpft!«

»Sie *muss* überhaupt nicht in die Wanne, wenn sie nicht will!«, hält Dad dagegen. »Vielleicht möchte sie viel lieber etwas trinken? Möchtest du einen Drink, Liebling?«

»Na, ob *das* so schlau ist?« Mum wirft ihm einen bedeutungsschwangeren »Und was, wenn sie Alkoholikerin ist?«-Blick zu, den ich nicht mitbekommen soll.

»Ich möchte keinen Drink, danke«, sage ich. »Aber eine Tasse Tee wäre wirklich toll.«

»Selbstverständlich!«, ruft Mum. »Graham, setz du doch bitte eben Wasser auf, ja?« Sie bedenkt ihn mit einem weiteren bedeutungsvollen Blick. Sobald Dad in der Küche verschwunden ist, kommt sie näher und sagt ganz leise:

»Geht es dir gut, Liebling? Stimmt irgendetwas nicht?«

Oh, Gott, es gibt nichts Schlimmeres als die mitfühlende Stimme einer Mutter, wenn man völlig deprimiert ist. Das fordert einen Heulkrampf förmlich heraus.

»Na ja«, sage ich mit etwas unsicherer Stimme. »Mir ging's schon mal besser. Ich … ich stecke bloß gerade in einer etwas … schwierigen Situation. Aber das wird schon wieder in Ordnung kommen.« Ich zucke kaum merklich mit den Schultern und sehe weg.

»Weißt du …« Jetzt spricht sie noch leiser als vorher. »Dein Vater ist gar nicht so altmodisch, wie du vielleicht denkst. Und ich weiß ganz genau, dass, wenn es sich darum drehen würde, dass wir auf ein … auf ein Kleines aufpassen, damit du weiter arbeiten kannst …«

Wie bitte?

»Keine Sorge, Mum!«, lasse ich sie abblitzen. »Ich bin nicht schwanger!«

»Das habe ich auch nicht behauptet«, sagt sie und errötet ein wenig. »Ich wollte dir nur unsere Unterstützung anbieten.«

Ich fasse es nicht, was ist denn mit meinen Eltern los? Ich glaube, die gucken sich zu viele Serien an, das ist ihr Problem.

Und überhaupt, was soll der Quatsch mit »dir unsere Unterstützung anbieten«? Meine Mum hätte so etwas früher nie gesagt.

»Nun komm schon«, sagt sie. »Jetzt setzen wir uns erst mal zusammen und trinken gemütlich eine Tasse Tee.«

Ich folge ihr in die Küche, wo es wirklich gemütlich ist. Heißer, starker Tee und ein Doppeldecker-Schokoladen-Keks. Einfach perfekt. Ich schließe die Augen und trinke ein paar Schlucke, und als ich die Augen wieder aufmache, sehe ich, wie meine Eltern mich mit unverhohlener Neugier beobachten. Meine Mutter setzt sofort ein Lächeln auf, und mein Vater hüstelt unmotiviert – aber ich weiß genau, dass sie gespannt sind wie Flitzebögen und es kaum abwarten können, endlich zu erfahren, was los ist.

»Also«, hebe ich sachte an, und Mum und Dad reißen die Köpfe hoch. »Und euch geht's gut, ja?«

»Oh, ja«, sagt meine Mutter. »Ja, *uns* geht es gut.«

Erneutes Schweigen.

»Becky?«, sagt mein Vater ernst, und sowohl meine Mutter als auch ich wenden uns ihm zu. »Steckst du in Schwierigkeiten? Irgendetwas, das wir wissen sollten? Du *musst* es uns natürlich nicht erzählen«, fährt er hastig fort. »Aber ich möchte, dass du weißt – wir sind immer für dich da.«

Das ist noch so ein bescheuerter Spruch aus dem Fernsehen. Meine Eltern sollten wirklich ein bisschen mehr aus dem Haus gehen.

»Geht es dir gut, Liebling?«, fragt meine Mum noch einmal – und sie klingt so lieb und verständnisvoll, dass ich ganz unwillkürlich und mit zitternder Hand meine Tasse abstelle und sage: »Um euch die Wahrheit zu sagen, ich stecke in einem ziemlichen Schlamassel. Ich wollte nicht, dass ihr euch unnötig Sorgen macht, darum habe ich bisher nichts davon erzählt ...« Ich spüre, wie mir die Tränen in die Augen steigen.

»Was ist denn los?«, fragt Mum panisch. »Oh, Gott, du nimmst Drogen, stimmt's?«

»Nein, ich nehme keine Drogen!«, empöre ich mich. »Ich bin nur ... Ich meine, ... Also, ich muss ...« Ich trinke einen Riesenschluck Tee. Das ist viel schwerer, als ich es mir vorgestellt hatte. Los, Rebecca, *sag* es einfach.

Ich mache die Augen zu und umklammere meine Tasse.

»Also, es ist so ...«, sage ich langsam.

»Ja?«, sagt Mum.

»Es ist so, dass …« Ich öffne die Augen. »Ich werde massiv belästigt. Von einem Mann namens … Derek Smeath.«

Außer dem langen Zischen, mit dem mein Vater tief Luft holt, ist nichts zu hören.

»Ich hab's gewusst!«, sagt meine Mutter entschieden, aber heiser. »Ich habe es gewusst! Ich hab's gewusst, dass etwas nicht stimmt!«

»Das haben wir alle gewusst, dass etwas nicht stimmt!«, sagt mein Vater und stützt die Ellbogen auf dem Tisch ab. »Wie lange geht das schon, Becky?«

»Oh, ähm, ach, schon ein paar Monate«, sage ich und starre meinen Tee an. »Es ist nur … ziemlich lästig, wisst ihr. Gar nichts richtig Ernstes. Aber ich konnte auf einmal nicht mehr damit umgehen.«

»Und wer ist dieser Derek Smeath?«, fragt Dad. »Kennen wir ihn?«

»Glaube ich nicht. Ich habe ihn … durch die Arbeit kennengelernt.«

»Ja, natürlich!«, sagt Mum. »So ein junges, hübsches und erfolgreiches Mädchen wie du … Ich habe es gewusst, dass so was früher oder später passieren würde!«

»Ist er auch Journalist?«, fragt Dad, und ich schüttele den Kopf.

»Er arbeitet bei der Endwich Bank. Er macht … solche Sachen wie … Er ruft mich an und tut so, als wäre er für mein Konto zuständig. Und das macht er ziemlich überzeugend.«

Es folgt ein Schweigen, in dem meine Eltern das

eben Gesagte verdauen und ich noch einen dieser köstlichen Kekse esse.

»Tja«, sagt meine Mum dann. »Dann werden wir wohl die Polizei einschalten müssen.«

»Nein!«, rufe ich und verteile dabei Krümel über den ganzen Tisch. »Keine Polizei! Er hat mich ja nie bedroht oder so. Er ist nicht wirklich ernst zu nehmen, kein Psychopath oder so. Er nervt halt nur. Und ich dachte, wenn ich mal eine Weile weg bin …«

»Verstehe«, sagt Dad und sieht Mum an. »Klingt plausibel.«

»Darum lautet mein Vorschlag …« Ich verknote mir sämtliche Finger im Schoß. »Wenn er hier anruft, sagt ihr, dass ich verreist bin, ins Ausland, und dass ihr nicht wisst, wo ich zu erreichen bin. Und … wenn jemand anders anruft, sagt ihr das Gleiche. Auch, wenn Suze anruft.«

»Bist du dir ganz sicher?«, fragt Mum mit gerunzelten Augenbrauen. »Wäre es nicht doch besser, zur Polizei zu gehen?«

»Nein! Solchen Kerlen darf man auf keinen Fall zu viel Aufmerksamkeit schenken! Ich will einfach für eine Weile untertauchen.«

»Gut«, sagt Dad. »Also, was uns betrifft … Du bist nicht hier.«

Er streckt die Arme quer über den Tisch aus und nimmt meine Hand ganz fest in seine. Ich kann ihm ansehen, was für Sorgen er sich macht, und ich hasse mich für das, was ich da tue. Ich habe so ein schlechtes Gewissen, dass ich einen Moment lang in Erwägung ziehe, in Tränen auszubrechen und ihnen alles zu erzählen. Also, die Wahrheit.

Aber … ich kann nicht. Ich kann meinen lieben, gütigen Eltern einfach nicht sagen, dass ihre angeblich so erfolgreiche Tochter mit dem angeblich erstklassigen Job in Wirklichkeit eine schludrige, verlogene Chaotin ist, die bis über beide Ohren in Schulden steckt.

Wir essen gemeinsam zu Abend (Waitrose Cumberland Pie) und sehen uns eine Agatha-Christie-Verfilmung an, dann gehe ich nach oben in mein altes Zimmer, ziehe eins von meinen alten Nachthemden an und lege mich schlafen. Als ich am nächsten Morgen aufwache, bin ich so glücklich und ausgeruht wie schon seit Wochen nicht mehr.

Und was noch viel besser ist: Ich betrachte meine alte Zimmerdecke und fühle mich sicher und geborgen. Wie in einem Kokon aus Baumwolle, geschützt vor der garstigen Welt da draußen. Hier findet mich niemand. Niemand weiß, dass ich überhaupt hier bin. Hier bekomme ich keine bösen Briefe, keine bösen Telefonanrufe und keinen bösen Besuch. Ich befinde mich quasi in einer Freistätte. Ich bin jeglicher Verantwortung entledigt. Ich fühle mich, als wenn ich wieder fünfzehn wäre und meine einzige Sorge darin bestünde, meine Hausaufgaben zu machen. (Dabei habe ich gar keine.)

Es ist bestimmt schon neun Uhr, als ich mich endlich aufraffe, aufzustehen. Meilenweit weg, in London, sitzt Derek Smeath in seinem Büro und erwartet mich in einer halben Stunde. Ich verspüre ein leichtes Ziehen im Bauch und überlege einen Moment, ob ich in der Bank anrufen und mich entschuldigen soll. Doch schon während ich überlege, weiß ich genau, dass ich das nicht tun werde. Damit würde ich nämlich die Existenz der Bank anerkennen. Ich will sie aber vergessen.

Ich will alles vergessen. Nichts soll mehr existieren. Weder die Bank noch VISA, noch Octagon. Sie sollen alle aus meinem Leben verschwinden. Für immer.

Einen Anruf tätige ich aber doch – nämlich ins Büro, damit ich nicht in Abwesenheit gefeuert werde. Ich rufe um 9:20 Uhr an – kurz, bevor Philip kommt – und habe Mavis vom Empfang am Apparat.

»Mavis?«, krächze ich. »Ich bin's, Rebecca Bloomwood. Könnten Sie Philip bestellen, dass ich krank bin?«

»Ach, Sie armes Ding«, sagt Mavis. »Bronchitis?«

»Weiß nicht«, krächze ich. »Ich gehe nachher zum Arzt. Also dann. Bye.«

Das war's. Ein Anruf – und ich bin frei. Niemand schöpft Verdacht – warum auch? Mann, diese Erleichterung. Ganz schön einfach, sich aus der Affäre zu ziehen. Ich hätte das schon viel früher tun sollen.

Irgendwo tief in mir nagt aber das scheußliche Wissen, dass ich nicht ewig hierbleiben kann. Dass mich die Realität früher oder später auch hier einholen wird.

Ja, schon, aber – jetzt noch nicht. Das wird schon

noch ein Weilchen dauern. Und bis dahin will ich nicht einmal daran denken. Ich werde jetzt gemütlich eine Tasse Tee trinken, *Morning Coffee* gucken und sämtliche unangenehmen Gedanken aus meinem Hirn löschen.

Als ich in die Küche komme, sitzt Dad am Tisch und liest Zeitung. Es duftet nach Toast, und im Hintergrund läuft das Radio. Genau wie früher, als ich kleiner war und noch zu Hause gewohnt habe. Damals war das Leben so einfach. So einfach. Keine Rechnungen, keine Mahnungen, keine bösen Briefe. Ich werde von einer immensen Nostalgiewoge erfasst und muss tatsächlich ein paar Tränchen wegblinzeln, als ich Teewasser aufsetze.

»Na, das ist ja interessant«, sagt Dad und pocht mit dem Finger auf den *Daily Telegraph*.

»Was denn?«, frage ich, während ich einen Teebeutel in meine Tasse hänge.

»Scottish Prime hat Flagstaff Life übernommen.«

»Ach, ja«, sage ich zerstreut. »Stimmt. Ich glaube, ich hatte so was läuten hören.«

»Und alle, die in Flagstaff Life investiert hatten, kriegen jetzt enorme Gewinne ausgezahlt. Angeblich die größte Gewinnausschüttung, die es je gegeben hat.«

»Wow«, sage ich und bemühe mich, interessiert zu klingen. Ich nehme mir eine von Mums Hausfrauenzeitschriften, schlage sie auf und will mein Horoskop lesen.

Aber irgendetwas lenkt mich ab. Flagstaff Life. Warum kommt mir das so bekannt vor? Mit wem hatte ich denn noch mal über …

»Martin und Janice!«, sage ich plötzlich. »Die sind bei Flagstaff Life! Schon seit fünfzehn Jahren!«

»Dann wird sich das für sie richtig lohnen«, sagt Dad. »Je länger man eingezahlt hat, desto mehr bekommt man jetzt wohl auch.«

Er blättert geräuschvoll um, und ich widme mich meiner Tasse Tee und einem Artikel über Osterkuchen. Ist doch ungerecht, denke ich auf einmal ärgerlich. Wieso bekomme ich nicht überraschend einen Gewinn ausgezahlt? Warum wird die Endwich Bank nicht übernommen? Dann könnten die mir einen Gewinn auszahlen, mit dem ich mein Konto ausgleichen könnte. Und Derek Smeath könnten sie bei der Gelegenheit gerne auch gleich kündigen.

»Und – hast du was Bestimmtes vor heute?«, fragt Dad und sieht auf.

»Nö, eigentlich nicht«, antworte ich und trinke einen Schluck Tee.

Und – hast du was Bestimmtes vor mit dem Rest deines Lebens? Nö, eigentlich nicht.

Den Vormittag verbringen Mum und ich ganz entspannt und friedlich damit, alte Klamotten für einen Wohltätigkeitsbasar herauszusuchen, und um halb eins gehen wir in die Küche und machen uns ein Sandwich. Mir schießt durch den Kopf, dass ich vor drei Stunden bei der Endwich Bank hätte vorstellig werden sollen – doch dieser Gedanke verschwindet genauso schnell, wie er mir gekommen ist. Mein Leben in London ist so weit weg und kommt mir völlig unwirklich vor. *Hier* gehöre ich hin. Weit ab von der rasenden Menge. Zu Hause bei Mum und Dad. Hier ist das Leben entspannt und unkompliziert.

Nach dem Mittagessen setze ich mich mit einem von Mums Versandhauskatalogen auf die Bank unterm Apfelbaum. Kurz darauf höre ich eine Stimme von der anderen Seite des Zauns und sehe auf. Unser Nachbar Martin. Hmmmm. Ich bin gerade nicht sonderlich gut auf Martin zu sprechen.

»Hallo, Becky«, sagt er leise. »Wie geht es dir?«

»Gut, danke«, sage ich knapp. *Und ich bin nicht in euren Sohn verliebt,* würde ich am liebsten hinterherschieben. Aber dann würden sie mir wahrscheinlich erst recht nicht glauben.

»Becky«, sagt Janice, die mit einer Gartenschaufel in der Hand an Martins Seite auftaucht. Ihr Blick trieft nur so vor Mitleid. »Wir haben von deinem … von diesem *Wüstling* gehört«, flüstert sie.

»Kriminell, so was!«, entrüstet Martin sich. »Einsperren sollte man solche Leute!«

»Wenn wir irgendetwas für dich tun können …«, sagt Janice. »Ganz egal, was. Sag einfach Bescheid.«

»Mir geht's wirklich gut«, sage ich und bin schon wieder etwas milder gestimmt. »Ich möchte nur gern ein paar Tage hier sein. Abstand gewinnen und so.«

»Ja, natürlich«, sagt Martin. »Sehr gute Idee.«

»Ich habe heute Morgen schon zu Martin gesagt, du solltest eigentlich einen Leibwächter engagieren.«

»Man kann ja nicht vorsichtig genug sein heutzutage«, meint Martin.

»Aber so ist das wohl, wenn man berühmt ist«, sagt Janice und schüttelt den Kopf. »Das ist der Preis, den man zahlen muss.«

»Na ja«, sage ich und versuche, das Thema zu wechseln. »Und wie geht es euch?«

»Ach, uns geht's gut«, sagt Martin. »Mehr oder weniger.« Ich bin überrascht, eine gezwungene Fröhlichkeit aus diesen Worten zu hören. Er schweigt und sieht zu Janice. Diese runzelt die Stirn und schüttelt kaum merklich den Kopf.

»Aber ihr müsstet euch doch eigentlich riesig freuen«, sage ich fröhlich. »Oder habt ihr noch nicht das Neueste von Flagstaff Life gehört?«

Schweigen.

»Nun ja«, sagt Martin. »Wir hätten uns natürlich auch gefreut, ja.«

»Aber das konnte ja niemand wissen«, sagt Janice schulterzuckend. »So ist das halt im Leben. Pech gehabt.«

»Wie? Was?« Ich bin völlig verwirrt. »Ich dachte, ihr bekommt eine riesige Gewinnsumme ausgezahlt?«

»Das dachten wir auch …« Martin reibt sich über das Gesicht. »Aber so, wie es aussieht, bekommen wir gar nichts.«

»Ja, aber … wieso das denn?«

»Martin hat heute Morgen da angerufen«, erläutert Janice, »um sich zu erkundigen, mit wie viel wir rechnen können. In der Zeitung stand ja, dass langjährige

Kunden *ein paar tausend* Pfund bekämen. Aber –« Sie sieht zu Martin.

»Was aber?«, frage ich bestürzt.

»Wir haben keinen Anspruch mehr auf die Gewinnauszahlung«, sagt Martin gequält. »Weil wir doch den Fonds gewechselt haben. Wenn wir bei unserem alten Profit-Fonds geblieben wären, würden wir jetzt Geld kriegen, aber ...« Er hustet. »Ich meine, jetzt bekommen wir natürlich auch Geld, aber höchstens hundert Pfund oder so.«

Entsetzt starre ich ihn an.

»Aber ihr habt doch erst –«

»Vor zwei Wochen den Fonds gewechselt«, sagt er. »Ironie des Schicksals. Wenn wir nur ein bisschen länger gewartet hätten ... Aber gut, passiert ist passiert. Bringt ja nichts, jetzt zu jammern.« Er zuckt resigniert mit den Schultern und lächelt Janice an. Janice lächelt zurück.

Ich sehe weg und beiße mir auf die Unterlippe.

Mich beschleicht schon wieder so ein ekliges Gefühl der Kälte. Martin und Janice haben den Fonds auf meinen Rat hin gewechselt, oder etwa nicht? Sie haben mich nach meiner Meinung gefragt, und ich habe ihnen geraten zu wechseln. Jetzt, wo ich drüber nachdenke ... hatte ich zu dem Zeitpunkt nicht sogar schon gerüchteweise von der Übernahme gehört? Oh, Gott. Wusste ich womöglich im Grunde schon davon? Hätte ich dieses Desaster verhindern können?

»Woher hätte man auch wissen sollen, dass bei

einer Übernahme solche Gewinne fällig werden?«

Janice legt Martin tröstend eine Hand auf den Arm. »Solche Sachen werden doch bis zum allerletzten Moment geheim gehalten, stimmt's, Becky?«

Meine Kehle ist wie zugeschnürt, ich kann gar nicht antworten. Jetzt erinnere ich mich ganz klar und deutlich. Von Alicia hatte ich als Erstes von der Übernahme gehört. Einen Tag, bevor ich letztes Mal hierherkam. Und Philip hat es auch erwähnt. Und er hat etwas davon gesagt, dass diejenigen, die in den Profit-Fonds eingezahlt hatten, tatsächlich profitieren würden. Das Problem war nur … Ich habe nicht richtig zugehört. Ich glaube, da habe ich mir gerade die Nägel lackiert.

»Wenn wir bei dem alten Fonds geblieben wären, hätten wir etwa 20000 Pfund bekommen«, sagt Martin traurig. »Mir wird ganz schlecht, wenn ich daran denke. Aber Janice hat recht. Woher hätten wir das wissen sollen? Das hat ja niemand wissen können.«

Oh, Gott. Das ist alles meine Schuld. Alles meine Schuld. Wenn ich doch nur *einmal* mein Gehirn eingeschaltet und mitgedacht hätte …

»Ach, Becky, was machst du denn für ein Gesicht!«, sagt Janice. »Das ist doch nicht deine Schuld! Du konntest das doch nicht wissen! Niemand konnte das wissen. Niemand hätte uns vorhersagen können, dass –«

»Ich wusste es«, sage ich niedergeschlagen.

Verblüfftes Schweigen.

»Wie bitte?«, piepst Janice.

»Also, ich wusste natürlich nichts *Genaues*«, sage ich und sehe zu Boden. »Aber ich habe schon vor einer ganzen Weile Gerüchte über die Übernahme gehört. Das hätte ich euch sagen sollen, als ihr mit mir darüber geredet habt. Ich hätte euch warnen sollen. Euch raten sollen, noch zu warten. Aber ich … habe einfach nicht nachgedacht in dem Moment. Ich hatte das vollkommen vergessen.« Ich zwinge mich, aufzusehen und Martins überraschtem Blick zu begegnen. »Es … es tut mir leid. Das ist meine Schuld.«

Es folgt betretenes Schweigen. Janice und Martin sehen einander an, und ich schlinge die Arme um mich und ekle mich vor mir selbst. Ich höre, wie bei uns das Telefon klingelt und jemand abnimmt.

»Verstehe«, sagt Martin schließlich. »Na ja … mach dir keine Sorgen. So was passiert nun mal.«

»Du bist nicht daran Schuld, Becky«, tröstet Janice mich. »Schließlich haben *wir* uns dazu entschieden, den Fonds zu wechseln. Das war nicht deine Entscheidung.«

»Und du darfst nicht vergessen, dass du einem entsetzlichen Druck ausgesetzt warst in letzter Zeit«, fügt Martin hinzu und legt mir mitfühlend eine Hand auf den Arm. »Mit dieser grässlichen Telefonterror-Geschichte, meine ich.«

Jetzt muss ich aber wirklich gleich heulen. So viel Nachsicht und Güte habe ich überhaupt nicht verdient! Ich habe diese Leute um 20000 Pfund gebracht, bloß weil ich zu faul bin, mich über Ereignisse auf dem Laufenden zu halten, über die ich eigentlich

Bescheid wissen sollte! Herrgott noch mal, ich bin Finanzjournalistin! Ich bin vom Fach!

Ich stehe also da, im Garten meiner Eltern, und stürze ohne Vorwarnung in die tiefste Krise meines Lebens. Was habe ich denn schon geleistet bisher? Nichts. Absolut gar nichts. Ich kann nicht mit Geld umgehen, ich nehme meinen Beruf nicht ernst und ich habe keinen Freund. Ich habe meine beste Freundin verletzt, ich habe meine Eltern angelogen – und jetzt habe ich auch noch meine Nachbarn ruiniert. Ich sollte mich einfach komplett verabschieden und in ein buddhistisches Kloster oder so verschwinden.

»Becky?«

Mein Vater. Überrascht sehe ich auf. Er kommt über die Wiese auf uns zu und sieht reichlich beunruhigt aus.

»Becky, jetzt krieg mal keinen Schreck«, sagt er, »aber dieser Derek Smeath hat gerade hier angerufen.«

»Wie bitte?« Ich werde totenbleich vor Entsetzen.

»Der Wüstling?«, fragt Janice, und Dad nickt nüchtern.

»Ein ziemlich unangenehmer Zeitgenosse, muss ich sagen. War ganz schön aggressiv.«

»Aber woher weiß er denn, dass Becky hier ist?«, fragt Janice.

»Ich glaube nicht, dass er das wusste«, sagt Dad. »Hat's einfach auf gut Glück probiert. Ich war sehr höflich zu ihm und habe ihm einfach gesagt, dass du nicht hier bist und dass ich auch nicht wüsste, *wo* du bist.«

»Und … und was hat er gesagt?«, frage ich mit erstickter Stimme.

»Ach, er hat irgendeinen Blödsinn erzählt, von wegen ihr hättet einen Termin gehabt oder so.« Dad schüttelt den Kopf. »Der Kerl ist ganz offensichtlich geistig verwirrt.«

»Da hilft nur eins: Eine neue Telefonnummer«, sagt Martin. »Am besten eine Geheimnummer.«

»Aber von wo hat er denn angerufen?«, fragt Janice bestürzt. »Er könnte ja überall sein!« Aufgeregt sieht sie sich im Garten um, als rechne sie damit, dass er gleich hinter einem Busch hervorspringt.

»Ganz genau«, sagt Dad. »Becky, ich glaube, es ist besser, wenn du jetzt ins Haus gehst. Man kann ja nie wissen.«

»Okay«, sage ich wie betäubt. Ich kann gar nicht recht glauben, was hier passiert. Ich sehe Dads gütiges, besorgtes Gesicht und könnte schon wieder heulen. Ach, *warum* habe ich ihm und Mum nicht die Wahrheit gesagt? Warum hab ich mich in diese bescheuerte Lage gebracht?

»Du siehst ziemlich mitgenommen aus, Liebes«, sagt Janice und tätschelt mir die Schulter. »Eine Tasse Tee wird dir jetzt guttun.«

»Ja«, sage ich. »Ja, ich glaube auch.«

Dad geleitet mich behutsam in Richtung Haus, als wenn ich invalide wäre.

Die Sache gerät langsam außer Kontrolle. Jetzt komme ich mir nicht mehr nur wie eine Versagerin vor, jetzt fühle ich mich auch nicht mehr sicher und geborgen. Keine Spur mehr von dem heimeligen Kokon-Gefühl – jetzt bin ich gereizt, nackt und angreifbar. Ich sitze neben Mum auf dem Sofa, wir trinken Tee und sehen fern, und ich zucke bei jedem Geräusch von draußen panisch zusammen.

Was, wenn Derek Smeath auf dem Weg hierher ist? Wie lange würde er von London hierherbrauchen? Anderthalb Stunden? Zwei, wenn viel Verkehr ist?

Das würde er niemals tun. Dazu ist er viel zu beschäftigt.

Aber er *könnte* natürlich …

Er könnte auch den Gerichtsvollzieher vorbeischicken. Oh, Gott. Das sind doch so ungemütliche Zeitgenossen in Lederjacken. Mein Magen krampft sich vor Angst zusammen. Langsam kommt es mir vor, als würde ich tatsächlich terrorisiert.

In der Werbepause nimmt Mum einen Gartenkatalog zur Hand. »Guck doch mal, dieses hübsche Vogelbecken«, sagt sie. »So eins bestelle ich mir für unseren Garten.«

»Super«, brumme ich.

»Die haben auch ganz tolle Blumenkästen«, plappert sie weiter. »Die Fenster in eurer Wohnung könnten doch eigentlich ein paar Blumenkästen vertragen.«

»Ja«, sage ich. »Kann sein.«

»Soll ich dir zwei bestellen? Sind gar nicht teuer.«

»Nein danke.«

»Man kann mit Scheck bezahlen oder mit VISA …«, sagt sie und blättert um.

»Nein danke, Mum.« Ich klinge jetzt etwas schärfer.

»Du könntest auch einfach da anrufen, deine VISA-Kartennummer durchgeben und dir die Kästen liefern lassen –«

»Hör jetzt auf, Mum!«, rufe ich. »Ich will keine Blumenkästen, okay?«

Mum sieht mich überrascht und etwas missbilligend an, dann blättert sie weiter, während ich fast an meiner Panik ersticke. Meine VISA ist gesperrt. Meine Switch Card ist gesperrt. Alles ist gesperrt. Und sie hat nicht die leiseste Ahnung.

Nicht daran denken. Nicht daran denken. Ich schnappe mir eine alte Fernsehzeitung vom Couchtisch und blättere sie durch, ohne wahrzunehmen, was ich sehe.

»Martin und Janice haben vielleicht ein Pech gehabt, was?« Mum sieht zu mir auf. »Stell dir das vor, wechseln zwei Wochen vor der Übernahme von einem Fonds zum anderen. So ein Pech aber auch!«

»Ich weiß«, murmele ich und studiere intensiv das Programm. Ich möchte gar nicht daran erinnert werden.

»Muss wirklich ein schrecklicher Zufall gewesen sein«, sagt Mum kopfschüttelnd. »Dass Flagstaff Life diesen neuen Fonds ausgerechnet so kurz vor der Übernahme angeboten hat. Wahrscheinlich haben eine ganze Menge Leute genau das Gleiche getan wie Martin und Janice – und sitzen jetzt da mit langen Gesichtern. Wirklich schlimm.«

Ich denke über das nach, was Mum gerade gesagt hat. Ein schrecklicher Zufall – aber so ein richtiger, echter Zufall war das doch gar nicht, oder? Flagstaff Life hat Janice und Martin schließlich extra angeschrieben und ihnen vorgeschlagen, den Fonds zu wechseln. Sie haben sogar mit einem Geschenk gelockt. Mit einer Kaminuhr.

Warum?

Plötzlich klingeln bei mir die Alarmglocken. Ich will diesen Brief von Flagstaff Life sehen und herausfinden, wann genau der abgeschickt wurde.

»Ich gehe … nur mal eben kurz nach nebenan«, sage ich und stehe auf. »Bin gleich zurück.«

Martin macht mir die Tür auf, und ich kann hören, dass bei ihm und Janice gerade das gleiche Fernsehprogramm läuft wie bei uns.

»Hi«, sage ich schüchtern. »Ähm, hättet ihr wohl einen Moment … Könnte ich eben kurz mit euch reden?«

»Natürlich!«, sagt Martin. »Komm doch rein! Kleinen Sherry gefällig?«

»Oh«, sage ich überrascht. Ich meine, nicht, dass ich etwas gegen Alkohol hätte, wirklich nicht – aber es ist noch nicht mal fünf Uhr. »Ach, warum nicht?«

»Für einen Sherry ist es nie zu früh!«

»Ich möchte auch noch einen, Martin, bitte!«, lässt Janice aus dem Wohnzimmer verlauten.

Hoppla! Ein Paar verkappter Alkies!

Oh, Gott, vielleicht ist das auch meine Schuld! Vielleicht hat die Sache mit dem entgangenen Gewinn sie derartig deprimiert, dass sie jetzt Trost beim Alkohol und stupiden, nachmittäglichen Fernsehsendungen suchen.

»Ich dachte mir …«, hebe ich nervös an, als Martin mir dunkelbraunen Sherry in ein großes Sherryglas einschenkt. »Ich meine, nur so aus Interesse – könnte ich mir wohl mal den Brief von Flagstaff Life ansehen? Den, in dem sie euch vorschlagen, den Fonds zu wechseln? Mich würde interessieren, wann der abgeschickt wurde.«

»Wir haben ihn an dem Tag bekommen, an dem wir mit dir darüber gesprochen haben«, sagt Martin. »Warum willst du ihn sehen?« Er hebt das Glas. »Auf dein Wohl.«

»Prost«, sage ich und trinke ein Schlückchen. »Ich habe nämlich den Verdacht –«

»Komm mit ins Wohnzimmer«, unterbricht er mich und schiebt mich vor sich her durch den Flur. Er reicht Janice ihren Sherry und sagt: »Komm, Schatz, auf ex!«

»Psst«, antwortet sie. »Jetzt ist das Zahlenspiel dran! Ich muss mich konzentrieren!«

»Ich dachte mir, ich forsche da mal ein bisschen genauer nach«, flüstere ich Martin zu, während im Fernsehen der Countdown läuft. »Ich habe so ein schlechtes Gewissen deswegen.«

»Fünfzig mal vier ist zweihundert«, sagt Janice auf einmal. »Sechs minus drei ist drei, mal sieben ist einundzwanzig, das kommt dazu.«

»Sehr gut, Schatz!«, lobt Martin seine Frau und durchwühlt die Eichenanrichte. »Hier ist er«, sagt er. »Heißt das, dass du einen Artikel darüber schreiben willst oder so?«

»Kann schon sein«, sage ich. »Ihr hättet doch nichts dagegen, oder?«

»Etwas dagegen?« Er zuckt mit den Schultern. »Nein, wieso sollten wir?«

»Pscht!«, macht Janice. »Jetzt kommt die Scherzfrage!«

»Gut«, flüstere ich. »Dann nehme ich das … ich nehme das hier einfach mit, ja?«

»Ausbeulen!«, schreit Janice. »Nein, Ausbeuten!«

»Und … danke für den Sherry.« Ich trinke den Rest von diesem süßen Zeug mit einem Schluck, schüttele mich leicht, stelle mein Glas ab und schleiche mich auf Zehenspitzen hinaus.

Eine halbe Stunde später sitze ich in meinem alten Zimmer, habe den Brief mehrmals gelesen und bin mir sicher, dass da irgendetwas nicht ganz koscher ist. Wie viele Kunden haben wohl den Fonds gewechselt, nachdem sie mit dieser Kaminuhr geködert worden waren? Wie viele Kunden waren auf diese Weise *nicht* in den Genuss der Auszahlung gekommen? Oder, etwas spitzer formuliert: Wie viel Geld hatte Flagstaff Life auf diese Weise wohl gespart? Auf einmal bin ich Feuer und Flamme für diese Geschichte. Ich will wissen, was wirklich dahintersteckt. Und nicht nur das. Ich will wirklich darüber schreiben.

Zum ersten Mal in meinem Leben bin ich tatsächlich an einer Geschichte *interessiert*.

Und ich habe keine Lust, die Story nur für mein blödes eigenes Blatt zu schreiben.

Eric Foremans Karte steckt immer noch in meinem Portemonnaie. Ich nehme sie heraus, betrachte sie eine Weile, gehe dann zum Telefon und tippe schnell seine Nummer ein, bevor ich es mir anders überlege.

»Eric Foreman, *Daily World*«, dröhnt mir seine Stimme entgegen.

Oh, Gott. Was mache ich hier eigentlich?

»Hi«, sage ich nervös. »Ich weiß nicht, ob Sie sich an mich erinnern können. Rebecca Bloomwood von *Successful Saving*. Wir haben uns neulich bei der Pressekonferenz von Sacrum Asset Management kennengelernt.«

»Stimmt«, sagt er fröhlich. »Wie geht es Ihnen?«

»Gut«, sage ich und umklammere den Hörer immer fester. »Wirklich gut. Ähm … Sagen Sie, machen Sie immer noch diese Serie ›Gütesiegel Nadelstreifen‹?«

»Ja, machen wir«, sagt Eric Foreman. »Warum?«

»Es ist nur …« Ich schlucke. »Es ist nur so – ich glaube, ich habe da eine interessante Geschichte für Sie.«

SIEBZEHN

Ich habe mich noch nie vorher derartig für einen Artikel ins Zeug gelegt. Noch nie.

Na gut, ich habe auch noch nie eine so knappe Deadline gehabt. Bei *Successful Saving* haben wir ja einen ganzen Monat Zeit, um unsere Artikel zu schreiben – und selbst darüber beklagen wir uns noch! Als Eric Foreman mich fragte, ob ich die Story bis morgen vorlegen kann, dachte ich erst, er würde Witze machen. Darum habe ich in meinem Übermut »Ja, klar!« geantwortet und fast noch hinzugefügt: »Warum bis morgen warten?« Aber dann habe ich gerade noch rechtzeitig begriffen, dass er es ernst meinte. Puh!

Am nächsten Morgen stehe ich also gleich als Erstes mit einem Diktafon bei Martin und Janice auf der Matte und schreibe mir ganz genau auf, was es mit ihrer Geldanlage auf sich hatte. Außerdem entlocke ich ihnen – auf Anraten von Eric Foreman – noch ein paar private Details, die gut für die Tränendrüse sind.

»Es geht hier um *Menschen*«, hatte Eric mir am Telefon gesagt. »Nicht um trockene Berichterstattung aus der Finanzwelt. Man muss Mitleid mit den Leuten haben können. Die Tränen müssen einem kommen, wenn man das liest. Ein ganz normales, hart arbeitendes Ehepaar, das darauf vertraut hat, dass die Beiträge, die es ständig leistet, ihm einen geruhsamen Lebensabend sichern würden. Über den Tisch gezogen von rücksichtslosen Finanzhaien. In was für einem Haus wohnen diese Leute?«

»Äääähm... In einem großen Einfamilienhaus in Surrey.«

»Um Gottes willen, erwähnen Sie das bloß nicht!«, rief er. »Was ich brauche, sind ehrliche, arme, stolze Mitbürger. Solche, die noch nie einen Penny vom Staat bekommen haben und immer gespart haben, um sich privat abzusichern. Die einem seriösen Finanzunternehmen vertraut haben. Und dafür von eben diesem Unternehmen mit Füßen getreten wurden.« Er hielt inne, und es klang ganz so, als würde er sich mit einem Zahnstocher im Mund herumfuhrwerken. »So in der Art. Meinen Sie, Sie kriegen das hin?«

»Ich... Ähm...ja! Natürlich!«, stotterte ich.

Oh, Gott, dachte ich, als ich auflegte. Oh, Gott, was habe ich mir da jetzt bloß aufgehalst?

Aber jetzt ist es zu spät, ich kann es mir nicht mehr anders überlegen. Meine nächste Aufgabe besteht also darin, Janice und Martin ihr Einverständnis dafür abzuschmeicheln, dass sie in der *Daily World* erscheinen. Das Problem ist, dass die *Daily World* nun nicht gerade die *Financial Times* ist. Noch nicht mal die normale *Times*. (Aber ich weise sie darauf hin, dass es durchaus schlimmer sein könnte. Sie könnten schließlich auch in der *Sun* erscheinen – eingequetscht zwischen einem Busenwunder und einem unscharfen Paparazzibild von Posh Spice.)

Aber glücklicherweise sind die beiden so überwältigt von der Tatsache, dass ich mich so für sie engagiere, dass es ihnen anscheinend ganz egal ist, für welche Zeitung ich schreibe. Und als sie hören, dass gegen Mittag ein Fotograf vorbeikommt, da führen sie sich auf, als würde die Queen höchstpersönlich reinschauen.

»Meine Haare!«, sagt Janice bestürzt und sieht in den Spiegel. »Habe ich noch Zeit, zu Maureen zu gehen und mir die Haare machen zu lassen?«

»Eigentlich nicht. Und außerdem siehst du prima aus«, versichere ich ihr. »Ihr sollt ja so natürlich wie möglich auftreten. Wie ... ganz normale, ehrliche Leute.« Ich sehe mich auf der Suche nach ein paar für die Leser interessanten Details im Wohnzimmer um.

Auf dem adretten Kaminsims steht eine Glückwunschkarte zum Hochzeitstag von ihrem Sohn. Doch dieses Jahr haben Martin und Janice Webster nichts zu feiern.

»Ich muss unbedingt Phyllis anrufen!«, sagt Janice. »Das glaubt sie mir nie!«

»Bist du eigentlich mal Soldat gewesen oder so?«, frage ich Martin nachdenklich. »Oder ... vielleicht Feuerwehrmann? Irgendwas in der Richtung? Bevor du Reisekaufmann geworden bist?«

»Leider nicht, Becky«, sagt Martin und runzelt die Augenbrauen. »Ich kann nur mit den Pfadfindern dienen, damals, zur Schulzeit.«

»Prima«, freue ich mich. »Damit kann ich doch schon was anfangen.«

Martin Webster spielt mit dem Pfadfinderabzeichen, auf das er in seiner Jugend so stolz war. Sein ganzes Leben hat er hart gearbeitet und war immer für andere da. Jetzt, da er sich zur Ruhe setzt, sollte er eigentlich die Früchte seiner Arbeit genießen dürfen.

Aber die Finanzhaie haben ihn um seine eiserne Reserve betrogen. Die Daily World *fragt …*

»Ich habe alles für dich kopiert«, sagt Martin. »Alle Unterlagen, die mit der Sache zu tun haben. Ich weiß ja nicht, ob dir das weiterhilft …«

»Oh, danke«, sage ich und nehme ihm den Stapel Papier ab. »Das lese ich mir alles schön durch.«

Als der ehrliche, unbescholtene Martin Webster ein Schreiben von Flagstaff Life erhielt, in dem ihm vorgeschlagen wurde, den Investmentfonds zu wechseln, vertraute er darauf, dass das Unternehmen wisse, was das Beste für ihn sei.

Zwei Wochen später erfuhr er, dass man ihn auf diese Weise um eine Gewinnausschüttung von £20000 gebracht hatte!

»Meiner Frau geht es gesundheitlich gar nicht gut, seit wir davon erfahren haben«, berichtet Martin Webster. »Ich mache mir furchtbare Sorgen um sie.«

Hmmm.

»Janice?« Ich sehe zu ihr auf. »Geht es dir gut? Du fühlst dich nicht irgendwie … unwohl oder so?«

»Ach, ehrlich gesagt, bin ich ein klein wenig nervös, Becky.« Sie wendet sich vom Spiegel ab. »Ich werde immer nervös, wenn jemand mich fotografieren will.«

»Ich bin ein nervliches Wrack«, erzählt Janice Webster und spielt unaufhörlich mit ihrem Ehering. »Ich bin noch nie im Leben so betrogen worden.«

»Gut, ich glaube, ich habe dann jetzt genug Material.« Ich stehe auf und schalte das Diktafon aus. »Es kann sein, dass ich *geringfügig* von dem abweichen muss, was ich aufgenommen habe, damit die Story ein bisschen besser klingt. Ihr habt doch nichts dagegen, oder?«

»Natürlich nicht!«, sagt Janice. »Du schreibst das, was du für richtig hältst, Becky. Wir vertrauen dir.«

»Und was passiert jetzt?«, erkundigt Martin sich.

»Jetzt werde ich mich mit Flagstaff Life unterhalten«, sage ich. »Mal hören, was die zu ihrer Entschuldigung zu sagen haben.«

»Entschuldigung??«, entrüstet Martin sich. »Für das, was die uns angetan haben, gibt es keine Entschuldigung!«

»Ich weiß«, sage ich und grinse. »Eben drum.«

Auf dem Weg nach Hause spüre ich Glückshormone durch meinen Körper rauschen. Jetzt brauche ich nur noch eine Aussage von Flagstaff Life, dann kann ich anfangen, den Artikel zu schreiben. Viel Zeit bleibt mir nicht, ich muss bis zwei Uhr damit fertig sein, wenn er morgen erscheinen soll. Mann, ist das aufregend. Warum war meine Arbeit früher nie so aufregend?

Ich schnappe mir das Telefon und wähle die Nummer von Flagstaff Life – nur, um mir von der Dame in der Zentrale sagen zu lassen, dass sämtliche Presseangelegenheiten außer Haus wahrgenommen werden. Sie gibt mir eine Nummer, die mir irgendwie bekannt vorkommt. Ich runzele die Stirn, wähle sie dann aber dennoch.

»Guten Tag«, begrüßt mich eine freundliche Stimme, »Sie sprechen mit Brandon Communications. Was kann ich für Sie tun?«

Oh, Gott, natürlich. Mir wird ganz schwindelig. Das Wort »Brandon« hat den Effekt eines Schlags in die Magengrube. Luke Brandon hatte ich völlig vergessen. Ich hatte überhaupt den ganzen Rest meines Lebens völlig vergessen. Und ich will auch gar nicht daran erinnert werden.

Aber egal – schließlich muss ich ja nicht mit ihm persönlich sprechen.

»Guten Tag!«, sage ich. »Mein Name ist Rebecca Bloomwood. Äääähmm … Könnte ich wohl bitte mit jemandem über Flagstaff Life sprechen?«

»Kleinen Moment bitte …«, sagt die Stimme. »Ah, ja, das ist Luke Brandons Klient. Ich stelle sie zu seiner Assistentin durch …« Und schon ist die Stimme weg, bevor ich noch irgendetwas sagen kann.

Oh, Gott.

Oh, Gott, ich kann nicht! Ich kann nicht mit Luke Brandon sprechen! Meine Fragen liegen säuberlich notiert auf einem Stück Papier vor mir, aber sie verschwimmen vor meinen Augen zu Hieroglyphen. Ich muss an die Blamage an jenem Tag bei Harrods denken, an die Demütigung, die ich empfunden habe. An das mehr als flaue Gefühl im Magen, als er so verdammt herablassend mit mir sprach und mir auf einmal klar wurde, was ich in seinen Augen eigentlich bin. Eine Witzfigur. Ein Nichts.

Oh, doch, ich kann, rede ich mir selbst zu. Ich kann sehr wohl. Ich werde ganz ernst und geschäftsmäßig bleiben, meine Fragen stellen und –

»Rebecca!«, dringt eine Stimme an mein Ohr. »Wie geht es Ihnen? Ich bin's, Alicia.«

»Oh«, sage ich überrascht. »Ich dachte, ich würde zu Luke Brandon durchgestellt. Es dreht sich um Flagstaff Life.«

»Ja, nun ja«, sagt Alicia. »Luke Brandon ist ein viel beschäftigter Mann. Ich bin sicher, dass ich Ihnen alle Fragen beantworten kann.«

»Aha«, sage ich und lege eine kurze Pause ein. »Aber das ist doch nicht Ihr Klient, oder?«

»Ich glaube nicht, dass das in diesem Fall von Bedeutung ist«, sagt sie und lacht. »Was möchten Sie denn wissen?«

»Na gut«, antworte ich und sehe auf meine Liste. »War es Teil einer wohlkalkulierten Strategie, dass Flagstaff Life seinen Kunden vorgeschlagen hat, sich aus dem Profit-Fonds zurückzuziehen – und das, kurz bevor aus eben diesem Fonds große Gewinnsummen ausgezahlt wurden? Dadurch ist nämlich einigen Leuten eine Menge Geld durch die Lappen gegangen.«

»Ah, ja …«, sagt sie. »Danke, Camilla, ich nehme Räucherlachs und Salat.«

»Wie bitte?«, frage ich.

»Ach, Entschuldigung, ja, ich bin wieder ganz Ohr«, sagt sie. »Ich schreibe es mir nur eben schnell auf… Ich fürchte, dass ich Sie dann doch später zurückrufen muss in der Sache.«

»Es eilt aber!«, sage ich. »Es ist für einen Artikel, den ich in ein paar Stunden abgeben muss!«

»Verstanden«, sagt Alicia. Auf einmal ist ihre Stimme seltsam gedämpft. »Nein, Räucherlachs. Na gut, dann eben chinesisches Huhn. Ja.« Dann ist sie wieder normal zu verstehen. »Also, Rebecca, sonst noch Fragen? Wissen Sie was, ich schicke Ihnen einfach unsere aktuelle Pressemappe. Die wird bestimmt einige Ihrer Fragen beantworten. Wenn Sie wollen, können Sie mir Ihre Fragen natürlich auch eben faxen.«

»Gut«, sage ich knapp. »Werde ich tun.« Und damit lege ich auf.

Ich starre das Telefon an und koche vor Wut. So eine blöde, arrogante Kuh. Ist sich sogar zu fein, meine Fragen ernst zu nehmen.

Dann dämmert es mir, dass ich eigentlich immer so behandelt werde, wenn ich die Presseabteilungen irgendwelcher Firmen anrufe. Niemand scheint je daran interessiert zu sein, mir meine Fragen zu beantworten. Immer werde ich in die Warteschleife geschaltet, und immer wird mir gesagt, man würde mich zurückrufen – was natürlich nie passiert. Bisher war mir das immer ziemlich egal – ich fand das richtig nett, am Telefon zu hängen und »Greensleeves«

zu hören (immer noch besser als arbeiten). Es hat mir nie etwas ausgemacht, dass die Leute mich nicht ernst genommen haben.

Aber heute macht es mir sehr wohl etwas aus. Heute finde ich das, was ich tue, sehr wohl wichtig, und ich will verdammt noch mal ernst genommen werden!

Na, der werde ich es zeigen, denke ich aufgebracht. Und nicht nur der. Allen. Luke Brandon eingeschlossen. Ich werde ihnen zeigen, dass ich, Rebecca Bloomwood, keine Witzfigur bin.

Ungewöhnlich entschlossen setze ich mich an Dads Schreibmaschine. Ich ziehe ein Blatt Papier ein, lasse das Diktafon laufen, atme tief ein und fange an zu tippen.

REBECCA BLOOMWOOD

THE PINES
43 ELTON ROAD
OXSHOTT
SURREY

FAXNACHRICHT AN ERIC FOREMAN
DAILY WORLD

VON REBECCA BLOOMWOOD

28. März 2000

Sehr geehrter Mr Foreman,

anbei mein 950 Wörter umfassender Artikel über Flagstaff Life und die vorenthaltenen Gewinnauszahlungen. Ich hoffe, er gefällt Ihnen.

Mit freundlichen Grüßen,

Rebecca Bloomwood
Finanzjournalistin

ACHTZEHN

Am nächsten Morgen wache ich schon um sechs Uhr auf. Ich weiß, das klingt pathetisch, aber ich bin so aufgeregt wie ein Kind am Heiligen Abend. (Oder – um ganz ehrlich zu sein – wie *ich* am Heiligen Abend.)

Ich liege im Bett und ermahne mich selbst, nicht so kindisch zu sein, mich zu entspannen und nicht daran zu denken – aber ich kann einfach nicht widerstehen. Vor meinem geistigen Auge türmen sich die Zeitungsstapel in den unzähligen Kiosken dieses Landes auf. Ich stelle mir vor, wie Abertausende von *Daily Worlds* heute Morgen den Lesern zugestellt werden. Und wie sie alle die Zeitung aufschlagen und sich fragen, was es heute wohl Neues gibt in der Welt.

Und was sehen sie?

Meinen Namen! Rebecca Bloomwood, schwarz auf weiß in der *Daily World*! Mein allererster Artikel in einer überregionalen Tageszeitung! »Von Rebecca Bloomwood.« Hört sich doch toll an, oder? »Von Rebecca Bloomwood.«

Ich weiß, dass mein Beitrag heute erscheint, weil Eric Foreman mich gestern noch angerufen und mir erzählt hat, dass er dem Chefredakteur sehr gut gefallen hat. Ich weiß auch schon, dass das Foto von Janice und Martin in Farbe abgedruckt wird, der Artikel erscheint nämlich auf einer der farbigen Seiten. Warum kleckern, wenn man klotzen kann? Ich glaube es immer noch nicht richtig. Die *Daily World*!

Ich liege also so da, und auf einmal kommt mir in den Sinn, dass bei dem Kiosk gleich um die Ecke bestimmt auch schon ein dicker Packen *Daily Worlds* liegt. Ein ganzer Packen jungfräulicher, unberührter Zeitungen. Und der Kiosk macht auf um … wie viel Uhr? Sechs, oder? Und jetzt ist es fünf nach sechs. Das heißt, rein *theoretisch* könnte ich jetzt schon hingehen und mir ein Exemplar kaufen, wenn ich wollte. Ich könnte einfach aufstehen, mir etwas überziehen, zum Kiosk gehen und mir eine *Daily World* kaufen.

Aber das tue ich natürlich nicht. Soooo nötig habe ich es nun auch wieder nicht, dass ich den Laden zwei Minuten, nachdem er geöffnet hat, stürmen müsste, nur, um meinen Namen in der Zeitung zu sehen. Ich meine, wer bin ich denn? Nein, nein, ich werde später – vielleicht so gegen elf, zwölf Uhr – ganz lässig in den Kiosk schlendern, eine *Daily World* zur Hand nehmen, mit lauem Interesse durchblättern und dann wieder nach Hause schlendern. Wahrscheinlich kaufe ich mir nicht mal ein eigenes Exemplar. Ich meine – schließlich habe ich meinen Namen schon öfter gedruckt gesehen. Ist doch gar nichts dabei. Kein Grund, so einen Aufstand darum zu machen.

Ich drehe mich um und versuche, weiter zu schlafen. Ich weiß gar nicht, warum ich schon so früh wach bin. Bestimmt haben die Vögel mich geweckt.

Hmmm … Ich mache die Augen zu, knautsche mir mein Kissen zurecht und will an etwas anderes denken … Was mache ich mir denn nachher zum Frühstück?

Allerdings habe ich meinen Namen noch nie in der *Daily World* gesehen … Ich habe ihn noch nie in einer überregionalen Tageszeitung gesehen …

Oh, Gott, ich sterbe, wenn ich noch länger warte! Ich *muss* mir das jetzt angucken!

Ich springe unvermittelt aus dem Bett, schmeiße mich in meine Klamotten und schleiche mich die Treppe hinunter. Als ich die Haustür zumache, komme ich mir vor wie das Mädchen in dem Beatles-Song. Die Morgenluft ist kühl und frisch, und die Straße ist menschenleer. Mann, das ist ja richtig nett, so früh auf den Beinen zu sein. Warum stehe ich eigentlich nicht öfter um sechs Uhr auf? Vielleicht sollte ich mir das angewöhnen. Und einen kleinen Power Walk vor dem Frühstück hinlegen, so wie die Leute in New York. Massenweise Kalorien verbrennen und dann ein gesundes, reichhaltiges Frühstück aus Vollkornprodukten und frisch gepresstem Orangensaft genießen. Herrlich. Genau das Richtige für mich.

Je näher ich dem Zeitungsladen komme, desto heftiger schlägt mein Herz. Ganz unwillkürlich drossele ich die Geschwindigkeit, bis man meinen könnte, ich würde einer Beerdigungsprozession folgen. Jetzt werde ich ja doch langsam ein bisschen nervös. Plötzlich bin ich mir gar nicht mehr so sicher, ob ich meinen Namen wirklich schwarz auf weiß sehen will.

Vielleicht kaufe ich mir einfach nur ein Mars und gehe wieder nach Hause. Oder ein Caramac, wenn es die da gibt.

Zaghaft drücke ich die Tür auf und zucke zusammen, als diese »Ping!« macht. Ich will auf keinen Fall Aufmerksamkeit auf mich ziehen heute Morgen. Wenn nun der Typ hinter dem Tresen meinen Artikel schon gelesen hat und ihn schlecht findet? Oh, Gott, meine Nerven. Ich hätte niemals Journalistin werden sollen. Ich hätte Kosmetikerin werden sollen, das war doch schon immer mein Traum. Vielleicht ist es ja noch nicht zu spät. Ich könnte mich umschulen lassen, meinen eigenen kleinen Salon aufmachen …

»Guten Morgen, Becky!«

Völlig überrascht blicke ich auf und sehe Martin Webster mit einer *Daily World* in der Hand an der Kasse stehen. »Ich war zufällig schon wach«, erklärt er treuherzig. »Und da dachte ich mir, gehe ich doch eben rüber und guck schon mal …«

»Oh«, sage ich. »Ähm … ja, ich auch.« Ich zucke salopp mit den Schultern. »Ich war ja sowieso wach …«

Da fällt mein Blick auf die Zeitung, und mein Magen schlägt einen Purzelbaum. Oh, Gott, ich bekomme einen Nervenzusammenbruch. Bitte, lass mich ganz schnell sterben.

»Und – wie … wie ist er?«, würge ich hervor.

»Na ja«, sagt Martin und betrachtet etwas erstaunt die betreffende Seite. »Ich würde sagen: groß.« Er dreht die Zeitung so um, dass ich meinen Artikel sehen kann – und mir bleibt fast die Luft weg. Martin und Janice glotzen traurig und in Farbe in die Kamera, und unter dem Bild prangt die Schlagzeile Ehepaar von Flagstaff Life betrogen.

Mit leicht zitternden Händen nehme ich Martin die Zeitung ab. Ich lasse den Blick über die erste Spalte Text gleiten … und da steht es! »Von Rebecca Bloomwood.« Mein Name! Das bin ich!

Die Ladentür macht wieder »Ping!«, und Martin und ich drehen uns um. Ich bin restlos verblüfft, meinen Dad hereinkommen zu sehen.

»Oh«, sagt er und hüstelt peinlich berührt. »Deine Mutter wollte, dass ich ein Exemplar hole. Und außerdem war ich schon so früh wach …«

»Ich auch«, beeilt Martin sich zu sagen.

»Und ich auch«, sage ich.

»Tja, dann«, sagt Dad. »Ist er drin?«

»Oh, ja«, sage ich. »Er ist drin.« Ich halte ihm die Zeitung so hin, dass er den Artikel sehen kann.

»Mannomann«, staunt er. »Ganz schön groß, was?«

»Das Foto ist gut geworden, findet ihr nicht?«, schwärmt Martin. »Guckt doch mal, wie gut die Blumen auf unserem Vorhang rauskommen!«

»Ja, das Foto ist toll«, pflichte ich ihm bei.

Ich werde mich nicht dadurch herabwürdigen, dass ich ihn frage, wie er den Artikel selbst fand. Wenn er mir ein Kompliment dazu machen will, wird er es schon von selbst tun. Und wenn er es nicht tut – macht auch nichts. Das Wichtigste ist, dass *ich* stolz darauf bin.

»Janice ist richtig gut getroffen, finde ich«, bemerkt Martin und studiert weiter das Foto.

»Unbedingt«, bestätigt Dad. »Sieht allerdings ziemlich traurig aus.«

»Also, die Profis, die wissen ja wirklich ganz genau, wie das Licht fallen muss«, sagt Martin. »Ich meine, guck doch mal hier, wie das Sonnenlicht auf Janices –«

»Und was ist mit meinem Artikel?«, wimmere ich dazwischen. »Hat der dir auch gefallen?«

»Aber ja, natürlich!«, sagt Martin. »Tut mir leid, Becky, das hätte ich schon längst sagen sollen! Ich habe ihn noch nicht ganz gelesen, aber ich habe den Eindruck, dass er unsere Situation wirklich sehr präzise darstellt. Und ich bin ein richtiger kleiner Held!« Er runzelt die Stirn. »Du weißt aber, dass ich beim Falklandkrieg nicht dabei war, oder?«

»Na ja«, wiegele ich ab. »Man darf das nicht so eng sehen.«

»Und das hast du gestern geschrieben?«, fragt Dad. »Auf meiner Schreibmaschine?« Er ist völlig entgeistert.

»Ja«, sage ich. »Sieht gut aus, was? Habt ihr auch schon meinen Namen gesehen? Hier: ›Von Rebecca Bloomwood.‹«

»Janice wird begeistert sein«, prophezeit Martin. »Ich kaufe am besten gleich zwei Stück.«

»Und ich drei«, sagt Dad. »Eine für deine Oma.«

»Ich kaufe auch eine«, sage ich. »Oder zwei.« Ich greife lässig nach mehreren Exemplaren und knalle sie auf den Tresen neben die Kasse.

»Sechs Stück?«, fragt der Verkäufer. »Sind Sie sicher?«

»Für meine Unterlagen«, sage ich und erröte ein wenig.

Als wir nach Hause kommen, stehen Mum und Janice schon vor unserer Tür und warten sehnsüchtigst auf die Zeitung.

»Meine Haare!«, jammert Janice, sobald sie das Foto sieht. »Wie schrecklich! Was haben sie denn bloß damit gemacht?«

»Es sieht gar nicht schrecklich aus, Liebling!«, protestiert Martin. »Du siehst hübsch aus.«

»Die Vorhänge sind gut getroffen, Janice«, bemerkt Mum.

»Ja, nicht?«, ereifert sich Martin. »Genau das habe ich auch gesagt.«

Ich gebe auf. Was ist das denn bloß für eine Familie, die sich mehr für Vorhänge interessiert als für erstklassigen Journalismus? Aber ist mir auch egal. Ich bin völlig hin und weg von der Zeile: »Von Rebecca Bloomwood.« »Von Rebecca Bloomwood.«

Nachdem alle einen Blick in die Zeitung geworfen haben, lädt Mum Janice und Martin zum Frühstück zu uns ein, und Dad macht sich daran, Kaffee zu kochen. Es herrscht eine richtig ausgelassene Feststimmung, ständig lacht irgendjemand. Ich schätze, keiner von uns kann so recht glauben, dass Janice und Martin in der *Daily World* sind. (Und ich natürlich. »Von Rebecca Bloomwood.«)

Um zehn Uhr seile ich mich kurz ab und rufe Eric Foreman an. Nur so, um Hallo zu sagen. Und dass ich den Artikel gesehen habe.

»Sieht gut aus, was?«, sagt er fröhlich. »Unser Chef setzt wirklich große Stücke auf diese Serie, wenn Sie also noch mehr solcher Storys auftun, dann sagen Sie mir einfach Bescheid. Ihr Stil gefällt mir. Genau das Richtige für die *Daily World*.«

»Schön«, sage ich, obwohl ich mir nicht ganz sicher bin, ob das nun ein Kompliment ist oder nicht.

»Ach, und wo ich Sie gerade an der Strippe habe«, sagt er. »Geben Sie mir doch noch eben Ihre Bankverbindung durch.«

Mein Magen krampft sich auf unangenehme Weise zusammen. Was will Eric Foreman mit meiner Bankverbindung? Mist, will er jetzt etwa überprüfen, ob meine eigenen Finanzen in Ordnung sind, oder was? Will er meine Glaubwürdigkeit überprüfen?

»Wir bezahlen eigentlich nur noch per Überweisung«, höre ich ihn sagen. »Vierhundert Pfund. Ist das okay?«

Wie bitte? Wovon –

Oh, Gott! Er will mir etwas *bezahlen* für den Artikel! Ja, aber natürlich! Ja, selbstverständlich!

»Ja, sicher«, antworte ich. »Völlig okay. Ich äääh … gebe Ihnen eben meine Kontonummer, ja?«

Vierhundert Pfund!, denke ich benommen, während ich mein Scheckbuch hervorkrame. Einfach so! Ich fasse es nicht.

»Sehr gut«, sagt Eric Foreman, nachdem er sich die

Details notiert hat. »Ich gebe das an die Buchhaltung weiter.« Dann schweigt er kurz. »Sagen Sie, stehen Sie eventuell auch für allgemeinere Themen zur Verfügung? Mehr so in Richtung Schicksalsschläge des Lebens?«

Ob ich zur Verfügung stehe? Macht er Witze?

»Sicher«, sage ich und bemühe mich, meine Aufregung nicht durchblicken zu lassen. »Im Grunde … wäre mir das sogar lieber als Finanzgeschichten.«

»Gut«, sagt er. »Dann halte ich mal Augen und Ohren offen nach etwas, das Sie übernehmen könnten. Wie gesagt, ich glaube, Sie haben genau den richtigen Stil für uns.«

»Super«, sage ich. »Danke.«

Ich lege auf, und ein dickes, fettes Grinsen breitet sich auf meinem Gesicht aus. Ich habe den richtigen Stil für die *Daily World*! Ha! Endlich habe ich meine Nische gefunden!

Da klingelt das Telefon, und ich nehme in dem Glauben, das sei noch einmal Eric Foreman, der mir direkt eine Story anbietet, ab.

»Guten Tag, hier Rebecca Bloomwood«, sage ich ganz professionell.

»Rebecca«, ertönt Luke Brandons schroffe Stimme – und mir bleibt das Herz stehen. »Hätten Sie wohl die Güte, mir zu erzählen, was zum Teufel los ist?«

Mist.

Mist, er hört sich richtig sauer an. Einen Augenblick lang bin ich wie gelähmt. Meine Kehle ist ganz trocken, meine Hände sind dagegen schweißnass.

Oh, Gott. Was soll ich denn jetzt sagen? Was soll ich ihm denn sagen?

Obwohl – Moment mal. Ich habe doch gar nichts falsch gemacht.

»Ich weiß nicht, wovon Sie reden«, sage ich, um Zeit zu gewinnen. Ganz ruhig bleiben. Ruhig und gefasst.

»Von Ihrem schmierigen Artikel in der *Daily World*«, blafft er mich an. »Von Ihrer völlig eindimensionalen, parteiischen und ganz bestimmt verleumderischen kleinen Story.«

Das verschlägt mir doch glatt die Sprache. Schmierig? Verleumderisch?

»Er ist nicht schmierig!«, wehre ich mich schließlich. »Der Artikel ist gut. Und verleumderisch ist er ganz bestimmt *nicht*. Ich kann alles beweisen.«

»Ach, ja, aber sich die andere Seite der Geschichte anzuhören, das war Ihnen wohl zu mühselig, was?«, herrscht er mich an. »Wahrscheinlich waren Sie einfach viel zu beschäftigt damit, Ihre Skandalprosa zu schreiben, als dass Sie Zeit gehabt hätten, sich mit Flagstaff Life in Verbindung zu setzen und sich deren Sicht der Dinge anzuhören. Ich kenne das doch: Hauptsache, die Story ist gut, eine ausgewogene Darstellung verkauft sich nun mal schlecht!«

»Ich *habe* versucht, eine Darstellung der Gegenseite zu bekommen!«, rufe ich wütend in den Hörer. »Ich habe Ihre bescheuerte PR-Firma gestern angerufen und angekündigt, dass ich einen Artikel schreibe!«

Schweigen.

»Mit wem haben Sie gesprochen?«, fragt Luke.

»Mit Alicia«, antworte ich. »Ich habe ihr eine sehr klare, eindeutig formulierte Frage zu Flagstaffs Firmenpolitik in der jüngsten Vergangenheit gestellt, und sie hat mir gesagt, dass sie mich zurückrufen würde. Ich habe ihr *gesagt*, dass es eilt.«

Luke seufzt ungeduldig.

»Und warum zum Teufel reden Sie mit Alicia über Flagstaff? Das ist mein Klient, nicht ihrer!«

»Das weiß ich! Das habe ich ihr auch gesagt! Aber sie hat gesagt, dass Sie ein viel beschäftigter Mann seien und dass sie alle Fragen beantworten könne.«

»Haben Sie ihr gesagt, dass Sie für die *Daily World* schreiben?«

»Nein«, sage ich und werde ein klein wenig rot. »Ich habe gar nichts darüber gesagt, für wen ich schreibe. Ich hätte es ihr natürlich gesagt, wenn sie mich gefragt hätte. Aber das wäre ihr wohl schon zu viel der Anstrengung gewesen. Sie hat einfach angenommen, dass ich ganz bestimmt nicht an irgendetwas arbeite, das *wichtig* sein könnte.« Ich gerate in Rage und werde immer lauter. »Aber da hat sie sich ja wohl geirrt, was? Und nicht nur sie. Ihr ganzer Haufen! Vielleicht fangen Sie jetzt endlich mal an, *alle* Menschen mit Respekt zu behandeln. Nicht nur die, die *Sie* für wichtig halten.«

Ich halte inne und schnappe nach Luft. Am anderen Ende der Leitung herrscht verwirrtes Schweigen.

»Rebecca«, sagt Luke dann. »Wenn das hier mit unserem Besuch bei Harrods neulich zu tun hat –

wenn das irgendein peinlicher kleiner Racheakt sein soll –«

Das reicht, um mich explodieren zu lassen.

»Jetzt werden Sie nicht auch noch frech!«, schreie ich ihn an. »Versuchen Sie verdammt noch mal nicht, irgendwelche persönlichen Motive zu finden, wo es keine gibt! Kehren Sie mal vor der eigenen Tür, nämlich vor der Ihrer eigenen unfähigen Firma! Ich habe mich an die Regeln gehalten. Ich habe Ihnen nun wirklich ausreichend Gelegenheit gegeben für eine Gegendarstellung. *Ausreichend*. Wenn Ihre Firma eine solche Gelegenheit nicht nutzt und die Sache verbockt, ist das nicht meine Schuld!«

Und ohne seine Antwort abzuwarten, knalle ich den Hörer auf die Gabel.

Ich bebe am ganzen Körper, als ich zurück in die Küche gehe. Nicht zu fassen, dass ich Luke Brandon einmal gemocht habe! Nicht zu fassen, dass ich mit ihm Table-Hopping gemacht habe! Nicht zu fassen, dass ich mir mal zwanzig Pfund von ihm geliehen habe! So ein arrogantes, egozentrisches, chauvinistisches –

»Telefon!«, ruft Mum. »Soll ich drangehen?«

Oh, Gott. Das ist er bestimmt schon wieder. Ruft an, um sich zu entschuldigen. Aber so leicht kriegt er mich nicht weich. Ich stehe zu jedem Wort, und das werde ich ihm auch sagen. Und außerdem werde ich ihm sagen, dass –

»Für dich, Becky!«

»Komme«, sage ich und gehe in Richtung Telefon. Ich habe es nicht eilig. Ich bin ganz ruhig. Ich habe mich vollkommen unter Kontrolle.

»Hallo?«, sage ich.

»Rebecca? Ich bin's noch mal, Eric Foreman.«

»Oh«, sage ich überrascht. »Hi!«

»Ich habe Neuigkeiten, was Ihren Artikel angeht.«

»Ach, ja?« Ich bemühe mich, ganz ruhig und gefasst zu klingen. Aber mein Magen verselbstständigt sich schon wieder. Vielleicht hat Luke Brandon in der Zwischenzeit mit ihm gesprochen? Vielleicht habe ich tatsächlich irgendetwas Falsches geschrieben? Aber ich hatte doch alles überprüft, oder nicht?

»*Morning Coffee* hat gerade bei mir angerufen«, sagt er. »Sie wissen schon, die Fernsehshow morgens. Rory und Emma. Die sind an Ihrer Story interessiert.«

»Was?«, sage ich leicht belämmert.

»Die haben da diese neue Sendereihe Finanzen, ›Geld-Management‹ heißt sie. Da kommt jede Woche ein Experte ins Studio und erzählt den Zuschauern, wie sie mit ihrem Geld umgehen sollen.« Eric Foreman dämpft die Stimme ein wenig. »Also, ehrlich gesagt, geht ihnen langsam der Gesprächsstoff aus. Haben schon alles durch, Hypotheken, Kundenkarten, Renten, den ganzen Mist…«

»Ah, ja«, sage ich und hoffe, intelligent zu klingen. Doch dann dringen seine Worte immer mehr zu mir durch, und mir wird schon wieder etwas schwindelig.

»Na ja, wie dem auch sei, sie möchten Sie gerne

morgen früh in der Show haben«, erzählt Eric Foreman. »Sie sollen von der Flagstaff-Geschichte erzählen und die Zuschauer warnen. Wären Sie daran interessiert? Wenn nicht, sage ich denen einfach, dass Sie keine Zeit haben.«

»Nein!«, sage ich. »Nein. Sagen Sie ihnen, dass ich … « Ich schlucke. »Dass ich interessiert bin.«

Ich lege auf und habe das Gefühl, kurz vor einer Ohnmacht zu stehen. Das glaube ich einfach nicht. Ich komme ins Fernsehen.

Bank of Helsinki
Helsinki House
124 Lombard St
London EC2D 9YF

Rebecca Bloomwood
c/o William Green Recruitment
39 Farringdon Square
London EC4 7TD

29.3.2000

Hyvä Rebecca Bloomwood

Oli erittäin hauska tavata teidät viime viikolla, vaikka tapaaminen jäikin lyhyeksi. Olitte selvästi hermostunut, mikä on aivan ymmärrettävää. Siitä huolimatta minä ja kollegani ihailimme tavallisuudesta poikkeavaa luonteenlaatuanne. Olemme varmoja, että teistä olisi yhtiöllemme paljon hyötyä, ja mielellämme tapaisimme teidät uudestaan, ehkä lounaan merkeissä.

Haluaisin onnitella teitä suurenmoisesta artikkelistanne Daily World – lehdessä. Olette selvästi taitava ilmaisemaan ajatuksianne, ja on suuri ilo päästä pian keskustelemaan kanssanne äidinkielelläni. Toivoisin että ottaisitte minuun yhteyttä yllä mainitulla osoitteella.

Parhain terveisin

Ystävällisesti
Jan Virtanen

NEUNZEHN

Der Wagen, der mich ins Fernsehstudio bringen soll, ist pünktlich um 7:30 Uhr am nächsten Morgen da. Mum, Dad und ich zucken beim Ertönen der Türklingel nervös zusammen, obwohl wir schon zehn Minuten in angespanntem Schweigen darauf gewartet hatten.

»Na«, sagt Dad mit rauer Stimme und sieht auf die Uhr. »Wird auch Zeit.«

Als ich Dad gestern erzählt habe, wie und wann ich heute abgeholt werden soll, hat er dem Ganzen nicht so recht getraut. Jedenfalls hat er sich für alle Fälle gestern Abend eine Route zurechtgelegt und auch noch Onkel Malcolm als Reservefahrer angerufen, damit ich rechtzeitig ins Studio komme, sollten alle Stricke reißen.

»Ach, Becky«, sagt Mum mit bebender Stimme. »Viel Glück, mein Schatz.« Sie sieht mich an und schüttelt den Kopf. »Unsere kleine Becky. Im Fernsehen. Ich kann es nicht glauben.«

Gerade, als ich aufstehen will, legt mir Dad mit ernster Miene die Hand auf den Arm.

»Bevor du die Tür aufmachst, Becky«, sagt er. »Bist du dir ganz sicher? Bist du dir im Klaren über das

Risiko, das du eingehst?« Er sieht zu Mum, die sich auf die Lippe beißt.

»Wird schon schiefgehen!«, versuche ich, sie zu beruhigen. »Wirklich, Dad, wir sind doch alle Einzelheiten durchgegangen.«

Gestern Abend fiel Dad nämlich plötzlich ein, dass, wenn ich im Fernsehen auftrete, mein unheimlicher Verehrer sofort wüsste, wo ich bin. Zuerst hat er sogar allen Ernstes darauf bestanden, dass ich die ganze Aktion abblase. Es war gar nicht so einfach, ihn und Mum davon zu überzeugen, dass mir im Fernsehstudio überhaupt nichts passieren kann. Irgendwann haben sie sogar angefangen, davon zu reden, einen Leibwächter zu engagieren! Also, wirklich. Wie würde das denn aussehen, wenn ich da mit einem Leibwächter auftauchen würde?

Hm, würde vielleicht ganz schön cool und geheimnisvoll aussehen, oder? Mist. War vielleicht doch keine so schlechte Idee.

Es klingelt ein zweites Mal, und dieses Mal springe ich auf.

»Na gut«, sagt Dad. »Aber sei vorsichtig.«

»Aber natürlich, keine Sorge!« Ich schnappe mir meine Tasche und gehe ganz ruhig zur Tür. Ich will nicht zeigen, wie aufgeregt ich bin. Aber in mir drin krabbeln Tausende Ameisen.

Ich kann es gar nicht glauben, wie gut das alles läuft. Ich meine, nicht nur, dass ich ins Fernsehen komme. Nein, zu allem Überfluss sind auch noch alle super nett zu mir! Gestern habe ich mehrere Telefonate mit der Produktionsassistentin von *Morning Coffee* geführt, einer wirklich lieben Frau namens Zelda. Wir sind Punkt für Punkt durchgegangen, was ich in der Show sagen würde, dann hat sie den Wagen bestellt, der mich abholen sollte, – und als ich ihr erzählt habe, dass ich zurzeit bei meinen Eltern bin und gar nichts Anständiges anzuziehen da habe, hat sie einen Moment nachgedacht und dann gesagt, dass ich mir etwas aus dem Fundus aussuchen könnte. Ist das nicht cool? Ich kann mir etwas aus dem Fundus aussuchen! Ich wette, dass ich das dann hinterher auch behalten darf.

Ich mache die Tür auf, und mein Magen hüpft vor Aufregung. In der Einfahrt steht ein korpulenter Herr mittleren Alters in blauem Jackett und Mütze neben einer schick glänzenden Limousine. Mein eigener, ganz privater Chauffeur! Das wird ja immer besser!

»Miss Bloomwood?«, erkundigt sich der Fahrer.

»Ja«, sage ich und kann einfach nicht aufhören, ihn anzugrinsen. Ich strecke gerade die Hand nach dem Türgriff aus – da kommt er mir zuvor, öffnet mir schwungvoll die Wagentür und wartet geduldig, bis ich eingestiegen bin. Mann, ich komme mir vor wie ein Filmstar!

Bevor ich einsteige, werfe ich aber noch einen Blick zurück auf das Haus und sehe, wie Mum und Dad mit völlig entgeisterten Gesichtern vor der Haustür stehen.

»Ja, dann – tschüss!«, sage ich so lässig wie möglich, als würde ich täglich von einer Limousine mit Fahrer abgeholt. »Bis später!«

»Becky, bist du das?«, ertönt von nebenan eine Stimme, und da erscheint auch schon Janice im Morgenmantel auf der anderen Seite der Hecke. Sie bekommt riesengroße Augen, als sie das Auto sieht, dann blickt sie zu Mum, die ihre Schultern hebt, als wolle sie sagen: »Ich weiß, es ist einfach unglaublich, oder?«

»Morgen, Janice«, sagt Dad.

»Morgen, Graham«, antwortet Janice benommen. »Oh, Becky! So was habe ich ja noch nie gesehen! In all den Jahren … Wenn Tom dich doch bloß so sehen könnte …« Sie verstummt und sieht wieder zu Mum. »Habt ihr Fotos gemacht?«

»Nein!«, sagt Mum entsetzt. »Da sind wir ja überhaupt nicht drauf gekommen. Graham, los, schnell, hol doch mal den Fotoapparat!«

»Nein, warte, ich hole unsere Videokamera!«, sagt Janice.

»Nein!«, widerspreche ich hastig, da mir eine gewisse Amüsiertheit auf Seiten des Fahrers nicht entgangen ist. Gott, ist das peinlich! Dabei habe ich mich doch gerade noch so professionell gegeben! »Dafür haben wir keine Zeit. Ich muss jetzt ins Studio!«

»Ja«, sagt Janice und senkt den Blick. »Ja, natürlich. Du willst ja nicht zu spät kommen.« Voller Sorge sieht sie auf die Uhr, als hätte die Show womöglich bereits angefangen. »Um elf geht's los, oder?«

»Um elf fängt die Show an«, erklärt Dad. »Programmier den Videorekorder auf fünf vor, dann kann gar nichts schiefgehen.«

»Gute Idee«, sagt Janice. »Für alle Fälle.« Sie seufzt. »Ich traue mich bestimmt den ganzen Vormittag nicht, aufs Klo zu gehen, weil ich Angst habe, was zu verpassen.«

Und dann, als ich in den Wagen einsteige, herrscht ehrfürchtiges Schweigen. Formvollendet schließt der Fahrer die Tür und schreitet dann um den Wagen zur Fahrertür. Ich drücke auf den Knopf, der das Fenster herunterfahren lässt, und grinse Mum und Dad zu.

»Becky, Liebes, was machst du hinterher?«, fragt Mum. »Kommst du zurück, oder fährst du zu dir nach Hause?«

Mein Lächeln fängt augenblicklich an zu bröckeln, und ich blicke schnell nach unten und tue so, als beschäftigte ich mich mit den Fensterheberknöpfen. Über das Hinterher will ich gar nicht nachdenken.

Das Hinterher ist Lichtjahre von mir entfernt. Ich komme ins Fernsehen … weiter kann ich gar nicht denken. Mein restliches Leben schlummert brav in der hintersten Ecke meiner Gehirnwindungen, und ich will gar nicht daran erinnert werden, dass es existiert.

»Ich … ich weiß noch nicht«, sage ich. »Mal sehen.«

»Wahrscheinlich laden sie dich hinterher erst mal zum Mittagessen ein«, sagt Dad kennerhaft. »Diese Showbusinessleute gehen doch ständig miteinander Mittagessen.«

»Ich glaube, wir können dann jetzt«, sage ich, und der Fahrer nickt.

»Viel Glück, Liebes«, ruft Dad. Ich mache das Fenster zu und lehne mich zurück. Der Wagen rollt aus unserer Einfahrt.

Die ersten fünf Minuten schweigen wir. Ich sehe immer mal wieder ganz ungezwungen aus dem Fenster, um zu beobachten, ob mich irgendjemand in diesem Schlitten mit Chauffeur sieht und sich fragt, wer ich wohl bin. Obwohl – wir flitzen so schnell über die zweispurige Fahrbahn, dass es wohl nahezu unmöglich ist, auszumachen, wer im Fond sitzt.

»Also«, sagt der Fahrer nach einer Weile. »Sie treten bei *Morning Coffee* auf, ja?«

»Richtig«, sage ich und merke sofort, wie sich wieder ein breites Lächeln auf mein Gesicht legt. Das muss ich mir wirklich abgewöhnen.

»Und warum?«, unterbricht der Fahrer meine Gedanken.

Ich will schon antworten: »Weil ich berühmt werden und ein paar Klamotten geschenkt bekommen will«, als mir klar wird, was er eigentlich meint.

»Geldangelegenheiten«, sage ich cool. »Ich habe einen Artikel für die *Daily World* geschrieben, und die Produzenten haben ihn gelesen und wollen mich jetzt gern in der Show haben.«

»Vorher schon mal im Fernsehen gewesen?«

»Nein«, gestehe ich leicht widerwillig ein. »Nein, noch nie.«

Wir bleiben an einer roten Ampel stehen, und der Fahrer dreht sich um und mustert mich eingehend.

»Wird schon schiefgehen«, sagt er. »Passen Sie nur auf, dass die Nerven nicht mit Ihnen durchgehen.«

»Meine Nerven?« Ich lache auf. »Ich bin doch nicht nervös! Ich … freue mich drauf.«

»Dann ist es ja gut«, sagt der Fahrer und dreht sich wieder in Fahrtrichtung. »Dann kann Ihnen gar nichts passieren. Wissen Sie, manche Leute setzen sich auf das Sofa im Studio und meinen, dass sie vollkommen ruhig und relaxed sind, quietschvergnügt … und dann sehen sie die rote Lampe und mit einem Schlag wird ihnen bewusst, dass 2,5 Millionen Menschen im ganzen Land zugucken. Und dann kriegen sie die Panik. Weiß auch nicht, warum.«

»Oh«, sage ich nach einer winzigen Pause. »Na ja … also, ich bin aber anders! Ich kriege das schon hin!«

»Gut«, sagt der Fahrer.

»Gut«, plappere ich ihm etwas verunsichert nach und sehe wieder aus dem Fenster.

Ich kriege das schon hin. Natürlich kriege ich das hin. Ich bin noch nie in meinem Leben nervös gewesen, also warum sollte ich ausgerechnet jetzt damit anfangen …

2,5 Millionen Zuschauer.

Wow. Eine ganz schöne Menge eigentlich. 2,5 Millionen Menschen, die zu Hause sitzen und auf den Bildschirm starren. Mein Gesicht anstarren. Darauf warten, was ich wohl als Nächstes sage.

Oh, Gott. Nicht daran denken. Ich muss mich immer wieder daran erinnern, wie gut ich vorbereitet bin. Ich habe gestern Abend stundenlang vor dem Spiegel geübt und weiß quasi auswendig, was ich sagen werde.

Zelda hat gesagt, man muss sich klar und einfach ausdrücken, weil das Publikum von *Morning Coffee* zu 76 Prozent aus Hausfrauen besteht, die sich nebenbei um ihre Kleinkinder kümmern und daher dem Fernseher nicht ihre ungeteilte Aufmerksamkeit schenken können. Sie hat sich immer wieder dafür entschuldigt, dass ich mich auf ein so seichtes Niveau herablassen muss, und zeigte Verständnis dafür, dass eine Finanzexpertin wie ich das sicher wahnsinnig frustrierend findet. Ich habe sie natürlich in dieser Annahme bestätigt.

Aber offen gestanden bin ich eher erleichtert. Je seichter das Niveau, desto besser, finde ich. Ich meine, einen Artikel für die *Daily World* zu schreiben, bei dem ich alle meine Notizen und Unterlagen zur Hand hatte, ist eine Sache – knifflige Fragen live im Fernsehen zu beantworten, eine andere. (Ich finde das sogar ziemlich beängstigend, aber das habe ich Zelda natürlich nicht gesagt. Ich will ja nicht als Volltrottel dastehen.)

Ich werde meinen Part also mit folgender Frage eröffnen: »Wenn Sie die Wahl hätten zwischen einer Kaminuhr und 20000 Pfund – wofür würden Sie sich entscheiden?« Rory oder Emma wird antworten: »Für die 20000 Pfund natürlich!« Und ich sage: »Genau.

Für die 20000 Pfund.« Dann lege ich eine kurze Pause ein, damit das Publikum begreift, um welche Summe es sich hier handelt. Dann sage ich: »Als Flagstaff Life seinen Kunden eine Kaminuhr als Geschenk anbot, hat das Unternehmen leider versäumt, den Kunden gleichzeitig mitzuteilen, dass sie, wenn sie die Kaminuhr annehmen, auf eine Gewinnausschüttung von 20000 Pfund verzichten.«

Hört sich doch gut an, oder? Rory und Emma werden mir einige ziemlich einfache Fragen stellen, wie zum Beispiel: »Wie können sich unsere Zuschauer gegen ein solches Vorgehen schützen?«, und ich werde leicht verständliche, simple Antworten geben. Und ganz am Schluss werden wir uns, um weiterhin schön seicht zu bleiben, darüber unterhalten, was man sich für 20000 Pfund so alles kaufen kann.

Das ist eigentlich der Teil meines Auftritts, auf den ich mich am meisten freue. Ich habe mir schon ganz viele Sachen überlegt, die man für 20000 Pfund kaufen kann. Und war echt beeindruckt. Hätten Sie gewusst, dass man sich für 20000 Pfund zweiundfünfzig Gucci-Armbanduhren kaufen kann und dann noch genug Geld übrig hat für eine Gucci-Tasche?

Das *Morning-Coffee*-Studio liegt in Maida Vale, und als wir uns den Toren nähern, die man aus dem Vorspann der Show kennt, werde ich schon wieder ganz aufgeregt. Jetzt bin ich wirklich hier. Ich komme wirklich ins Fernsehen!

Der Pförtner winkt uns durch die Absperrung, wir

halten neben einer riesigen, doppelflügeligen Tür, und der Fahrer öffnet mir die Wagentür. Meine Beine zittern, als ich aussteige, aber ich zwinge mich dazu, selbstbewusst die Stufen hinaufzugehen, in die Empfangshalle und dann direkt auf den Tresen zu.

»Guten Morgen«, sage ich ein wenig unsicher. »Ich soll zu *Morning Coffee ...*«

»Ah, ja«, sagt die Empfangsdame und sucht meinen Namen in einer Liste. Dann greift sie zum Telefon, wählt eine Nummer und sagt: »Jane? Rebecca Bloomwood ist hier.« Dann deutet sie auf eine ganze Reihe knautschiger Sessel und sagt: »Es kommt gleich jemand.«

Ich gehe hinüber zum Wartebereich und setze mich gegenüber einer Frau mittleren Alters mit ziemlich wilden, dunklen Haaren und einer mächtigen Bernsteinkette um den Hals. Sie zündet sich eine Zigarette an, und obwohl ich ja schon länger nicht mehr rauche, verspüre auch ich plötzlich das Bedürfnis ... Nicht, dass ich nervös wäre oder so. Ich habe bloß Lust auf eine Zigarette.

»Entschuldigen Sie bitte«, ruft die Empfangsdame. »Hier ist rauchen verboten!«

»Mist«, brummelt die Frau heiser. Sie macht noch einen langen Zug, drückt dann die Zigarette auf einer Untertasse aus und lächelt mich verschwörerisch an. »Treten Sie auch gleich in der Show auf?«

»Ja«, sage ich. »Und Sie?«

Die Frau nickt. »Ich stelle meinen neuesten Roman vor, *Blutroter Sonnenuntergang*.« Sie dämpft ihre

Stimme zu einem dramatischen Flüstern. »Eine packende Geschichte über Liebe, Habgier und Mord unter skrupellosen Geldwäschern in Südamerika.«

»Wow«, sage ich. »Das klingt ja richtig –«

»Ich schenke Ihnen ein Exemplar!«, unterbricht die Dame mich. Sie greift in die Mulberry-Reisetasche neben sich und zieht ein farbenfrohes, gebundenes Buch heraus. »Wie war doch gleich Ihr Name?«

Hatte ich mich schon vorgestellt?

»Rebecca«, sage ich. »Rebecca Bloomwood.«

»Für Becca«, liest die Frau laut mit, während sie die Widmung ins Buch schreibt. »In Liebe und Zuneigung.« Dann setzt sie schwungvoll ihre Unterschrift darunter und reicht mir das Buch.

»Wow«, sage ich. »Vielen Dank …« – ich sehe blitzschnell auf den Umschlag – »… Elisabeth.«

Elisabeth Plover. Noch nie gehört.

»Sie fragen sich sicher, wie es kommt, dass ich so viel über die Vorgänge in einer solch gewaltgeprägten, gefährlichen Welt weiß«, sagt Elisabeth. Sie beugt sich nach vorne und sieht mich aus großen grünen Augen an. »Das kommt daher, dass ich drei lange Monate mit einem Geldwäscher zusammengelebt habe. Ich habe ihn geliebt; ich habe von ihm gelernt … und dann habe ich ihn verraten.« Ihre Stimme hat sich auf ein bebendes Wispern reduziert. »Ich kann mich noch so gut daran erinnern, wie er mich angesehen hat, als die Polizei ihn abführte. Er wusste, dass ich es gewesen war. Er wusste, dass ich der Judas war. Und doch glaube ich, dass er mich irgendwie dafür geliebt hat.«

»Wow.« Ich kann mir nicht helfen, die Geschichte beeindruckt mich. »Und das ist alles in Südamerika passiert?«

»In Südengland«, sagt sie nach einer kurzen Pause. »Aber Geldwäscher sind doch überall gleich.«

»Rebecca?«, ertönt eine Stimme, bevor ich etwas erwidern kann. Wir blicken beide auf und sehen eine junge Frau mit glatten, dunklen Haaren, in Jeans und schwarzem Polohemd auf uns zukommen. »Ich bin Zelda. Wir haben gestern miteinander gesprochen.«

»Zelda!«, ruft Elisabeth und steht auf. »Wie geht es Ihnen, meine Gute?« Sie streckt die Arme nach ihr aus, und Zelda sieht sie verwirrt an.

»Tut mir leid«, sagt sie, »haben wir –« Sie verstummt, als sie mein Exemplar von *Blutroter Sonnenuntergang* entdeckt. »Ach, ja, richtig. Elisabeth Plummer. Eine unserer Mitarbeiterinnen ist gleich bei Ihnen. Trinken Sie doch so lange noch einen Kaffee.« Sie lächelt sie an und wendet sich dann mir zu. »Sind Sie bereit, Rebecca?«

»Ja!«, sage ich begeistert und springe auf. (Ich muss gestehen, ich fühle mich ganz schön geschmeichelt, dass ich von Zelda höchstpersönlich abgeholt werde. So, wie es aussieht, ist das ja nicht die Regel.)

»Freut mich, Sie kennenzulernen«, sagt Zelda und schüttelt mir die Hand. »Wirklich toll, dass Sie bei unserer Show auftreten. Hier herrscht natürlich die übliche Hektik – wenn es Ihnen also nichts ausmacht, gehen wir einfach sofort in die Maske und unterhalten uns auf dem Weg dorthin ein bisschen.«

»Prima«, sage ich und bemühe mich, nicht zu aufgeregt zu klingen. »Gute Idee.«

In die Maske! Das heißt frisieren und schminken. Cool!

»Wir haben übrigens die Pläne ein klein wenig geändert, das muss ich Ihnen gleich näher erläutern«, sagt Zelda. »Kein Grund zur Beunruhigung … Schon was von Bella gehört?«, fragt sie die Empfangsdame.

Die schüttelt den Kopf, und Zelda murmelt etwas, das wie »blöde Kuh« klingt.

»Gut, dann mal los«, sagt sie und steuert eine doppelte Glastür an. »Ich fürchte, heute geht es hier noch chaotischer zu als sonst. Unsere Frau am Expertentelefon fällt aus und wir suchen noch fieberhaft nach Ersatz, und außerdem hat sich in der Küche ein Unfall ereignet …« Sie drückt die Glastüren auf, hinter denen sich ein mit grünem Teppich ausgelegter und überraschend bevölkerter Flur auftut. »Und dazu kommt, dass Heaven Sent 7 heute da sind«, informiert sie mich über die Schulter hinweg. »Das heißt, dass die Telefonleitungen heiß laufen werden, weil Tausende von Fans anrufen, und wir müssen sieben wahnsinnig eitle Pfauen irgendwo in den Garderoben unterbringen.«

»Ah, ja«, sage ich locker. Aber dann bleibt mir fast die Luft weg. Heaven Sent 7? Ja, aber … ich meine, die sind doch richtig berühmt! Und ich trete in der gleichen Show auf wie die! Ich werde sie persönlich kennenlernen und alles! Vielleicht gehen wir hinterher zusammen was trinken und werden richtig gute

Freunde. Die sind zwar alle ein bisschen jünger als ich, aber das macht ja nichts. Ich kann ja so was wie ihre große Schwester sein.

Oder vielleicht komme ich sogar mit einem von ihnen *zusammen*! Au ja. Der Süße mit den dunklen Haaren. Nathan. (Oder Ethan? Wie auch immer.) Ich werde ihm auffallen, und er wird nach der Show zu mir kommen und mich unter vier Augen fragen, ob ich mit ihm allein essen gehen würde. Wir gehen in ein winzig kleines Restaurant, und erst ist alles ganz ruhig und diskret, aber dann findet die Presse das mit uns heraus und wir werden eins von diesen richtig berühmten Paaren, die ständig auf irgendwelchen Premieren anzutreffen sind.

»So, da sind wir«, sagt Zelda, und ich blicke etwas benommen auf.

Wir stehen in der Tür zu einem Raum, in dem sich ein Spiegel an den nächsten reiht und unzählige Lampen brennen. Auf den Stühlen vor den Spiegeln sitzen drei Leute mit Friseurumhängen, die von trendy aussehenden jungen Frauen in Jeans geschminkt werden. Eine Vierte bekommt gerade die Haare geföhnt. Im Hintergrund spielt Musik, überall wird freundlich geplaudert und in der Luft vermischen sich der Duft nach Haarspray, Gesichtspuder und Kaffee.

So stelle ich mir das Paradies vor.

»So«, sagt Zelda und geleitet mich zu einer rothaarigen Frau. »Chloe kümmert sich um Ihr Make-up, und danach werfen wir einen Blick in den Fundus, okay?«

»Prima«, sage ich und kann wieder nichts gegen das entzückte Grinsen machen, das sich auf mein Gesicht schleicht, als ich Chloes Make-up-Ausrüstung sehe. Vor uns auf dem Tischchen liegen etwa dreißigtausend kleine Bürsten, Pinsel, Töpfe und Tuben verstreut, alles richtig gute Marken wie Chanel und Clinique.

Ein toller Beruf. Ich hab's ja schon immer gewusst, ich hätte Maskenbildnerin werden sollen.

»Okay, was also Ihren Auftritt angeht«, fährt Zelda fort, nachdem ich es mir auf dem Drehstuhl bequem gemacht habe. »Wie schon gesagt, wir wollen das Ganze nun doch etwas anders gestalten, als wir gestern besprochen haben …«

»Zelda!«, ruft eine Männerstimme vom Flur. »Bella ist am Telefon!«

»So ein Mist«, sagt Zelda. »Hören Sie, Rebecca, tut mir leid, aber ich warte schon den ganzen Morgen auf diesen Anruf. Ich komme so bald wie möglich wieder, okay?«

»Kein Problem!«, sage ich fröhlich, und schon legt Chloe mir einen der Umhänge um die Schultern und bindet meine Haare mit einem breiten Haarband zurück. Im Hintergrund läuft gerade mein Lieblingslied von Lenny Kravitz. Könnte das Leben schöner sein?

»Ich werde Ihre Haut jetzt erst mal reinigen und dann mit einem Gesichtswasser erfrischen, und dann kommt eine Grundierung drauf«, klärt Chloe mich auf. »Wenn Sie bitte die Augen schließen würden …«

Ich schließe die Augen, und nach ein paar Sekunden spüre ich, wie eine kühle, cremige Flüssigkeit in meine Gesichtshaut massiert wird. Das ist das herrlichste Gefühl, das ich je erlebt habe. Ich könnte den ganzen Tag so hier sitzen.

»Und warum treten Sie in der Show auf?«, erkundigt Chloe sich nach einer Weile.

»Äähm … Finanzen«, sage ich unbestimmt. »Es geht um Finanzen.«

Ehrlich gesagt bin ich so entspannt, dass ich schon fast vergessen habe, warum ich eigentlich hier bin.

»Ach, ja«, sagt Chloe und verteilt geschickt die Grundierung auf meinem Gesicht. »Ich habe vorhin gehört, wie über so was geredet wurde.« Sie nimmt eine ganze Palette Lidschatten zur Hand, vermischt zwei Farben und nimmt dann einen kleinen Pinsel. »Sie sind also Finanzexpertin?«

»Na ja«, sage ich und zucke bescheiden mit den Schultern. »Sie wissen schon.«

»Wow.« Chloe fängt an, Lidschatten aufzutragen. »Ich verstehe ja absolut gar nichts von Geld.«

»Ich auch nicht!«, ertönt die Stimme einer Dunkelhaarigen vom anderen Ende des Raumes. »Mein Steuerberater hat es aufgegeben, mir das alles zu erklären. Er muss nur ›Steuererklärung‹ sagen, dann schaltet mein Hirn schon ganz von selbst ab.«

Ich will gerade solidarisch und verständnisvoll »Meins auch!« sagen und mich so richtig nett mit den Mädels unterhalten – aber da fällt mir noch rechtzeitig ein, dass sich das jetzt vielleicht nicht ganz so gut machen würde. Schließlich bin ich in meiner Funktion als Finanzexpertin hier.

»Eigentlich ist das alles ganz einfach«, sage ich stattdessen und setze ein selbstbewusstes Lächeln auf. »Man muss nur die drei Grundregeln beherrschen.«

»Wirklich?«, sagt die Dunkelhaarige und verharrt mit dem Föhn in der Hand. »Und wie lauten die?«

»Oh«, sage ich und muss mich räuspern. »Ähm, na ja, also, die erste ...« Ich verstumme und reibe mir die Nase. Oh, Gott, mir fällt nichts ein.

»Tut mir Leid, Rebecca«, sagt Chloe. »Ich muss eben unterbrechen.« Gott sei Dank. »Für Ihre Lippen hatte ich an Himbeerrot gedacht. Sind Sie damit einverstanden?« Über die ganze Plauderei habe ich gar nicht mehr darauf geachtet, was sie mit meinem Gesicht macht. Ich sehe in den Spiegel und kann es kaum glauben. Meine Augen sind riesig. Meine Wangenknochen so hoch ... Ich sehe ja aus wie ein anderer Mensch! Warum zum Teufel trage ich eigentlich nicht jeden Tag so ein Make-up?

»Wow!«, keuche ich. »Das sieht ja super aus!«

»Es hilft, dass Sie so ruhig sind«, stellt Chloe fest und fasst in einen schwarzen Kosmetikkoffer. »Wir haben manchmal Leute hier sitzen, das sind die reinsten Nervenbündel. Sogar die Promis. Da ist es fast unmöglich, ein ordentliches Make-up hinzukriegen.«

»Wirklich?« Ich lehne mich nach vorne, um kein Fitzelchen von diesem Insider-Tratsch zu verpassen. Aber da unterbricht uns Zeldas Stimme.

»Tut mir wirklich leid, Rebecca!«, ruft sie. »Okay, gut, wie sieht es aus? Das Make-up ist gut. Was ist mit den Haaren?«

»Sind gut geschnitten«, sagt Chloe, nimmt ein paar meiner Strähnen zwischen die Finger und lässt sie wieder los, ganz wie der Starfriseur Nicky Clarke vor einer Typ-Veränderung. »Ich werde sie nur ein bisschen in Form föhnen.«

»Gut«, sagt Zelda. »Und danach gehen wir in den Fundus.« Sie wirft einen Blick auf ihr Klemmbrett und setzt sich dann auf einen der Drehstühle neben mir. »Also, Rebecca, wir müssen eben über Ihren Auftritt reden.«

»Gerne«, sage ich genau so geschäftsmäßig wie sie. »Ich habe mich genau so vorbereitet, wie Sie wollten. Ganz schlicht und leicht verständlich.«

»Jep«, sagt Zelda. »Und das ist genau der Punkt. Wir haben gestern bei unserem Meeting noch einmal darüber geredet, und Sie werden sich sicher freuen zu hören, dass sie das Niveau nun doch nicht ganz so weit herunterschrauben müssen.« Sie lächelt. »Sie dürfen so kompliziert werden, wie Sie wollen. Diagramme … Zahlen …«

»Aha«, sage ich perplex. »Ja … gut. Hervorragend! Ich schätze, ich werde das Ganze aber dennoch nicht allzu schwer verständlich –«

»Wir möchten es vermeiden, in irgendeiner Weise herablassend auf unsere Zuschauer zu wirken. Ich meine, das sind schließlich keine Idioten.« Sie spricht etwas leiser weiter. »Wir haben nämlich das Ergebnis einer neuen Zuschauerumfrage reinbekommen. So, wie es aussieht, fühlen sich 80 % unserer Zuschauer von Teilen oder gar dem gesamten

Inhalt der Show geistig völlig unterfordert. Wir müssen also unbedingt das Gleichgewicht wieder herstellen. Und darum haben wir Ihren Auftritt ganz neu gestaltet!« Sie strahlt mich an. »Wir haben uns nämlich gedacht, dass wir statt eines einfachen Interviews lieber ein richtig kontroverses Expertengespräch bringen.«

»Ein kontroverses Expertengespräch?«, wiederhole ich und versuche dabei nicht ganz so entsetzt zu klingen, wie ich bin.

»Ganz genau!«, sagt Zelda. »Wir wollen ein richtig fetziges Streitgespräch! Wo man sich gegenseitig Dinge an den Kopf wirft und lautstark seine Meinung vertritt. So in der Art.«

Seine Meinung? Aber ich habe doch gar keine.

»Ist das okay?«, fragt Zelda mit gerunzelter Stirn. »Sie sehen ein bisschen –«

»Gar kein Problem!« Ich zwinge mich zu einem strahlenden Lächeln. »Ich … freue mich schon drauf! Eine lebhafte, fachkundige Diskussion. Super!« Ich räuspere mich. »Und … und mit wem diskutiere ich?«

»Mit einem Vertreter von Flagstaff Life«, trumpft Zelda auf. »Auge in Auge mit dem Feind. Das ist richtig gutes Fernsehen!«

»Zelda!«, erklingt eine Stimme vom Flur. »Bella schon wieder!«

»Herrgott noch mal!«, flucht Zelda und springt auf. »Rebecca, ich bin gleich zurück.«

»Schön«, murmele ich. »Bis gleich.«

»Gut«, sagt Chloe beschwingt. »Dann werde ich

mal schnell den Lippenstift auftragen, so lange sie weg ist.«

Sie nimmt sich einen langen Pinsel und beginnt, meine Lippen anzumalen. Ich starre mein Spiegelbild an und versuche, Ruhe zu bewahren, nicht in Panik auszubrechen. Aber mein Herz rast und meine Kehle ist wie zugeschnürt – ich kann nicht mal mehr schlucken. Ich habe noch nie in meinem Leben so eine Angst gehabt.

Ich kann doch kein kontroverses Expertengespräch führen! Das kann ich einfach nicht! Ich habe keine fundierte, eigene Meinung zu der ganzen Sache, ich kenne die Tatsachen nicht, ich weiß überhaupt gar nichts …

Oh, Gott, warum war ich bloß so scharf darauf, ins Fernsehen zu kommen?

»Rebecca, könnten Sie wohl versuchen, Ihre Lippen still zu halten?« Chloe versteht die Welt nicht mehr. »Die zittern ja auf einmal so.«

»Tut mir leid«, flüstere ich und betrachte mein Spiegelbild wie ein hypnotisiertes Kaninchen. Sie hat Recht, ich zittere am ganzen Körper. Oh, Gott, nein. Ich muss mich beruhigen. An irgendetwas Schönes denken.

In meinem Bemühen, mich abzulenken, konzentriere ich mich auf das, was ich im Spiegel sehe. Im Hintergrund steht eine ziemlich wütende Zelda im Flur und telefoniert.

»Jep«, höre ich sie knapp sagen. »Jep. Der Punkt ist aber, Bella, dass wir dir einen Vorschuss zahlen, *damit* du zur Verfügung stehst. Was zum Teufel soll ich denn jetzt machen?« Sie blickt auf, sieht jemanden und hebt die Hand zum Gruß. »Okay, Bella, das verstehe ich ja …«

Eine blonde Frau und zwei Männer tauchen im Flur auf, und Zelda nickt ihnen entschuldigend zu. Sie bleiben mit dem Rücken zu mir stehen, sodass ich ihre Gesichter nicht sehen kann. Aber sie tragen alle elegante Mäntel und haben Aktentaschen dabei, und einer von den Männern schleppt einen aus den Nähten platzenden Ordner mit sich herum. Der Mantel der blonden Frau ist richtig schön, finde ich. Außerdem hat sie eine Ponyfelltasche von Fendi bei sich. Wer das wohl ist?

»Jep«, sagt Zelda. »Jep. Ja, wenn du einen Alternativvorschlag für das Zuschauertelefon hast …«

Sie wendet sich der blonden Frau zu und zieht die Augenbrauen hoch. Die Blonde zuckt mit den Schultern und dreht sich ein wenig, um ein Poster an der Wand zu betrachten. In dem Moment bleibt mir fast das Herz stehen.

Alicia. Alicia von Brandon Communications. Fünf Meter von mir entfernt.

Ich muss fast lachen, so grotesk finde ich die Situation. Was macht die denn hier? Was zum Teufel macht Alicia, die langbeinige Kuh, hier?

Einer der Männer dreht sich zu ihr um, und auch sein Gesicht kommt mir bekannt vor. Das ist doch noch einer von dem Brandon-C-Haufen, oder? Noch so ein hyperehrgeiziges Babyface.

Aber was zum Teufel machen die alle hier? Was ist hier los? Das hat doch nicht etwa mit –

Die sind doch wohl nicht etwa wegen –

Nein. Oh, nein. Mir wird kalt und kälter.

»Luke!«, höre ich da Zeldas Stimme vom Flur, und mein Magen krampft sich zusammen. »Ich bin ja so froh, dass Sie es einrichten konnten! Ist doch immer wieder schön, Sie in der Show zu haben. Ich wusste ja gar nicht, dass Sie Flagstaff Life vertreten, bis Sandy mir gesagt hat …« Im Spiegel kann ich dabei zusehen, wie mir sämtliche natürliche Farbe aus dem Gesicht weicht. Das ist nicht wahr. Bitte, sagen Sie mir, dass das nicht wahr ist. »Die Journalistin, die den Artikel geschrieben hat, ist schon da«, sagt Zelda. »Ich habe sie bereits vorbereitet, und ich glaube, dass wir mit der Diskussion zwischen Ihnen beiden heute Vormittag richtig gutes Fernsehen liefern werden!«

Sie verschwindet aus meinem Spiegel-Blickfeld in den Flur. Alicia und das Babyface folgen ihr. Dann taucht der andere Mann in voller Größe auf. Ich winde mich zwar bereits förmlich vor Magenkrämpfen, aber ich muss es trotzdem wissen. Ich drehe mich langsam um, als er an der offenen Tür vorbeigeht.

Ich begegne Luke Brandons düsterem Blick, und die nächsten Sekunden starren wir uns einfach nur schweigend an. Dann sieht er jäh weg und folgt den anderen den Flur hinunter. Ich bleibe zurück und betrachte in hilfloser Panik mein kunstvoll geschminktes Gesicht. Mir ist schlecht.

STICHPUNKTE FÜR FERNSEHINTERVIEW

SCHLICHTER, LEICHT VERSTÄNDLICHER RAT IN GELDANGELEGENHEITEN

1. Kaminuhr oder 20 Riesen? – Wohl klar.
2. Flagstaff Life hat unschuldige Bürger betrogen. Aufpassen!
   Äääähm…
3. Gehen Sie vorsichtig mit Ihrem Geld um.
4. Nicht alles Geld in einen einzigen Fonds stecken. Verteilt anlegen! Streuen.
5. Verluste und dumme Fehler vermeiden.
6. Niemals…

WAS MAN SICH FÜR £ 20000 KAUFEN KANN

1. nettes Auto, z. B. kleinen BMW
2. Perlen- und Diamantenhalskette von Aspreys plus großen Diamantring
3. 3 maßgeschneiderte Designer-Abendkleider, z. B. von John Galliano
4. Steinway Flügel
5. 5 erstklassige Ledersofas von Conran
6. 52 Gucci-Armbanduhren plus Tasche
7. Monatliche Blumenlieferung, 42 Jahre lang
8. 55 reinrassige Labradorwelpen
9. 80 Kaschmirpullover
10. 666 Wonderbras
11. 454 Tiegel Helena Rubinstein Feuchtigkeitscreme
12. 800 Flaschen Champagner
13. 2.860 Pizzas Fiorentina
14. 15.384 Rollen Pringles
15. 90.909 Rollen Polos
16.

ZWANZIG

Um 11:25 Uhr sitze ich auf einem gepolsterten Stuhl im Grünen Zimmer. Ich trage ein mitternachtsblaues Kostüm von Jasper Conran, hauchdünne Strümpfe und Wildlederschuhe mit hohem Absatz. Dazu professionelles Make-up und frisch geföhnte Haare. Ich muss sagen, ich habe noch nie in meinem Leben so gut ausgesehen. Aber leider kann ich mein makelloses Äußeres gar nicht genießen. Ich kann gar nichts mehr genießen. Ich kann nur noch daran denken, dass ich in fünfzehn Minuten auf einem Sofa sitzen und mit Luke Brandon ein kontroverses Expertengespräch führen soll, das live im Fernsehen übertragen wird.

Allein beim Gedanken daran könnte ich heulen. Oder lachen. Ich meine, das Ganze ist doch wirklich eher so was wie ein schlechter Witz. Luke Brandon gegen mich. Luke Brandon mit dem IQ eines Genies und seinem fotografischen Gedächtnis. Gegen mich. Der ist mir doch haushoch überlegen. Der macht mich fertig.

»Liebes, nun essen Sie doch schon ein Schokocroissant«, sagt Elisabeth Plover, die mir gegenübersitzt und selbst eins verspeist. »Die sind einfach köstlich! Jeder Bissen wie ein goldener Sonnenstrahl in der Provence!«

»Nein danke«, sage ich. »Ich … habe gar keinen Hunger.«

Ich verstehe einfach nicht, wie die Frau jetzt essen kann. *Ich* fürchte, ich muss mich gleich übergeben. Wie halten das bloß die Leute aus, die jeden Tag im Fernsehen sind? Kein Wunder, dass die alle so dünn sind.

»Und das sind unsere Themen in der nächsten halben Stunde«, erklingt Rorys Stimme aus dem Monitor in der Zimmerecke, und sofort wenden Elisabeth und ich uns dem Bildschirm zu, auf dem ein Strand bei Sonnenuntergang zu sehen ist. »Elisabeth Plover stellt ihr neues, in Südamerika spielendes Buch vor und redet über ihre leidenschaftliche Affäre mit einem der berüchtigtsten Gangster Großbritanniens …«

»… außerdem beginnen wir heute mit unserer neuen Reihe kompetenter Diskussionsrunden«, spricht Emma weiter. Der Strand verschwindet vom Bildschirm, stattdessen regnen nun Ein-Pfund-Münzen darüber. Mein Magen krampft sich zusammen. »*Morning Coffee* widmet sich heute einem Skandal in der Finanzwelt, über den zwei führende Finanzexperten live im Studio debattieren werden.«

Wie bitte? Meint sie etwa mich? Oh, Gott, ich will keine führende Finanzexpertin sein! Ich will nach Hause zu meiner Mum und gemütlich eine Tasse Tee trinken!

»Aber vorher«, sagt Rory fröhlich, »steckt Scott Robertson noch die Küche in Brand.«

Die prasselnden Münzen verschwinden, und ein

Mann mit Kochmütze schwingt grinsend eine Lötlampe. Ich beobachte ihn eine Weile, dann wende ich den Blick wieder vom Bildschirm ab und verknote verzweifelt die Hände im Schoß. In einer Viertelstunde werde *ich* auf dem Bildschirm zu sehen sein. Auf dem Sofa sitzen. Und krampfhaft versuchen, irgendetwas halbwegs Schlaues zu sagen …

Um mich abzulenken, hole ich zum hundertsten Mal das zerknautschte Papier mit meinen jämmerlichen Notizen hervor. Vielleicht wird es doch nicht so schlimm, denke ich auf einmal hoffnungsvoll, während ich immer wieder die gleichen Sätze lese. Vielleicht mache ich mich völlig umsonst verrückt. Womöglich wird das Ganze eher wie eine lockere Plauderei ablaufen. Schlicht und freundlich. Schließlich …

»Guten Morgen, Rebecca«, tönt es von der Tür. Ich sehe auf – und mir rutscht das Herz in die Hose. Luke Brandon. In makellosem dunklem Anzug. Sein Haar glänzt, sein Teint strahlt gesund. Keine Spur von Freundlichkeit. Seine Gesichtszüge sind hart, sein Blick ist kalt und geschäftsmäßig.

Wir sehen uns eine Weile an, ohne etwas zu sagen. Mein Herzschlag dröhnt mir in den Ohren, und mein Gesicht brennt wie Feuer unter dem Make-up. Dann mobilisiere ich sämtliche in mir verbliebenen Kräfte und sage ganz ruhig:

»Hallo, Luke.«

Es herrscht ehrfürchtiges Schweigen, als er den Raum betritt. Selbst Elisabeth Plover scheint von ihm fasziniert zu sein.

»Ich kenne Ihr Gesicht«, sagt sie und beugt sich nach vorne. »Ganz bestimmt. Sie sind Schauspieler, stimmt's? Shakespeare natürlich. Ich glaube, ich habe Sie vor drei Jahren im *Lear* gesehen.«

»Das glaube ich nicht«, entgegnet Luke knapp.

»Richtig!«, sagt Elisabeth und schlägt auf den Tisch. »Es war *Hamlet*. Ich kann mich ganz genau erinnern. Die Verzweiflung, der Schmerz, die Schuld, das tragische Ende …« Ergriffen schüttelt sie den Kopf. »Ihre Stimme werde ich nie vergessen. Jedes einzelne Wort war wie ein Messerstich.«

»Das tut mir leid«, sagt Luke schließlich und sieht mich dann an. »Rebecca –«

»Luke, hier sind die neuesten Zahlen!« Alicia kommt herein und reicht ihm ein Blatt Papier. Sie lässt sich zu einem »Hallo, Rebecca« herab und sieht mich abfällig an. »Gut vorbereitet?«

»Ja, allerdings«, sage ich und zerknülle meine Notizen. »Sehr gut sogar.«

»Wie schön«, sagt Alicia mit hochgezogenen Augenbrauen. »Das wird sicher eine interessante Diskussion.«

»Ja«, sage ich trotzig. »Das glaube ich auch.«

Blöde Kuh.

»Ich habe eben mit John von Flagstaff telefoniert«, berichtet Alicia Luke mit gedämpfter Stimme. »Er legt großen Wert darauf, dass du die neuen ›Weitsicht-Investmentfonds‹ erwähnst. Ich habe ihm natürlich gesagt, dass –«

»Das, was wir hier heute für ihn tun, der Versuch einer Schadensbegrenzung ist«, sagt Luke schroff.

»Wir sind verdammt noch mal nicht hier, um in irgendeiner Weise Werbung zu machen. Er kann von Glück sagen, wenn ...« Er sieht zu mir, und ich wende den Blick ab, als wäre ich nicht im Geringsten interessiert an dem, was er zu sagen hat. Ich werfe einen Blick auf die Uhr und bekomme den nächsten Panikanfall. Zehn Minuten. Noch zehn Minuten.

»Okay«, sagt Zelda, die in das Grüne Zimmer gerauscht kommt. »Sie sind dann dran, Elisabeth.«

»Wunderbar«, sagt Elisabeth und stopft sich das letzte Stück Schokocroissant in den Mund. »Sehe ich gut aus?« Sie steht auf und entlässt eine Krümellawine von ihrem Rock.

»Sie haben da ein Stückchen Croissant im Haar«, sagt Zelda und entfernt es. »Aber abgesehen davon – was soll ich sagen?« Sie sieht mich an und möchte am liebsten hysterisch anfangen zu kichern.

»Luke!« Das Babyface kommt mit einem Handy hereingerannt. »John Bateson ist dran. Und außerdem sind zwei Päckchen angekommen ...«

»Danke, Tim«, sagt Alicia, nimmt ihm die Päckchen ab und reißt sie auf. Sie holt einige Papierstapel heraus und fängt an, sie zu überfliegen, wobei sie hin und wieder etwas mit Bleistift anstreicht. In der Zwischenzeit hat Tim sich hingesetzt, ein Laptop aufgeklappt und tippt jetzt fleißig.

»Ja, John, ich verstehe durchaus, was Sie meinen«, sagt Luke leise und nicht besonders freundlich ins Telefon. »Aber wenn Sie wohl die Güte hätten, mir mal einen Moment zuzuhören –«

»Tim?« Alicia blickt zu ihm auf. »Könntest du eben überprüfen, wie hoch die Rückzahlungen aus dem Flagstaff Premium Rentenfonds in den letzten drei, fünf und zehn Jahren waren?«

»Gerne«, sagt Tim und tippt etwas in seinen Computer.

»Tim«, sagt Luke, der sein Telefonat kurz unterbricht. »Drucken Sie mir bitte so bald wie möglich den Entwurf der Pressemitteilung für den Flagstaff Weitsicht-Investmentfonds aus, ja? Danke.«

Das glaube ich einfach nicht. Luke Brandon und Co. haben hier, im Grünen Zimmer der *Morning-Coffee*-Studios, praktisch ein eigenes kleines Büro installiert. Ein komplettes Büro, mit Personal, Computern, Modems und Telefonen ... Und damit treten sie gegen mich und mein zerknülltes Blatt Papier an.

Tims Laptop spuckt in Windeseile eine Seite nach der anderen aus, die Alicia prompt an Luke weiterreicht. Mir wird ganz kalt. Vielleicht sollte ich mich den Tatsachen stellen. Gegen diese Bande habe ich doch keine Chance, oder? Nicht die geringste Chance. Ich sollte besser jetzt schon aufgeben. Sagen, dass ich krank bin oder so. Und mich nach Hause unter meine Bettdecke flüchten.

Zelda steckt den Kopf zur Tür herein. »Alles in Ordnung hier?«, erkundigt sie sich. »Noch sieben Minuten.«

»Gut«, sagt Luke.

»Gut«, piepse ich.

»Ach, Rebecca, hier ist übrigens ein Päckchen für

Sie«, sagt Zelda und kommt mit einem ziemlich großen, würfelförmigen Paket herein. »Bin gleich wieder da.«

»Danke, Zelda«, sage ich völlig überrascht. Dann reiße ich in freudiger Erregung das Paket auf. Ich habe keine Ahnung, was oder von wem es sein könnte – aber es wird mir bestimmt helfen, oder? Vielleicht wichtige Last-Minute-Informationen von Eric Foreman. Ein Diagramm oder ein paar Zahlen, mit denen ich im Notfall auftrumpfen kann. Oder vielleicht irgendein geheimes Dokument, von dem Luke nichts weiß.

Aus den Augenwinkeln sehe ich, dass die Brandonisten ihre Tätigkeiten unterbrochen haben und mich beobachten. Ha, jetzt werde ich es ihnen zeigen. Ihr seid nicht die Einzigen, die Päckchen in das Grüne Zimmer geliefert bekommen! Ihr seid nicht die Einzigen, die Unterstützung genießen! Endlich ist das Klebeband ab, und ich klappe den Karton auf.

Und dann sehen alle zu, wie ein großer, roter, mit Gas gefüllter und dem Schriftzug Viel Glück verzierter Luftballon zur Decke steigt. An der Schnur hängt eine Karte, die ich – ohne die anderen eines Blickes zu würdigen – neugierig aufreiße.

Im gleichen Moment wünschte ich, ich hätte das nicht getan.

»Toi toi toi und recht viel Glück, schau voraus und nicht zurück«, singt ein blechernes, elektronisches Stimmchen.

Hektisch klappe ich die Karte wieder zu und laufe

feuerrot an. Gott, wie peinlich. Von der anderen Seite des Zimmers höre ich unterdrücktes Kichern, und als ich aufblicke, sehe ich Alicia affektiert grinsen. Sie flüstert Luke etwas ins Ohr, das ihm ein amüsiertes Schmunzeln aufs Gesicht zaubert.

Er lacht mich aus. Sie alle lachen Rebecca Bloomwood und ihren singenden Ballon aus. Ich bin einige Sekunden wie gelähmt vor Demütigung. Mein Kopf ist hochrot, meine Kehle wie zugeschnürt – ich bin mir noch nie im Leben so dämlich vorgekommen wie in diesem Augenblick.

Dann höre ich Alicia einen bösartigen kleinen Kommentar murmeln und gehässig lachen – und in dem Moment macht bei mir irgendetwas ›Klick‹. Vergiss sie, sage ich mir. Vergiss die ganze Bande. Sind wahrscheinlich nur neidisch. Wahrscheinlich hätten sie selbst gern einen Ballon.

Trotzig klappe ich die Karte wieder auf:

»*Ob es regnet oder schneit, glaub an dich, du bist bereit*«, singt die Blechstimme sofort weiter. »*Kopf hoch und frischauf zur Tat, glücklich ist, wer Ziele hat.*«

Für Becky, lese ich. *Vielen, vielen Dank für deine Hilfe. Wir sind stolz, dich zu kennen. Alles Liebe und Gute, deine Freunde Janice und Martin.*

Ich starre auf die Karte und lese die wenigen Sätze immer wieder. Meine Augen fangen an zu brennen. Janice und Martin sind *wirklich* gute alte Freunde. Auch wenn ihr Sohn ein bisschen bescheuert ist. Sie sind immer nett zu mir gewesen – sogar, nachdem ich ihnen einen so folgenschweren, schlechten Rat gegeben hatte. Ich schulde ihnen was. Ich schulde ihnen das hier – und ich werde sie verdammt noch mal nicht enttäuschen!

Ich blinzele ein paar Mal, atme tief durch und sehe auf. Luke Brandon beobachtet mich aus dunklen, ausdruckslosen Augen.

»Freunde«, sage ich ganz cool. »Wünschen mir viel Glück.«

Gerührt stelle ich die Karte auf den Tisch und sorge dafür, dass sie nicht zuklappt. Sie soll weiter singen. Dann hole ich meinen Ballon von der Decke und binde ihn an die Rückenlehne meines Stuhls.

»Okay«, hören wir Zeldas Stimme aus dem Flur. »Luke und Rebecca. Sind Sie bereit?«

»Allerdings«, sage ich ruhig und gehe an Luke vorbei zur Tür.

EINUNDZWANZIG

Auf unserem Weg durch die Flure ins eigentliche Studio sagen weder Luke noch ich ein Wort. Ich sehe ihn kurz an, als wir um eine Ecke biegen – und sein Gesichtsausdruck ist noch stählerner als vorher im Grünen Zimmer.

Von mir aus – gerne. Ich kann auch stählern sein. Ich kann auch hart und geschäftsmäßig sein. Entschlossen hebe ich das Kinn und mache größere Schritte. Ganz wie Alexis Carrington im *Denver Clan*.

»Sie beiden kennen sich also schon?«, fragt die zwischen uns laufende Zelda.

»Ja, wie der Zufall das so will«, gibt Luke etwas barsch zurück.

»Rein geschäftlich«, sage ich nicht minder barsch. »Mr Brandon versucht immer wieder, für irgendwelche tollen Finanzprodukte zu werben. Und ich versuche immer wieder, seinen Anrufen aus dem Weg zu gehen.«

Zelda lacht, und ich sehe, wie Lukes Augen zornig aufblitzen. Aber das ist mir komplett egal. Es ist mir so was von egal, wie sauer er wird. Denn je saurer er wird, desto besser fühle ich mich.

»Tja, Luke, Sie müssen ja ziemlich wütend gewesen sein, als Sie Rebeccas Artikel in der *Daily World* gelesen haben?«, sagt Zelda.

»Ich war nicht gerade erfreut«, entgegnet Luke.

»Er hat mich angerufen, um sich zu beschweren, können Sie sich das vorstellen?«, spöttele ich. »Als könnte er die Wahrheit nicht vertragen, unser lieber Mr Brandon. Der Blick hinter die glänzende PR-Fassade bekommt Ihnen wohl nicht, was? Wissen Sie, vielleicht sollten Sie sich einen anderen Job suchen.«

Da von ihm keine Antwort kommt, sehe ich zu Luke herüber. Er sieht so fuchsteufelswild aus, dass ich einen Moment lang glaube, er wird mich schlagen. Dann verändert sich seine Miene, und er sagt mit eiskalter, ruhiger Stimme:

»Ich finde, wir sollten uns jetzt einfach in den Set begeben und diese Farce so schnell wie möglich hinter uns bringen.«

Zelda sieht mich mit hochgezogenen Augenbrauen an, und ich schenke ihr ein Lächeln. Ich habe Luke Brandon noch nie so nervös gesehen.

»Gut«, sagt Zelda, als wir zwei doppelte Schwingtüren erreichen. »Hier sind wir. Sprechen Sie bitte leise, wenn wir da reingehen.«

Sie drückt die Türen auf und schiebt uns hinein. Einen kurzen Moment versagt meine gebluffte Coolness. Ich fange an zu zittern und bin total eingeschüchtert. Denn da ist er, wirklich und wahrhaftig: Der *Morning-Coffee*-Set. Mit Sofas und Pflanzen – von den hellsten, blendendsten Scheinwerfern illuminiert, die ich je gesehen habe.

Das hier ist total unwirklich. Wie oft habe ich zu Hause vorm Fernseher gesessen und mir diese Show angesehen? Und jetzt trete ich selbst darin auf. Ich kann es nicht glauben.

»Wir haben noch zwei Minuten bis zur Werbepause«, informiert Zelda uns. Sie stakst uns voran über den Kabelsalat auf dem Boden. »Rory und Emma sind noch mit Elisabeth in der Bücherecke.«

Sie bedeutet uns, auf gegenüberliegenden Sofas Platz zu nehmen, und ich komme ihrer Aufforderung schwungvoll nach. Das Sofa ist viel härter, als ich erwartet hatte, und irgendwie … anders. Alles ist anders. Die Lichter scheinen mir so grell ins Gesicht, dass ich fast nichts sehe, und ich bin mir auch gar nicht sicher, wie genau ich auf dem Sofa sitzen soll. Da kommt eine Dame vom Ton, wurschtelt ein Kabel unter meiner Bluse hindurch und klemmt mir das daranhängende Mikrofon an den Kragen. Ziemlich unbeholfen hebe ich die Hand und streiche mir ein paar Haare aus dem Gesicht, als Zelda auch schon angerannt kommt.

»Bitte bewegen Sie sich nicht allzu viel, Rebecca, ja?«, sagt sie. »Das raschelt sonst so furchtbar.«

»Gut«, sage ich. »Tut mir leid.«

Auf einmal habe ich das Gefühl, dass meine Stimme gar nicht mehr richtig funktioniert. Mir ist, als hätte man mir einen Klumpen Watte in den Hals gestopft. Ich blicke zu einer Kamera in meiner Nähe auf und stelle mit Entsetzen fest, dass sie auf mich zukommt.

»Ach, Rebecca«, sagt Zelda, die noch einmal zu mir geeilt kommt, »noch eine goldene Regel: Nicht in die Kamera gucken, okay? Geben Sie sich ganz natürlich.«

»Gut«, krächze ich.

Ganz natürlich. Nichts einfacher als das.

»Noch dreißig Sekunden bis zu den Kurznachrichten«, sagt sie mit einem Blick auf die Uhr. »Alles in Ordnung, Luke?«

»Alles in Ordnung«, sagt Luke ganz ruhig. Er sitzt auf seinem Sofa, als hätte er sein ganzes Leben nichts anderes getan. Typisch. Männer haben kein Problem mit Kameras, denen ist es ganz egal, wie sie aussehen.

Ich rutsche auf meinem Sofa herum, zupfe nervös an meinem Rock und streiche meine Jacke glatt. Ich habe mal gehört, im Fernsehen wirkt man immer mindestens fünf Kilo schwerer – das heißt, meine Beine müssen so richtig fett aussehen. Vielleicht sollte ich sie in die andere Richtung übereinanderschlagen. Oder sie gar nicht übereinanderschlagen? Aber dann sehen sie vielleicht noch fetter aus.

»Hallo!«, unterbricht eine helle Stimme meine Überlegungen, bevor ich zu einer Entscheidung gelangt bin. Ich blicke überrascht auf und spüre ein aufgeregtes Ziehen im Bauch. Emma March! Leibhaftig! Sie trägt ein pinkfarbenes Kostüm und eilt auf uns zu, dicht gefolgt von Rory, dessen Kiefer in natura noch kantiger aussieht als im Fernsehen. Es ist schon ein seltsames Gefühl, solchen Berühmtheiten im echten Leben zu begegnen. Aber so richtig echt sehen sie gar nicht aus.

»Hi!«, sagt Emma fröhlich und lässt sich auf dem Sofa nieder. »Sie sind also die Finanzleute, ja? Mann, ich müsste mal ganz dringend.« Mit zusammengekniffenen Augen sieht sie in Richtung Scheinwerfer. »Wie lange haben wir noch, Zelda?«

»Hallo«, sagt Rory und schüttelt mir die Hand. »Roberta.«

»Rebecca!«, korrigiert Emma ihn und verdreht die Augen. »Er ist wirklich unmöglich.« Sie zappelt auf dem Sofa herum. »Ich muss wirklich dringend.«

»Zu spät«, sagt Rory.

»Aber das soll doch furchtbar ungesund sein, nicht zu gehen, wenn man muss, oder?« Emma runzelt besorgt die Stirn. »War das nicht neulich unser Thema am Zuschauertelefon? Wo dieses durchgeknallte Mädchen anrief und erzählte, dass sie nur einmal am Tag geht. Und Dr. James hat gesagt … was hat er doch gleich gesagt?«

»Frag mich nicht«, sagt Rory fröhlich. »Beim Zuschauertelefon schalte ich immer auf Durchzug. Jetzt muss ich Sie noch eben warnen, Rebecca«, spricht er an mich gewandt weiter. »Ich kann diesem ganzen Finanzkram nie so recht folgen. Viel zu hoch für mich.« Er grinst mich breit an, und ich lächele schüchtern zurück.

»Noch zehn Sekunden«, ruft Zelda aus dem Off, und mein Magen zuckt schon wieder ängstlich zusammen. Über die Lautsprecher höre ich die *Mor-*

ning-Coffee-Musik, mit der die Werbepause beendet wird.

»Wer fängt an?«, fragt Emma und schielt auf den Teleprompter. »Ach, ich.«

Jetzt ist es so weit. Mir schwirrt der Kopf vor Angst. Ich weiß nicht, wo ich hingucken soll; ich weiß nicht, wann ich was sagen soll. Meine Beine zittern und meine Hände liegen ineinanderverkrampft in meinem Schoß. Die Scheinwerfer blenden mich, von links fährt eine Kamera an mich heran, und ich muss versuchen, sie zu ignorieren.

»Da sind wir wieder!«, spricht Emma plötzlich in die Kamera. »Und jetzt stelle ich Ihnen eine sehr schwierige Frage, liebe Zuschauer: Wenn Sie die Wahl hätten zwischen einer Kaminuhr und 20000 Pfund – wofür würden Sie sich entscheiden?«

Wie bitte?, denke ich entsetzt. Das ist doch *mein* Text! Das wollte *ich* doch sagen!

»Na, die Antwort liegt wohl auf der Hand«, redet Emma unbekümmert weiter. »Ich glaube, wir würden uns alle für die 20000 Pfund entscheiden.«

»Ja, das glaube ich allerdings auch!«, pflichtet Rory ihr mit einem breiten Lächeln bei.

»Aber als Flagstaff Life vor wenigen Wochen seine Kunden anschrieb und ihnen vorschlug, den Anlagefonds zu wechseln«, sagt Emma, die plötzlich ein ganz ernstes Gesicht macht, »wurden diese nicht darauf aufmerksam gemacht, dass sie – sollten sie sich auf diesen Vorschlag einlassen – auf eine Gewinnauszahlung von 20000 Pfund verzichten würden.

Rebecca Bloomwood ist die Journalistin, die diesen Vorgang aufgedeckt hat. Miss Bloomwood, glauben Sie, dass diese Art von Kundenbetrug häufiger vorkommt?«

Und mit einem Mal sind alle Augen auf mich gerichtet. Man wartet auf eine Antwort. Die Kamera ist voll auf mich gerichtet, im Studio herrscht absolute Stille.

2,5 Millionen Zuschauer.

Oh, Gott, ich bekomme keine Luft.

»Meinen Sie, dass Privatanleger insgesamt vorsichtiger sein sollten?«, versucht Emma, mir auf die Sprünge zu helfen.

»Ja«, bringe ich endlich hervor. Meine Stimme ist mir ganz fremd. »Ja, das meine ich.«

»Luke Brandon, Sie sind hier für Flagstaff Life«, sagt Emma und wendet sich ihm zu. »Glauben Sie –«

Mist, denke ich traurig. Das war wohl etwas dünn. Was ist denn bloß mit meiner Stimme los, Herrgott noch mal! Was ist mit all meinen zurechtgelegten Antworten?

Jetzt höre ich nicht einmal zu, was Luke Brandon antwortet. Komm schon, Rebecca. Sammel dich. Konzentrier dich.

»Sie dürfen nicht vergessen«, säuselt Luke, »dass niemand in irgendeiner Weise ein *Anrecht* auf eine Gewinnauszahlung hat. Es handelt sich daher in diesem Fall keineswegs um Kundenbetrug.« Er lächelt Emma an. »Hier geht es vielmehr um eine Hand voll Kleinanleger, die gieriger waren, als ihnen gutgetan hat. Diese Leute glauben, dass sie zu kurz gekommen sind, und haben darum eine Negativkampagne gegen Flagstaff gestartet. Dieser Hand voll Leute stehen aber Tausende von Anlegern gegenüber, die sehr wohl von Flagstaff Life profitiert haben.«

Wie bitte? Was hat er da gerade gesagt?

»Verstehe.« Emma nickt. »Würden Sie also übereinstimmen, wenn ich sage –«

»Einen Moment!«, höre ich mich Emma unterbrechen. »Einen … kleinen Moment, bitte. Mr Brandon – haben Sie gerade die *Anleger* gierig genannt?«

»Nicht alle«, sagt Luke. »Aber einige davon, ja.«

Ungläubig starre ich ihn an. Mir wird ganz heiß vor Empörung. Vor meinem geistigen Auge tauchen Janice und Martin auf – die liebsten und ungierigsten Menschen der Welt –, und mir verschlägt es vor Wut für ein paar Sekunden die Sprache.

»Tatsache ist, dass die Mehrheit der Anleger in den letzten fünf Jahren Rekordrückzahlungen von Flagstaff Life erhalten haben«, klärt Luke Emma weiter auf. Emma nickt verständig. »Und genau das ist es, was für den kleinen Mann zählen sollte. Gute, gesicherte Anlagen. Keine unverhofften, vergänglichen Gewinne. Schließlich wurde Flagstaff Life ursprünglich gegründet, um –«

»Korrigieren Sie mich bitte, wenn ich mich irre, Mr Brandon«, falle ich ihm gefasst ins Wort. »Korrigieren Sie mich, wenn ich mich irre – aber so weit ich weiß, wurde Flagstaff Life seinerzeit als ein Unternehmen auf Gegenseitigkeit gegründet. Das heißt, dass alle Mitglieder *gleichermaßen* profitieren sollten – nicht, dass ein paar sich auf Kosten der anderen bereichern.«

»Vollkommen richtig«, entgegnet Luke, ohne mit der Wimper zu zucken. »Aber das heißt nicht, dass jeder Anleger ein Anrecht auf eine Gewinnauszahlung von 20000 Pfund hat, oder?«

»Vielleicht nicht«, sage ich und werde dabei etwas lauter. »Aber die Kunden haben doch sehr wohl ein Anrecht darauf, glauben zu dürfen, dass ein Unternehmen, dem sie seit fünfzehn Jahren ihr Geld anvertraut haben, sie nicht hinters Licht führt! Janice und Martin Webster haben Flagstaff Life *vertraut*. Und sie haben Flagstaffs Angebot vertraut. Und was hat ihnen dieses Vertrauen eingebracht?«

»Das Anlagegeschäft ist ein Glücksspiel«, sagt Luke kühl. »Manchmal gewinnt man –«

»Das hier hat nichts mit Glück zu tun!«, unterbreche ich wütend. »Überhaupt nichts! Wollen Sie mir allen Ernstes weismachen, dass es purer Zufall war, dass den Anlegern zwei Wochen vor Bekanntwerden der Gewinnausschüttung geraten wurde, den Fonds zu wechseln?«

»Mein Klient hat lediglich ein Angebot gemacht, von dem er glaubte, dass es den Wert der Portfolios seiner Kunden steigern würde«, sagt Luke mit eingefrorenem Lächeln. »Man hat mir versichert, dass hinter all dem nur der Wunsch stand, den Kunden zu einem Vorteil zu verhelfen. Man hat mir versichert, dass –«

»Mit anderen Worten, ihr Klient besitzt wenig Kompetenz in dieser Hinsicht?«, halte ich dagegen. »Das haben Sie doch gerade gesagt, oder? Dass Ihre Klienten in bester Absicht gehandelt, aber leider alles vergeigt haben?«

Lukes Augen blitzen wütend auf. Jetzt komme ich so richtig in Schwung.

»Ich teile nicht Ihre –«

»Ich sehe schon, wir könnten stundenlang weiter diskutieren!«, sagt Emma und rutscht unruhig auf ihrem Sitz herum. »Aber vielleicht sollten wir jetzt doch zu einem etwas –«

»Kommen Sie, Mr Brandon«, schneide ich ihr das Wort ab. »Kommen Sie schon. Sie müssen sich entscheiden.« Ich lehne mich nach vorne und zähle die Möglichkeiten an meinen Fingern ab. »Entweder ist Flagstaff Life nicht kompetent – oder das Unternehmen hat gezielt versucht, Geld zu sparen. Ganz gleich, was es nun ist: Flagstaff Life ist der böse Bube. Die Websters waren langjährige, treue Kunden und hätten das Geld eigentlich bekommen müssen. Meiner Ansicht nach hat Flagstaff Life sie gezielt dazu aufgefordert, sich aus dem Profit-Fonds zurückzuziehen, damit ihnen der Gewinn nicht ausgezahlt werden muss. Das liegt doch wohl auf der Hand, oder?«

Ich sehe mich nach Unterstützung suchend um. Rory starrt mich entgeistert an.

»Das ist alles viel zu speziell für mich«, sagt er und lacht ein wenig. »Viel zu kompliziert.«

»Na gut, dann gebe ich Ihnen ein anderes Beispiel«, sage ich schnell. »Sagen wir …« Ich schließe die Augen und hoffe auf eine Eingebung. »Sagen wir … ich bin in einem Geschäft!« Ich mache die Augen wieder auf. »Ich stehe in einer Boutique und habe mir einen wunderschönen Kaschmirmantel von Nicole Farhi ausgesucht. Okay?«

»Okay«, sagt Rory zurückhaltend.

»Ich liebe Nicole Farhi!«, sagt Emma und richtet sich etwas auf. »Wunderschöne Stricksachen.«

»Genau«, sage ich. »Also, stellen Sie sich vor, ich stehe in der Schlange an der Kasse, denke an nichts Böses, und auf einmal kommt eine Verkäuferin auf mich zu und sagt: ›Wollen Sie nicht lieber diesen Mantel hier kaufen statt den, den Sie in der Hand haben? Die Qualität ist viel besser – und Sie bekommen eine Flasche Parfüm gratis dazu!‹ Es besteht kein Grund, der Verkäuferin zu misstrauen, also denke ich mir, prima, und kaufe den anderen Mantel.«

»Okay«, sagt Rory und nickt. »So weit kann ich Ihnen folgen.«

»Aber als ich dann draußen bin«, sage ich vorsichtig, »stelle ich fest, dass dieser andere Mantel gar nicht von Nicole Farhi ist und dass das Material kein echtes Kaschmir ist. Ich gehe also zurück in den Laden – aber dort weigert man sich, mir mein Geld zurückzugeben.«

»Man hat Sie übers Ohr gehauen!«, ruft Rory in einem Ton, als hätte er gerade die Schwerkraft entdeckt.

»Ganz genau«, sage ich. »Man hat mich übers Ohr

gehauen. Genau so wie Tausende von Flagstaff-Life-Kunden. Man hat sie dazu überredet, sich aus dem Fonds, für den sie sich ursprünglich entschieden hatten, zurückzuziehen und zu einem anderen Fonds zu wechseln, der einen Verlust von 20000 Pfund für sie bedeutete.« Ich halte inne und ordne meine Gedanken. »Mag sein, dass Flagstaff Life nicht gegen das Gesetz verstoßen hat. Mag sein, dass auch sonst keine Regeln verletzt wurden. Aber es gibt so eine Art natürliche Gerechtigkeit in dieser Welt, und gegen die hat Flagstaff nicht nur verstoßen – Flagstaff hat sie mit Füßen getreten! Diese Kunden, von denen ich spreche, hatten die Gewinnauszahlung verdient. Sie waren langjährige, treue Kunden, und sie hatten sie verdient. Und wenn Sie ganz ehrlich sind, Mr Brandon, dann *wissen* Sie, dass das stimmt!«

Völlig außer Atem beende ich meine kleine Ansprache und sehe zu Luke. Er starrt mich mit einem undefinierbarem Gesichtsausdruck an, und ich merke, wie mein Magen wieder nervös zuckt. Ich schlucke und versuche, seinem Blick auszuweichen, aber mein Kopf will sich keinen Millimeter bewegen. Es ist, als würden unsere Blicke aneinander festkleben.

»Mr Brandon?«, sagt Emma. »Haben Sie darauf etwas zu erwidern?«

Luke erwidert gar nichts. Er starrt mich an, ich starre ihn an, und mein Herz klopft wie wild.

»Mr Brandon?«, wiederholt Emma etwas ungeduldig. »Haben Sie darauf –«

»Ja«, sagt Luke. »Ja, das habe ich. Miss Bloomwood…« Er schüttelt den Kopf, lächelt kaum merklich in sich hinein und sieht mich dann wieder an. »Sie haben recht, Miss Bloomwood«

Im Studio herrscht Totenstille.

Ich mache den Mund auf, bringe aber keinen Ton heraus.

Aus den Augenwinkeln sehe ich, wie Rory und Emma sich verwundert ansehen.

»Entschuldigen Sie, Mr Brandon«, sagt Emma. »Wollen Sie damit sagen –«

»Sie hat recht«, sagt Luke schulterzuckend. »Miss Bloomwood hat vollkommen recht.« Er greift nach seinem Glas Wasser, lehnt sich auf dem Sofa zurück und trinkt einen Schluck. »Ich finde auch, dass diese Kunden die Gewinnauszahlung verdient haben. Ich wünschte, sie hätten sie bekommen.«

Das kann doch nicht sein. Luke Brandon ist meiner Meinung. Wie kann er denn meiner Meinung sein?

»Verstehe«, sagt Emma leicht beleidigt. »Das heißt, Sie haben Ihre Meinung geändert?«

Luke betrachtet schweigend sein Glas Wasser. Dann sieht er auf und sagt:

»Mein Unternehmen wurde von Flagstaff Life damit beauftragt, das Firmenprofil in der Öffentlichkeit zu pflegen. Das bedeutet aber weder, dass ich über alles informiert bin, was Flagstaff Life tut, noch, dass ich persönlich mit allem einverstanden bin.« Er hält inne. »Um ehrlich zu sein – ich hatte keine Ahnung, was da vor sich ging, bis ich Miss Bloomwoods Artikel in der *Daily World* gelesen habe. Im Übrigen ein Musterbeispiel für guten investigativen Journalismus«, fügt er hinzu und nickt in meine Richtung. »Herzlichen Glückwunsch.«

Ich starre ihn völlig hilflos an und bin nicht mal in der Lage, »Danke« zu murmeln. Ich habe das Gefühl, völlig verkannt zu werden. Ich will eine Pause haben, ich will die Hände vors Gesicht schlagen und das alles ganz langsam und sorgfältig durchdenken – aber das kann ich nicht, ich bin nämlich live im Fernsehen. 2,5 Millionen Menschen im ganzen Land sehen mir zu.

Hoffentlich sehen meine Beine nicht zu fett aus.

»Wenn das mir als Flagstaff-Kunde passiert wäre, wäre ich sehr wütend«, spricht Luke weiter. »*Selbstverständlich* gibt es etwas, dass sich Loyalität den Kunden gegenüber nennt; und *selbstverständlich* gibt es etwas, dass sich Fair Play nennt. Und ich hoffe eigentlich, dass alle von mir in der Öffentlichkeit vertretenen Unternehmen sich an diese beiden Prinzipien halten.«

»Verstehe«, sagt Emma und wendet sich der Kamera zu. »Tja, da hat unsere Diskussion ja eine überraschende Wendung genommen! Luke Brandon, der hier sitzt, um Flagstaff Life zu vertreten, sagt jetzt, dass das von ihm repräsentierte Unternehmen im Unrecht ist. Möchten Sie noch mehr dazu sagen, Mr Brandon?«

»Offen gestanden«, sagt Luke mit einem schiefen Lächeln, »bin ich mir nicht sicher, ob ich für Flagstaff Life nach dieser Geschichte noch arbeiten werde.«

»Ach«, sagt Rory und lehnt sich interessiert nach vorne, »und würden Sie uns wohl verraten, warum?«

»Also, wirklich, Rory!« Emma klingt ungeduldig. Sie verdreht die Augen, und Luke schnaubt ein zaghaftes Lachen.

Und dann, auf einmal, lachen alle, sogar ich falle leicht hysterisch in das Konzert ein. Ich begegne Lukes Blick, verspüre ein Flackern in der Brust und sehe schnell wieder weg.

»Tja, gut, also dann«, sagt Emma plötzlich. Sie hat sich zusammengerissen und lächelt in die Kamera.

»Das war's von den Finanzexperten. Nach der Werbung berichten wir über die Rückkehr der Hot Pants auf den Laufsteg…«

»…und über Cellulite-Cremes und was sie wirklich können«, fügt Rory hinzu.

»Außerdem stellen unsere Stargäste – Heaven Sent 7 – ihren neuen Song live hier im Studio vor.«

Die Erkennungsmelodie plärrt aus den Lautsprechern, und Emma und Rory springen auf.

»Tolle Diskussion«, sagt Emma und stürzt davon. »Tut mir leid, aber jetzt muss ich wirklich…«

»Spitzenklasse«, befindet auch Rory ganz ernst. »Habe zwar kein Wort verstanden – aber das war richtig gutes Fernsehen.« Er klopft Luke auf die Schulter, winkt mir zu und eilt dann ebenfalls davon.

Und mit einem Mal ist alles vorbei. Aus und vorbei. Jetzt sitzen nur noch Luke und ich einander gegenüber auf den Sofas, werden weiter von den Scheinwerfern geblendet und haben immer noch die Mikrofone am Kragen klemmen. Ich bin wie vom Donner gerührt. Mir ist ein wenig schwindelig.

Ist das eben wirklich alles passiert?

»Tja«, sage ich schließlich und räuspere mich.

»Tja«, wiederholt Luke und lächelt ein klein wenig. »Gut gemacht.«

»Danke«, sage ich und beiße mir verlegen auf die Unterlippe.

Im nun folgenden Schweigen frage ich mich, ob er jetzt wohl Schwierigkeiten bekommt. Ob scharfe Kritik an einem PR-Klienten im Live-Fernsehen dem Verstecken von Kleidungsstücken vor Kunden im Einzelhandel gleichkommt.

Ob er wirklich nur wegen meines Artikels seine Meinung geändert hat. Nur wegen mir.

Aber das kann ich ihn wohl schlecht fragen. Oder?

Das Schweigen wird immer unerträglicher. Schließlich hole ich tief Luft.

»Haben Sie –«

»Ich wollte –«

Sagen wir gleichzeitig.

»Nein«, sage ich und laufe rot an. »Sagen Sie. Ich dachte nur ... Was wollten Sie sagen?«

»Gut«, sagt Luke und zuckt mit den Schultern. »Ich wollte Sie nur fragen, ob ich Sie heute zum Abendessen einladen darf?«

Verblüfft sehe ich ihn an.

Was meint er denn jetzt damit? Meint er etwa –

»Um ein paar geschäftliche Sachen zu besprechen«, erklärt er. »Mir hat Ihre Idee von der Bewerbung von Investmentfonds nach dem Prinzip des Winterschlussverkaufs sehr gut gefallen.«

Meine was?

Was für eine Idee? Wovon redet er …

Ach, Gott, *das*. Meint er das im Ernst? Das war doch nur einer meiner dummen Momente, in denen ich das Gehirn nicht eingeschaltet und völlig ins Unreine gesprochen hatte.

»Ich glaube, das wäre eine gute Werbeidee für einen ganz bestimmten Klienten«, sagt er, »und ich wollte Sie fragen, ob Sie Lust hätten, beratend an dem Projekt mitzuarbeiten. Auf Honorarbasis, versteht sich.«

Beraten. Honorarbasis. Projekt.

Das glaube ich einfach nicht. Er meint das ernst.

»Oh«, sage ich und schlucke meine unerklärliche Enttäuschung hinunter. »Verstehe. Ja, also, ich … ich glaube nicht, dass ich heute Abend schon etwas vor habe.«

»Gut«, sagt Luke. »Sagen wir, im *Ritz*?«

»Wenn Sie meinen«, sage ich ganz lässig, als würde ich dort täglich speisen.

»Gut«, sagt Luke noch einmal. Um seine Augen bilden sich Lachfältchen. »Ich freue mich.«

Und dann – oh, Gott! Zu meinem eigenen Entsetzen, und ohne, dass ich etwas dagegen tun kann, höre ich mich bissig sagen: »Und was ist mit Sacha? Hat die Sie für heute Abend gar nicht verplant?«

Ich habe die Worte kaum ausgesprochen, da merke ich schon, wie mir die Röte ins Gesicht steigt. Verdammter Mist. Warum habe ich das denn jetzt gesagt?

Es folgt ein ziemlich langes Schweigen, während dessen ich am liebsten im Erdboden versinken würde.

»Sacha hat mich letztes Wochenende verlassen«, sagt Luke schließlich. Ich sehe auf.

»Oh«, sage ich leise. »Oje.«

»Ohne Vorwarnung. Hat ihren Koffer gepackt und ist gegangen.« Luke sieht auf. »Aber na ja. Es hätte schlimmer kommen können.« Er zuckt ausdruckslos mit den Schultern. »Gut, dass ich nicht auch noch die passende Reisetasche gekauft hatte.«

Oh, Gott, ich muss grinsen! Ich darf nicht grinsen. Ich *darf nicht*.

»Das tut mir leid«, schaffe ich schließlich zu sagen.

»Mir nicht«, sagt Luke und sieht mich ernst an. Mein Bedürfnis zu grinsen erstirbt. Völlig nervös erwidere ich seinen Blick und merke, wie mein Herz wieder anfängt, wild zu pochen.

»Rebecca! Luke!«

Wir drehen uns beide um und sehen Zelda mit einem Klemmbrett bewaffnet auf uns zukommen.

»Fantastisch!«, ruft sie. »Genau das, was wir wollten! Luke, Sie waren spitze. Und Rebecca ...« Sie setzt sich neben mich auf das Sofa und tätschelt mir die Schulter. »Sie waren so unglaublich gut, dass wir uns gedacht haben – hätten Sie wohl Lust, nachher die Expertin am Zuschauertelefon zu sein?«

»Wie bitte? Aber ... das kann ich nicht! Ich bin doch überhaupt keine Expertin!«

»Hahaha, sehr gut!« Zelda lacht verständnisvoll. »Was an Ihnen so faszinierend ist, Rebecca, ist, dass Sie so *normal* sind. Sie sind Finanzguru und Mädchen von nebenan in einer Person. Sie sind informiert, aber umgänglich. Sie sind intelligent, aber nicht abgehoben. Sie sind die Finanzexpertin, mit der die Leute reden wollen. Oder was meinen Sie, Luke?«

»Ich glaube, Rebecca eignet sich hervorragend dafür«, sagt Luke. »Ich wüsste niemanden, der besser geeignet wäre. So, und jetzt räume ich wohl besser das Feld.« Er steht auf und lächelt mich an. »Bis später, Rebecca. Wiedersehen, Zelda.«

Leicht benommen sehe ich ihm auf seinem Weg über die Kabelmassen zum Ausgang nach und wünschte, er würde sich noch einmal umdrehen.

»Sehr schön«, sagt Zelda und drückt mir die Hand. »Dann wollen wir Sie mal vorbereiten.«

ZWEIUNDZWANZIG

Das Fernsehen ist meine Bestimmung. Wirklich. Das Fernsehen ist meine Bestimmung.

Wir sitzen wieder auf den Sofas. Rory, Emma und ich. Und Anne aus Leeds gibt stockend zu, dass sie noch nie in ihrem Leben eine Steuererklärung abgegeben hat.

Ich sehe zu Emma und lächele, und Emma zwinkert mir zu. Jetzt gehöre ich zum Team. Ich bin eine von ihnen. Mir ist wohlig-warm, und ich fühle mich einfach glücklich.

Es ist total verrückt: Als ich vorhin interviewt wurde, war ich furchtbar nervös und habe kaum ein Wort herausbekommen. Aber jetzt sitze ich auf der anderen Seite des Sofas und bin in meinem Element. Ich könnte den ganzen Tag hier sitzen. Selbst die grellen Lichter machen mir nichts mehr aus. Sind doch ganz normal. In der Zwischenzeit habe ich auch vor dem Spiegel die vorteilhafteste Sitzposition ausprobiert (Knie zusammen, Füße an den Gelenken gekreuzt) und halte mich jetzt brav daran.

»Ich gehe ab und zu putzen«, sagt Anne, »und bin nie darauf gekommen, dass ich … Aber jetzt hat mich mein Arbeitgeber gefragt, ob ich denn eigentlich Steuern abführe. Ich meine, daran habe ich nie gedacht.«

»Oje«, sagt Emma und sieht zu mir. »Anne steckt offenbar ziemlich in der Klemme.«

»Hört sich ganz so an«, sage ich mitfühlend. »Also, als Erstes sollten Sie wissen, Anne, dass Sie möglicherweise gar keine Steuern zahlen müssen, das kommt ganz darauf an, wie viel Sie tatsächlich verdient haben. Und das Zweite ist – Sie haben immer noch genug Zeit, eine Steuererklärung abzugeben und alles zu regeln.«

Das ist auch total verrückt: Gott weiß, wie ich dazu komme – aber *ich kann alle Fragen beantworten*. Ich weiß über Hypotheken Bescheid, über Lebensversicherungen, über Renten. Ich kenne mich aus mit dem Kram! Vor ein paar Minuten fragte Kenneth aus St. Austell, wie hoch der Steuerfreibetrag bei Guthaben auf normalen Sparkonten ist – und ich habe »5000 Pfund« geantwortet, ohne überhaupt darüber nachdenken zu müssen! Es ist, als wenn ein Teil meines Gehirns jede Information, die ich je bei *Successful Saving* verwendet habe, sorgfältig abgespeichert hätte – und jetzt, wo ich sie brauche, ist sie wie auf Knopfdruck da. Fragen Sie mich! Fragen Sie mich … nach den Regeln für die Kapitalertragssteuer für Eigenheimbesitzer! Na los, fragen Sie schon!

»Ich an Ihrer Stelle«, rate ich Anne, »würde mich mit dem für Sie zuständigen Finanzamt in Verbindung setzen und die Leute dort um Rat fragen. Die reißen Ihnen schon nicht den Kopf ab, keine Angst.«

»Danke«, hören wir Annes knisternde Stimme. »Vielen Dank, Rebecca.«

»Wir hoffen, dass Ihnen das weiterhilft, Anne«, sagt Emma und lächelt in die Kamera. »Jetzt geben wir erst mal weiter an Davina mit den Nachrichten und dem Wetter. Da aber so viele von Ihnen anrufen, machen wir danach noch eine Weile weiter mit unserem Zuschauertelefon zum Thema ›Geld-Management‹.«

»Damit scheinen ja etliche Leute Probleme zu haben«, unterstreicht Rory.

»Allerdings«, sagt Emma. »Und wir möchten Ihnen helfen. Bitte rufen Sie weiter an, ganz egal, wie groß oder klein Ihr Problem sein mag, und fragen Sie Rebecca Bloomwood. Unsere Nummer lautet: 0333 4567.« Sie verharrt einen Moment lächelnd vor der Kamera, und als das rote Lämpchen ausgeht, lehnt sie sich entspannt zurück. »Mann, das läuft ja wie am Schnürchen!«, freut sie sich, während eine Maskenbildnerin ihr das Gesicht frisch pudert. »Oder was meinst du, Zelda?«

»Absolut fantastisch!«, sagt Zelda, die aus der Dunkelheit auftaucht. »So viele Leute haben seit ›Ich möchte eins der Spice Girls treffen‹ nicht mehr angerufen.« Neugierig sieht sie mich an. »Haben Sie mal so einen Kurs besucht, in dem man lernt, wie man im Fernsehen auftreten soll, Rebecca?«

»Nein«, sage ich wahrheitsgemäß. »Habe ich nicht. Ich habe bloß ... ziemlich viel ferngesehen.«

Zelda schüttelt sich vor Lachen.

»Das ist eine gute Antwort! Okay, Leute, noch dreißig Sekunden!«

Emma lächelt mich an und spickt auf den Zettel, den sie vor sich liegen hat. Rory lehnt sich zurück und begutachtet seine Fingernägel. Sie behandeln mich wie eine Kollegin, freue ich mich innerlich. Sie behandeln mich wie eine der Ihren.

Ich war noch nie so wunschlos und restlos glücklich. Noch nie. Nicht einmal damals, als ich beim Schlussverkauf bei Harvey Nichols ein Vivienne Westwood Bustier für sechzig Pfund gefunden habe. (Wo ist das eigentlich abgeblieben? Könnte ich eigentlich mal wieder tragen.) Das hier ist der absolute Hit. Das Leben ist schön.

Ich lehne mich glücklich und zufrieden zurück und sehe mich träge im Studio um, als ich eine mir seltsam bekannte Gestalt erblicke. Ich sehe etwas genauer hin – und schon fängt mein Gesicht vor Entsetzen an zu prickeln. Dort, hinter den Scheinwerfern, wo es so dunkel ist, steht ein Mann, der genau so aussieht wie … Nein, das bilde ich mir sicher nur ein, das ist eine Halluzination, das kann doch nicht –

»Und … da sind wir wieder!«, sagt Rory und lenkt damit meine volle Aufmerksamkeit wieder zurück zum Set. »Das Thema unseres Zuschauertelefons heute sind finanzielle Probleme jeder Art. Unsere Expertin im Studio ist Rebecca Bloomwood, und unsere nächste Anruferin ist Fran aus Shrewsbury. Fran?«

»Ja«, sagt Fran. »Hi. Hi, Rebecca.«

»Hi, Fran«, begrüße ich sie mit einem herzlichen Lächeln. »Wo drückt denn der Schuh?«

»Ich stecke bis zum Hals in der…«, sagt Fran. »Ich… ich weiß einfach nicht, was ich tun soll.«

»Haben Sie Schulden, Fran?«, fragt Emma sanft.

»Ja«, sagt Fran und seufzt verzweifelt. »Ich habe mein Konto überzogen. Alle meine Kreditkarten sind belastet. Ich habe mir Geld von meiner Schwester geliehen… und ich kann einfach nicht aufhören, Geld auszugeben. Ich… kaufe halt für mein Leben gern ein!«

»Was denn zum Beispiel?«, erkundigt Rory sich.

»Ach, ich weiß auch nicht«, sagt Fran nach einer Pause. »Klamotten für mich, Klamotten für die Kinder, Sachen fürs Haus, allen möglichen Mist eigentlich. Und dann kommt die Rechnung… und ich schmeiße sie einfach weg.«

Emma wirft mir einen bedeutungsvollen Blick zu, und ich ziehe die Augenbrauen hoch.

»Rebecca?«, sagt sie. »Fran steckt anscheinend ziemlich in der Klemme. Was soll sie tun?«

»Nun ja, Fran«, hebe ich freundlich an. »Als Allererstes sollten Sie so tapfer sein und sich Ihrem Problem stellen. Das heißt, setzen Sie sich mit Ihrer Bank in Verbindung und sagen Sie denen ganz ehrlich, dass Sie allein nicht klarkommen. Das sind schließlich keine Monster! Ihre Bank will Ihnen helfen.« Ich wende mich der Kamera zu und sehe ihr sehr ernst direkt in die Linse. »Weglaufen hilft nicht, Frances. Je länger Sie vor den Problemen davonlaufen, desto schlimmer wird alles.«

»Ich weiß«, erklingt Frans wackelige Stimme. »Ich weiß ja, dass Sie recht haben. Aber das ist nicht so einfach.«

»Ich weiß«, sage ich mitfühlend. »Ich weiß, dass es nicht einfach ist. Aber Sie schaffen das schon, Fran.«

»Rebecca«, schaltet sich Emma ein, »würden Sie sagen, dass solch ein Problem häufiger vorkommt?«

»Leider ja«, antworte ich und wende mich wieder ihr zu. »Es gibt leider viel zu viele Menschen, die ihre finanzielle Sicherheit nicht an oberste Stelle setzen.«

»Oje«, sagt Emma und schüttelt sorgenvoll den Kopf. »Das ist aber gar nicht gut.«

»Aber es ist nie zu spät«, sage ich. »Man muss eine gewisse Schwelle überwinden und bereit sein, die Verantwortung für die finanzielle Schieflage zu übernehmen – dann kann man auch seine Probleme in den Griff kriegen.«

Zur Unterstreichung mache ich eine ausholende Geste mit dem Arm, wobei mein Blick durch das gesamte Studio gleitet. Und … Oh, Gott, er ist es tatsächlich.

Es ist keine Halluzination.

Er ist es wirklich. Steht da am Rande des Set mit einem »Security«-Abzeichen an der Jacke und einem Styroporbecher in der Hand, als gehörte er zum Inventar. Derek Smeath steht im Studio von *Morning Coffee*. Zehn Meter von mir entfernt.

Derek Smeath von der Endwich Bank.

Aber das … das kann doch gar nicht sein.

Doch. Es ist Derek Smeath. Das verstehe ich nicht. Was macht er denn hier?

Oh, Gott, jetzt sieht er mich direkt an.

Mein Herz fängt an klopfen. Ich schlucke und versuche, ruhig zu bleiben.

»Rebecca?«, sagt Emma. Ich muss mich förmlich zwingen, meine Aufmerksamkeit wieder auf die Sendung zu lenken. Ich weiß gar nicht mehr, wovon wir überhaupt reden. »Sie meinen also, Fran sollte mit ihrer Bank reden?«

»Ich … Ähm … ja, genau«, sage ich. Meine Wangen glühen.

Was soll ich denn jetzt tun? Er hat mich gesehen. Ich kann nicht weglaufen.

»Und Sie meinen«, spricht Emma weiter, »dass, sobald Fran sich der Realität stellt, sie in der Lage sein wird, ihr Leben neu zu ordnen?«

»Ganz genau«, sage ich mechanisch und zwinge mich, Emma strahlend anzulächeln. Aber unter der Oberfläche verpufft mein fröhliches Selbstbewusstsein. Derek Smeath ist hier. Ich kann ihn nicht aus meinem Blickfeld streichen. Ich kann ihn nicht vergessen.

Und jetzt fangen all die Dinge, die ich so meisterhaft verdrängt hatte, an, sich wieder an die Oberfläche zu nagen. Ich will an gar nichts davon erinnert werden – aber ich kann nichts dagegen machen.

»Na«, sagt Rory, »dann wollen wir mal hoffen, dass Fran sich Rebeccas guten Rat zu Herzen nimmt.«

Mein Streit mit Suze. Mein katastrophales Rendezvous mit Tarquin. Mir läuft es eiskalt den Rücken herunter.

»Und jetzt unser nächster Anrufer«, sagt Emma. »John aus Luton. John?«

»Hi, Rebecca«, tönt die Stimme durch das Telefon. »Ich habe als Kind mal eine Versicherungspolice geschenkt bekommen, das Problem ist nur, dass ich sämtliche Unterlagen verloren habe. Ich hätte jetzt aber eigentlich ganz gern die Knete, wenn Sie verstehen, was ich meine?«

Meine Visa-Karte – gesperrt. Meine Octagon-Kundenkarte – in aller Öffentlichkeit konfisziert. Gott, war das erniedrigend.

Okay, Schluss! Konzentrier dich. Konzentrier dich.

»So etwas kommt auch relativ häufig vor«, höre ich mich sagen. »Wissen Sie denn noch, bei welcher Versicherung diese Police abgeschlossen war?«

»Nein«, sagt John. »Keine Ahnung.«

Mein Bankkonto. Tausende von Pfund im Minus. Derek Smeath.

Oh, Gott, ist mir schlecht. Ich möchte am liebsten rausrennen und mich irgendwo verstecken.

»Na ja, aber es ist dennoch möglich, die Sache zurückzuverfolgen.« Ich zwinge mich weiterhin zu lächeln. »Sie könnten sich an eine Agentur wenden, die sich auf solche Probleme spezialisiert hat. Ich kann mich gerne für Sie erkundigen, aber ich glaube, es gibt eine, die heißt …«

Mein ganzes schreckliches, chaotisches Leben. Es ist immer noch da. Es wartet auf mich wie eine fiese große Spinne, die darauf lauert, sich auf mich zu stürzen. Sobald der letzte Anrufer aufgelegt hat.

»Tut mir Leid, aber unsere Zeit für das Zuschauertelefon ist um«, bedauert Emma, nachdem ich meinen Satz beendet habe. »Vielen Dank an unsere Finanzexpertin Rebecca Bloomwood. Ich bin sicher, dass wir uns ihre weisen Worte zu Herzen nehmen werden. Nach der Pause berichten wir von den Ergebnissen unserer Vorher-Nachher-Typberatung in Newcastle und haben Heaven Sent 7 live im Studio!«

Einen Moment lang verharren alle in ihren Positionen – dann entspannen wir uns.

»Gut«, sagt Emma und sieht auf ihr Blatt Papier. »Was kommt als Nächstes?«

»Gute Arbeit, Rebecca«, sagt Rory fröhlich. »Wirklich Eins A.«

»Zelda!«, ruft Emma und springt auf. »Hast du eben eine Sekunde? Sie waren toll, Rebecca«, fällt ihr da noch ein. »Wirklich toll.«

Und schwupps, sitze ich allein im Set, verlassen und angreifbar – und versuche verzweifelt, Derek Smeaths Blick auszuweichen und blitzschnell einen Ausweg zu finden.

Vielleicht gibt es eine Hintertür.

Oder vielleicht sollte ich einfach hier auf dem Sofa sitzen bleiben, bis er sich langweilt und geht. Ich meine, er wird es ja wohl kaum wagen, den Set zu betreten, oder?

Oder ich könnte *so tun, als wenn ich jemand anders wäre*. Gute Idee! Mit dem ganzen Make-up und so sehe ich doch wirklich fast wie jemand anders aus.

Doch da fällt mir plötzlich ein: Wer sagt denn, dass

er mich überhaupt gesehen hat? Er ist wahrscheinlich aus einem ganz anderen Grund hier. Womöglich soll er selbst in der Show auftreten. Genau! Hat alles gar nichts mit mir zu tun. Ich werde also einfach aufstehen und schnurstracks an ihm vorbeigehen. Kein Problem.

»Entschuldigen Sie bitte«, sagt ein Mann in Jeans, der den Set betritt. »Aber ich muss das Sofa hier wegräumen.«

»Ja, natürlich«, sage ich und springe auf. In dem Moment begegne ich versehentlich wieder Derek Smeaths Blick. Er sieht mich unverwandt an. Er wartet auf mich. Oh, Gott.

Okay, keine Panik – einfach weitermachen. Einfach weitermachen und so tun, als hättest du ihn nicht erkannt.

Ich vermeide es also ganz bewusst, ihn anzusehen, während ich mich aufrichte, das Mikrofon abpule und forschen Schrittes den Set verlasse. Ich lasse mich überhaupt nicht beirren, marschiere weiter, blicke nicht nach links oder rechts. Alles, was ich sehe, sind die Doppeltüren. Nur noch ein paar Schritte, dann bin ich draußen. Nur noch ein paar Schritte …

»Miss Bloomwood.« Die Worte treffen mich wie Pistolenkugeln am Hinterkopf, und einen Moment überlege ich, sie zu überhören. Ich könnte einen Endspurt zur Tür hinlegen. Aber Zelda und Emma sind immer noch in der Nähe. Sie haben bestimmt gehört, wie er mich gerufen hat. Es gibt kein Entkommen.

Also drehe ich mich um und spiele die Überraschte, die ihn erst auf den zweiten Blick erkennt.

»Ach, hallo, *Sie* sind's!«, begrüße ich ihn fröhlich. »Das ist aber eine Überraschung. Wie geht es Ihnen?«

Vielleicht können wir ja einfach ein bisschen Small Talk betreiben.

»Miss Bloomwood –«

»Schönes Wetter heute, finden Sie nicht auch?«

»Miss Bloomwood, unser Termin«, sagt Derek Smeath knapp.

Oh, Gott. Ich hatte gehofft, dass er den vielleicht vergessen hätte.

»Unser Termin«, wiederhole ich nachdenklich. »Ähm …« Dann habe ich eine Eingebung. »Richtig, unser Termin! Morgen, nicht? Ich freue mich schon drauf!«

Derek Smeath sieht aus, als würde er gleich explodieren.

»Nein, nicht morgen! Unser Termin war am Montag. Und Sie sind nicht gekommen!«

»Ach«, sage ich. »Ach, *der* Termin. Ja, das tut mir leid. Ich wollte wirklich kommen. Es ist nur so, dass … Also …«

Aber mir fällt einfach keine gute Entschuldigung mehr ein. Ich habe schon alle verbraucht. Ich verstumme also und beiße mir wie ein ungezogenes Kind auf die Lippe.

»Miss Bloomwood«, sagt Derek Smeath müde. »Miss Bloomwood …« Er reibt sich über das Gesicht und sieht dann auf. »Wissen Sie eigentlich, wie lange ich Ihnen schon regelmäßig Briefe schreibe? Wissen Sie, wie lange ich schon versuche, Sie zu einem Gesprächstermin in die Bank zu bekommen?«

»Ähm … nein, nicht genau …«

»Seit einem halben Jahr«, klärt er mich auf und schweigt dann kurz. »Seit einem halben Jahr höre ich mir Ihre Entschuldigungen und Ausflüchte an. Wenn Sie sich mal bitte klarmachen würden, was das für mich bedeutet. Das bedeutet unzählige Briefe. Zahllose Anrufe. Und hat nicht nur mich, sondern auch meine Assistentin Erica Parnell Zeit und Nerven gekostet. Ressourcen, die wir offen gestanden besser an anderer Stelle eingesetzt hätten.« Er fuchtelt mit dem Styroporbecher, den er in der Hand hält, herum und verschüttet etwas Kaffee auf den Boden. »Dann, endlich, kann ich Sie auf einen Gesprächstermin festnageln. Endlich glaube ich daran, dass Sie Ihre Situation ernst nehmen … Und dann erscheinen Sie nicht. Sie verschwinden ganz einfach. Ich rufe bei Ihren Eltern an, um herauszufinden, wo Sie sind, und werde auf äußerst unangenehme Weise beschimpft!«

»Ach, ja«, sage ich und setze ein entschuldigendes Gesicht auf. »Tut mir leid. So ist mein Dad. Bisschen durchgedreht.«

»Ich hatte Sie aufgegeben«, sagt Derek Smeath und wird dabei nun lauter. »Ich hatte Sie aufgegeben und abgeschrieben. Und dann komme ich heute Morgen an einem Fernsehgeschäft vorbei – und wen sehe ich auf sechs Bildschirmen gleichzeitig? Die verschollene Rebecca Bloomwood, wie sie der Nation gute Ratschläge erteilt! Und in welcher Angelegenheit erteilt sie gute Ratschläge?« Er fängt an, sich vor Lachen zu schütteln. (Zumindest glaube ich, dass es vor Lachen ist.) »Im Umgang mit Geld! *Sie* erteilen Ratschläge im Umgang mit Geld!«

Ich sehe ihn wütend an. *So* lustig ist das nun auch wieder nicht.

»Hören Sie, es tut mir wirklich leid, dass ich zu unserem Termin am Montag nicht gekommen bin«, bemühe ich mich, das Ganze wieder auf eine geschäftsmäßige Ebene zu heben. »Ich hatte in den letzten Tagen gewisse Schwierigkeiten… Aber vielleicht könnten wir ja einen neuen Termin anberaumen…«

»Anberaumen!«, wiederholt Derek Smeath hysterisch, als wenn ich gerade einen brillanten Witz gerissen hätte. »Anberaumen!«

Beleidigt sehe ich ihn an. Er nimmt mich überhaupt nicht ernst! Er hört mir nicht mal zu. Ich sage ihm, dass ich mich mit ihm zu einem Gespräch treffen möchte – und das möchte ich *wirklich* – und er führt sich auf, als würde ich irgendwelchen Klamauk machen! Als wäre ich ein dummer Clown.

Ja, kein Wunder!, meldet sich da eine Stimme. *Überleg doch mal, wie* du *dich aufgeführt hast! Überleg doch mal, wie du mit ihm umgesprungen bist! Du kannst froh sein, dass er dich überhaupt noch einigermaßen höflich behandelt!*

Ich sehe zu ihm auf. Sein Gesicht ist noch immer verzerrt vor Lachen… Und mit einem Mal kommt die Ernüchterung.

Er hätte viel, viel rücksichtsloser und gemeiner sein können. Er hätte mir meine Scheckkarte schon vor Ewigkeiten abnehmen können. Oder mir den Gerichtsvollzieher auf den Hals schicken können. Oder mich auf die schwarze Liste setzen. Im Grunde ist er nämlich sogar ziemlich nett gewesen die ganze Zeit.

»Hören Sie«, sage ich schnell. »Bitte. Geben Sie mir noch eine Chance. Ich will wirklich Ordnung in meine Finanzen bekommen. Ich will mein Konto ausgleichen. Aber dazu brauche ich Ihre Hilfe. Ich …« Ich schlucke. »Bitte helfen Sie mir, Mr Smeath.«

Schweigen. Derek Smeath sieht sich nach einem Abstellplatz für seinen Kaffee um, holt ein weißes Taschentuch hervor und reibt sich damit über die Augenbrauen. Dann steckt er es wieder ein und sieht mich lange und eingehend an.

»Sie meinen es ernst«, stellt er schließlich fest.

»Ja.«

»Und Sie werden sich wirklich bemühen?«

»Ja. Und …« Ich beiße mir auf die Lippe. »Und ich möchte Ihnen danken, dass Sie in den letzten Monaten so nachsichtig mit mir waren. Danke.«

Ich könnte heulen. Ich will ein guter Mensch sein. Ich will Ordnung in mein Leben bekommen. Ich will, dass er mir sagt, was ich tun soll.

»Gut«, sagt Derek Smeath dann. »Dann wollen wir mal sehen, was sich machen lässt. Sie kommen morgen früh um 9:30 Uhr in mein Büro, und dann unterhalten wir uns mal ein bisschen.«

»Danke«, sage ich endlos erleichtert. »Vielen Dank. Ich komme. Versprochen.«

»Das will ich auch hoffen«, sagt er. »Keine Ausreden mehr.« Dann huscht sogar ein Lächeln über sein Gesicht. »Übrigens«, fügt er dann hinzu und deutet auf den Set. »Ich finde, Sie haben das ganz hervorragend gemacht. Sie wissen ja richtig Bescheid.«

»Oh«, sage ich überrascht, »ja ... äh ... danke. Das ist wirklich ...« Ich räuspere mich. »Aber wie sind Sie denn eigentlich ins Studio gekommen? Ich dachte, hier kommt man nicht so einfach an den Sicherheitskräften vorbei.«

»Tut man auch nicht«, antwortet Derek Smeath. »Aber meine Tochter arbeitet beim Fernsehen.« Er lächelt. »Früher hat sie bei genau dieser Show gearbeitet.«

»Wirklich?« Ich kann es kaum glauben.

Das ist ja ein Ding. Derek Smeath hat eine Tochter. Möglicherweise hat er sogar eine richtige Familie. Mit Frau und allem. Wer hätte das gedacht?

»Jetzt muss ich aber los«, sagt er und leert seinen Styroporbecher. »Das hier war eine kleine, nicht planmäßige Exkursion.« Er sieht mich ernst an. »Wir sehen uns morgen.«

»Ja, bestimmt«, sage ich, als er schon auf dem Weg zum Ausgang ist. »Und ... danke noch mal! Vielen Dank.«

Kaum ist er verschwunden, lasse ich mich auf den nächsten Stuhl sinken. Ich kann es kaum glauben: Ich habe soeben ein nettes, völlig zivilisiertes Gespräch mit Derek Smeath geführt. Mit Derek Smeath! Und er scheint eigentlich ein ganz lieber Kerl zu sein.

»Rebecca!«, erklingt da eine Stimme hinter mir. Ich drehe mich um und sehe Zelda auf mich zukommen – noch immer mit ihrem Klemmbrett bewaffnet.

»Hi«, sage ich glücklich. »Wie läuft's?«

»Super«, sagt sie und zieht einen Stuhl für sich heran. »Und jetzt möchte ich mich gern ein wenig mit Ihnen unterhalten.«

»Oh«, sage ich. »Okay. Worum geht's denn?«

»Wir sind uns alle einig, dass Sie absolute Spitzenklasse waren heute«, informiert mich Zelda und schlägt die Beine übereinander. »Absolute Spitzenklasse. Ich habe mit Emma und Rory und mit unserem Produzenten gesprochen und –« Sie hält kurz inne, um die Dramatik zu steigern. »– und wir alle würden uns sehr freuen, wenn Sie in Zukunft öfter bei uns in der Sendung wären.«

Völlig ungläubig starre ich sie an.

»Sie meinen …«

»Nicht jede Woche«, sagt Zelda. »Aber doch einigermaßen regelmäßig. Wir dachten so an drei Mal im Monat. Meinen Sie, dass Sie das einrichten könnten?«

»Ich … ich weiß nicht«, sage ich benommen. »Aber ich … ich glaube schon.«

»Super!«, sagt Zelda. »Vielleicht könnten wir auch etwas Werbung für Ihre Zeitschrift machen, um Ihren Chef bei Laune zu halten.« Sie kritzelt etwas auf ihr Klemmbrett und sieht auf. »Sie haben noch keinen Agenten, richtig? Das heißt, ich muss mit Ihnen persönlich über Geld reden.« Sie sieht auf ihre Notiz. »Was wir Ihnen pro Auftritt anbieten können, sind …«

DREIUNDZWANZIG

Ich stecke den Schlüssel ins Schloss und mache ganz langsam die Wohnungstür auf. Mir kommt es vor, als wäre es eine halbe Ewigkeit her, seit ich zuletzt hier war. Ich habe das Gefühl, ein ganz anderer Mensch zu sein. Ich bin erwachsen geworden. Oder ich habe mich einfach nur verändert. Irgendetwas ist jedenfalls passiert.

»Hi!«, sage ich vorsichtig in die Stille hinein und lasse meine Tasche auf den Boden fallen. »Jemand zu –«

»Bex!«, keucht Suze und taucht in der Wohnzimmertür auf. Sie hat schwarze Leggings an und einen halb fertigen, mit Jeans überzogenen Bilderrahmen in der Hand. »Oh, Gott! Wo *warst* du denn bloß? Was hast du gemacht? Ich habe dich bei *Morning Coffee* gesehen, ich habe ja meinen Augen nicht getraut! Ich habe versucht, da anzurufen und mit dir zu sprechen, aber die wollten mich partout nicht durchschalten, wenn ich kein Geldproblem habe. Dann habe ich gesagt, okay, ich möchte gern wissen, wie ich eine halbe Million am besten anlege, aber da haben die gesagt, dass das nun nicht gerade –« Sie bricht ihre Erzählung ab. »Bex, wo warst du? Was ist passiert?«

Ich kann ihr nicht sofort antworten. Wie gebannt starre ich auf den Stapel Briefe auf dem Tisch. Alle für mich. Weiße, geschäftlich aussehende Briefe, braune Fensterumschläge, Umschläge, auf denen dick und fett »Letzte Mahnung« steht. Ich habe noch nie einen so Furcht erregenden Stapel Briefe gesehen.

Obwohl … so furchterregend sind sie gar nicht mehr.

»Ich war bei meinen Eltern«, sage ich und sehe zu Suze auf. »Und dann war ich im Fernsehen.«

»Aber ich habe doch bei deinen Eltern angerufen! Die haben gesagt, sie wüssten nicht, wo du bist!«

»Ich weiß«, sage ich und erröte ein wenig. »Das war … um mich vor so einem Typen zu beschützen, der mich ständig belästigt hat.« Ich sehe auf. Suze sieht mich völlig verständnislos an. Na ja, irgendwie verständlich. »Und überhaupt«, füge ich zu meiner Verteidigung hinzu, »ich habe dir doch eine Nachricht auf dem Anrufbeantworter hinterlassen! Ich habe gesagt, dass du dir keine Sorgen machen sollst, dass es mir gut geht!«

Aber sie hat sich wohl wirklich Sorgen gemacht. Auf einmal bekomme ich ein schlechtes Gewissen. Ich hätte nicht einfach so verschwinden sollen. Das war absolut gedankenlos und unverantwortlich und egoistisch.

»Ach, Suze.« Einem Impuls folgend gehe ich auf sie zu und nehme sie fest in den Arm. »Das tut mir leid, wirklich. Ich wollte nicht, dass du dir Sorgen machst.«

»Schon okay«, sagt Suze und erwidert meine Umarmung. »Das mit den Sorgen hat ja nicht so lange gedauert. Als ich dich dann im Fernsehen gesehen habe, wusste ich ja, dass alles in Ordnung war. Du warst übrigens umwerfend.«

»Echt?« Ein winziges Lächeln zuckt in meinen Mundwinkeln. »Meinst du das im Ernst?«

»Ja, natürlich!«, sagt Suze. »Viel besser als Luke Brandon. Dieser arrogante Kerl!«

»Ja«, sage ich mit einer winzigen Verzögerung. »Ja, kann schon sein. Aber hinterher war er dann ziemlich nett zu mir.«

»Ach, ja?« Das scheint Suze nicht weiter zu interessieren. »Wie auch immer, du warst Spitzenklasse. Kaffee?«

»Gerne.« Sie verschwindet in die Küche.

Ich nehme den Stapel Briefe und Rechnungen in die Hand und sehe ihn durch. Vor gar nicht allzu langer Zeit hätte das bei mir helle Panik ausgelöst. Beziehungsweise, alle diese Briefe wären ungeöffnet und ungelesen im Papierkorb gelandet. Aber wissen Sie was? Heute machen die mir überhaupt keine Angst. Wirklich, ich frage mich, wie ich nur so albern sein konnte. Wie ich so feige sein konnte. Ab sofort werde ich mich meiner finanziellen Misere stellen. Ich werde mich mit meinem Scheckbuch und den letzten Kontoauszügen hinsetzen und das Chaos systematisch durcharbeiten.

Ich betrachte die vielen Umschläge in meiner Hand und komme mir plötzlich wahnsinnig erwachsen und verantwortungsvoll vor. Weitsichtig und vernünftig. Ich werde Ordnung in mein Leben bringen und meine Geldgeschäfte regeln. Ich habe meine Haltung dem Geld gegenüber von Grund auf geändert.

Und außerdem …

Also, das wollte ich Ihnen ja eigentlich nicht erzählen. Aber *Morning Coffee* zahlt Unsummen. Wirklich, *Unsummen*. Sie werden es mir nicht glauben, aber für jedes Mal, das ich mich im Studio den Zuschauerfragen per Telefon stelle, bekomme ich –

Nein, das traue ich mich nicht zu sagen. Nur so viel: Es ist … verdammt viel!

Ich kann überhaupt nicht mehr aufhören zu grinsen. Ich schwebe förmlich auf Wölkchen durch die Gegend, seit ich weiß, wie viel ich bekomme. Mit den mir winkenden Honoraren werde ich nämlich alle meine Schulden ohne Probleme begleichen können. Meine VISA-Rechnung, meine Octagon-Rechnung, das Geld, das ich Suze schulde – alles! Endlich, *endlich* kommt Ordnung in mein Leben!

»Aber warum bist du denn nun einfach so abgehauen?«, fragt die aus der Küche zurückkommende Suze und jagt mir einen Riesenschrecken ein. »Was war denn los?«

»Weiß ich auch nicht«, seufze ich und lege die Briefe wieder auf den Tisch im Flur. »Ich musste einfach mal raus und nachdenken. Ich war ziemlich durcheinander.«

»Wegen Tarquin?«, fragt Suze sofort, und ich merke, wie ich mich sofort verkrampfe.

»Teilweise«, sage ich nach einer Pause und schlucke. »Warum? Hat er …«

»Ich weiß ja, dass du nicht so sonderlich auf Tarquin stehst«, bedauert Suze, »aber ich glaube, er mag dich immer noch sehr. Er war vorgestern Abend hier und hat den Brief für dich dagelassen.«

Sie zeigt auf einen cremefarbenen Umschlag, der am Spiegel steckt. Meine Hände zittern ein wenig, als ich ihn herunternehme. Oh, Gott, was da wohl drinsteht? Ich zögere ein wenig, dann reiße ich den Umschlag auf, und eine Eintrittskarte fällt heraus.

»Für die Oper!«, stellt Suze fest, als sie die Karte aufhebt »Heute Abend!« Sie sieht mich an. »Mann, so ein Glück, dass du heute wiedergekommen bist, Bex!«

Liebe Rebecca, lese ich ungläubig, *bitte verzeih mir, dass ich mich erst jetzt wieder bei dir melde. Doch je mehr Zeit verstreicht, desto deutlicher wird mir, wie sehr ich unseren gemeinsamen Abend neulich genossen habe und wie gern ich etwas in der Art wiederholen würde.*

Ich lege eine Karte für Die Meistersinger *im Opera House bei. Ich werde auf jeden Fall hingehen und würde mich sehr freuen, wenn du mich begleiten würdest.*

Mit den besten Grüßen,
Tarquin Cleath-Stuart

Völlig verwirrt starre ich den Brief an. Was soll das denn nun heißen? Dass Tarquin doch nicht gesehen hat, wie ich sein Scheckbuch durchgeblättert habe?

Dass er es zwar gesehen, aber beschlossen hat, mir zu verzeihen? Dass er total schizoid ist?

»Ach, Bex, du *musst* hingehen!«, bettelt Suze, die über meine Schulter mitgelesen hat. »Du musst einfach hingehen! Er wird am Boden zerstört sein, wenn du nicht kommst! Ich weiß, dass er dich mag.«

»Ich kann aber nicht«, sage ich und lasse den Brief sinken. »Ich habe heute Abend ein Geschäftsessen.«

»Ja, und?«, sagt Suze. »Das kannst du doch absagen!«

»Äh ... nein. Ist ziemlich wichtig.«

»Oh«, sagt Suze geknickt. »Aber der arme Tarkie. Dann sitzt er da ganz allein und wartet auf dich ...«

»Du kannst doch hingehen«, schlage ich vor.

»Wirklich?« Suze verzieht das Gesicht und betrachtet die Karte. »Ja, warum eigentlich nicht? Ich gehe ganz gern in die Oper. Aber wirklich ...« Sie sieht auf. »Mit wem triffst du dich eigentlich zum Geschäftsessen?«

»Mit ... Mit Luke Brandon«, sage ich und bemühe mich, ganz unverfänglich zu klingen. Und werde sofort rot.

»Luke Brandon?«, sagt Suze verwirrt. »Aber was –« Sie starrt mich an, und ihr Gesichtsausdruck verändert sich langsam. »Oh, nein. Bex! Jetzt sag mir nicht, dass ...«

»Es ist ein Geschäftsessen«, betone ich und weiche ihrem Blick aus. »Das ist alles. Zwei Geschäftsleute treffen sich, um über Geschäfte zu reden. In einem ganz ... geschäftlichen Rahmen. Das ist alles.«

Und damit flüchte ich mich in mein Zimmer.

Geschäftsessen. Was ziehe ich zu einem Geschäftsessen an? Okay, mal sehen.

Ich hole alle meine Klamotten aus dem Schrank und verteile sie auf dem Bett. Blaues Kostüm, schwarzes Kostüm, pinkfarbenes Kostüm. Unmöglich. Nadelstreifenkostüm? Hmmm. Vielleicht etwas übertrieben. Cremefarbenes Kostüm … sieht zu sehr nach Hochzeit aus. Grünes Kostüm … bringt das nicht Unglück oder so?

»Und, was ziehst du an?«, fragt Suze, die den Kopf zur Tür hereinsteckt. »Kaufst du dir was Neues?« Ihr Gesicht erhellt sich. »Hey, sollen wir einkaufen gehen?«

»Einkaufen?«, sage ich zerstreut. »Ähm … vielleicht.«

Normalerweise würde ich natürlich jede Gelegenheit, einkaufen zu gehen, sofort beim Schopfe packen. Sie an mich reißen. Aber heute … Ach, ich weiß nicht. Ich bin fast schon zu nervös, um einkaufen zu gehen. Zu aufgeregt. Ich glaube nicht, dass ich mich ausreichend konzentrieren könnte.

»Bex, hast du mich nicht gehört?«, fragt Suze überrascht. »Ich habe gesagt: ›Sollen wir einkaufen gehen?‹!«

»Ja, ich weiß.« Ich sehe nur kurz zu ihr, dann halte ich ein schwarzes Top hoch und betrachte es kritisch. »Aber ich glaube, ich komme ein anderes Mal darauf zurück, danke.«

»Du meinst …« Suze kann es nicht fassen. »Du meinst, du willst nicht einkaufen gehen?«

»Genau.«

Schweigen. Als ich aufblicke, starrt Suze mich an.

»Das verstehe ich nicht«, sagt sie und hört sich ganz schön durcheinander an. »Warum bist du denn so komisch?«

»Ich bin nicht komisch!« Ich zucke mit den Schultern. »Ich habe nur einfach keine Lust, einkaufen zu gehen!«

»Oh, Gott, irgendetwas stimmt doch nicht mit dir!«, jammert Suze. »Ich hab's gewusst. Vielleicht bist du ja krank.« Sie kommt in mein Zimmer und fasst mir an den Kopf. »Hast du Fieber? Tut dir was weh?«

»Nein!«, wehre ich lachend ab. »Natürlich nicht!«

»Hast du dich am Kopf verletzt?« Sie fuchtelt mit der Hand vor meinem Gesicht herum. »Wie viele Finger siehst du?«

»Suze, mir geht es gut«, sage ich und schiebe ihre Hand weg. »Wirklich. Ich bin nur nicht… in Stimmung, einkaufen zu gehen.« Ich halte mir ein graues Kostüm an. »Was hältst du davon?«

»Also, wirklich, Bex, ich mache mir Sorgen um dich«, sagt Suze kopfschüttelnd. »Ich finde, du solltest mal zum Arzt gehen. Du bist so… anders. Das macht mir Angst.«

»Na ja.« Ich nehme eine weiße Bluse in die Hand und lächele Suze an. »Vielleicht habe ich mich wirklich verändert.«

Ich brauche den ganzen Nachmittag, bis ich mich endlich für ein Outfit entschieden habe. Ich probiere alles Mögliche an, kombiniere dieses und jenes und entsinne mich diverser Dinge, die ganz hinten im Schrank liegen. Letztendlich entscheide ich mich für »schlicht und elegant«: Mein bestes schwarzes Kostüm (Jigsaw-Ausverkauf vor zwei Jahren), ein weißes T-Shirt (Marks and Spencer) und kniehohe, schwarze Lederstiefel (Dolce & Gabbana, Mum habe ich aber erzählt, sie wären von British Homestores. Fataler Fehler, dann wollte sie nämlich auch welche haben, und ich musste sie davon überzeugen, dass sie restlos ausverkauft waren.) Ich ziehe die Sachen an, drehe die Haare zu einem Knoten und betrachte mich im Spiegel.

»Sehr schön«, kommentiert Suze bewundernd. »Sehr sexy.«

»Sexy?«, frage ich entsetzt. »Ich will aber nicht sexy aussehen! Ich will wie eine Geschäftsfrau aussehen!«

»Ja, und, kannst du nicht beides gleichzeitig sein? Sexy und Geschäftsfrau?«

»Ich … Nein. Nein, das will ich nicht.«

Ich will nicht, dass Luke Brandon glaubt, ich hätte mich für ihn zurechtgemacht. Ich will alles vermeiden, das ihn auf den Gedanken bringen könnte, ich hätte den Hintergrund unseres Treffens irgendwie missverstanden. Nicht so wie letztes Mal.

Völlig unvermittelt erfasst mich beim Gedanken an jenen furchtbaren Augenblick bei Harvey Nichols erneut das Gefühl der Demütigung. Ich schüttele den Kopf und versuche, meine Gedanken zu sortieren und mein klopfendes Herz zu beruhigen. Warum habe ich mich überhaupt auf dieses bescheuerte Abendessen eingelassen?

»Ich will so seriös und geschäftsmäßig wie möglich aussehen«, sage ich und runzele streng die Stirn.

»Dann weiß ich was«, sagt Suze. »Du brauchst ein paar Accessoires. Geschäftsfrauen-Accessoires.«

»Zum Beispiel? Ein Filofax?«

»Zum Beispiel …« Suze denkt nach. »Ich habe eine Idee. Warte mal –«

Wir waren für 19:30 Uhr verabredet. Fünf Minuten später betrete ich das *Ritz* und kann Luke schon vom Eingang aus sehen. Er sitzt ganz entspannt da und nippt an etwas, das wie ein Gin Tonic aussieht. Er trägt einen anderen Anzug als heute Vormittag, stelle ich unwillkürlich fest, und er hat ein frisches, dunkelgrünes Hemd an. Er sieht … na ja, er sieht ganz gut aus. Verdammt gut eigentlich.

Gar nicht so geschäftsmäßig.

Und wenn ich es mir recht überlege, ist dieses Restaurant auch nicht gerade das geschäftsmäßigste. Überall Kronleuchter, goldene Girlanden und pinkfarbene Sessel, und dann die wunderschöne Deckenbemalung: Wolken und Blumen. Überall glitzert und schimmert es. Eigentlich ist es hier ziemlich …

Nun ja, das Wort, das mir spontan dazu einfällt, ist »romantisch«.

Oh, Gott. Mein Herz fängt nervös an zu hämmern. Ich begutachte mich schnell in einem der goldgetönten Spiegel. Wie ursprünglich geplant trage ich das schwarze Kostüm von Jigsaw, das weiße T-Shirt und die schwarzen Wildlederstiefel. Zusätzlich habe ich jetzt aber auch noch eine jungfräuliche Ausgabe der *Financial Times* unter dem Arm, eine Schildpattbrille (ungeschliffene Gläser) auf dem Kopf, meine klobige Chef-Aktentasche in der einen und – und das ist die Krönung à la Suze – einen AppleMac-Laptop in der anderen Hand.

Vielleicht habe ich doch ein wenig übertrieben.

Ich will schon gerade wieder ein paar Schritte zurück tun, um zumindest die Aktentasche eventuell an der Garderobe abzugeben (oder einfach auf einem Stuhl abzustellen und sie dort ihrem Schicksal zu überlassen), als Luke aufblickt, mich sieht und lächelt. Mist. Ich bin also gezwungen, meinen Weg über den flauschigen Teppich fortzusetzen und so lässig wie möglich auszusehen – was nicht so einfach ist, da ich krampfhaft versuche, die *Financial Times* nicht abstürzen zu lassen.

»Hallo«, sagt Luke, als ich an seinem Tisch ankomme. Er erhebt sich, um mir die Hand zu geben, doch da fällt mir auf, dass ich ihm die Hand gar nicht geben kann, weil in dieser der Griff des Laptops ruht. Nervös stelle ich die Aktentasche auf dem Boden ab, nehme den Laptop in die andere Hand (wobei mir beinahe die *FT* wegrutscht) und strecke Luke mit leicht geröteten Wangen die Hand entgegen.

Ein amüsiertes Lächeln huscht über sein Gesicht, doch er schüttelt mir mit dem gebotenen Ernst die Hand. Er bedeutet mir, mich zu setzen und beobachtet höflich, wie ich den Laptop in Reichweite auf dem Tisch abstelle.

»Beeindruckendes Gerät«, sagt er. »Ganz schön … modern.«

»Ja«, gebe ich zurück und lächele ihn kurz und kühl an. »Ich benutze es ziemlich oft, um bei Geschäftsterminen mitzuschreiben.«

»Ah.« Luke nickt. »Sie sind ja ganz schön organisiert.«

Er wartet offenbar darauf, dass ich die Kiste einschalte, also drücke ich versuchshalber auf die Return-Taste. Suze hat gesagt, dann würde der Bildschirm zu Leben erwachen. Es passiert aber leider gar nichts.

Mit ausgesuchter Lässigkeit drücke ich die gleiche Taste noch einmal – wieder passiert nichts. Mann, ist das peinlich. Ich hätte einfach nicht auf Suze hören sollen.

»Funktioniert er nicht?«, erkundigt Luke sich.

»Nein!«, sage ich und klappe das Gerät zu. »Ich meine, doch, aber … Ich habe mir gerade überlegt, dass ich ihn heute nicht benutzen werde.« Ich ziehe mein Notizbuch aus der Tasche. »Ich schreibe mir das Wichtigste hier auf.«

»Gute Idee«, freut sich Luke. »Champagner?«

»Oh«, sage ich etwas verblüfft. »Äh … ja, okay.«

»Sehr schön«, sagt Luke. »Das hatte ich gehofft.«

Er sieht auf, und ein strahlender Kellner ist in Windeseile mit einer Flasche zur Stelle.

Aber ich werde nicht lächeln oder sonst irgendwie

erfreut aussehen. Ich werde mich durch und durch cool und professionell geben. Ich werde nur ein einziges Glas trinken und dann auf stilles Wasser umsteigen. Ich muss einen kühlen Kopf bewahren.

Während der Kellner meine Flöte auffüllt, schreibe ich »Treffen zwischen Rebecca Bloomwood und Luke Brandon« in mein Notizbuch. Ich betrachte mein Werk und unterstreiche es doppelt. So. Das sieht doch richtig professionell aus.

»Ja, dann«, sage ich und hebe das Glas. »Aufs Geschäft.«

»Aufs Geschäft«, wiederholt Luke und lächelt mich schief an. »Oder zumindest auf das, was davon übrig geblieben ist.«

»Wie?« Ich sehe ihn verwirrt an – dann fällt der Groschen. »Sie meinen – nach dem, was Sie heute Morgen bei *Morning Coffee* gesagt haben? Hat Sie das in Schwierigkeiten gebracht?«

Er nickt, und er tut mir fast ein bisschen leid.

Ich meine, Suze hat schon recht, Luke ist ziemlich arrogant. Aber ich fand das eigentlich ganz schön mutig von ihm, sich so weit aus dem Fenster zu hängen und in aller Öffentlichkeit zu sagen, was er tatsächlich von Flagstaff Life hält. Wenn er nur deswegen jetzt ruiniert wäre … also, das fände ich schon ziemlich doof.

»Haben Sie … alles verloren?«, frage ich bestürzt, und Luke lacht.

»Na ja, ganz so schlimm ist es nicht. Aber wir hatten so einigen Klienten so einiges zu erklären heute

Nachmittag.« Er verzieht das Gesicht. »Einen seiner größten Kunden live im Fernsehen zu beleidigen ist nun eigentlich nicht gängige PR-Praxis.«

»Also, ich finde, man sollte Ihnen dafür Respekt zollen!«, entrüste ich mich. »Dafür, dass Sie Ihre ehrliche Meinung äußern. Ich meine, das passiert doch viel zu selten heutzutage! Sie könnten das doch zum Motto ihres Unternehmens machen: ›Wir sagen die Wahrheit.‹«

Ich trinke einen Schluck Champagner. Luke schweigt. Als ich zu ihm aufblicke, sieht er mich ganz merkwürdig an.

»Rebecca, Sie haben diese unschlagbare, hinreißende Eigenschaft, den Nagel stets auf den Kopf zu treffen«, sagt er schließlich. »Genau das haben nämlich auch einige unserer Klienten gesagt. Es ist, als hätte die Episode heute Vormittag meinem Unternehmen das Gütesiegel der Integrität beschert.«

»Oh«, sage ich und bin richtig zufrieden mit mir. »Na, das ist doch schön. Dann sind Sie also nicht ruiniert.«

»Ich bin nicht ruiniert«, sagt Luke und lächelt ein wenig. »Nur ein kleines bisschen angeschlagen.«

Wie aus dem Nichts taucht ein Kellner auf und füllt mein Glas auf. Ich trinke einen Schluck, und als ich wieder aufsehe, durchbohrt Luke mich schon wieder mit seinem Blick.

»Wissen Sie, Rebecca, Sie sind ein unglaublich scharfsichtiger Mensch«, sagt er. »Sie sehen Dinge, die andere nicht sehen.«

»Ach, na ja.« Ich schwenke meine Champagnerflöte. »Sie haben doch gehört, was Zelda gesagt hat, oder? Ich bin Finanzguru und Mädchen von nebenan in einer Person.« Ich begegne seinem Blick, und wir fangen beide an zu lachen.

»Sie sind informiert und gleichzeitig umgänglich.«

»Intelligent, aber nicht abgehoben.«

»Klug, charmant, lebensfroh ...« Luke verstummt, studiert den Inhalt seines Glases und sieht dann zu mir auf.

»Rebecca, ich möchte mich bei Ihnen entschuldigen«, sagt er. »Ich möchte mich schon seit einer ganzen Weile bei Ihnen entschuldigen. Dieses Mittagessen bei Harvey Nichols ... Sie hatten recht. Ich habe Sie nicht mit dem nötigen Respekt behandelt.«

Er verfällt in Schweigen, und ich betrachte die Tischdecke und merke, wie meine Wangen anfangen zu glühen. Ja, *jetzt* hat er gut reden, denke ich wütend. Jetzt hat er einen Tisch im *Ritz* reserviert und Champagner bestellt und erwartet, dass ich einfach lächele und sage: »Ach, Schwamm drüber!« Das neckische Geplänkel mag ja darüber hinwegtäuschen, aber der Stachel sitzt immer noch ziemlich tief. Und nach meinem Erfolg heute Vormittag bin ich immer noch kampflustig.

»Mein Artikel in der *Daily World* hatte nichts mit dem Mittagessen zu tun«, sage ich, ohne aufzublicken. »Überhaupt nichts. Und dass Sie mir unterstellen, dass genau das –«

»Ich weiß«, seufzt Luke. »Ich hätte das nicht sagen

sollen. Das war nur eine … eine aufbrausende Behauptung an dem Tag, an dem die ganze Firma wegen Ihnen Kopf gestanden hat.«

»Wirklich?« Ich kann nichts gegen dieses kleine Lächeln machen, das sich auf meine Lippen schleicht. »Die ganze Firma hat Kopf gestanden? Wegen mir?«

»Ja, was glauben Sie denn?«, sagt Luke. »Eine ganze Seite über einen unserer Klienten in der *Daily World*, und das ohne jede Vorwarnung!«

Ha. Finde ich gut. Der ganze Brandon-C-Haufen steht Kopf wegen Janice und Martin Webster.

»Wie macht Alicia sich denn im Kopfstand?« Ich kann es mir nicht verkneifen.

»Alicia? Gut. Aber noch besser hat sie mir gefallen, als sie ein Rad geschlagen und dabei fast ihre Manolos verloren hat, nachdem ich herausgefunden habe, dass sie am Tag vorher mit Ihnen gesprochen hatte«, bemerkt Luke trocken.

Ha!

»Schön«, höre ich mich sagen – und ärgere mich im gleichen Moment darüber. Seriöse Geschäftsfrauen zeigen keine Schadenfreude, wenn ihre Feinde gemaßregelt werden. Ich hätte einfach nur nicken oder bedeutungsvoll »Aha« sagen sollen.

»Und – Sie? Haben Sie auch Kopf gestanden?«, frage ich mit lässigem Achselzucken.

Ich bekomme keine Antwort, sodass ich nach einer Weile wieder aufsehe. Luke beobachtet mich mit einer so ernsten Miene, dass mein Herz schon wieder anfängt, wild zu klopfen.

»Ich stehe schon eine ganze Weile Kopf wegen dir, Rebecca«, sagt er leise. Er hält meinem atemlosen Blick noch ein paar Sekunden stand, dann wendet er sich der Karte zu. »Sollen wir bestellen?«

Das Essen streckt sich über Stunden. Wir reden und reden und essen und reden und essen ... Das Essen ist so köstlich, dass ich zu nichts Nein sagen kann, und der Wein ist so köstlich, dass ich meinen Plan, nur ein einziges Glas zu trinken und dann auf Wasser umzusteigen, verwerfe. Es ist fast Mitternacht, als ich schlaff in der Schokoladen-Feuillantine mit Lavendelhonigeis und karamellisierten Birnen herumrühre und Schwierigkeiten bekomme, meinen Kopf aufrecht zu halten.

»Wie ist das Schokoladenzeug?«, erkundigt sich Luke, nachdem er den letzten Bissen Käsekuchen vertilgt hat.

»Lecker«, sage ich und schiebe es auf ihn zu. »Aber nicht so gut wie die Zitronenmousse.«

Abgesehen davon, dass ich langsam müde werde, kriege ich beim besten Willen keinen Bissen mehr herunter. Ich konnte mich nicht entscheiden, welches von den vielen köstlichen Desserts ich nehmen sollte, also hat Luke vorgeschlagen, dass wir einfach alle bestellen, die sich gut anhören. Und das waren die meisten. Mein Magen ist so voll gestopft und schwer wie eine Weihnachtsgans.

Ich glaube, ich komme nie mehr von diesem Stuhl hoch. Er ist so bequem, und mir ist so warm und wohl zu Mute, und überhaupt ist alles so nett, und mein Kopf schwirrt so angenehm, dass ich überhaupt nicht aufstehen will. Außerdem … *möchte* ich im Grunde gar nicht, dass dieser Abend zu Ende geht. Ich habe mich so wohl gefühlt und köstlich amüsiert. Es ist unglaublich, wie Luke mich zum Lachen bringen kann. Man könnte meinen, er wäre bierernst und langweilig und intellektuell, aber das ist er gar nicht! Wenn ich es mir recht überlege, haben wir nicht ein Wort über die Sache mit dem Investmentfonds geredet.

Ein Kellner räumt die Myriaden von Desserttellern ab und serviert uns je eine Tasse Kaffee. Ich lehne mich in meinem Stuhl zurück, schließe die Augen und genieße ein paar Schlucke. Oh, Gott, ich könnte ewig hier bleiben. Inzwischen bin ich auch richtig schläfrig, was mit Sicherheit mit daran liegt, dass ich letzte Nacht vor Aufregung kaum ein Auge zugetan habe.

»Ich muss dann mal langsam«, sage ich und zwinge mich, die Augen zu öffnen. »Ich muss dann mal langsam nach …« Wo wohne ich noch mal? »Fulham. Nach Fulham.«

»Ja«, sagt Luke nach einer kleinen Pause und trinkt einen Schluck Kaffee. Er stellt die Tasse ab, greift nach der Milch, streift dabei meine Hand – und verharrt. Ich merke sofort, wie mein Körper sich anspannt. Meine Wangen fangen an zu brennen, und mein Herz fängt an zu rasen.

Okay, ich geb's ja zu – meine Hand kam ihm absichtlich in die Quere.

Ich wollte bloß sehen, was passiert. Ich meine,

er könnte seine Hand ja problemlos zurückziehen, wenn er wollte, oder? Sich Milch einschenken, einen Witz machen, gute Nacht sagen.

Tut er aber nicht. Wie in Zeitlupe legt er seine Hand auf meine.

Jetzt kann ich mich wirklich nicht mehr bewegen. Mit dem Daumen zeichnet er das Muster an meinem Handgelenk nach. Seine Haut ist ganz warm und trocken. Ich sehe auf, begegne seinem Blick – und es durchzuckt mich wie ein Blitz. Ich kann nicht mehr wegsehen. Ich kann meine Hand nicht wegziehen. Ich bin versteinert.

»Dieser Typ, mit dem ich dich im *Terrazza* gesehen habe«, sagt er nach einer Weile, während er weiter mit dem Daumen auf meiner Haut herumfährt. »War der irgendwie …«

»Ach, der …« Ich möchte nonchalant lachen, bin aber so nervös, dass ich bloß seltsam quietsche. »Bloß irgend so ein Multimillionär.«

Luke sieht mich sehr eingehend an, dann wendet er den Blick ab.

»Ach, so«, sagt er, als sei damit das Thema beendet. »Na ja. Dann sollten wir dir jetzt vielleicht ein Taxi rufen.« Enttäuschung macht sich in mir breit. »Oder vielleicht …« Er verstummt.

Verstummt und schweigt. Ewig. Vielleicht was? Was?

»Ich kenne die Leute hier ziemlich gut«, sagt Luke schließlich. »Wenn wir wollten …« Er sieht mir in die Augen. »… könnten wir bestimmt bleiben.«

Ich bin wie elektrisiert.

»Möchtest du?«

Ich bekomme keinen Ton heraus und nicke stattdessen. Oh, Gott. So etwas Aufregendes habe ich noch nie erlebt!

»Gut, warte eben hier«, sagt Luke. »Ich werde mal sehen, ob sie noch ein paar Zimmer frei haben.« Er steht auf, und ich sehe ihm benommen nach. Meine Hand ist auf einmal so kalt und einsam.

Ein paar Zimmer. Also nicht nur eins. Also hat er nicht gemeint …

Er will also nicht …

Oh, Gott, was ist denn bloß *los* mit mir?

Zusammen mit einem elegant gekleideten Portier fahren wir mit dem Aufzug nach oben. Ich sehe ein paar Mal zu Luke herüber, aber er blickt teilnahmslos geradeaus. Seit er sich vom Tisch erhoben hat, hat er eigentlich fast gar nichts mehr gesagt. Mir ist ein bisschen mulmig. Ich wünschte fast, sie hätten keine Zimmer für uns mehr frei gehabt. Aber anscheinend haben heute Abend einige Gäste abgesagt. Und außerdem ist Luke offenbar ein guter und gern gesehener Gast im *Ritz*. Als ich anmerkte, wie nett das von dem Hotel sei, uns so kurzfristig unterzubringen, hat er nur mit den Schultern gezuckt und gesagt, dass er seine Geschäftspartner öfter hier unterbringt.

Geschäftspartner. Ich bin also ein Geschäftspartner? Ach, irgendwie passt das alles nicht richtig zusammen! Wäre ich doch bloß nach Hause gefahren!

In tiefstem Schweigen durchschreiten wir einen ziemlich protzigen Flur, dann öffnet der Portier eine Tür und führt uns in ein atemberaubend schönes Zimmer, in dem ein großes Doppelbett und richtig gemütliche Sessel stehen. Er stellt meine Aktentasche und meinen Laptop ab, dann bekommt er einen Schein von Luke und verschwindet.

Keiner sagt was, keiner rührt sich. Ich glaube, ich war noch nie so verlegen.

»Tja«, sagt Luke. »Da wärst du also.«

»Ja«, sagt eine Stimme, die gar nicht wie meine klingt. »Danke … Vielen Dank. Auch für das Abendessen.« Ich räuspere mich. »Es war köstlich.«

Auf einmal stehen wir voreinander wie Fremde.

»Tja«, sagt Luke noch einmal und sieht auf die Uhr. »Es ist schon spät. Du willst bestimmt …« Er bricht ab und verfällt in unangenehmes, abwartendes Schweigen.

Mein Herz schlägt wie wild, meine Hände sind nervös verknotet. Ich wage es nicht, ihn anzusehen.

»Ich verschwinde dann jetzt«, sagt er schließlich. »Ich hoffe, du kannst hier einigermaßen –«

»Nicht gehen«, höre ich mich sagen. Ich laufe feuerrot an. »Bleib doch noch. Wir könnten …« Ich schlucke. »Noch ein bisschen reden oder so.«

Ich sehe auf und begegne seinem Blick. Ängstliche Erregung durchflutet mich. Er kommt langsam auf mich zu, bis er direkt vor mir steht. Ich kann sein After Shave riechen und höre sein frisches Baumwollhemd rascheln. Mein ganzer Körper bebt vor Aufregung. Oh, Gott, ich will ihn berühren! Ich will ihn anfassen! Aber ich traue mich nicht. Ich traue mich nicht, mich überhaupt zu bewegen.

»Wir könnten noch ein bisschen reden oder so«, wiederholt er und hebt langsam die Hände, bis er sie um mein Gesicht legt. »Wir könnten ein bisschen reden. Oder so.«

Und dann küsst er mich.

Als ich seine Lippen auf meinen spüre, als er meine Lippen öffnet, glaube ich zu verbrennen. Er lässt die Hände über meinen Rücken nach unten gleiten, streichelt meinen Po und schiebt meinen Rock hoch. Dann zieht er mich ganz dicht an sich, und auf einmal bleibt mir buchstäblich die Luft weg.

Sieht nicht so aus, als würden wir jetzt noch viel reden.

VIERUNDZWANZIG

Hmmmm.

Schööööön.

Ich liege im bequemsten Bett der Welt, bin ganz verträumt und glücklich, lächele zufrieden und genieße das Kitzeln der Sonne auf den geschlossenen Augenlidern. Ich strecke genüsslich die Arme über den Kopf und lasse mich dann in einen riesigen Haufen Kissen zurücksinken. Mann, fühle ich mich gut. Ich fühle mich so … satt. Die letzte Nacht war einfach absolut …

Na ja, also, ich würde sagen, sie war einfach …

Ach, kommen Sie! Sie müssen ja nicht *alles* wissen. Und überhaupt, wie wär's, wenn Sie einfach Ihre Fantasie spielen lassen würden? Na also.

Ich öffne die Augen, setze mich auf und greife nach der Tasse Kaffee, die der Zimmerservice gebracht hat. Luke steht unter der Dusche, ich bin also allein mit meinen Gedanken. Ich will ja nicht allzu anmaßend klingen – aber ich habe doch das Gefühl, dass dies ein ziemlich bedeutender Tag in meinem Leben ist.

Nicht nur wegen Luke – obwohl die ganze Sache natürlich ganz schön … na ja, erstaunlich war. Er weiß wirklich, wie …

Egal. Darum geht es jetzt nicht. Es geht darum, dass es nicht nur wegen Luke ist – und auch nicht nur wegen meines neuen Jobs bei *Morning Coffee* (obwohl ich jedes Mal, wenn ich daran denke, vor Freude in die Luft springen könnte).

Nein, es geht um viel mehr. Es geht darum, dass ich mich wie ein ganz neuer Mensch fühle. Ich fühle mich, als wäre ich … erwachsen geworden. Reifer. Ich bewege mich auf einen neuen Lebensabschnitt zu, geprägt von einer neuen Einstellung und neuen Prioritäten. Wenn ich daran zurückdenke, wie leichtfertig ich in der Vergangenheit war, muss ich beinahe lachen. Die neue Rebecca ist viel ernster und vernünftiger. Viel verantwortungsvoller. Es ist, als hätte mir jemand eine getönte Brille abgenommen: Auf einmal kann ich sehen, was wirklich wichtig ist im Leben – und was nicht.

Ich schnappe mir die Fernbedienung und schalte den Fernseher ein – ich könnte ja mal Nachrichten gucken. Ich schalte ein paar Mal um auf der Suche nach BBC1, aber dieser Fernseher gibt außer schlechten Kabelprogrammen einfach nichts her. Letztlich gebe ich die Suche auf, begnüge mich mit einem Sender namens QTV und lehne mich wieder zurück in die Kissen.

Der Punkt ist, denke ich, während ich einen Schluck Kaffee trinke, dass ich im Grunde nämlich ein ziemlich ernsthafter Mensch bin. Wahrscheinlich verstehen Luke und ich uns deswegen so gut.

Hmmmm, Luke. Hmmmm. Schöner Gedanke. Wo ist er eigentlich?

Ich setze mich auf und überlege gerade, ob ich ins

Badezimmer gehen und ihn überraschen soll, als eine Frauenstimme aus dem Fernseher meine Aufmerksamkeit auf sich zieht.

»...bieten wir Ihnen echte NK-Malone-Sonnenbrillen in Schildpatt, Schwarz und Weiß, selbstverständlich mit dem unverwechselbaren NKM-Logo.«

Das ist ja interessant, denke ich ganz beiläufig. NK-Malone-Sonnenbrillen. Wollte ich schon immer gerne mal haben.

»Wenn Sie alle drei Modelle kaufen, bezahlen Sie...« – die Frau hält inne – »...nicht vierhundert Pfund, nicht dreihundert Pfund, nein, Sie zahlen nur *zweihundert* Pfund! Sie sparen also mindestens vierzig Prozent im Vergleich zur Preisempfehlung für den Einzelhandel!«

Wie betäubt starre ich auf den Bildschirm.

Das ist ja unglaublich. Unglaublich. Wissen Sie, wie viel NK-Malone-Sonnenbrillen normalerweise kosten? Mindestens hundertvierzig Pfund. Eine! Das heißt, man spart...

»Schicken Sie kein Geld«, sagt die Frau. »Rufen Sie einfach an unter...«

Klopfenden Herzens krame ich mein Notizbuch heraus und schreibe mir die Nummer auf. Ein Traum wird wahr! NK-Malone-Sonnenbrillen! Ich kann es nicht glauben. Und gleich drei Stück davon! Das heißt, ich werde mir nie wieder eine Sonnenbrille kaufen müssen! Man wird mich »die Frau mit den NK-Malones« nennen. (Die Armani-Sonnenbrille, die ich mir letztes Jahr gekauft habe, kann ich dann wohl in die Tonne werfen. Völlig aus der Mode.) Eine echte Investition also!

Meine Hände zittern, als ich die Nummer wähle. Ich komme sofort durch! Ich hätte ja gedacht, dass die Leitungen völlig überlastet sind bei dem Angebot. Ich gebe meinen Namen und meine Anschrift durch, danke der Frau mehrfach ergebenst und lege dann mit einem breiten Grinsen auf. Dieser Tag fängt absolut genial an. Absolut genial. Und dabei ist es erst neun Uhr!

Zufrieden mit mir und der Welt, kuschele ich mich wieder unter die Decke und schließe die Augen. Vielleicht bleiben Luke und ich den ganzen Tag in diesem traumhaften Zimmer. Vielleicht lassen wir uns Austern und Champagner bringen. (Obwohl ich das ja nicht hoffe, ich hasse nämlich Austern!) Vielleicht werden wir …

Neun Uhr, meldet sich eine Stimme in mir zu Wort. Ich runzele die Stirn, schüttele den Kopf und drehe mich auf die andere Seite, um die Stimme loszuwerden. Sie ist aber immer noch da und stört mich rücksichtslos bei meinen Tagträumereien.

Neun Uhr. Neun …

Wie ein Schnappmesser richte ich mich entsetzt im Bett auf. Oh, Gott.

Neun Uhr dreißig.

Derek Smeath.

Ich habe ihm versprochen, dass ich komme. Ich habe es ihm *versprochen*. Und ich sitze hier im *Ritz* und habe noch eine halbe Stunde Zeit. Oh, Gott. Was soll ich denn jetzt tun?

Ich schalte den Fernseher aus, schlage die Hände vors Gesicht und versuche, ganz ruhig und vernünftig nachzudenken. Wenn ich mich jetzt sofort auf den Weg machen würde, könnte ich es noch schaffen. Wenn ich mich so schnell wie möglich anziehen, nach unten rennen und in ein Taxi springen würde, könnte ich es vielleicht gerade so schaffen. So weit ist es nun auch wieder nicht bis nach Fulham. Und eine Viertelstunde könnte ich wohl zu spät kommen, oder? Dann könnten wir uns immer noch unterhalten. Liegt im Bereich des Möglichen.

Theoretisch.

»Hi«, sagt Luke und erscheint in der Badezimmertür. Er hat sich in ein weißes Handtuch gewickelt, und auf seinen Schultern glitzern noch ein paar Wassertropfen. Da fällt mir auf, dass mir seine Schultern letzte Nacht gar nicht aufgefallen waren. Mann, sind die sexy. Also, im Grunde ist ja der ganze Mann verdammt …

»Rebecca? Alles in Ordnung?«

»Oh«, sage ich leicht überrascht. »Ja, klar, alles in bester Ordnung. Super! Und rate mal, was!? Ich habe gerade das absolute Schnäppchen …«

Doch mitten im Satz breche ich aus unerfindlichen Gründen ab.

Ich weiß gar nicht genau, warum.

»Ich … frühstücke bloß gerade«, sage ich stattdessen und deute auf das Tablett vom Zimmerservice. »Köstlich.«

Luke guckt ein bisschen verwundert und verschwindet dann wieder ins Badezimmer. Okay, jetzt aber schnell, sage ich mir. Was soll ich tun? Soll ich mich anziehen und gehen? Soll ich zu meinem Termin mit Derek Smeath hetzen?

Doch als hätte meine Hand ihren eigenen Willen, streckt sie sich schon nach meiner Tasche aus, zieht eine Visitenkarte heraus und wählt eine Nummer.

Denn im Grunde genommen kann ich auf diesen Termin doch verzichten, oder?

Ich würde es wahrscheinlich sowieso nicht schaffen, pünktlich da zu sein.

Und es macht ihm wahrscheinlich auch gar nicht so viel aus. Schließlich hat er genug anderen Kram um die Ohren. Wahrscheinlich wird es ihm nicht mal *auffallen*, dass ich nicht komme.

»Hallo?«, sage ich in die Muschel und winde mich vor Vergnügen, als Luke sich mir von hinten nähert und an meinem Ohr herumknabbert. »Ja, guten Tag. Ich … ich möchte gerne eine Nachricht hinterlassen für Mr Derek Smeath.«

Bank of Helsinki
Helsinki House
124 Lombard St
London EC2D 9YF

Rebecca Bloomwood
c/o William Green Recruitment
39 Farringdon Square
London EC4 7TD

5.4.2000

Hyvä Rebecca Bloomwood

Saanen jälleen kerran onnitella teitä hienosta suorituksestanne – tällä kertaa Morning Coffee – ohjelmassa. Arvostelukykynne ja näkemyksenne tekivät minuun syvän vaikutuksen ja uskon, että teistä olisi suurta hyötyä täällä Helsingin Pankissa.

Olette todennäköisesti saanut lukemattomia työtarjouksia – teidän lahjoillanne voisi hyvin saada minkä tahansa toimen Financial Timesista. Pyydän teitä kuitenkin vielä kerran harkitsemaan vaatimatonta yhtiötämme.

Parhaiten teille ehkä sopisi viestintävirkailijan paikka, joka meillä on tällä hetkellä avoinna. Toimen edellinen haltija erotettiin hiljattain hänen luettuaan töissä Playboyta.

Parhain terveisin

Ystävällisesti
Jan Virtanen

Fine Frames Ltd
Die glückliche Heimarbeitsfamilie
230a Burnside Road
Leeds L6 4ST

Miss Rebecca Bloomwood
Flat 2
4 Burney Rd.
London SW6 8FD

07. April 2000

Liebe Rebecca Bloomwood,

hiermit bestätigen wir den Eingang von 136 Rahmen (Typ Sherborne, blau). Vielen Dank für Ihre hervorragende Arbeit. Ein Scheck über £ 272,- sowie ein Bestellformular für Ihr nächstes Fine-Frames-Rahmen-Paket liegen bei.

Die Leiterin der Qualitätskontrolle, Sandra Rowbotham, bat mich Ihnen mitzuteilen, dass sie von der Qualität Ihrer ersten Arbeiten ausgesprochen beeindruckt ist. Anfänger können in der Regel nur selten unseren anspruchsvollen Standards genügen – Sie besitzen also offensichtlich eine besondere, natürliche Begabung für das Herstellen von Rahmen.

Ich möchte Sie daher einladen, bei unserer nächsten Rahmen-Tagung am 21. Juni in Wilmslow Ihre Technik zu demonstrieren. Zu diesem Ereignis versammeln sich alle Mitglieder der Fine-Frames-Heimarbeit-Familie unter einem Dach und haben so die Möglichkeit, Erfahrungen rund um das Herstellen von Rahmen auszutauschen und sich persönlich kennenzulernen. Der Spaß kommt dabei natürlich auch nicht zu kurz!

Wir freuen uns, bald von Ihnen zu hören.

Viel Vergnügen beim Rahmen-Basteln!
Malcolm Headley/Geschäftsführer

PS: Sind Sie dieselbe Rebecca Bloomwood, die bei Morning Coffee am Ratgebertelefon sitzt?

Endwich Bank
Zweigstelle Fulham
3 Fulham Road
London SW6 9JH

Miss Rebecca Bloomwood
Flat 2
4 Burney Rd.
London SW6 8FD

10. April 2000

Sehr geehrte Miss Bloomwood,

vielen Dank für Ihre Nachricht vom Sonntag, den 9. April, auf unserem Anrufbeantworter.

Wir bedauern, dass Sie nach wie vor unter akuter Agoraphobie leiden.

In Anbetracht Ihres momentan relativ gesunden Kontostands schlage ich vor, dass wir unseren Termin erst einmal vertagen.

Allerdings sollten Sie sich darüber im Klaren sein, dass wir Ihr Konto genau im Auge behalten und uns unverzüglich mit Ihnen in Verbindung setzen werden, sobald sich die Situation ändern sollte.

Mit freundlichen Grüßen

Derek Smeath
Zweigstellenleiter

PS: Ihr Auftritt bei *Morning Coffee* hat mir gut gefallen!

Endwich – Wir sind für Sie da!

DANKSAGUNG

Mein Dank gilt Patrick Plonkington-Smythe, Linda Evans und dem Transworld-Team, Celia Hayley, Mark Lucas und allen Leuten von LAW, Nicki Kennedy und Jessica Buckman, Valerie Hoskins und Rebecca Watson, sowie Brian Siberell bei CAA.

Ganz besonders möchte ich mich bedanken bei Samantha Wickham, Sarah Manser, Paul Watts, Chantal Rutherford-Brown, bei meiner wundervollen Familie und natürlich bei Gemma, die mir beigebracht hat, wie man richtig einkauft.